BESTSELLERWORLDBOOK 44

여자의 일생

기 드 모파상 지음 | 이동민 옮김

소담출판사

이동민

경희대 국문학과를 졸업하고 잡지사 기자를 거쳐 번역일에 종사하고 있다.
역서로『안데스의 음모』『히치콕 서스펜스 걸작선』『백정들의 미사』『세월 속에 피는 꽃』
『질투』『로스카의 딸』『어둠의 소리』『명상이란 무엇인가』등 다수가 있다.

BESTSELLER WORLDBOOK 44

여자의 일생

펴낸날 ｜ 1993년 11월 15일 초판 1쇄
　　　 1996년 5월 10일 중판 1쇄
　　　 2013년 1월 15일 중판 28쇄

지은이 ｜ 기 드 모파상
옮긴이 ｜ 이동민
펴낸이 ｜ 이태권
펴낸곳 ｜ (주)태일소담
　　　 서울시 성북구 성북동 178-2 (우)136-020
　　　 전화 ｜ 745-8566~7 팩스 ｜ 747-3238
　　　 e-mail ｜ sodam@dreamsodam.co.kr
　　　 등록번호 ｜ 제2-42호(1979년 11월 14일)
　　　 홈페이지 ｜ www.dreamsodam.co.kr

ISBN 89-7381-044-8 00860

BESTSELLERWORLDBOOK 44

Une Vie

Guy de Maupassant

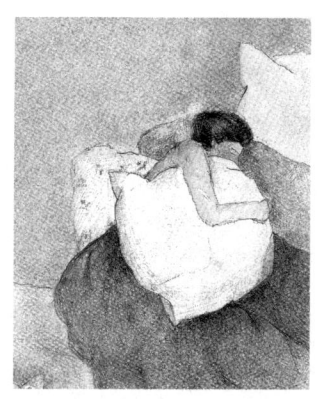

이제 그녀는 생기와 행복을 맛보려는
기쁨에 가득 찬 얼굴로 수녀원의 학교를 나왔다.
나태했던 나날들과 긴 밤들
그리고 희망만이 떠돌던 고독 속에서
그녀의 마음은 온갖 기쁨을 맞아들일
준비가 되어 있는 것이다.

Une Vie

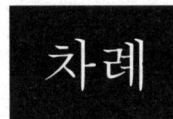

1

잔은 짐을 다 꾸리고 나서 창가로 다가갔다. 그러나 비는 아직도 내리고 있었다. 비는 밤새도록 유리창과 지붕을 때리며 내렸다. 물기를 잔뜩 머금은 야트막한 하늘은 마치 구멍이 뚫린 듯 대지 위로 온통 쏟아져 내려 대지를 진창으로 만들고 설탕처럼 녹이려 드는 것 같았다. 후텁지근한 열기를 머금은 질풍(疾風)이 지나가 이따금 시원했다. 넘쳐흐르는 도랑물의 포효 소리가 인적이 드문 거리를 가득 메우고 있었다. 거리의 집들은 집안으로 스며드는 습기를 해면처럼 빨아들여 지하실에서부터 지붕 밑의 벽에 이르기까지 땀을 흘리게 했다.

어제 수녀원 부속 여학교에서 나온 잔은 마침내 영원한 자유의 몸이 되어 그녀가 오래전부터 꿈꾸어 왔던 인생의 모든 행복을 붙잡을 준비가 되어 있는 것이다. 그녀는 날씨가 개지 않아서 아버지가 출발을 주저하면 어쩌나 하고 걱정되어 아침부터 하늘을 수없이 살피고 있었다.

그러다가 그녀는 달력을 여행 가방 속에 넣는 것을 깜빡 잊어버렸다는 것이 생각났다. 그녀는 벽에서 달마다 넘기게 되어 있는 작은 달력을 떼어냈다. 그 달력의 그림 한가운데에는 1819년이라는 올해의 연도가 금박으로 찍혀 있었다. 그녀는 처음 네 칸을 연필로 지웠다. 각 성자의 이름을 하나씩 지우며 5월 2일까지 왔는데, 그날은 그녀가 수녀원의 부속 여학교를 나온 날이었다.

누군가가 문밖에서 "자네트!" 하고 불렀다.

잔은 "들어오세요, 아빠." 하고 대답했다. 그러자 그녀의 아버지가 모습을 나타냈다.

시몽 자크 르 페르튀 데 보 남작은 전 세기의 귀족으로서 괴벽은 있으나 선량한 사람이었다. 장 자크 루소의 열렬한 신봉자인 그는 자연과 들판, 숲과 동물들에 대해 마치 연인과도 같은 애정을 갖고 있었다.

원래 귀족 출신이기 때문에 그는 본능적으로 1793년을 증오하였다. 그러나 기질적으로 철학자인 데다 교육의 영향으로 자유주의자가 된 그는 악의는 없으나 과장된 증오심으로 전제 정치에 대해 혐오감을 가지고 있었다.

그의 가장 큰 장점이면서도 큰 약점은 선량하다는 것이었다. 애무하고 도와 주고 포용하는 데에는 팔이 몇 개 있어도 부족할 정도로 선량하였다. 산만하면서도 항거력이 없는 창조자의 그것과 같은 선량함이라고도 할 수 있고, 마치 의지의 신경이 마비된 듯한, 정력에 결함이 있는 것 같은, 거의 악덕(惡德)과도 흡사한 선량함이었다. 이론가인 그는 딸이 행복하고 착하며 행실이 곧고 상냥한 여자가 되기를 원하여 딸을 위한 모든 교육 방침에 대해 심사숙고했다.

그녀는 열두 살까지는 집에 있었지만, 그 후로는 어머니가 울면서 만류했음에도 불구하고 성심 수도원(聖心修道院)의 기숙사에 들어가게 되었다.

아버지는 딸을 엄격하게 수도원에 가두어 두고 다른 사람과 접촉하지 못하게 했으며, 속세의 일과도 전혀 접촉을 못하게 했다. 그는 딸이 열일곱 살 때까지 순결하게 지내도록 하다가 그 자신이 그녀를 알맞은 시(詩)의 세계에 접할 수 있도록 해주고 싶었다. 즉 들판을 뛰놀게 하면서 풍요한 자연의 한복판에서 그녀의 영혼을 전개시키고, 순수한 사랑과 동물에 대한 소박한 애정, 생(生)의 고요한 법칙을 보여 줌으로써 그녀의 무지를 깨우쳐 주고 싶었다.

이제 그녀는 생기와 행복을 맛보려는 기쁨에 가득 찬 얼굴로 수녀원의 학교를 나왔다. 나태했던 나날들과 긴 밤들 그리고 희망만이 떠돌던 고독 속에서 그녀의 마음은 온갖 기쁨과 흥미 있는 우연들을 맞아들일 준비가 되어 있는 것이다.

그녀는 베로네제의 초상화와 모습이 비슷했다. 살갗에 그 빛깔이 옮아서 물들 것같이 빛나는 금발, 태양이 그 살결을 부드럽게 애무할 때만 겨우 눈에 띄는 창백한 우단 같은 솜털이 가볍게 돋아 있는 장밋빛 살결은 귀족적이었다. 그녀의 눈은 네덜란드 사기 인형의 눈처럼 불투명한 파란색을 띠었다.

그녀의 왼쪽 콧방울에는 작은 애교점이 하나 있었고 오른쪽 턱 위에도 역시 점이 하나 있었다. 턱에는 거의 피부와 비슷하여 분간이 잘 안 되는 몇 개의 털이 곱슬거리고 있었다. 그녀는 키가 컸고 풍만한 가슴과 유연한 허리를 갖고 있었다. 그녀의 또렷한 목소리는 이따금 너무 날카롭게 들리기도 했다. 그러나 그녀의 순진한 웃음소리는 주위 사람들을 기쁘게 했다. 이따금 친숙한 몸짓으로 그녀는 머리칼을 매만지려는 듯이 두 손을 관자놀이에 갖다 대곤 하였다.

그녀는 아버지에게 달려가서 그를 껴안고 키스했다.

"우리, 떠나는 거죠?"

아버지는 미소를 띠며 상당히 긴, 벌써 백발이 다 된 머리를 흔들었다. 그러곤 손으로 창문을 가리키며 말했다.

"이런 날씨에 어떻게 여행을 하겠다는 거니?"

그러나 그녀는 어리광을 부리듯 부드러운 목소리로 애원했다.

"아빠, 떠나요. 네? 제발. 오후에는 갤 거예요."

"하지만 네 어머니가 절대로 승낙하지 않을 게다."

"그러시겠죠. 그러나 약속할게요. 그건 제가 책임지겠어요."

"네가 어머니만 설득시키면 난 아무래도 좋다."

그래서 그녀는 재빨리 남작 부인의 방으로 달려갔다. 그녀는 출발하는 이 날을 애타게 기다려 왔기 때문이다.

성심 수도원에 들어간 이후로 그녀는 하루도 루앙을 떠나 본 적이 없었다. 아버지는 자기가 정한 나이가 되기 전에는 어떠한 오락도 허락하지 않았던 것이다. 겨우 두 번 2주일쯤 파리로 데려간 적이 있었으나 그곳 역시 도시에 불과했다. 그녀가 동경하는 것은 오직 전원뿐이었다.

그녀는 이제 이포르 근처의 절벽 위에 세워져 있는 조상 대대로 내려오는 낡은 저택인 레푀플의 별장에서 여름을 보내려고 하는 것이다. 그리고 그녀는 무한한 기쁨에 젖어 해변가의 자유스러운 생활을 꿈꾸고 있었다. 그런 데다가 그 저택은 그녀가 물려받은 것으로 결혼할 때까지는 언제나 그곳에서 살 생각이었다.

그러므로 어젯저녁부터 그치지 않고 내리는 비는 그녀 생애 최초의 커다란 슬픔이었다. 그러나 잠시 후에 그녀는 어머니의 방에서 뛰어나오면서 온 집안이 떠나갈 듯이 소리쳤다.

"아빠, 아빠! 엄마가 승낙했어요. 마차를 준비시키세요."

폭우는 조금도 가라앉지 않았다. 사륜마차가 문 앞에 준비되었을 때는 비가 더욱 세차게 내리는 것 같았다.

남작 부인이 한쪽은 남편의, 다른 한쪽은 젊은 남자처럼 힘세고 늘씬한 키 큰 하녀의 부축을 받으면서 계단을 내려왔을 때 잔은 마차에 오르려 하고 있었다. 이 하녀는 코오 지방의 노르망디 여자로서 기껏해야 열여덟 살이 될까 말까 한데, 보기에는 적어도 스무 살은 되어 보였다. 가족들은 그녀를 딸처럼 대우했는데, 그것은 그녀가 잔의 젖동생이었기 때문이다. 그녀의 이름은 로잘리였다. 그녀의 주된 임무는 안주인의 보행을 도와 주는 것이었다.

남작 부인은 몇 년 전부터 심장비대증으로 무척 뚱뚱해져 항상 그 사실을 비관하고 있었다. 그녀는 몹시 숨을 헐떡이면서 낡은 저택의 층계에 이르렀다. 그리고 빗물이 넘쳐흐르는 마당을 바라보며 "정말 제정신이 아니군요." 하고 중얼거렸다.

언제나 미소를 짓고 있는 그녀의 남편이 대답했다.

"하지만 당신이 원한 일이잖소, 아델라이드 부인."

그녀는 아델라이드라는 화려한 이름을 가지고 있었기 때문에, 남편은 다소 놀리는 듯한 존경심을 가지고 '부인'이라는 칭호를 항상 붙여서 불렀다.

그녀는 다시 걸음을 옮겨 간신히 마차에 올라탔다. 그러자 마차의 용수철이 모두 오그라들었다. 남작은 부인 곁에 앉고 잔과 로잘리는 맞은편 의자에 앉았다.

부엌 하녀인 뤼디빈이 무릎을 덮을 망토를 몇 개 가지고 왔으므로 모두들 그걸 덮었고, 바구니 두 개는 발밑에 넣었다. 하녀는 시몽 영감 곁의 마부석으로 기어 올라가 커다란 담요로 온몸을 감쌌다. 문지기 부부가 문을 닫을 겸 배웅하러 나왔다. 그들은 짐수레에 딸려 보낼 짐에 대해 마지막 지시를 받았다. 그리고 마차는 떠났다.

마부 시몽 영감은 빗속에 머리를 숙이고 등을 구부린 채, 깃이 세 겹으로 된 외투 속에 파묻혀 있었다. 길은 물에 잠겼으며 신음하는 듯한 광풍이 차창을 때렸다.

두 마리의 말이 전속력으로 몰고 가는 사륜마차는 한결같은 기세로 부두 쪽으로 달려가서 대형 선박들이 줄지어 서 있는 곳을 따라 내달렸다. 돛대와 활대와 밧줄이, 잎이 모두 떨어진 나무처럼 빗발치는 하늘 속에 쓸쓸하게 솟아 있었다. 이어서 마차는 몽리부데의 긴 대로로 접어들었다.

그리고 얼마 안 가서 평원을 가로질렀다. 이따금 비에 잠긴 버드나무가 버려진 시체처럼 가지를 축 늘어뜨린 모습이 물안개 저편으로 나타나곤 하였다. 편자는 철벅철벅 물을 튀기고 네 개의 마차 바퀴는 진흙투성이가 되었다.

모두들 말이 없었다. 그들의 마음도 대지처럼 젖어 있는 것 같았다. 어머니는 몸을 뒤로 젖혀 머리를 의자 등에 기대고 눈을 감았다. 남작은 우울한 시선으로 비에 젖은 단조로운 들판을 바라보았다. 로잘리는 무릎 위에 봇짐을 얹어 놓고 서민들 특유의 동물적 몽상에 잠겨 있었다.

그러나 잔은 이 후텁지근한 빗속에서 마치 갇혀 있던 식물이 막 대기의 공기를 쐰 듯이 생기가 솟아나는 것을 느꼈다. 그녀가 느끼는 깊은 즐거움이 마치 나뭇잎처럼 그녀의 마음을 슬픔으로부터 가려 주었다. 비록 그녀는 한마디도 하지 않았지만 노래를 부르고 싶었고, 밖으로 손을 내밀어 빗물을 받아 마시고 싶은 욕망에 차 있었다. 그녀는 말의 질주에 몸을 맡긴 채 쓸쓸한 풍경을 바라보며, 이 폭우 속에서 몸을 안전하게 보호받고 있다는 데 기쁨을 느꼈다.

억수같이 퍼붓는 빗속에서 두 마리 말의 번들거리는 엉덩이에서는 뜨거운 김이 솟아오르고 있었다.

남작 부인은 차츰 잠에 빠져들었다. 늘어진 여섯 개의 일정한 컬을 한 긴 머리의 얼굴이 점점 아래로 처져서, 목덜미의 커다란 세 개의 주름살로 겨우 받치고 있었다. 그 마지막 주름살은 가슴의 바다 한가운데로 사라졌다. 숨을 쉴 때마다 들썩이는 머리는 다시 밑으로 떨구어졌다. 뺨은 부풀어 오르고, 반쯤 벌어진 입술 사이로 코고는 소리가 새어 나왔다. 남편은 그녀 쪽으로 몸을 기울여 풍만한 배 위로 깍지를 낀 그녀의 두 손안에 작은 가죽 지갑을 살며시 놓았다.

이 감촉이 그녀를 깨웠다. 그녀는 선잠을 깬 사람 특유의, 그 몽롱한 의식과 흐리멍덩한 시선으로 이 물체를 바라보았다. 지갑이 떨어지면서 장식이 열렸다. 금화와 지폐가 마차 안에 흩어졌다. 그녀는 완전히 잠이 깼다. 그러자 딸의 웃음이 폭죽처럼 터져 나왔다.

남작은 돈을 주워 자기 무릎 위에 놓으며 말했다.

"여보, 이건 엘르토 농장을 팔고 남은 전부요. 앞으로 우리가 자주 가서 지내게 될 레푀플을 수리하려고 그걸 팔았던 거요."

부인은 6400프랑을 세어 보더니 조용히 주머니 속에 넣었다.

그 농장은 그들의 부모님이 물려준 서른한 개의 농장 중에서 아홉 번째의 농장이었다. 그러나 그들은 아직도 일년에 약 2만 리브르의 수입이 있는 농지를 가지고 있었고, 잘만 관리한다면 연간 3만 프랑은 거뜬히 벌 수 있었다.

그들은 아주 검소한 생활을 하였기 때문에 만일 집안에 언제나 입을 벌리고 있는 바닥 없는 구멍, 즉 선량함이라는 구멍만 없었다면 이 소득으로 충분했을 것이다. 그 선량함은 마치 태양이 늪의 물을 말리듯이 그들 수중의 돈을 마르게 하였다. 돈이 흘러가고 도망가고 사라지는 것이었다. 그러나 아무도 그 이유를 알지 못하였다. 언제나 부부 중 한 사람이 이렇게 말하곤 하였다.

"어찌 된 일인지 알 수 없군. 그리 대단한 걸 산 것도 아닌데, 오늘 100프랑이나 썼단 말이야."

이렇게 쉽게 돈을 쓴다는 것은 어쨌든 그들의 삶에 있어서 커다란 행복 중의 하나였다. 그래서 그들은 이 점에 대해서는 훌륭하고도 감동할 만큼 서로 이해하고 있었다.

잔이 물었다.

"그래, 제 성관(城館)은 아름다운가요?"

남작이 즐겁게 대답했다.

"얘야, 보면 알게 된단다."

세차게 내리던 소나기가 차츰 약해져 갔다. 그러더니 이제는 안개 비슷한 아주 가느다란 이슬비로 흩날렸다. 먹구름에 덮인 하늘이 높아지고 밝아지는 것 같았다. 그러다가 갑자기 보이지 않는 창공을 통해서 긴 햇살이 비스듬히 초원 위로 내리비쳤다.

구름이 흩어지고 푸른 하늘의 속이 드러났다. 그러더니 흩어진 부분이 마치 막이 열리듯 점점 커져 갔다. 그리고 깨끗하고도 오묘한 쪽빛의 아름답고 순수한 하늘이 인간 세상 위로 점점 펼쳐져 가고 있었다.

신선하면서도 부드러운 미풍이 마치 대지의 행복한 탄식처럼 스치고 지나갔다. 들과 숲을 따라 달릴 때면 가끔 깃을 말리는 새의 활기찬 노랫소리가 들려 왔다.

저녁이 찾아들었다. 마차 안의 사람들은 잔만 제외하고는 모두 잠이 들었다. 말의 숨을 돌리게 하고, 물과 함께 귀리를 좀 주기 위해 마차는 여인숙 앞에서 두 번 멈추었다.

해는 이미 기울었고 멀리서 종소리가 울렸다. 어떤 작은 마을에 이르자 마부가 램프에 불을 켰다. 하늘도 역시 총총한 별들로 빛나고 있었다. 불 켜진 집들이 한 점의 불처럼 어둠을 뚫고 여기저기에 나타났다. 그러자 갑자기 언덕 뒤에서 전나무 가지들 사이로 붉고 커다란 달이 아직도 잠에 취한 듯이 솟아올랐다.

날씨가 너무 후끈거려 창문은 내린 채로 그냥 두었다. 공상에 지친 잔은 행복한 환상에 만족하여 이제는 잠자고 있었다. 똑같은 자세로 오래 있었기 때문에 온몸이 저려와 가끔씩 눈을 떴다. 그럴 때마다 밖을 내다보면 불빛으로 가득한 어둠 사이로 농가의 나무들이 스쳐 지나가는 것을 보거나 여기저기 들판에 누워 있는 소들이 머리를 쳐드는 것이 보였다. 그녀는 이리저리 자세를 가다듬고 나서 그리다 만 꿈을 다시 잡으려고 애썼다. 그러나 끊임없이 굴러가는 마차 바퀴 소리가 귀에 울려 생각을 방해하는 것이었다. 그녀는 정신도 몸처럼 기진맥진해 있음을 느끼고 다시 눈을 감았다.

그러는 동안에 마차가 멈췄다. 하인과 하녀들이 손에 등불을 들고 성관 정문 앞에 서 있었다. 드디어 도착한 것이다. 갑자기 잠에서 깬 잔은 재빨리 뛰어내렸다. 아버지와 로잘리는 한 농부가 비춰 주는 등불을 받으면서 남작 부인을 거의 떠받들다시피 하여 걸어갔다. 부인은 완전히 기진맥진하여 힘들다고 투덜거리며, 또 쉴새없이 꺼질 듯한 작은 소리로 "아이고, 제기랄! 애들아!" 하는 말만 되풀이하였으며, 아무것도 먹으려 들지 않고 자리에 눕더니 이내 잠이 들었다.

잔과 남작은 마주 앉아서 밤참을 먹었다. 그들은 서로 미소 띤 얼굴로 쳐다보면서 식탁 너머로 손을 잡았다. 그리고 두 사람은 모두 어린애마냥 기쁨에 사로잡혀서 수리한 저택을 둘러보러 나섰다.

그것은 농장이 딸린 높고 넓은 노르망디식 저택 중의 하나였다. 지금은 회색으로 변한 흰 돌로 지어졌으며 일가 친척들이 모두 묵을 수 있을 만큼 넓었다. 집은 넓은 현관에 의해 둘로 나누어졌으며 한쪽에서 한쪽으로 통하게 했고 양쪽 정면에는 커다란 문이 열려 있었다. 이중으로 된 계단이 마치 그 입구에 걸쳐진 것처럼 놓여 있는데, 가운데는 허공으로 두고 다리처럼 두 개의 계단이 2층에서 만나고 있었다.

아래층 오른쪽으로는 굉장히 큰 객실이 있었는데, 그곳에는 새들이 노니는 나뭇가지들을 수놓은 장식 융단이 걸려 있었다. 촘촘하게 짜인 융단으로 씌운 가구에는 모두 『라 퐁텐의 우화(寓話)』에 나오는 삽화가 그려져 있었다. 잔은 그녀가 아주 어렸을 적에 좋아했던, 여우와 황새의 이야기가 그려져 있는 의자 하나를 발견하고는 기쁨으로 몸을 떨었다.

객실 옆에는 고서(古書)가 가득한 서재와 사용하지 않는 두 개의 방문이 열려 있었다. 왼쪽으로는 새 판자로 꾸며진 식당과 식탁보나 냅킨 등을 넣어 두는 방, 식품 저장실, 부엌 그리고 욕조가 붙어 있는 작은 방 하나가 있었다.

2층은 복도를 사이에 두고 둘로 나누어져 있는데, 열 개의 방에 달린 열 개의 문이 이 통로를 중심으로 쭉 늘어서 있었다. 잔의 방은 오른쪽으로 복도 깊숙이 들어가 있었다. 그들은 그리로 들어갔다. 남작은 그 방을 새로 꾸몄는데, 단지 벽지를 바르고 창고 속에 쓰지 않고 넣어 둔 가구들을 갖다 놓았을 뿐이었다.

플랑드르산(産)의 아주 낡은 장식 융단들이 이상한 얼굴로 이 방안을 채우고 있었다. 그러나 잔은 자신의 침대를 발견하고는 기쁨의 탄성을 질렀다. 네 귀퉁이에는 떡갈나무로 조각한, 밀랍을 칠해 번쩍거리는 새

까만 네 마리의 커다란 새가 침상을 받치고 있어 마치 침대를 지키는 파수꾼처럼 보였다. 침대 양쪽에는 꽃과 과일을 조각한 두 개의 커다란 꽃장식이 치장되어 있었다. 섬세하게 물결 모양으로 짠 네 개의 대리석 기둥에는 코린트식의 기둥머리가 붙어 있었고, 장미와 큐피드가 감겨 있는 코니스(벽과 기둥 꼭대기에 수평으로 얹힌, 쇠시리 모양의 수평 돌출부)를 받치고 있었다.

침대는 무슨 기념물처럼 자리잡고 있었으며, 오랜 세월로 거무스름해진 나무의 딱딱한 위엄에도 불구하고 아주 우아해 보였다. 장식용 침대보와 침대 천장 덮개가 마치 두 개의 하늘처럼 반짝이고 있었다. 그것들은 짙은 남색의 고대 비단으로 만들어졌는데 금실로 수를 놓은 커다란 백합꽃들이 군데군데 별을 박아 놓은 것처럼 장식되어 있었다.

잔은 침대의 아름다움을 한껏 감상하고 등불을 쳐들고 벽장식을 살피며 그 소재를 이해하려고 융단을 세세히 살펴보았다.

녹색과 붉은색 그리고 노란색으로 아주 기이한 옷을 입은 젊은 영주(領主)와 귀부인이 하얀 열매가 달린 푸른 나무 아래에서 이야기를 나누고 있었다. 같은 빛깔의 통통한 토끼 한 마리가 회색빛이 도는 풀을 뜯어 먹고 있었다. 그들의 바로 위쪽으로는 이른바 '원경'이라고 하는 뾰족한 지붕을 한, 다섯 채의 자그마하고 둥근 집이 보였다. 그리고 그 위의 하늘에는 새빨간 풍차가 있었다. 꽃을 그린 커다란 꽃장식이 이 모든 것을 감싸고 있었다.

다른 두 개의 벽장식도 처음 것과 아주 비슷했다. 다만 플랑드르식으로 옷을 입은 네 명의 난쟁이 노인이 집에서 나와 몹시 놀라고 화가 난 몸짓으로 하늘을 향해 팔을 쳐들고 있는 것이 다를 뿐이었다.

그러나 마지막 벽장식에는 비극의 장면이 그려져 있었다. 여전히 풀을 뜯어먹고 있는 토끼 옆에 한 젊은이가 죽은 듯이 누워 있었다. 젊은 귀부인은 그를 바라보면서 단검으로 자기의 가슴을 찌르고 있으며 나무의 열매들 또한 새까맣게 변하고 있었다.

잔은 그 그림의 내용을 이해하는 것을 포기하려다가 그림 한구석에서 아주 작은 동물을 발견하였다. 그것은 만약에 토끼가 살아 있다면, 풀의 어린 싹인 줄 알고 먹어 버릴 수도 있을 그런 것이었다. 그것은 한 마리의 사자였다.

그제야 그녀는 피람과 티스베의 비극을 그린 그림이라는 것을 알았다. 그녀는 그림의 단순성에 미소를 지으면서도 이 사랑의 모험 속에 둘러싸인 것이 행복하게 느껴졌다. 이것은 끊임없이 자신의 가슴속에 소중히 여기는 희망을 이야기해 주고, 밤마다 자기의 꿈속에 이 전설적인 고대의 사랑을 맴돌게 할 것이었다.

그 밖의 가구는 모두 각기 다른 양식들을 갖추고 있었다. 이 가구들은 집안 대대로 내려오는 것들로서 낡은 집안을 마치 모든 것이 뒤섞인 일종의 박물관처럼 보이게 했다. 훌륭한 루이 16세 시대의 옷장은 번쩍거리는 구리 장식으로 덮여 있었고, 그 양쪽에는 아직도 꽃다발 무늬의 비단으로 싼 루이 15세식의 안락 의자가 두 개 놓여 있었다. 나무로 만든 장밋빛 책상은 둥근 유리 뚜껑 속에 제정 시대의 기둥 시계가 놓여 있는 벽난로와 마주 보게 놓여 있었다.

이 시계는 황금색 꽃들이 피어 있는 정원 위로 네 개의 대리석 기둥이 받치고 있는 청동의 벌집 모양을 하고 있었다. 기다랗게 갈라진 틈새로 벌집 밖으로 빠져나온 가느다란 추가, 에나멜 칠을 한 날개를 가진 한 마리의 작은 꿀벌을 화단 위로 영원히 날아다니게 했다. 숫자판은 채색한 사기로 되어 있었고 벌집 허리에 끼워져 있었다.

시계가 11시를 치기 시작했다. 남작은 딸에게 포옹을 하고 그녀의 방에서 나갔다.

잔은 허망함을 느끼며 침대에 누워 마지막으로 자기의 방을 한번 둘러보고 나서 불을 껐다. 침대는 머리 쪽만 벽에 붙어 있었고 왼편으로는 창문이 하나 있었는데, 그곳으로 달빛이 물결처럼 쏟아져 들어와 바닥에 빛의 웅덩이를 만들고 있었다. 달빛이 벽에 반사되었다. 그 창백한 빛살은 피람과 티스베의 움직이지 않는 사랑의 모습을 희미하게 애무하였다.

침대 발치에 있는 다른 창문으로는 부드러운 달빛에 온통 잠겨 있는 커다란 나무가 보였다. 그녀는 옆으로 돌아누워 눈을 감았다. 그러나 잠시 후에 다시 눈을 떴다.

그녀의 머릿속에서는 마차 굴러가는 소리가 계속 울리고 있어 그 요동으로 여전히 몸이 흔들리는 것같이 느껴졌다. 처음에는 꼼짝도 하지 않았다. 이렇게 쉬면 마침내 잠이 올 것이라고 생각했다. 그러나 마음의 초조함이 순식간에 온몸을 사로잡는 것이었다.

두 다리에 경련이 일어나고 열이 점점 오르기 시작했다. 그래서 그녀는 자리에서 일어났다. 맨발과 맨팔의, 그녀를 유령같이 보이게 하는 긴 잠옷을 걸친 채 바닥에 넘치는 빛의 늪을 가로질러 가서 창문을 열고 밖을 내다보았다.

밖은 대낮처럼 보일 정도로 환했다. 잔은 옛날 어린 시절에 좋아했던 이 마을 전부를 잘 알고 있었다. 먼저 그녀 앞에는 달빛 아래 버터처럼 보이는 노랗고 너른 잔디밭이 깔려 있었다. 두 그루의 거대한 나무가 저택 앞에 보초처럼 높이 솟아 있었다. 북쪽에 있는 것은 플라타너스이고 남쪽에 있는 것은 보리수였다.

넓은 풀밭 끝에는 우거진 작은 숲이 있었는데, 그것은 이 영지(領地)의 경계를 이루고 있었다. 언제나 미친 듯이 휘몰아치는 해풍으로 뒤틀리고 깎이고 부식되고 잎이 떨어져 지붕처럼 경사가 지고 다듬어진, 늙은 다섯 줄의 느릅나무가 태풍을 막아 주고 있었다. 공원이라고도 할 수 있는 이곳은 터무니없이 큰 포플러 나무가 심어진 두 줄기의 긴 가로수 길 때문에 좌우로 경계를 이루고 있었다. 노르망디에서는 '쾨플'이라고 불리는 이 포플러 나무는 주인의 저택과 거기에 인접해 있는 두 개의 소작지를 가르고 있었다. 한곳에는 쿠이야르 가족이 살고 다른 한곳에는 마르탱 가족이 살고 있었다.

이 쾨플로 해서 잔의 저택에 이름이 붙게 된 것이었다. 울타리 너머로는 가시양골담초가 여기저기 돋아 있는 넓고 황폐한 평원이 펼쳐져 있었는데, 거기에는 바람이 밤낮으로 소리를 내며 빠르게 질주하고 있었다. 그리고 갑자기 언덕은 끝나고 100미터쯤 되는 하얗게 깎아지른 듯한 낭떠러지로 이어졌으며, 그 발치를 파도 속에 적시고 있었다.

잔은 멀리 별빛 아래에 잠들어 있는 듯한, 물결이 어른거리는 길고 긴 수면을 바라보았다. 태양이 없는 이 고요 속으로 대지의 모든 냄새가 널리 퍼지고 있었다. 창문 아래로 덩굴을 뻗고 있는 재스민은 끊임없이 돋아나기 시작하는 잎들에서 풍겨 나오는 아주 은은한 냄새와 섞여, 찌르는 듯한 내음을 쉬지 않고 뿜어 대고 있었다. 느릿한 해풍이 소금기를 머금은 바람과 끈적거리는 해초의 냄새를 싣고 지나갔다.

잔은 처음에는 숨을 들이마시는 행복감에 몸을 내맡기고 있었다. 그러자 전원에서의 휴식이 시원한 목욕을 했을 때처럼 그녀의 기분을 평온하게 해주었다.

저녁때가 되면 잠에서 깨어나 밤의 고요 속에 그들의 보잘것없는 존재를 감추고 있는 모든 짐승들은 고요한 동요로 희미한 어둠을 채우고 있었다. 울지 않는 커다란 새들이 흑점처럼, 그림자처럼 대기 속으로 사라졌다. 보이지 않는 벌레들의 윙윙거리는 소리가 귓가를 스쳐 갔다. 그리고 소리 없는 걸음이 이슬이 가득 맺힌 풀밭이나 인적이 드문 길의 모래 위를 가로질러 갔다. 단지 몇 마리의 우울한 두꺼비들만이 달을 향해 짧고 단조로운 울음소리를 내고 있을 뿐이었다.

잔은 마음이 넓어지는 것 같았다. 마치 이 청명한 밤처럼 수많은 속삭임으로 가득하고, 그 떨림이 그녀를 감싸고 있는 이 밤벌레와도 같이 떠도는 수많은 욕망이 갑자기 가슴속에서 뒤끓는 것 같았다. 어떤 친화력이 그녀를 이 생동하는 시(詩)에 연결시켜 주었던 것이다. 그리고 밤의 부드러운 흰빛 속에서 그녀는 초인적인 전율이 몸 속에 흐르고, 무엇인지 알 수 없는 희망으로 가슴이 설레고, 행복의 입김과도 같은 그 어떤 것을 느꼈다.

그녀는 사랑을 동경하기 시작하였다.

사랑! 2년 전부터 그것이 다가온다는 사실과, 더불어 커져 가는 불안이 그녀의 가슴을 채우고 있었다. 이제 그녀는 자유롭게 사랑할 수 있다. 그녀는 단지 만나기만 하면 되는 것이다. 그를! 과연 어떤 사람일까? 그녀는 정확하게 그를 알지 못했으며 그에 대해 생각해 본 일조차 없다. 그는 그였다. 그뿐이었다.

그녀는 다만 온 마음으로 그를 열렬히 사랑했고, 그도 온 힘을 다해 그녀를 극진히 아껴 주리라는 것만 알고 있었다. 그들은 오늘 같은 밤에는 별에서 떨어지는 빛나는 재(灰)를 받으며 산책을 할 것이다. 그들은 손을 잡고, 몸과 몸을 기대고, 서로의 심장이 뛰는 소리를 들으면서, 서로의 어깨에서 체온을 느끼면서, 여름밤의 달콤한 청명 속에 그들의 사랑을 녹이면서, 오직 그들의 애정이라는 유일한 힘으로, 그들의 보다 은밀한 생각에까지 쉽사리 뚫고 들어갈 수 있을 만큼 하나가 되어 걸어갈 것이다. 그리고 그것은 형언할 수 없는 사랑의 고요 속에서 끝없이 계속될 것이다.

갑자기 그녀는 그가 거기에, 바로 자기 곁에 있는 것같이 느껴졌다. 그러자 갑자기 막연한 육감의 전율이 발끝에서부터 머리끝까지 흘렀다. 그녀는 마치 자기의 꿈을 포옹하려는 듯이 무의식적인 동작으로 두 팔로 가슴을 껴안았다. 그리고 그 무엇인가 알지 못하는 것을 향해 내민 입술 위로 거의 그녀를 실신시킬 정도의, 마치 봄의 숨결이 그녀에게 사랑의 입맞춤을 한 것 같은 무엇인가가 스쳐 지나갔다.

갑자기 저쪽 저택 뒷길에서 어둠 속을 걸어오는 발소리가 들렸다. 깜짝 놀라 미친 듯한 영혼의 충동 속에서 불가능한 일이라든지, 신의 섭리에 의한 우연이라든지, 신의 예감이라든지, 운명의 소설적인 조합 같은 것을 믿으려는 열광 속에서 그녀는 생각했다. 만약 그라면? 그녀는 걸어오는 사람의 규칙적인 발소리를 불안스럽게 듣고 있었다. 그는 틀림없이 철책 앞에 걸음을 멈추고 하룻밤의 잠자리를 청할 것이라고 확신했다.

하지만 그 사람이 그냥 지나쳐 버리자 그녀는 마치 기만을 당한 것처럼 서글퍼졌으나 곧 자신의 기대로 흥분되어 있음을 깨닫고 자신의 미친 듯한 행위에 미소를 지었다.

그러자 약간 마음이 진정되어서 그녀는 자신의 마음을 보다 합리적인 공상의 흐름에 떠다니게 하고, 미래를 꿰뚫어 보려고 애쓰면서 자기 존재의 발판을 쌓으려 했다.

그 사람과 함께 여기 바다가 내려다보이는 이 조용한 저택에 살게 되리라. 그녀는 물론 두 명의 아이를 가질 것이다. 그를 위해서는 아들을, 그녀를 위해서는 딸을. 그리고 그녀는 플라타너스와 보리수 사이의 풀밭을 뛰어다니는 아이들을 상상해 보았다. 그러면 아버지와 어머니는 더할 수 없이 애정에 가득 찬 눈으로 아이들을 바라보면서 아이들 머리 위로 사랑이 가득 담긴 시선을 교환할 것이다.

그녀는 이렇게 조용히 오랫동안 공상에 잠겨 있었다. 그러는 동안 하늘을 가로질러 여행을 끝마친 달은 바닷속으로 사라지려 하고 있었다. 대기는 점점 시원해졌고, 동쪽 수평선은 희끄무레해졌다. 오른쪽 농장에서 수탉 한 마리가 홰를 치자 다른 닭들이 왼쪽 농장에서 화답을 했다. 닭들의 쉰 울음소리는 닭장의 울타리를 가로질러 아주 멀리에서 들려

오는 것 같았다. 어느새 밝아진 드넓은 하늘에는 별들이 점점 자취를 감추고 있었다.

새들의 작은 울음소리가 여기저기서 들려 왔다. 처음에는 수줍은 듯한 지저귐이 나뭇잎 사이에서 들려 왔다. 그러다가 그 소리는 대담해져서 떨리는 듯한 즐거운 소리로 변해 이 가지에서 저 가지로, 이 나무에서 저 나무로 울려 퍼졌다.

잔은 갑자기 자신이 환한 밝음 속에 있다는 것을 느꼈다. 그래서 두 손으로 가리고 있던 머리를 들자 여명의 광휘에 눈이 부셔 눈을 감았다.

붉게 물든 구름의 산이 키 큰 포플러 가로수에 한쪽이 가려져서, 잠이 깬 대지 위에 선혈 같은 빛을 던지고 있었다. 그리고 천천히 빛나는 구름을 헤치고 나무들과 평원과 대양과 온 수평선에 불을 사르면서 타오르는 듯한 거대한 태양이 나타났다.

잔은 행복감으로 미칠 것만 같았다. 만물의 눈부신 아름다움 앞에서 넘쳐흐르는 환희와 무한한 감동이 그녀의 마음을 적시어 정신을 잃을 것 같았다. 그것은 그녀의 태양이었다! 그녀의 여명(黎明)이었다! 그녀의 생(生)의 시작이었다! 그녀의 희망의 기원이었다! 태양을 포옹하려는 욕망으로 그녀는 빛나는 우주를 향해 두 팔을 벌렸다.

그녀는 이야기하고 싶었다. 이 아침의 탄생과 같이 지고한 그 무엇인가를 외치고 싶었다. 그러나 그녀는 무력한 감격 속에 마비가 된 듯 그대로 있었다. 그러다가 두 손에 얼굴을 파묻었다. 눈에 눈물이 가득 괴는 것을 느꼈다. 그래서 그녀는 기쁜 마음으로 울었다.

그녀가 다시 머리를 들었을 때는 태어나기 시작한 여명의 화려한 무대 장치는 이미 사라지고 없었다. 그녀는 오한이 나는 것처럼 자신의 마음이 진정되면서 약간 피로함을 느꼈다. 창문도 닫지 않고 그녀는 침대에 가서 누워 다시 얼마 동안 공상에 잠기다가 8시에 아버지가 부르는 소리도 듣지 못할 정도로 깊은 잠에 빠졌다. 그녀는 아버지가 방에 들어왔을 때에야 비로소 잠이 깨었다.

아버지는 성관이, '그녀'의 성관이 아름답게 꾸며져 있다는 것을 그녀에게 보여 주고 싶어했다.

내륙 쪽으로 나 있는 건물의 현관은 사과나무가 심어져 있는 너른 뜰로 해서 길에서 멀리 떨어져 있었다. 시골길이라고 불리는 이 길은 농부들의 집 울타리 사이로 뻗어 나가다가 2킬로미터쯤 더 가서 르아브르에서 페캉에 이르는 한길과 이어지고 있었다.

곧은길이 숲의 울타리부터 현관의 층계에까지 나 있었다. 바닷가의 조약돌로 짓고 초가로 지붕을 이은 작은 부속 건물들은 두 농장의 도랑을 따라서 안뜰의 양쪽에 줄을 지어 서 있었다.

지붕은 새로 이어져 있었다. 모든 목조 부분은 다시 뜯어 고쳤고 벽은 수리가 되었으며, 방들은 다시 도배를 했고 내부는 전부 새로 칠했다. 그리고 퇴색한 이 낡은 저택에 달려 있는 은백의 새 덧문과 회색 정면 벽위에 새로 칠한 벽토는 마치 얼룩처럼 보였다.

또다른 현관, 잔의 창문 하나가 열려 있는 쪽의 또다른 현관은 작은 숲과 바람에 시달리는 느릅나무 벽 너머로 멀리 바다를 바라보고 있었다.

잔과 남작은 서로 팔을 끼고 한구석도 빼놓지 않고 전부 둘러보았다. 그리고 나서 그들은 공원이라고 부르는 곳을 둘러싸고 있는, 긴 포플러 가로수 길을 천천히 거닐었다. 풀은 나무들 밑에서 돋아나 녹색 양탄자처럼 펼쳐져 있었다. 맨 끝에 있는 작은 수풀은 매혹적이기까지 했다. 그것은 나뭇잎의 칸막이로 나뉜 꼬불꼬불한 좁은 길이 여러 갈래로 나 있었다. 갑자기 토끼 한 마리가 튀어나와 아가씨를 두려움에 떨게 하더니 비탈을 뛰어넘어 절벽 쪽 갈대 속으로 달아나 버렸다.

점심을 먹고 나서 아직도 지쳐 있는 아델라이드 부인이 쉬어야겠다고 말을 하자, 남작은 잔에게 이포르까지 내려가자고 제안을 했다. 그리하여 그들 두 사람은 떠났다. 먼저 레뵈플이 있는 에투방의 촌락을 가로질렀다. 세 사람의 농부가 그들을 전부터 알고 있었다는 듯이 그들에게 인사를 하였다. 그들은 구불구불한 계곡을 따라서 바다까지 내려가는 비탈진 숲 속으로 들어갔다.

이윽고 이포르의 마을이 나타났다. 문지방에 앉아 헌 옷가지를 깁고 있던 여자들이 그들이 지나가는 것을 바라보고 있었다. 한가운데로 시내가 흐르고 집집마다 문 앞에 난파선의 파편 더미가 흩어져 쌓여 있는 비탈진 거리에서는 소금에 전 강렬한 냄새가 풍겼다. 군데군데 작은 은화처럼 반짝이는 비늘이 붙어 있는 누르스름한 그물들을 누추한 집의 문 옆에다 말리고 있었다. 그 집에서는 단칸방에 우글거리는 많은 식구들의 냄새가 새어 나왔다. 비둘기 몇 마리가 시냇가에서 먹이를 찾으며 돌아다니고 있었다.

잔은 극장의 무대 장치처럼 신기하고도 새로운 이 모든 것들을 바라보았다. 어떤 집의 담을 돌아가니 바다가 보였다. 시선이 미치는 데까지 불투명하고도 매끄러운 푸른 바다가 끝없이 펼쳐져 있었다. 그들은 해변 앞에서 걸음을 멈추고 바다를 바라보았다. 새의 날개처럼 하얀 돛을 단 범선들이 멀리서 몇 척 지나가고 있었다. 오른편에도 왼편에도 거대한 절벽이 우뚝 솟아 있었다. 곶(串)처럼 튀어나온 것이 한쪽 시야를 가렸고, 다른 쪽으로는 더 이상 알아볼 수 없는 하나의 선이 될 때까지 수평선이 무한히 펼쳐져 있었다.

항구와 집들이 근처 절벽의 갈라진 틈새로 보였다. 그리고 바다에 거품으로 술 달린 장식을 만들고 있는 잔물결이 가벼운 소리를 내며 조약돌 위로 부딪혔다.

동그란 조약돌로 언덕을 이룬 곳에 끌어올려져 있는, 그 지방 특유의 작은 배들은 콜타르를 칠한 볼록한 뱃전을 햇볕에 드러낸 채 옆으로 쓰러져 쉬고 있었다. 몇몇 어부들이 저녁 밀물에 대비하여 배를 준비하고 있었다.

뱃사람 하나가 생선을 팔기 위해 그들에게로 다가왔다. 잔은 직접 레 퓌플로 가져가고 싶어서 가자미 한 마리를 샀다. 그러자 그 남자는 뱃놀이를 할 때 도와 주겠다고 제안을 하면서 자기 이름을 그들의 기억에 똑똑히 심어 주기 위해 "라스티크, 조제프 라스티크입니다." 하고 거듭 되풀이하는 것이었다. 남작은 그를 잊지 않겠다고 약속하였다.

그들은 성관을 향해 걸음을 재촉했다. 생선이 컸기 때문에 피곤해진 잔은 아버지의 지팡이에 생선의 아가미를 꿰어 둘이서 각각 한 끝을 붙잡고 즐겁게 다시 해안을 올라갔다. 이마에 바람을 맞으면서 기쁨에 빛나는 눈으로 두 명의 어린아이처럼 지껄여댔다. 그러는 동안 점점 팔에 힘이 빠져서 가자미의 그 기름진 꼬리가 풀밭에 질질 끌렸다.

2

잔에게는 아름답고 자유로운 생활이 시작되었다. 책을 읽고, 공상에 잠기고, 혼자서 가까운 곳을 이리저리 돌아다니기도 했다. 그녀는 멍하니 공상에 잠겨 길을 따라 느린 걸음으로 떠돌아다녔으며, 양쪽 산등성이가 황금빛 법의(法衣)처럼 갈대꽃의 털로 무성한 구불구불한 작은 골짜기를 깡충거리며 내려가기도 했다. 갈대꽃의 강렬하고도 부드러운 향기는 더위 때문에 더욱 진해져서 마치 향기로운 포도주처럼 그녀를 취하게 했다. 그리고 해변으로 밀려오는 희미한 파도 소리와 넘실거리는 파도는 그녀의 마음을 흔들어 놓곤 하였다.

이따금 그녀는 나른해져서 언덕 중턱의 무성한 풀밭에 드러눕기도 했다. 또한 계곡의 굽이에서, 잔디밭의 움푹 파인 저쪽에서, 햇빛에 반짝이는 세모꼴의 푸른 바다가 수평선에 돛단배를 하나 띄우고 있는 것이 눈에 띨 때면, 마치 그녀에게 감도는 행복이 신비롭게 다가오기라도 한 것처럼 걷잡을 수 없는 환희가 그녀에게 밀려오는 것이었다.

고독을 사랑하는 마음이 이 서늘한 고장의 부드러움과 둥그런 수평선의 고요 속에서 그녀에게 스며들었다. 그녀가 너무 오랫동안 언덕 꼭대기에 앉아 있었기 때문에 작은 야생 토끼들이 그녀의 발치에서 깡충거리며 지나가기도 했다.

그녀는 가끔 물 속의 고기나 공중의 제비들처럼 지칠 줄 모르고 자신을 움직일 수 있다는 그윽한 환희에 온몸을 떨며, 해안에서 불어오는 가벼운 바람을 맞으면서 절벽 위를 달리곤 하였다.

그녀는 땅에 씨앗을 뿌리듯 곳곳에 추억을, 그 추억의 뿌리가 죽을 때까지 내리고 있을, 그러한 추억들을 뿌렸다. 그녀에게는 이 계곡의 모든 굽이굽이에다 자신의 마음을 던져 넣는 듯이 느껴졌다.

그녀는 열심히 해수욕을 하기 시작하였다. 튼튼하고 대담하며 자신이 있었기 때문에 그리고 위험을 몰랐기 때문에 한없이 헤엄쳐 나갔다. 그녀는 제 몸을 이리저리 흔들면서 떠받치고 있는, 이 차고 맑고 푸른 물 속에 있으면 기분이 좋았다. 해안에서 멀리 나가면 그녀는 반듯이 누워 가슴 위로 깍지를 끼고 제비가 빠르게 지나가거나 갈매기의 흰 그림자가 설핏 스치는 하늘의 그 오묘한 푸른빛을 정신없이 바라보았다.

조약돌에 부딪혀 멀리 들려 오는 파도의 속삭임과 아직도 물결치는 파도에 스치는 육지의 희미한 소음 이외에는 아무 소리도 들리지 않았다. 그러나 그것도 어렴풋해서 거의 알아들을 수 없었다. 그러자 잔은 다시 몸을 뒤집고 미칠 듯한 기쁨에 두 손으로 물결을 헤쳐 나가며 날카로운 소리를 질렀다.

이따금 그녀가 위험을 무릅쓰고 너무 멀리 나가면 작은 배가 그녀를 찾으러 오곤 하였다. 그녀는 허기가 져서 얼굴은 창백했지만, 경쾌하고도 재빠른 몸짓으로 입술에는 미소를 머금고 행복에 가득 잠긴 눈으로, 성관으로 돌아오는 것이었다.

남작은 남작대로 농업에 관한 커다란 계획을 골똘히 생각하고 있었다. 그는 그 계획을 시도해 보고, 진행을 구체화하고, 새로운 기계를 시험해 보고, 외국 품종을 이식해 보고 싶어했다. 그래서 그는 하루의 대부분을 구상하는 것으로 보냈다.

또한 그는 가끔 이포르의 뱃사공들과 함께 바다로 나가기도 했다. 주위의 동굴이나 샘 그리고 뾰족한 종루로 나갈 때면, 그는 한낱 어부가 되어 고기를 낚고 싶다는 생각이 들었다.

미풍이 부는 날에 바람을 가득 실은 돛이 파도의 등 위로 작은 배의 통통한 몸체를 미끄러지게 하면, 각 뱃전에서는 바다 밑바닥에까지 고등어 떼를 추적하는 큰 줄을 풀어 늘어뜨린다. 그는 불안에 떨리는 손으로 가느다란 줄을 쥐고 있었다. 줄에 걸린 고기가 몸부림을 치자마자 그 떨리는 느낌이 온몸으로 전해졌다.

그는 전날에 던져 놓은 그물을 거두기 위해 환한 달빛을 받으며 떠났다. 그는 돛대가 삐걱거리는 소리를 듣기 좋아했고, 휙휙 소리를 내는 호소하는 듯한 시원한 밤바람을 들이마시는 것이 좋았다. 그러고는 바위의 돌출부나 종루의 지붕, 페캉의 등대를 따라 부표(浮標)를 찾기 위해 한참 동안 지그재그로 항해한 후, 갑판 위에서 부채꼴 모양의 넓적한 가

오리의 끈적거리는 등과 가자미의 기름진 배를 반짝반짝 빛나게 하는, 떠오르는 아침의 첫 햇살을 받으며 꼼짝하지 않고 서 있는 것을 즐겼다.

식사 때마다 그는 열광적으로 자신의 산책에 대한 이야기를 하였다. 그러면 어머니는 어머니대로 포플러가 있는 큰 가로수 길을 몇 번이나 걸었는가를 그에게 들려주는 것이었다. 그 길은 쿠이야르 농장의 맞은 편에 있는 오른쪽 길이었다. 다른 길은 햇빛이 충분히 들지 않았기 때문에 소용이 없었다.

'운동을 하라.' 는 권고를 받았기 때문에 그녀는 열심히 걸었다. 밤의 서늘한 냉기가 걷히자마자 그녀는 로잘리의 팔에 기대어 내려왔다. 온몸을 망토 하나와 두 개의 숄로 감싸고, 머리는 까만 밀짚모자로 덮어쓴 위에 또 빨간 니트 모자를 뒤집어쓴 채 말이다. 게다가 왼발이 약간 무거워 그쪽을 질질 끌어서 길을 따라 내려갈 때 하나, 돌아올 때 하나씩 풀이 쓰러져 죽어 있는 먼지 나는 길에 두 줄의 자국이 이미 그어져 있었다. 그녀는 성관의 모퉁이에서부터 작은 숲의 첫 번째 관목이 있는 데까지 일직선으로 끝없는 여행을 쉴새없이 되풀이하는 것이었다. 그녀는 이 산책길의 코스가 끝나는 양쪽에 의자를 놓아두도록 지시했다. 그리고 오 분마다 걸음을 멈추고는 자기를 부축하고 있는 참을성 많은 가련한 하녀에게 이렇게 말했다.

"앉았다 가자, 얘야. 좀 피곤하구나."

그리고 쉴 때마다 의자 위에다 먼저 머리 위에 쓰고 있던 니트 모자를, 다음에는 숄을, 그리고 또다른 숄을, 밀짚모자를, 그 다음에는 망토를 벗어 놓는 것이었다. 그리하여 가로수 길의 양끝에는 두 개의 커다란 옷 보따리가 생기게 되는데, 점심을 먹으러 돌아올 때는 로잘리가 그것을 놀고 있는 다른 팔로 들고 오는 것이었다.

오후에는 더 느린 걸음걸이로 남작 부인은 다시 산책을 시작하였다. 휴식 시간도 더 길어지고, 때로는 그녀를 위해 밖에 내놓은 긴 의자에서 한 시간 가량 졸고 있을 때도 있었다. 그녀는 이것을 '나의 운동'이라고 했지만, 마치 '나의 심장비대증'이라고 말하는 것과도 같았다.

숨이 가빠 고생을 했기 때문에 10년 전에 진찰을 받았을 때 의사는 심장비대증이라고 말했었다. 그때부터 이 말은—그 의미를 잘 이해하지는 못했으나—그녀의 머릿속에 박혀 버리고 말았다. 그녀는 남작이나 잔과 로잘리에게 끈덕지게 자기의 심장을 만져 보도록 시도했으나 아무도 그것을 느끼지는 못했다. 그만큼 그것은 그녀의 팽창된 가슴속에 묻혀 있었던 것이다. 그러나 그녀는 다른 병이 발견될까 봐 두려워서 다른 의사에게 진찰을 받아 보는 것을 권해도 완강히 거절하였다. 그러고는 툭하면 '나의 심장비대증'에 대한 이야기를 끄집어냈다. 너무 자주 이야기했기 때문에 마치 이 병은 그녀에게만 특별한 것처럼 여겨졌고, 그녀에게만 유일한 것으로, 다른 사람들은 아무 권리도 없는 것처럼 보였다.

마치 '옷, 모자, 우산'이라고 말하는 투로 남작은 '내 아내의 심장비대증'이라고 했고, 잔은 '엄마의 심장비대증'이라고 말하였다.

그녀는 젊었을 때는 몹시 아름다웠고 갈대보다 더 날씬했었다. 제정 시대의 제복을 입은 많은 군인들의 팔에 안겨 왈츠를 추었고, 『코린』을 읽고 눈물을 흘렸었다. 그녀는 지금도 여전히 이 책에 대해서 깊은 감명을 느끼고 있다.

허리가 굵어짐에 따라 그녀의 영혼은 더욱 시적(詩的)인 충동에 사로
잡혔다. 너무 뚱뚱해져서 안락의자에 못박힌 듯이 앉아 있게 되었을 때
는, 그녀의 생각은 달콤한 사랑의 모험 사이를 떠돌아다니며 자신을 여
주인공이라고 믿는 것이었다. 그녀는 그중에서도 마음에 드는 것이 있
어서 손잡이를 돌리면 끝없이 같은 곡을 반복하는 음악 상자처럼 언제
나 그것을 그녀의 꿈속에 다시 불러들이는 것이었다. 자유를 빼앗긴 이
들과 제비들에 대한 번민하는 사랑의 이야기는 언제나 그녀의 눈시울을
젖게 하였다. 그리고 또한 사랑의 아쉬움을 표현하고 있기 때문에 그녀
는 베랑제의 외설스러운 노래까지 좋아하였다.

그녀는 종종 자신의 꿈속에 아스라이 빠져 몇 시간이고 꼼짝 않고 앉
아 있기도 했다. 그리고 레퇴플, 그녀의 거주지는 그녀의 마음속 소설에
무대를 제공해 주기 때문에 한없이 그녀를 기쁘게 하는 것이었다. 그 저
택은 주위의 숲과 황량한 광야, 근처의 바다 때문에 그녀가 몇 달 전부터
읽고 있는 월터 스코트의 소설을 연상하게 했기 때문이다.

비가 오는 날이면 그녀는 방에 틀어박혀서 그녀가 '기념물'이라고 부
르는 것을 뒤적거리며 보냈다. 그것은 모두 옛날 편지들이었다. 그녀의
아버지와 어머니의 편지들, 약혼 시절에 보낸 남작의 편지들, 그리고 또
다른 편지들도 있었다.

그녀는 이 편지들을 구리로 만든 스핑크스가 귀퉁이에 달려 있는 마
호가니 책상 안에 넣어 두었다. 그래서 그녀는 특이한 목소리로 "애야,
로잘리, 기념물이 들어 있는 서랍을 가져오렴."하고 말하는 것이었다.

하녀는 책상을 열고 서랍을 빼내 안주인 곁에 있는 의자 위에 올려놓

는다. 그러면 부인은 천천히 하나하나 그 편지들을 집어 읽기 시작한다. 가끔 그 편지 위에 눈물을 떨구기도 하면서……

잔은 가끔 로잘리를 대신해서 어머니를 부축하여 산책을 하기도 했는데, 그럴 때면 어머니는 잔에게 어린 시절의 추억을 이야기해 주곤 하였다. 잔은 그 옛날 이야기 속에서 그들의 생각이 비슷하다는 것과 그들이 바라는 욕망이 같다는 것에 놀라곤 했다. 사람은 누구나 최초의 인간의 심장을 뛰게 하고, 또한 최후의 남자와 최후의 여자의 심장을 고동치게 할 그 숱한 감동에 대해서 누구보다도 먼저 그 떨림을 겪은 것처럼 상상했기 때문이다.

그들의 느린 걸음걸이는 느린 이야기에 보조를 맞추었다. 가끔 숨이 차서 이야기를 몇 초 동안 멈추기도 했다. 그럴 때면 잔의 생각은 막 시작한 사랑의 모험을 뛰어넘어 기쁨으로 가득 찬 미래를 향해 돌진하여 희망 속으로 굴러가는 것이었다.

오후에 두 모녀가 안쪽의 의자에 앉아 쉬고 있을 때, 그들은 갑자기 가로수 길 끝에서 그들을 향해 걸어오고 있는 뚱뚱한 신부를 발견하였다.

그는 멀리서 미소 띤 얼굴로 인사를 했다. 또 그들에게서 세 걸음쯤 되는 거리에 와서 그는 다시 인사를 하며 소리쳤다.

"아, 남작 부인, 안녕하십니까?"

그는 그 지방의 주임 사제(司祭)였다.

어머니는 철학자들의 전성기에 태어나 혁명 시대에 별로 신앙심이 없는 아버지에 의해 키워졌기 때문에, 여자가 갖는 일종의 종교적 본능에서 사제들을 좋아하기는 했으나 교회에는 거의 나가지 않았다.

그녀는 그곳의 주임 사제인 피코 신부를 완전히 잊고 있었기 때문에 그를 보자 얼굴이 빨개졌다. 그녀는 자신이 먼저 찾아 뵙지 못한 것에 대해 사과했다.

　　그러나 호인인 사제는 조금도 그것에 마음을 상한 것 같지 않았다. 그는 잔을 쳐다보고 훌륭한 용모를 가졌다고 칭찬하고 나서, 의자에 앉아 무릎 위에다 삼각 모자를 벗어 놓고 이마의 땀을 닦았다. 지나치게 뚱뚱하고 얼굴이 몹시 빨간 사제는 쉴새없이 땀을 흘렸다. 그는 이내 주머니에서 땀에 젖은 커다란 체크 무늬의 손수건을 꺼내 얼굴과 목을 닦았다. 그러나 땀에 젖은 손수건을 사제복의 깊숙한 주머니 속에 넣자마자, 다시 땀방울이 살갗에 솟아 배가 불룩하게 나온 사제복 위로 굴러 떨어지면서 길가에 날아다니는 먼지를 흡수하여 동그랗고 조그만 얼룩으로 만들어 버리는 것이었다.

　　그는 쾌활한 전형적인 시골 사제로 관대하고 말이 많았으며 정직한 사람이었다. 그는 여러 가지 이야기를 하고, 이 지방 사람들에 대해 이야기하면서도 자기 교구(教區)에 속한 이 두 사람이 아직 미사에 참석하지 않고 있다는 것을 모르는 것 같았다. 남작 부인은 자기의 확실치 않은 신앙심에 나태함을 일치시키고 있었고, 잔은 경건한 의식을 실컷 맛본 수도원의 부속 여학교에서 해방된 것을 너무 행복해하고 있었던 것이다.

　　남작이 나타났다. 그의 범신론적인 종교는 여러 가지 교리에 대해서 그를 무관심하게 만들었다. 그러나 전부터 알고 지냈던 신부에 대해서는 친절을 베풀고, 저녁 식사에도 초대했었다.

　　영혼을 다룬다는 것은, 가장 평범한 사람들에게는 운명의 요행에 의해

자기들과 비슷한 사람에 대해서 권력을 행사할 수 있게 된 무의식적인 간사함을 지니게 하는데, 이 사제도 그러한 무의식적인 간사함 덕택으로 다른 사람의 마음에 들 수 있었다.

남작 부인은 사제를 극진히 여겼는데, 그것은 어쩌면 체질이 비슷한 사람을 접근시키는 그런 친화력에 끌린 듯했다. 뚱뚱한 사제의 다혈질적인 얼굴과 가쁜 숨소리가 지나치게 비대하여 숨을 헐떡이는 그녀의 마음에 들었던 것이다.

디저트가 나올 무렵 사제는 한잔 마신 얼큰한 기분으로 신부다운 훌륭한 말솜씨를 발휘하고 있었는데, 그것은 즐거운 식사 끝에 나오는 허물없고 젠체하지 않는 그러한 태도였다.

갑자기 유쾌한 생각이 머릿속을 스치고 간 듯이 그가 소리쳤다.

"이 교구에 새 신도가 한 사람 생겼는데, 소개해 드려야겠군요. 드 라마르 자작입니다!"

이 지방의 모든 가문을 속속들이 알고 있는 남작 부인이 물었다.

"그분은 외르의 드 라마르 가(家) 출신인가요?"

사제가 머리를 끄덕였다.

"그렇습니다, 부인. 작년에 작고한 장 드 라마르의 아들입니다."

귀족을 굉장히 좋아하는 아델라이드 부인은 수많은 질문을 던진 끝에 다음과 같은 사실을 알아냈다. 부친의 부채를 갚고, 젊은이는 가문의 성관을 팔아 에투방의 마을에 소유하고 있는 세 농장 중의 하나에 잠시 머무르기 위해 작은 집을 하나 마련했다. 그의 재산은 모두 연금 5000~6000프랑에 상당한다. 그러나 자작은 검소한 데다가 현명한 성격이어서 이 검소한 거주지에서 2~3년 동안 수수하게 살면서 장차 사교계에 나설 만한 재산을 모아 빚을 지거나 농장을 저당 잡히거나 하지 않고 유리한 결혼을 하려 한다는 것이었다.

사제는 덧붙였다.

"호감이 가는 청년이지요. 게다가 아주 건실하고 싹싹하지요. 그렇지만 이 고장에서는 별로 즐겁게 지낼 데가 없는가 봅니다."

남작이 말했다.

"그분을 우리 집으로 데려오세요, 신부님. 때로는 그분에게 기분 전환이 될 수도 있을 테니까요."

그러고는 그들은 화제를 돌렸다. 모두 객실로 들어가서 커피를 마신 후에, 사제는 정원을 한바퀴 돌도록 허락해 달라고 청했다. 그는 식사 후에 운동을 조금 하는 버릇이 있었기 때문이다. 남작이 그와 동행했다. 그들은 성관의 하얀 현관을 따라서 느릿느릿 걸어갔다가는 다시 돌아왔다. 한 사람은 여위고 또 한 사람은 작고 뚱뚱한 데다가 버섯 모양의 모자를 쓴 그들의 그림자는 달을 향해서 걸어갈 때는 그들의 뒤를, 달을 등지고 걸어갈 때는 그들의 앞에서 왔다갔다하였다. 사제는 주머니에서 일종의 코담배를 꺼내 우물우물 씹었다. 그는 담배의 효용을 시골 사람의 솔직한 말투로 설명하였다.

"소화가 좀 안 되어서요. 소화시키는 데 더없이 좋지요."

그러고는 갑자기 밝은 달이 떠가는 하늘을 바라보면서 말했다.

"이런 광경은 언제 보아도 싫지 않군요."

그리고 그는 부인에게 작별 인사를 하러 안으로 들어갔다.

3

다음 일요일, 남작 부인과 잔은 사제에 대한 존경심의 미묘한 감정에 이끌려 미사에 참석했다.

두 사람은 미사가 끝난 후, 목요일 점심에 사제를 초대하기 위해 그를 기다리고 있었다. 사제는 어떤 키가 크고 품위 있는 청년과 정답게 팔짱을 끼고 제의실(祭衣室)에서 나왔다. 사제는 두 여자를 알아보곤 기쁜 시늉을 하며 소리쳤다.

"아, 마침 잘됐군요! 남작 부인과 잔 양, 여러분의 이웃인 드 라마르 자작님을 소개하겠습니다."

자작은 머리를 숙여 인사를 하고 나서 이미 오래전부터 두 분과 알게 되기를 바라고 있었노라고 말했다. 그리고 생활의 경험이 있는 남자답게 능숙하게 이야기를 시작했다.

그는 모든 남자들에게는 불쾌감을 주나, 대부분의 여자들이 꿈꾸는 그런 훌륭한 용모를 지니고 있었다. 그의 곱슬거리는 갈색 머리는 햇빛에 그을린 매끈한 이마 위에서 물결치고 있었다. 그린 듯이 고른 두 개의 굵은 눈썹은 흰자위가 약간 푸른빛을 띠고 있는 것 같은 그의 어두운 눈을 깊고 부드럽게 보이게 했다. 짙고 긴 속눈썹을 가진 시선은, 살롱에서는 거만하고도 아름다운 귀부인의 마음을 설레게 하고, 거리에서는 바구니를 끼고 헝겊 모자를 쓰고 가는 아가씨를 뒤돌아보게 하는, 그런 정열적인 설득력을 갖고 있었다.

그 눈의 나른한 매력은 생각이 깊음을 이야기해 주고, 아무리 사소한 말이라도 중요성을 부여하였다. 무성하면서도 윤기가 도는 멋진 수염은 약간 강하게 보이는 턱을 가려 주었다.

그들은 많은 인사말을 나눈 뒤에 헤어졌다. 드 라마르 씨는 이틀 후에 남작 집을 첫 방문하기로 했다.

그는 거실 창문 맞은편에 있는 커다란 플라타너스 아래에다 시골풍의 의자를 놓으려고 하는, 바로 그날 아침에 찾아왔다. 남작은 짝을 맞추기 위해서 보리수 밑에 또 하나의 의자를 갖다 놓고 싶어했다. 그러나 균형 같은 것에 별 취미가 없는 어머니는 그러고 싶어하지 않았다. 의견을 묻자 자작은 남작 부인의 의견에 동의하였다.

그러고 나서 그는 이 지방에 대하여 이야기를 했는데 "아주 그림처럼 아름답다."고 말하면서, 혼자 조용히 산책하는 동안에 많은 아름다운 '경치들'을 발견했다고도 했다. 때때로 그의 시선은 우연인 것처럼 잔의 시선과 마주쳤다. 그녀는 그럴 때면 이 갑작스런 시선에서 이상한 감정을 느끼고는 급히 시선을 돌렸다. 그 시선에는 애무하는 듯한 찬사와 눈뜨기 시작한 교감(交感)이 서려 있었다.

작년에 죽은 드 라마르 씨의 아버지는 마침 퀴르토 씨라의 친구를 한 사람 알고 있었는데, 남작 부인은 퀴르토 씨의 딸이었다. 이런 관계가 드러나자 인척 관계, 만난 날짜, 혈족 관계에 대해 끝없는 대화가 이어졌다. 남작 부인은 뛰어난 기억력을 발휘해서 복잡한 족보의 미궁 속을 전혀 혼동하는 일이 없이 돌아다니며, 다른 가문의 조상이나 후예들을 밝혀 냈다.

"자작은 소느와 드 바르플뢰르 가(家)에 대한 이야기를 들으셨나요? 장남인 공트랑 씨는 쿠르실 가의 딸과 결혼을 했지요. 쿠르빌의 쿠르실 있잖아요? 차남은 내 사촌 중의 하나인 로쉬 오베르 양과 결혼을 했는데, 그녀는 크리상즈 가와 친척이 되지요. 그런데 크리상즈 씨는 내 아버님의 절친한 친구랍니다. 아마 댁의 돌아가신 부친과도 아실 겁니다."

"네, 부인. 혹시 크리상즈 씨는 망명하지 않으셨던가요? 그리고 그 아들은 파산하고요?"

"바로 그분이에요. 그분은 내 숙모에게 그의 남편인 에레트리 백작이 세상을 뜨자 혼담을 가져왔었지요. 그러나 그가 코담배를 즐겼기 때문에 숙모가 거절했어요. 그건 그렇고, 빌르와즈 집안이 어떻게 되었는지 아세요? 그 집은 불운을 만나 오베르뉴에 정착하려고 1813년경에 투렌을 떠났지요. 그후 저는 그 집 소식을 듣지 못했습니다."

"제가 알기로는 부인, 늙은 후작은 말을 타다 떨어져 죽고, 영국인과 결혼한 딸과 바솔이라던가 하는 상인과 결혼한 딸이 또 하나 있다는데요, 그런데 이 사람이 부자라서 여자를 유혹했다는 소문도 있더군요."

그러자 늙은 부모들의 대화를 어렸을 적부터 많이 들어서 알고 있고, 기억하고 있는 이름들이 생각났다. 이러한 동등한 가문들끼리의 결혼이란 그들의 머릿속에서는 커다란 공적인 사건 같은 중요성을 띠게 마련이다. 그들은 한 번도 본 일이 없는 사람들에 대해서 아주 잘 알고 있기라도 한 것처럼 이야기를 하였다. 다른 사람들은 다른 지방에서 똑같은 식으로 이들에 대해서 이야기를 한다. 그래서 그들은 멀리에서 친근하게 거의 친구처럼, 친척처럼 느끼고 있는 것이다. 같은 계급에 속해 있고 동등한 혈통을 지니고 있다는 그 한 가지 사실만으로 말이다.

남작은 원래 비사교적인 성격에다 자기 사회의 신념이나 편견과 전혀 일치하지 않는 감각을 지녔기 때문에 주변의 가문들에 대해서는 거의 아는 것이 없었다. 그래서 그는 자작에게 그 가문들에 대하여 물었다.

드 라마르 씨가 대답했다.

"아! 이 고장에는 귀족이 그리 많지 않습니다."

그것은 마치 언덕에는 토끼가 거의 없다고 단언하는 것과 같은 말투였다. 그러고는 자세한 이야기를 하였다. 아주 가까운 거리 안에서는 귀족 집안이 단지 세 집밖에 없었다. 드 쿠틀리에 후작, 그는 노르망디 지방 귀족 계급의 우두머리 격이었다. 드 브리즈빌 자작, 그들은 우수한 혈통의 사람들이지만 너무 고립된 생활을 하고 있었다. 끝으로 드 푸르빌르 백작, 그는 흔히 도깨비로 통하고 있으며 상심하고 있는 아내를 죽도록 못살게 군다는 소문이 나 있고 연못 위에 세운 브리에트의 저택에서 사냥을 하며 지내고 있었다.

자기들끼리 친교를 맺고 있는 몇몇 벼락부자들은 여기저기 땅들을 사들였다. 자작은 그들에 대해서는 전혀 아는 것이 없었다. 그는 작별 인사를 했다. 그의 마지막 시선은 잔에게 멎었다. 그는 마음에서 우러나는 다정하며 부드러운 어떤 특별한 인사를 그녀에게 보내는 것 같았다.

남작 부인은 그를 매력적인 청년으로, 특히 아주 신사적인 사람이라고 생각했다. 부인의 생각에 아버지가 대답했다.

"그래, 확실히 좋은 가문에서 자란 청년이야."

그들은 다음 주일에 그를 만찬에 초대했다. 그 이후로 그는 규칙적으로 남작 집을 찾아오게 되었다.

그는 대부분 오후 4시경에 와서는 '그녀의 가로수 길'에서 어머니를 만나 '그녀의 운동'을 도와 주기 위해 팔을 내미는 것이었다. 잔이 외출하지 않을 때는 그 남자의 다른 쪽에서 남작 부인을 부축했고, 이들 세 사람은 똑바로 난 큰길을 이 끝에서 저 끝까지 쉬지 않고 느린 걸음으로 왔다갔다하는 것이었다.

그는 젊은 아가씨에게는 거의 말을 걸지 않았다. 그러나 까만 비로드 같은 그의 눈은 푸른 마노(瑪瑙)와 같다고 하는 잔의 눈과 자주 부딪쳤다.

여러 번 그들은 남작과 함께 이포르로 내려갔다.

어느 날 저녁, 그들이 해변가에 있을 때 라스티크 영감이 다가와 파이프를 문 채 아마 파이프를 물지 않은 그를 본다는 것은 마치 그의 코가 없어진 것을 보는 것보다 더 놀라운 일일 것이다 이렇게 말했다.

"이런 바람이라면 남작 나리, 내일은 에트르타까지 나가도 곧 돌아올 수 있을 겁니다."

잔은 손뼉을 쳤다.

"아! 아빠, 가요, 네?"

남작은 드 라마르 씨 쪽을 돌아다보았다.

"같이 가겠소, 자작? 우리 그리로 가서 점심을 먹읍시다."

그렇게 해서 떠나는 일이 당장 결정되었다.

다음날 새벽부터 잔은 일어나 있었다. 그녀는 더디게 옷을 입는 아버지를 기다렸다. 그리고 이들은 이슬을 밟으며 걷기 시작하였다. 먼저 평원을 가로지르고 그 다음에는 새들의 노래로 온통 떨고 있는 숲을 지났다. 자작과 라스티크 영감은 닻줄을 감아 올리는 기계 위에 걸터앉아 있었다.

두 사람의 다른 뱃사공이 출발을 거들어 주었다. 남자들이 어깨를 뱃전에 대고 전력을 다해 배를 밀었더니 간신히 조약돌이 있는 평평한 바닷가로 나아갔다. 라스티크는 용골(龍骨) 밑으로 기름칠한 나무 굴림대를 밀어 넣고 자기 자리로 돌아와서는, 다른 사람들의 힘을 조절하려는 듯이 "어영차!" 하고 느리고 단조로운 목소리로 끝없이 장단을 맞추었다.

배가 경사진 곳에 다다르자 갑자기 스스로 움직이면서, 천이 찢어지는 듯한 요란한 소리를 내며 둥근 조약돌 위로 미끄러져 내려갔다. 배는 잔물결이 넘실거리는 거품 위에서 갑자기 멈췄다. 모두들 배에 올라타 자리를 잡았다. 그러자 뭍에 남아 있던 두 뱃사공이 배를 물결 위로 밀어냈다.

바다에서 끊임없이 불어오는 가벼운 미풍이 수면을 가볍게 스치면서 잔물결을 일게 했다. 돛이 올라가고 약간 부풀더니 배는 파도에 조용히 흔들리며 바다 위를 미끄러져 갔다.

우선 해안에서 멀리 나갔다. 태양은 수평선을 향해 대양에 녹아 들어가며 서서히 저물어 가고 있었다. 육지 쪽으로 높게 깎아지른 절벽은 그 발치에 커다란 그림자를 드리우고 있었다. 햇빛 가득 찬 잔디밭 언덕은 군데군데 초승달처럼 패어 있었다. 멀리 뒤쪽으로는 누르스름한 돛들이 페캉의 흰 방파제를 빠져나오고 있었다. 그리고 그 앞으로는 빛이 들어오게 구멍이 뚫린 둥글고 이상한 모양의 바위 하나가 바닷속에 코를 박고 있는 거대한 코끼리 모양을 하고 있었다. 그것은 에트르타의 작은 문이었다.

잔은 한 손으로 뱃전을 잡고 흔들리는 물결에 약간 어지러움을 느끼며 바다 저 멀리 바라보고 있었다. 그녀에게는 신의 창조물 가운데에서 정말로 아름다운 것은 오직 세 가지라는 생각이 들었다. 그것은 빛과 공간과 물이었다.

아무도 입을 여는 사람이 없었다. 키의 손잡이와 닻줄을 잡고 있는 라스티크 영감은 의자 밑에 숨겨 둔 술병을 간간이 꺼내 병째로 한 모금씩 마시고 있었다. 그러고는 그루터기같이 영원히 꺼지지 않을 듯한 그의 분신 같은 파이프로 쉬지 않고 담배를 피웠다. 그 파이프에서는 가는 실 같은 푸른 연기가 피어올랐다.

한편 그의 입술 한 귀퉁이에서도 그와 비슷한 연기가 새어 나왔다. 그리고 아무도 흑단보다 더 검게 담뱃진에 물든, 흙으로 만든 담뱃대의 골통에 불을 다시 붙인다거나 담배를 채워 넣는 뱃사공을 쳐다보지 않았다. 이따금 그는 한 손으로 파이프를 쥐고 그것을 입술에서 떼고는, 연기가 나오고 있는 입으로 누르께한 침을 바다 멀찍이 내뱉었다.

뱃머리에 앉아 있는 남작은 뱃사공 대신 돛을 살피면서 한 사람의 임무를 해내고 있었다. 잔과 자작은 나란히 앉아 있었는데 두 사람 모두 약간 거북스러워하고 있었다. 어떤 알 수 없는 힘이 그들의 시선을 마주치게 했다. 그것은 마치 어떤 친화력이 그들에게 알려 주듯이 그들은 똑같은 순간에 눈을 들었던 것이다. 그들 사이에는, 남자가 그리 못생기지 않고 여자가 아름다운 경우에 두 젊은이 사이에서 재빨리 일어나는, 그런 미묘하고도 막연한 애정이 이미 흐르고 있었기 때문이다. 그들은 서로의 곁에 있는 것이 행복하게 여겨졌다. 아마도 그들은 서로가 서로를 생각하고 있었기 때문일 것이다.

태양이 자기 아래에 펼쳐진 넓은 바다를 더 높은 곳에서 내려다보려는 듯이 솟아올랐다. 그러나 바다는 교태를 부리듯 엷은 안개로 몸을 둘러싸고 햇살을 가렸다. 그것은 투명하면서도 매우 낮게 드리운 황금빛 안개로서 아무것도 숨기지 않았으며 먼 풍경을 훨씬 부드럽게 만들어 주었다. 태양은 그의 불꽃을 내쏘아 이 빛나는 구름을 녹이려는 듯했다. 태양이 온 힘을 다해 내리비치자 엷은 안개는 증발하며 사라졌다. 그리고 거울처럼 매끄러운 바다는 햇빛 속에서 눈부시게 빛나기 시작하였다.

잔은 몹시 감동하여 중얼거렸다.

"아, 얼마나 아름다운가요!"

자작이 대답했다.

"아, 네, 정말 아름답군요!"

이 아침의 청명한 빛이 두 사람의 가슴속에 메아리 같은 것을 일깨워 놓은 것이다. 갑자기 에트르타의 둥그렇고 커다란 문이 나타났는데, 그 것은 바다로 걸어 들어가는 듯한 절벽의 두 다리와도 비슷하였고, 배들 이 드나들 수 있을 만큼 높은 아치 구실을 하기도 하였다. 한편 희고 뾰 족한 바위의 첨봉(尖峯)이 첫 아치 앞에 서 있었다.

배가 해안에 닿았다. 남작이 제일 먼저 내려서 밧줄을 끌어당겨 배를 바닷가로 끌어올리는 동안, 자작은 잔의 발이 물에 젖지 않게 그녀를 두 팔로 안아 땅에 내려놓았다. 그러고 나서 그 두 사람은 이 짧은 포옹에 흥분된 가슴으로 단단한 자갈밭을 나란히 걸어 올라갔다. 그들은 갑자 기 라스티크 영감이 남작에게 말하는 소리를 들었다.

"제 생각으로는 이내 아름다운 한 쌍이 생겨날 것 같구먼요."

바닷가에 있는 작은 여인숙에서 먹은 점심은 훌륭했다. 태양은 목소 리와 생각을 마비시켜 그들을 침묵하게 했으나, 식탁은 그들을 떠들썩 하게 만들었다. 마치 소풍을 나온 학생들처럼…….

아주 하찮은 것들까지도 그들에게 한없는 즐거움을 안겨 주었다.

라스티크 영감은 식탁에 자리잡고 앉아 아직도 연기가 나는 파이프를 조심스럽게 베레모 안에 감추었다. 모두들 그것을 보고 웃었다. 어쩌면 그의 붉은 코에 끌렸을지도 모를 파리 한 마리가 몇 번이나 날아와서 그 위에 앉으려고 했다. 영감이 파리를 잡기에는 너무 느린 손짓으로 그것 을 쫓아 버리면, 파리는 벌써 많은 그의 동료들이 더러운 얼룩을 만들어

놓은 모슬린 커튼 쪽으로 날아갔다. 그러나 파리는 뱃사공의 그 붉은 사자 코를 열심히 노리는 것 같았다. 왜냐하면 거기에 앉으려고 곧 다시 날아왔기 때문이다. 파리가 날아올 적마다 참을 수 없는 폭소가 터져 나왔다. 이 간지럼이 귀찮아진 영감이 "이놈의 파리, 더럽게 고집 세군." 하고 중얼거리자, 잔과 자작은 눈물이 날 정도로 재미있어서 몸을 비틀고 질식할 듯이 웃어댔으며 더 이상 웃지 않으려고 입에다 냅킨을 갖다 대기까지 했다.

"우리, 산책이나 해요."

커피를 마시고 나자 잔이 말했다. 자작은 자리에서 일어섰으나 남작은 조약돌 위에서 햇볕을 쬐는 것이 더 좋다고 하였다.

"자네들이나 갔다 오게. 한 시간 후에 여기서 만나기로 하고."

그들은 그 고장에 있는 초가집 몇 채를 똑바로 가로질러 갔다. 그리고 거대한 농장과 비슷한 작은 성관을 지나 그들 앞에 길게 뻗쳐 있는 널따란 계곡으로 들어갔다.

바다의 움직임은 그들의 기운을 쇠진하게 하고, 평소의 몸의 균형을 흔들리게 하였으며, 소금기를 머금은 대기는 그들을 시장하게 만들었고, 그리고 점심은 그들의 머리를 멍청하게 만들었으며, 즐거움은 그들을 나른하게 만들었다. 그런 이유로 그들은 지금 들판을 미친 듯이 달리고 싶은 욕망으로 자신들이 약간 머리가 돈 것이 아닌가 하는 느낌이 들었다. 잔은 새롭고도 빠른 감각에 완전히 동요되어서 자기 귀에서 윙윙 소리가 나는 것을 들었다.

이글거리는 태양이 그들 위에 내리쬐고 있었다. 길 양쪽에는 잘 익은

50

농작물들이 태양의 열기에 고개를 숙이고 축 늘어져 있었다. 여기저기 돋아나는 새싹처럼 수많은 메뚜기들이 밀밭에서, 보리밭에서, 해안의 갈대 속에서 목이 쉬도록 울고 있었는데, 그 소리는 가늘어서 귀가 멍할 정도였다.

그 밖에는 어떤 다른 소리도 타오르는 하늘 아래에서 들려 오지 않았다. 눈부시게 반짝이는 푸른 하늘은 마치 벌겋게 달아오른 숯불 가까이에 있는 금속처럼 갑자기 새빨개질 듯한 노란색을 띠었다.

조금 더 가서 오른쪽으로 멀리 작은 숲이 보여 그들은 그리로 갔다. 두 비탈 사이로 양쪽의 험한 좁다란 산책길이, 햇빛이 뚫고 들어갈 수 없을 만큼 커다란 나무들 밑으로 나 있었다. 그곳으로 들어서자 일종의 곰팡내 나는 냉기가 그들을 사로잡았다. 그 습기는 피부에 소름을 돋게 하고 폐까지 스며들었다. 햇빛과 공기가 부족하기 때문에 풀은 자취를 감추었지만, 이끼가 땅을 덮고 있었다. 그들은 앞으로 계속 나아갔다.

"저기에 좀 앉을 수 있을 것 같아요."

잔이 말했다.

두 그루의 고목이 죽어 있었다. 푸른 잎사귀들 사이로 벌어진 틈이 있어 그 사이로 빛이 소나기처럼 쏟아져 들어와 땅을 데우고, 잔디와 민들레와 칡들의 싹을 트게 하고, 아지랑이처럼 가냘픈 작은 흰 꽃들과 실패에 감긴 실과 흡사한 디기탈리스 꽃을 피게 했다. 나비들, 벌들, 통통한 말벌들, 파리의 해골과도 비슷한 엄청나게 큰 모기들, 날아다니는 수많은 곤충들, 얼룩이 있는 장밋빛 무당벌레들, 푸른빛을 발하는 송장벌레들, 뿔이 달린 거무스름한 벌레들이 무성한 잎사귀들의 섬뜩한 그림자

속에 움푹 파인 빛으로 가득하고 따뜻한 우물 속에 우글거리고 있었다.

그들은 머리를 그늘 속에, 다리는 햇빛에 드러낸 채 앉아서 한 줄기 빛이 모습을 드러내게 한 우글거리는 작은 생명들을 바라보고 있었다. 잔은 마음이 감동되어서 몇 번이나 이런 말을 되풀이하였다.

"아, 얼마나 좋아요! 시골은 참 좋지요. 저는 가끔 꽃 속에 숨고 싶어서 벌이나 나비가 되었으면 하고 바랄 때가 있어요."

그들은 서로에 대해서 이야기를 했다. 서로의 비밀을 털어놓을 때의 그런 나직하고도 친근한 목소리로 자신들의 습관이나 취미에 대해 이야기했다. 그는 이미 사교계에 실망을 느꼈으며 자신의 경박한 생활이 지겹다고 혼자 중얼거렸다. 그것은 언제나 똑같은 일의 반복이며, 거기에서는 진실한 것도 성실한 것도 전혀 접하지 못한다고 말했다.

사교계! 잔은 그것이 어떤 것인지 정말 알고 싶었다. 그러나 그녀는 그것이 전원보다 더 가치 있는 것은 아니라는 것을 이미 확신하고 있었다.

그들은 서로의 마음이 가까워질수록 더욱더 '무슈(氏)' 니 '마드무아젤(孃)' 이니 하고 정중하게 서로를 불렀다. 또한 그들의 시선에는 미소가 어리고 얽혀 있었다. 그들에게는 어떤 새로운 호의가 서로의 마음속에 스며 들어오는 것 같았다. 그것은 한 번도 관심을 가져 본 적이 없었던 수많은 것에 대한 흥미와 보다 아낌없이 나누어 주고 싶은 애정 같은 것이었다.

그들은 다시 돌아갔다. 그러나 남작은 걸어서 절벽 꼭대기에 걸려 있는 동굴인 '샹브르 오 드무아젤' 까지 간 뒤였기 때문에 그들은 여인숙에서 남작이 돌아오기를 기다렸다. 남작은 해안에서 오랫동안 산책을 한 뒤 저녁 5시가 되어서야 나타났다.

그들은 모두 다시 배에 올랐다. 배는 바람을 뒤로 받으며 부드럽게 나아갔다. 조금도 흔들리지 않았고 앞으로 나아가는 것 같지도 않았다. 미풍이 느리고도 미지근한 숨결로 불어와 돛을 팽팽하게 잡아당겼다가는 다시 놓아 버려 축 늘어지게 해서 돛대에 달라붙게 했다. 불투명한 물결은 마치 죽은 듯했다. 타는 듯한 더위로 지쳐 버린 태양은 자기의 둥근 궤도를 따라서 아주 부드럽게 해면으로 다가갔다. 바다에 대한 권태가 다시 그들을 침묵하게 만들었다.

마침내 잔이 입을 떼었다.

"저는 여행을 무척 좋아해요!"

자작이 대답했다.

"네, 하지만 혼자 여행하는 것은 쓸쓸하지요. 여행에 대한 자기의 느낌을 전하기 위해서는 적어도 두 사람은 있어야 합니다."

그녀는 곰곰이 생각하였다.

"그건 그래요……. 하지만 저는 혼자 산책하는 것을 좋아해요……. 혼자 공상에 잠겨 있을 때는 얼마나 기분이 좋은지……."

자작은 그녀를 오랫동안 바라보았다.

"둘이서 공상할 수도 있지요."

그녀는 시선을 내리깔았다. 이 말은 하나의 암시일까? 아마 그럴지도 모른다. 그녀는 좀더 먼 곳을 보려는 듯이 수평선을 바라보았다. 그러다가 느린 목소리로 말했다.

"이탈리아에 가 보고 싶어요……. 그리고 그리스도요…… 아, 그래요,

그리스에……. 그리고 코르시카! 그곳은 퍽 야성적이고 아름다울 거예요!"

자작은 목자들의 오두막과 호수들 때문에 자신은 스위스가 더 좋다고 말했다. 그러자 잔이 다시 말했다.

"전 그렇지 않아요. 코르시카처럼 아주 새로운 지방이나 그리스처럼 유서 깊고 유적들이 많은 나라가 좋아요. 우리가 어렸을 적부터 그 역사를 알고 있는 국민들의 발자취를 찾아보고 위대한 업적이 이루어진 유적지를 본다는 것은 정말 기분 좋은 일일 거예요."

자작은 잔처럼 흥분하지 않고 침착하게 말했다.

"저는 영국에 더 호감이 갑니다. 영국은 교육이 상당히 발달된 나라니까요."

이렇게 그들은 세계를 편력했다. 극지(極地)에서부터 적도에 이르기까지 각 나라의 매력에 대해 이야기를 하고, 상상 속의 풍경에 황홀해하며, 중국인이나 라포니아인 같은 어떤 민족의 결코 진실이라고 생각되지 않는 풍속에 경탄하였다. 그러나 그들은 세계에서 가장 아름다운 나라는 온화한 기후에 여름은 선선하며 겨울은 따뜻하고, 아름다운 전원과 녹색 삼림, 고요히 흐르는 큰 강들과 아테네의 위대한 세기(世紀) 이래로 다른 어느 곳에도 존재하지 않았던 미술에 대한 숭배가 있는 프랑스라는 결론을 지었다. 그러고 나서 그들은 입을 다물었다.

더욱 낮게 드리운 태양은 마치 피를 흘리고 있는 것과 같았다. 넓게 드리워진 빛의 줄기, 눈부신 한 줄기의 궤도가 대양의 끝에서부터 배의 항적(航跡)에 이르기까지 수면 위를 달리고 있었다.

마지막 바람의 숨결이 잦아들었으며 물결도 잔잔해졌다. 그리고 움직이지 않는 돛은 석양으로 붉게 물들었다. 무한한 평온이 우주를 마비시키고 이 우주 원소(元素)가 만나는 주위에 침묵을 퍼뜨리는 것 같았다.

한편 하늘 아래에서 그 반짝이면서 유동하는 배를 활처럼 휘듯이 출렁이는 바다는 음흉한 약혼자처럼 자신을 향해 내려오는 불의 연인을 기다리고 있었다. 태양은 그들의 포옹에 대한 욕망으로 불타듯이 일몰(日沒)을 재촉하고 있었다. 마침내 태양이 바다와 만났다. 그리고 바다는 서서히 태양을 삼켜 버렸다.

그때 수평선으로부터 신선한 공기가 불어왔다. 마치 삼켜진 태양이 세상에다 마음을 진정시키는 숨을 내쉬려는 듯, 한 줄기 전율이 흔들리는 바다의 가슴에 잔물결을 일게 했다.

황혼은 짧았다. 밤하늘에 수많은 별들이 나타났다. 라스티크 영감은 노를 잡았다. 그러자 바다가 인광을 발하는 것처럼 느껴졌다. 잔과 자작은 나란히 앉아서 배 뒤로 사라지는 움직이는 빛을 바라보고 있었다. 그들은 이제 거의 아무 생각도 하지 않았다. 다만 달콤한 편안 속에서 저녁 공기를 마시면서 막연히 생각에 잠겨 있는 것이었다. 잔이 한 손을 걸상에 갖다 대고 있었기 때문에 우연이기라도 한 것처럼 옆 사람의 손가락 하나가 그녀의 살갗에 닿았다. 그녀는 이 가벼운 접촉에 놀라고 행복하고 당황해서 꼼짝도 하지 못했다.

저녁때 자기 방으로 들어온 잔은 이상스럽게 마음이 흔들리고, 무엇을 보아도 울고 싶은 마음이 들 만큼 감동이 되어 있음을 느꼈다. 그녀는 괘종시계를 바라보았다. 그 조그만 꿀벌이 심장처럼, 다정한 친구의 심장처럼 움직이고 있다는 생각이 들었다. 그것은 자신의 모든 생의 증인이 되어 줄 것이고, 생생하고도 규칙적인 그 똑딱거리는 소리로 그녀의 즐거움과 슬픔을 동반해 주리라고 생각했다. 그래서 그녀는 그 날개에 입맞추기 위해서 금도금을 한 날벌레를 멈추게 했다. 그녀는 무엇에든지 입맞춤을 하고 싶었던 것이다.

문득 그녀는 서랍 밑바닥에 낡은 인형 하나를 숨겨 두었던 것을 생각해 내고는 그 인형을 찾아서 무척 좋아하던 친구를 다시 만난 것 같은 기쁜 마음으로 인형을 바라보았다. 그러고는 그것을 가슴에 껴안고 인형의 뺨과 곱슬곱슬한 무명실 뭉치로 만든 머리에 뜨거운 키스를 퍼부었다. 그리고 그녀는 인형을 여전히 두 팔에 껴안은 채로 생각에 잠겼다.

그분은 정말로 수많은 비밀의 음성으로 약속하고, 더할 나위 없이 선량하신 하나님이 자신의 길 위에 이렇게 던져 주신 바로 그 남편일까? 그분은 자신을 위해 창조된 존재이며 자기의 생애를 바치려고 하는 바로 그 사람일까? 우리들은 애정이 넘치는 마음으로 서로를 포옹하고 떨어질 수 없이 얽히면서 사랑을 꽃피워야 할 그런 숙명으로 맺어진 두 사람일까?

그녀는 아직도 마음속의 결정적인 충동과 미칠 듯한 황홀감, 자신이 열정이라고 믿고 있는 심오한 격동을 조금도 겪어 보지 못했다. 그러나 그녀에게는 자기가 그 사람을 사랑하기 시작한 것같이 느껴졌다. 왜냐하면 그 사람을 생각할 때마다 온몸의 기운이 빠지는 것 같은 기분을 느꼈기 때문이다. 그녀는 끊임없이 그에 대한 생각을 했다. 그가 옆에 있으면 가슴이 두근거렸다. 그의 시선과 부딪히면 얼굴이 붉어졌으며 창백해지고, 그의 목소리를 들으면 전율을 느꼈다.

　그녀는 그날 밤에는 아주 조금밖에 자지 못했다. 그런데 날이 갈수록 사랑하고 싶다는 유혹적인 욕망이 더욱더 그녀의 가슴속에 스며들었다. 그녀는 끊임없이 자신에게 물어 보거나, 데이지 잎이나 구름 또는 동전을 공중에 던져 점쳐 보기도 했다.

　그러던 어느 날 저녁, 아버지가 그녀에게 말했다.

　"내일 아침에는 아름답게 치장하도록 해라."

　"왜요, 아빠?"

　"그건 비밀이다."

　다음날 밝고 생기 있게 화장하고 아래층으로 내려가자, 거실의 테이블이 봉봉과자 상자로 덮여 있고, 의자 위에는 커다란 꽃다발이 놓여 있는 것이 보였다. 마차 한 대가 뜰 안으로 들어왔다. 마차 위에는 이렇게 씌어 있었다.

　'페캉의 제과점 르라 결혼 피로연의 식사'.

　뤼디빈이 요리사의 도움을 받아 작은 포장마차 뒤에 달린 들창에서 맛있는 냄새가 풍기는 평평한 큰 광주리를 수없이 꺼내고 있었다.

　드 라마르 자작이 나타났다. 그의 긴 바지는 꼿꼿이 줄이 서 있고, 그의 발이 작다는 것이 뚜렷이 드러나는 귀여운 에나멜 장화가 보였다. 그의 몸에 꼭 맞는 긴 프록 코트는 가슴에 초승달 모양으로 도려낸 자리에 셔츠 앞의 장식 레이스를 드러내고 있었다. 몇 번씩 감은 날씬한 넥타이는 고상한 품위를 나타내는 그의 아름다운 갈색 머리를 꼿꼿이 처들게 하였다. 그는 평소와는 다른 모습이었다. 그러한 단장은 얼굴에 저명한 인사 같은 그 무엇을 갑자기 부여하는 그러한 특별한 모습이었다.

잔은 어리둥절해서 한 번도 본 적이 없는 사람을 보듯 멍하니 그를 바라보았다. 그녀는 그를 머리끝에서부터 발끝까지 더할 나위 없는 귀족, 대영주라고 생각했다.

자작은 미소를 띠며 고개를 숙여 인사를 했다.

"그래, 대모(代母)님, 준비는 되셨나요?"

잔은 더듬거리며 말했다.

"뭐라고요? 대체 무슨 일이지요?"

남작이 말했다.

"곧 알게 될 거다."

수레를 단 마차가 다가왔다. 아델라이드 부인이 화려한 옷차림으로 로잘리의 부축을 받으며 자기 방에서 내려왔다. 로잘리는 드 라마르 씨의 우아한 자태에 넋이 나간 듯이 보였기 때문에 아버지가 이렇게 속삭였다.

"어떻소, 자작? 우리 하녀가 당신이 무척 마음에 드는가 보오."

자작은 귀까지 빨개지며 못 들은 척했다. 그러더니 커다란 꽃다발을 잔에게 주었다. 잔은 더욱더 놀라며 그것을 받았다. 네 사람은 모두 마차에 올랐다. 부엌 하녀 뤼디빈이 남작 부인이 기운을 차리도록 차가운 수프를 가져다주며 말했다.

"정말이지 마님, 마치 결혼식을 올리는 것 같군요."

이포르로 들어서자 마차에서 내려 걸어갔다. 그들이 마을을 지나갈 때마다 구김살이 진 헌 옷을 깨끗이 차려 입은 뱃사공들이 집에서 나와 인사를 하고, 남작의 손을 잡으며 행렬 뒤를 따르기 시작했다. 자작은 잔에게 한 팔을 빌려 주고 그녀와 함께 행렬의 선두에서 걸어갔다.

교회 앞에 이르러 그들은 걸음을 멈추었다. 그러자 은으로 만든 커다란 십자가가 보였는데 성가대의 소년 하나가 그것을 똑바로 받쳐들고 있었으며, 그 뒤를 붉고 흰옷을 입은 다른 소년이 성수채를 적시는 성수(聖水) 단지를 들고 따랐다.

이어서 세 사람의 늙은 성가대원이 지나갔는데 그중의 한 사람은 다리를 절었고, 또 한 사람은 뱀 모양의 관악기를 든 악사, 그 다음에는 불룩 나온 배 위로 접혀 있는 황금빛 영대(領帶)를 받든 사제가 나타났다. 그는 미소와 고갯짓으로 인사를 하고 나서 눈을 반쯤 감고 입을 달싹이며 기도문을 외고 코까지 내려오게 삼각 모자를 눌러쓴 채, 백의(白衣)를 입은 그의 참모들을 따라 바다를 향해 걸어갔다.

바닷가에는 화환으로 장식한 새 배 주위에 한 무리의 사람들이 모여 기다리고 있었다. 그 배의 돛대와 돛과 밧줄은 긴 리본으로 덮여 있었으며, 그것은 미풍에 휘날리고 있었다. 그리고 그 뒤에는 '잔'이라는 배의 이름이 황금빛 글자로 씌어 있는 것이 보였다.

남작의 돈으로 만든 이 배의 선장인 라스티크 영감이 행렬의 선두에 나섰다. 남자들은 모두 약속이나 한 듯 똑같은 동작으로 일제히 모자를 벗었다. 어깨에서부터 굵은 주름이 지는 풍성한 검은 수도복을 입고 벼락 신자가 된 부인들이 일렬로 서 있다가 십자가의 모습이 보이자 성호를 그으며 꿇어앉았다.

사제는 성가대의 두 소년 사이에 끼여 배의 한쪽 끝으로 걸어갔다. 한

편 배의 다른 쪽 끝에서는 백의가 어울리지 않는 세 사람의 늙은 성가대원이 수염이 텁수룩한 턱으로 근엄한 표정을 지으며, 악보 위에 눈을 던지고 청명한 아침에 입을 크게 벌리며 음정이 틀린 노래를 부르고 있었다.

그들이 숨을 돌릴 때마다 악사는 혼자서 그 윙윙거리는 소리를 계속 냈다. 그리고 악기를 불려고 양쪽 뺨에 바람을 가득 넣어 볼을 부풀릴 때, 악사의 작은 회색 눈이 뺨 속으로 묻혀지곤 했다. 이마의 피부까지도 또 목의 피부까지도 살에서 떨어져 나간 듯했다. 그만큼 그는 나팔을 불면서 자신을 부풀리고 있었다.

움직이지 않는 투명한 바다는 명상에 잠겨 작은 배의 명명식에 참가하고 있는 듯이 보였다. 파도는 거의 일지 않았으며 손가락만한 높이의 작은 물결이 자갈에 가볍게 부딪히는 아주 미미한 소리가 들려 올 뿐이었다. 날개를 활짝 편, 커다란 흰 갈매기들이 푸른 하늘에 곡선을 그리면서 멀리 날아갔다가는 마치 그곳에서 무엇을 하고 있는지 보려는 것처럼, 무릎을 꿇고 있는 군중들 위로 둥근 원을 그리면서 돌아왔다.

오 분쯤 지나자 '아멘'을 외친 뒤에 성가는 멈추었다. 끈적끈적한 목소리로 사제는 몇 마디 라틴어를 웅얼거렸으나, 사람들은 단지 똑똑히 울려 퍼지는 끝말밖에는 알아듣지 못했다.

그리고 나서 사제는 성수를 뿌리면서 배를 한 바퀴 돌았다. 그리고 이번에는 갑판을 따라 움직이지 않고 손에 손을 잡고 있는 대부와 대모 앞에서 기도문을 중얼거리기 시작하였다.

젊은이는 미남다운 의젓한 얼굴을 하고 있었으나 아가씨는 갑작스러운 감동으로 숨이 막히고 기절할 것 같아서 이가 딱딱 부딪힐 정도로 떨고 있었다. 얼마 전부터 그녀를 사로잡던 꿈이 일종의 환각 속에서 갑자기 현실의 모습을 띤 것이다. 사람들은 결혼에 대해 이야기를 나누었고, 사제는 축복을 하고 있다. 그리고 흰옷을 입은 남자들은 찬미가를 부르고 있지 않은가. 혼례를 올리고 있는 것은 바로 자신이 아닐까?

그녀의 손가락이 신경질적으로 떨렸던 것일까? 마음의 고민이 혈맥을 따라 곁에 있는 사람의 마음에까지 전해졌을까? 그는 그것을 알았을까? 아니 짐작이라도 했을까? 그녀처럼 그도 사랑의 도취 같은 것에 잠겨 있었던 것일까? 아니면 그는 단지 경험으로 어떤 여자도 자기에게는 저항하지 못한다는 것을 알고 있었던 것일까? 그녀는 갑자기 그가 자기 손을 처음에는 부드럽게, 다음에는 좀더 세게, 더욱 세게 으스러져라 하고 죄고 있는 것을 깨달았다. 그러고는 안색 하나 변하지 않고 다른 사람이 눈치채지 않게 말했다. 그렇다, 확실히, 아주 분명한 목소리로 말했다.

"아아! 잔, 당신이 원하신다면 이것은 우리들의 약혼식이 되는 겁니다."

그녀는 마치 '네.' 라고 말하는 듯이 아주 천천히 머리를 숙였다. 아직도 성수를 뿌리고 있는 사제가 그들의 손가락에도 몇 방울을 뿌려 주었다.

의식이 모두 끝났다. 부인들이 일어섰다. 돌아갈 때는 모두 뿔뿔이 흩어져서 갔다. 성가대 소년의 손에 들려 있는 십자가는 이제 그 권위를 잃었다. 십자가는 좌우로 흔들리면서 또는 앞으로 숙여져 코 있는 데까지 떨어질 뻔하면서 빨리 달려갔다. 사제는 이제 기도는 하지 않고 그 뒤를 뛰는 듯이 걸어갔다. 성가대원들과 악사는 서둘러 옷을 갈아입으려고 지름길로 사라졌다. 뱃사공들도 떼를 지어 걸음을 서둘렀다. 요리 냄새와 같은, 그들 머릿속에 떠오르는 생각이 걸음을 재촉하고, 입에 침을 괴게 하고, 뱃속까지 내려가 창자가 노래를 부르도록 만들었다.

맛있는 점심이 레뢰플에서 그들을 기다리고 있었다.

커다란 식탁이 뜰에 있는 사과나무 아래 준비되어 있었다. 60명이나 되는 사람들이 거기에 자리를 잡았다. 거의 뱃사공들과 농부들이었다. 남작 부인은 식탁 중앙에 앉았는데, 좌우에는 이포르의 사제와 레뢰플의 사제가 자리했다. 그 맞은편에 앉은 남작 곁에는 촌장과 그의 부인이 앉았다. 그 부인은 벌써 노경에 접어든, 몸이 마른 시골 여자였는데, 여기저기에 짤막한 인사를 보내고 있었다. 그녀는 갸름한 얼굴에 꼭 끼는, 커다란 노르망디식 헝겊 모자를 쓰고 있었으며, 언제나 놀란 듯한 커다란 눈에 하얀 암탉 같은 머리 모양을 하고 있었다. 그리고 마치 코로 접시를 쪼듯 재빠른 동작으로 얼른얼른 음식을 집어먹었다.

잔은 대부(代父) 곁에 앉아서 행복 속에서 여행을 하고 있었다. 그녀는 거의 아무것도 보이지 않았고 아무것도 알 수가 없었다. 그저 기쁨으로 머리가 멍해서 아무 말도 못하고 잠자코 있었다.

잔이 그에게 물었다.

"그래, 당신의 이름은 어떻게 되지요?"

"줄리앙입니다. 모르셨던가요?"

그러나 그녀는 대답하지 않고 이렇게 생각했다.

'이 이름을 얼마나 자주 부르게 될 것인가!

식사가 끝나자, 앞뜰은 뱃사공들에게 맡기고 성관의 뒤쪽으로 자리를 옮겼다. 남작 부인은 남작에게 기대어 두 사제의 호위를 받으면서 운동을 하기 시작했다. 잔과 줄리앙은 작은 숲이 있는 데까지 가서 풀이 우거진 작은 길로 들어섰다. 그러자 갑자기 그가 그녀의 손을 잡았다.

"대답해 주십시오. 제 아내가 되어 주시겠습니까?"

그녀는 고개를 숙였다. 그가 다시 "대답해 주세요. 제발!" 하고 더듬거리며 말했을 때, 그녀는 아주 부드러운 눈으로 그를 향해 얼굴을 들었다. 그는 그녀의 시선 속에서 그 대답을 읽었다.

4

어느 날 아침, 남작은 잔이 일어나기도 전에 그녀의 방으로 들어와 침대 발치에 걸터앉으면서 말했다.

"드 라마르 자작이 우리에게 너에 대한 청혼을 해 왔구나."

그녀는 이불 속에 얼굴을 감추고 싶었다.

아버지가 다시 말했다.

"대답은 곧 해주겠다고 말해 뒀다."

그녀는 감동으로 숨이 막혀 헐떡였다. 잠시 후 남작이 미소를 지으면서 덧붙였다.

"네게 그것을 이야기하지 않고는 우린 아무것도 하고 싶지 않았다. 네 어머니와 나는 이 결혼에 반대하지 않는다. 그러나 네게 강요할 생각은 없어. 너는 자작보다 훨씬 부자다. 하지만 인생의 행복에 관한 문제에 있어서 돈에 구애받을 필요는 없지. 그는 부모도 없다. 그러니 네가 그 사람과 결혼하게 되면 우리 집안에 아들이 하나 들어오는 셈이고, 반대로 다른 사람과 결혼하면 네가, 우리 딸이 남의 집으로 들어가는 셈이 될 것이다. 그 청년은 우리 마음에 든다. 네 마음에도 들는지…… 넌 어떠냐?"

그녀는 머리끝까지 새빨개져서 더듬거리며 말했다.

"저도 좋아요, 아빠."

그러자 아버지는 딸의 눈 속을 들여다보면서, 여전히 미소를 지으며 중얼거렸다.

"나도 그러리라는 것을 조금은 짐작하고 있었습니다, 아가씨."

그녀는 저녁때까지 취한 듯이 지냈다. 자신이 무엇을 하는지도 모르고, 기계적으로 이 물건을 집는다는 것이 다른 물건을 집어 들고, 다리는 건지도 않았는데 피로로 흐느적거렸다. 오후 6시경에 그녀가 플라타너스 아래에서 어머니와 함께 앉아 있을 때 자작이 나타났다.

잔의 가슴은 미칠 듯이 뛰기 시작했다. 젊은이는 아무렇지도 않은 듯이 그들 앞으로 다가왔다. 아주 가까이 왔을 때 그는 남작 부인의 손을 잡고 입을 맞춘 뒤, 이번에는 젊은 처녀의 떨리는 손을 들어올려 자기의 입술에 갖다 대고 부드럽고 감사에 찬 긴 입맞춤을 했다.

이렇게 해서 빛나는 약혼 시절이 시작되었다. 그들 두 사람은 거실의 구석이라든지 황량한 광야 앞에 있는 작은 수풀 깊숙이 비탈진 곳에 앉아 이야기를 나누었다. 가끔 그들은 어머니의 가로수 길을 거닐기도 했다. 그는 미래에 관한 이야기를 했고 그녀는 남작 부인의 그 먼지 나는 발자국을 내려다보며 이야기를 들었다.

일단 결혼하기로 결정되자 사람들은 빨리 서두르고 싶어했다. 그래서 결혼식은 6주일 후인 8월 15일에 거행하기로 했고, 신혼 부부는 그 즉시 신혼 여행을 떠나기로 했다. 가 보고 싶은 나라가 어디냐고 질문을 받은 잔은 이탈리아의 도시보다 더욱 단둘이 있게 될 것 같은 코르시카로 결정을 지었다.

그들은 자신들의 결합을 위해 정해진 순간을 그다지 너무 초조해하지 않고 기다렸다. 그러나 손가락을 꼭 쥔다든지, 서로의 영혼이 섞여 버릴 것만 같은 그렇게도 긴 정열적인 시선을 주고받는다든지, 또는 커다란 포옹에서 오는 어렴풋한 욕망에 막연히 몸부림치며, 그들은 이러한 무의미한 애무의 그윽한 매력을 맛보면서 달콤한 애정 속에 사로잡혀 그 속에 잠겨 있었다.

결혼식에는 남작 부인의 동생인 리종 이모를 제외하고는 아무도 초대하지 않기로 결정했다. 그 이모는 베르사유의 어느 수도원에서 기숙생으로 지내고 있었다.

아버지가 돌아가시자 남작 부인은 동생을 자기 집에 데리고 있고 싶어했으나, 노처녀인 동생은 모든 사람에게 폐를 끼치는 쓸모 없고 귀찮은 존재라는 관념에 사로잡혀서 생활이 쓸쓸하고 고독한 사람들에게 방을 빌려 주는 그러한 종교적인 기숙사 중의 한군데에서 은둔 생활을 하였다.

그녀는 이따금 찾아와서 한두 달 동안 가족들과 함께 지냈다. 말수가 적고 몸집이 작은 이모는 언제나 남의 눈에 띄지 않으려고 해서 식사 때만 겨우 나타났다가 항상 자신을 가두고 있는 그녀의 방으로 곧 올라가곤 하였다.

그녀는 이제 겨우 마흔두 살밖에 안 되었는데도, 늙어 보이는 선량한 모습에 부드러우면서도 슬퍼 보이는 눈을 가지고 있었다. 그녀는 별다른 이유 없이 가족들과 한 번도 어울린 적이 없었다. 아주 어렸을 적에는 그녀가 귀엽지도, 말썽을 피우지도 않았기 때문에 사람들은 거의 그녀를 안아 주지 않았다. 그래서 그녀는 구석진 곳에서 얌전하고 조용하게 자랐다. 그 후부터 그녀는 언제나 무시당하는 생활을 했다. 아가씨가 되어도 아무도 그녀에게 관심을 갖지 않았다.

그것은 마치 어떤 그림자이거나 혹은 낯익은 물건, 또는 매일 보아서 낯이 익기는 하나 아무도 주의를 기울이지 않는, 살아 있는 가구와도 같았다.

그녀의 언니는 아버지의 집에서 살 때부터 든 습관으로 동생을 사소한 존재, 아주 무의미한 존재로 여겼다. 사람들은 일종의 멸시하는 듯한 호의를 감추려고도 하지 않고 그녀를 거리낌없이 대했다. 그녀는 리즈라고 불렸는데, 이 맵시 있고 젊은 이름에 거북스러워하는 것 같았다. 그녀가 결혼하지 않고 어쩌면 절대로 결혼하지 않으리라는 눈치를 챘을 때, 사람들은 리즈라는 이름을 리종이라고 불렀다. 잔이 태어난 후로 그녀는 '리종 이모'가 되었다. 그녀는 겸손하며 매우 깔끔하고 수줍음을 잘 탔는데, 심지어 그녀를 사랑하는 언니나 형부에게까지도 그러했다. 하지만 그것은 무관심한 애정, 무의식적인 연민, 타고난 호의와도 같은 어떤 막연한 애정이었다.

가끔 남작 부인이 옛날 자신의 젊은 시절에 대해 이야기할 때, 날짜를 꼬집어서 말하고자 할 때에는 "그것은 리종이 순간적인 감정으로 일을 저질렀던 때였어요." 하고 말하는 것이었다.

그 이상의 것은 말하지 않았다. 그래서 '그 순간적인 감정으로 저지른 짓'은 마치 안개에 싸인 채로 남아 있었다.

어느 날 저녁, 리즈는 그때 스무 살이었는데 왜 그랬는지 그 이유는 아무도 모르겠으나 물 속에 몸을 던졌다. 그녀의 생활에서나 행동에서 이 미치광이 같은 짓을 예측할 수 있을 만한 것은 아무것도 없었다. 사람들은 반쯤 죽은 그녀를 건져냈다. 부모님들은 분개한 나머지 팔을 치켜들고 이 행동의 기이한 원인을 찾아내는 대신에, 순간적인 감정으로 저지른 짓이니 어쩌니 하는 것만으로 만족해하였다.

그들은 마치 조금 전에 수레바퀴 자국에 다리가 빠져 부러졌기 때문에 도살하지 않을 수 없었던 '꼬꼬'라는 말의 사건에 대해 이야기하는 것과도 같은 말투로 그 사건을 이야기했다.

그 이후로 리즈는 곧 리종이 되었으며 아주 연약한 정신을 가진 사람으로 여겨졌다. 그녀의 가까운 친척들에게 불러일으키는 그 부드러운 멸시는 그녀를 둘러싸고 있는 모든 사람들의 가슴에도 천천히 스며들었다. 어린 잔조차도 어린애의 타고난 눈치로 그녀에게 조금도 주의를 기울이지 않았으며, 잘 때 키스하러 가지도 않았고 결코 이모의 방에 들어가는 일도 없었다. 하녀 로잘리는 그 방에서 필요한 잔일을 시중 들고 있었는데, 오직 그녀만이 그 방이 어디에 있는지 알고 있는 것 같았다.

리종 이모가 점심을 들러 식당에 들어서면 이 '꼬마'는 습관적으로 이모 곁으로 가서 그녀에게 이마를 내미는 것이었다. 그저 그뿐이었다. 누군가 그녀에게 이야기를 하고 싶으면 그녀를 부르러 하녀를 보냈다. 그런데 그녀가 거기에 없어도 결코 그녀에 대해 관심을 갖지 않았고, 그녀에 대한 생각도 하지 않았으며 "왠지 오늘 아침에는 리종이 보이지 않는군." 하고 걱정하거나 물어 볼 생각조차 갖지 않는 것이었다.

그녀는 조금도 자리를 차지하지 못했다. 그들의 가까운 친척들에게조차도 탐험되지 않은 미지의 인물로 남아 있어서, 그녀가 죽는다 해도 집안에 구멍도 빈틈도 남기지 않을 그런 사람 중의 하나였다. 존재 속에도, 습관 속에도, 자기 가까이에 살고 있는 이들의 사랑 속에도 들어갈 수 없는 그런 사람 중의 하나였다.

'리종 이모' 라고 말을 할 때도, 이 두 마디는 말하자면 사람들의 마음 속에 어떠한 애정도 일깨우지 못하는 것이었다. 그것은 마치 '커피 병' 이나 '설탕병' 이라고 부르는 것과도 같았다.

그녀는 항상 조용하면서도 재빠른 종종걸음으로 걸어다녔다. 그녀는 절대로 소리를 내는 법이 없었고, 그 어느 것에도 부딪히는 법이 없었다. 어떠한 소리도 내지 않는 특성을 물건에게까지 전달하려는 것처럼 보였다. 그녀의 손은 솜 같은 것으로 만들어지지 않았나 생각될 만큼 그녀가 만지는 모든 것을 가볍게 그리고 섬세하게 다루었다.

그녀는 조카의 결혼이라는 생각에 온통 흥분해서 7월 중순경에 도착했다. 많은 선물을 가지고 왔으나, 그것들은 단지 그녀가 가지고 온 것이라고 해서 아무도 거들떠보지 않은 채로 있었다.

그녀가 온 다음날부터 사람들은 벌써 그녀가 거기에 있다는 것에 신경을 쓰지 않았다. 그러나 그녀의 마음속에는 이상한 감동이 물결쳤으며 그녀의 눈길은 한시도 두 약혼자들에게서 떠날 줄을 몰랐다. 그녀는 이상한 정력으로, 열정적인 활동력으로, 아무도 자기를 보러 오지 않는 그녀의 방에서 일개 침모처럼 일을 하면서 결혼 준비에 열중했다.

그녀는 자신이 손수 가장자리를 감침질한 손수건이라든지, 글자를 수놓은 냅킨 같은 것을 남작 부인에게 보여 줄 때마다 이렇게 묻곤 하였다.

"이렇게 하면 되나요, 아델라이드?"

그러면 어머니는 무심히 그것들을 살펴보면서 이렇게 대답하는 것이었다.

"너무 그렇게 애쓰지 말아요, 리종."

어느 날 저녁, 그 달 말경에 무더운 하루가 지나고 맑고 훈훈한 밤에 달이 떠올랐다. 그것은 영혼 속에 숨겨져 있는 모든 시(詩)들을 깨우려는 듯이 마음을 혼란시키고, 감동시키고, 부드럽게 흥분시키는 그런 밤이었다. 들판에서 불어오는 부드러운 바람이 조용한 거실 안으로 흘러들어왔다.

남작 부인과 남편은 램프의 갓이 테이블 위에 그리는 둥근 빛무리 속에서 느긋하게 카드 놀이를 하고 있었다. 리종 이모는 그들 사이에 앉아 뜨개질을 하고 있었고, 두 젊은이는 열려진 창문에 팔꿈치를 괴고 달빛이 가득한 정원을 내다보고 있었다.

보리수와 플라타너스는 자신의 그림자를 넓은 잔디밭 위로 던지고 있었는데, 그 잔디밭은 창백하게 빛나면서 새까만 작은 관목 숲이 있는 곳까지 뻗어 있었다.

이 밤의 부드러운 매혹과 나무와 덤불의 어렴풋한 빛에 어쩔 수 없이 이끌린 잔은 부모님에게로 몸을 돌렸다.

"아빠, 우리 저기 성관 앞 잔디밭을 한바퀴 돌고 오겠어요."

"갔다 오려무나, 얘들아."

남작은 놀이에서 눈길을 떼지 않고 말하고는 다시 놀이를 계속하였다.

그들은 밖으로 나와 하얗게 빛나는 넓은 잔디밭으로 해서 안쪽의 작은 숲이 있는 곳까지 천천히 걷기 시작했다. 시간이 지나도 그들은 돌아갈 생각을 하지 않았다.

남작 부인은 피곤해서 자기 방으로 올라가고 싶어했다.

"저 연인들을 불러야 해요."

그녀가 말했다.

남작은 홀끗 빛으로 가득한 넓은 정원을 둘러보았다. 거기에는 두 개의 그림자가 부드럽게 아른거리고 있었다.

"내버려두구려. 밖은 정말 좋으니까! 리종이 저 애들을 기다릴 거요. 안 그래요, 리종?"

노처녀는 불안스러운 눈길을 들어 수줍어하는 목소리로 대답했다.

"그럼요, 제가 기다릴게요."

아버지는 남작 부인을 부축해 일으켰다. 그 자신도 낮의 무더위에 지쳐 있었다.

"나도 자러 가야겠소."

그는 부인과 함께 나갔다.

그러자 이번에는 리종 이모가 일어나 안락의자의 팔걸이에 일감, 즉

털실과 대바늘을 놓고 창문으로 가서 팔꿈치를 괴고 이 매혹적인 밤을 내다보았다.

두 약혼자는 잔디밭을 가로질러 작은 숲에서 계단까지, 계단에서 숲까지 끊임없이 왔다갔다했다. 그들은 서로 손을 꼭 잡고 이제는 더 이상 말을 하지 않았다. 그들은 마치 자신으로부터 벗어나 대지로부터 발산하는 눈에 보이는 시(詩)에 완전히 섞여 들어간 것 같았다.

잔은 언뜻 창틀에서 램프의 불빛에 비치는 노처녀의 그림자를 알아보았다.

"어머나, 리종 이모가 우리를 보고 있어요."

자작이 머리를 들고 아무 생각 없이 말하는 그런 무심한 목소리로 말했다.

"그렇군요. 리종 이모가 우리를 바라보고 있군요."

그들은 다시 꿈에 잠겨 천천히 걸으면서 사랑을 계속했다. 그러나 이슬이 풀밭 위에 내려 그들은 한기로 몸을 떨었다.

"이젠 돌아가요."

잔이 말했다. 그래서 그들은 다시 안으로 돌아왔다.

그들이 거실로 들어섰을 때 리종 이모는 뜨개질을 하고 있었다. 그녀는 자신의 일감에 얼굴을 숙이고 있었으며, 그녀의 가느다란 손가락은 몹시 일에 지친 듯이 약간 떨리고 있었다.

잔이 다가갔다.

"이모, 이젠 가서 주무세요."

노처녀는 시선을 돌렸다. 그 눈은 마치 울기라도 한 것처럼 붉게 충혈

되어 있었다. 사랑에 취한 두 연인들은 그것을 전혀 눈치채지 못했다. 그보다는 처녀의 날씬한 발이 이슬에 온통 젖어 있는 것을 젊은이는 보았다. 그는 근심스러운 얼굴로 부드럽게 물었다.

"당신의 작고 귀여운 발이 시리지 않나요?"

그러자 갑자기 이모의 손가락이 일감이 떨어질 만큼 그렇게 심하게 떨렸다. 털실 뭉치가 멀리 마룻바닥 위로 굴러갔다. 갑자기 두 손으로 얼굴을 가리고 그녀는 경련을 일으킬 듯한 큰 오열을 했다.

두 약혼자는 깜짝 놀라 멍하니 움직이지 않고 그녀를 바라보았다. 잔이 갑자기 무릎을 꿇고, 그녀의 두 손을 얼굴에서 떼어내고 당황한 나머지 이렇게 거듭 물었다.

"아니, 왜 그러세요? 아니, 왜 그러세요, 리종 이모?"

그러자 그 가엾은 여인은 눈물에 젖은 목소리로, 슬픔으로 몸을 떨면서 더듬거리며 대답했다.

"저 사람이 네게 물었을 때…… 시리지 않느냐고…… 네 작고 귀여운 발이…… 아무도 내게는 그런 말을 해준 적이 없단다…… 나에게…… 한 번도…… 한 번도……."

잔은 놀랍고 측은한 생각이 들었으나, 리종에게 정다운 말을 건네는 연인을 생각하자 웃음이 나오려고 했다. 자작도 웃음을 감추려고 몸을 돌렸다.

그러나 이모는 갑자기 자리에서 일어나, 털실 뭉치는 마룻바닥에, 뜨개질한 것은 안락의자 위에 그냥 둔 채로 등불도 들지 않고 어두운 층계로 도망치듯 달아나 자기 방을 대강 어림으로 찾아갔다.

둘만 남은 이 젊은이들은 즐겁고 마음이 부드러워져서 서로를 바라보았다. 잔이 중얼거렸다.

"가엾은 이모……!"

줄리앙이 대답했다.

"오늘 밤 약간 이상해지신 모양이오."

그들은 헤어질 결심이 서지 않는 듯 서로 손을 잡고 있었다. 그러고는 자연스럽게, 아주 자연스럽게 리종 이모가 막 자리를 뜬, 그 빈 의자 앞에서 그들의 첫 키스를 나누었다.

다음날, 그들은 노처녀의 눈물 같은 것은 이제 더 이상 생각하지 않았다. 결혼을 2주일 앞둔 잔은 마치 부드러운 감정에 지친 것처럼 아주 평온하고 조용하게 지냈다.

그녀는 운명이 결정되는 날의 오전에도 조용히 생각할 시간이 없었다. 그녀는 마치 자신의 살과 피와 뼈가 살갗 속에서 녹아 섞여 버린 듯이 온몸에 커다란 공허감만 느꼈을 뿐이었다. 그리고 물건을 만지는 자신의 손가락이 몹시 떨리고 있음을 알았다. 그녀는 미사가 진행되는 동안에 교회의 합창 속에서 겨우 자신을 되찾았다.

결혼한 것이다! 이렇게 그녀는 결혼하였다! 새벽부터 이루어진 일들이나 움직임, 사건의 연속이 그녀에게는 하나의 꿈, 정말 하나의 꿈으로 보였다. 우리 주위에 있는 모든 사물이 달라져 보이는 것 같은 순간이었다. 몸짓들마저도 어떤 새로운 의미를 지니고 있었고, 시간까지도 보통 때와 다른 것 같았다.

그녀는 자신이 얼떨떨하고 특히 놀라워하고 있음을 느꼈다. 어제만 해도 자신의 생각 속에 변화된 것이라고는 아무것도 없었다. 다만 자기 생에 있어서 한결같이 지녀 온 희망이 보다 더 가까이 왔고 거의 명백해졌을 뿐이었다. 그녀는 처녀로서 잠자리에 들었었다. 그러나 이제 그녀는 한 사람의 아내가 된 것이다.

이렇게 그녀는 자신의 모든 기쁨과 꿈꾸어 왔던 행복과 더불어 미래를 감추어 왔던 것처럼 보였던 이 울타리를 넘은 것이다. 그녀는 마치 자기 앞에 하나의 문이 열려져 있는 것 같은 느낌이 들었다. 그녀는 '기다리고 있었던 것' 속으로 들어가려 하고 있었다.

결혼식이 끝났다. 모두 거의 텅 빈 제의실로 건너갔다. 아무도 초대하지 않았기 때문이다. 그러고 나서 그들은 다시 나왔다.

그들이 교회 문턱으로 나오자, 굉장한 폭음이 신부를 펄쩍 뛰게 했고 남작 부인은 놀라 큰 소리를 쳤다. 그것은 농부들이 쏜 축포(祝砲)였다. 레뫼플로 갈 때까지 그 폭음은 그치지 않았다.

간단한 식사가 가족들과 성관의 사제, 이포르의 사제, 촌장 그리고 인근의 대농(大農) 가운데에서 뽑힌 입회인들을 위해서 마련되었다.

그리고 점심 식사를 기다리기 위해서 사람들은 정원을 한바퀴 돌았다. 남작, 남작 부인, 리종 이모, 촌장과 피코 신부는 어머니의 가로수 길을 걷기 시작했다. 한편 건너편의 가로수 길은 다른 신부가 느린 걸음으로 걸으면서 기도서를 읽고 있었다.

성관의 다른 쪽에서는 사과나무 아래에서 사과주를 마시고 있는 농부들의 쾌활하고 떠들썩한 소리가 들려 왔다. 나들이옷을 입은 온 마을 사람들이 뜰 안을 가득 메웠다. 소년 소녀들이 술래잡기를 하고 잔과 줄리앙은 작은 숲을 가로질러 언덕 위로 올라갔다. 그리고 두 사람 모두 아무 말 없이 바다를 바라보았다. 8월 중순인데도 날씨는 약간 선선했다. 북풍이 불어왔다. 그리고 커다란 태양은 새파란 하늘에서 사정없이 내리비치고 있었다.

두 젊은이는 그늘을 찾기 위해서 오른쪽으로 돌아 들판을 가로질렀다. 이포르 쪽으로 내려가는 구불구불하고 숲이 많은 골짜기로 접어들었다. 그들이 덤불 숲에 이르자, 이제는 바람 한 점 스치지 않았다. 그들은 그곳을 떠나 낙엽 속에 파묻힌 좁은 오솔길로 들어섰다. 나란히 서서 겨우 걸어갈 수 있는 길이었다.

그때 그녀는 자신의 허리로 천천히 미끄러져 감겨 오는 팔의 감촉을 느꼈다. 그녀는 심장이 빠르게 뛰고 숨이 가쁘고 목이 메어서 아무 말도 하지 못했다. 낮게 드리워진 나뭇가지가 그들의 머리를 애무하였다. 그들은 그 밑을 지나가기 위해 허리를 굽혔다. 그녀는 나뭇잎 하나를 땄다. 두 마리의 무당벌레가 연약한 빨간 조가비처럼 나뭇잎 뒤에 웅크리고 있었다.

그러자 순진한 그녀는 다소 안심이 되어 이렇게 말했다.

"어머, 부부로군요."

줄리앙은 그녀의 귀에 가볍게 입을 대었다.

"오늘 밤 당신은 내 아내가 되는 겁니다."

들에서 머무는 동안 많은 것을 배웠음에도 불구하고, 그녀는 아직도 사랑의 시만 꿈꾸고 있었기 때문에 그 말에 깜짝 놀랐다. 그의 아내라니? 이미 그의 아내가 되지 않았는가? 그는 그녀의 관자놀이와 밑머리가 곱슬거리는 목덜미에 재빠르게 짧은 키스를 하며 애무하기 시작했다. 그럴 때마다 전혀 익숙하지 않은 이런 남자의 키스에 놀라서 그녀는 이 애무를 피하려고 본능적으로 머리를 다른 쪽으로 돌렸다. 그러면서도 이 애무는 그녀를 황홀하게 해주었다.

그들은 갑자기 숲 기슭으로 나왔다. 그녀는 이렇게 멀리 온 것에 당황해서 걸음을 멈추었다. 남들이 어떤 생각을 할까?

"돌아가요."

그녀가 그렇게 말하자 그는 그녀의 허리에 감았던 팔을 풀었다. 두 사람 다 몸을 돌리자 그들은 마주 보게 되었다. 아주 가까워서 그들은 그들의 얼굴에서 서로의 숨결을 느낄 수 있었다. 그들은 두 영혼이 서로 섞일 것 같은 그런 움직이지 않는, 날카로우면서도 꿰뚫는 듯한 시선으로 바라보았다.

서로의 눈 속에서, 서로의 눈 뒤에서 그리고 존재의 꿰뚫을 수 없는 미지(未知) 속에서 서로를 찾고 있었다. 그들은 말없고 집요한 질문 속에서 서로의 심중을 살피고 있었다. 서로서로 어떻게 될 것인가? 그들이 함께 시작하는 이 생(生)은 어떻게 될 것인가? 그들은 서로 결혼이라는 이 취소할 수 없는 긴 대담(對談)에서 기쁨, 행복, 또는 환멸을 서로 간직하게 될 것인가?

그러자 두 사람은 서로 지금까지 본 적이 없는 타인처럼 여겨졌다.

갑자기 줄리앙은 아내의 어깨 위에 두 손을 얹고 그녀가 한 번도 받아본 적이 없는 격렬한 키스를 그녀의 입술 가득히 퍼부었다. 그 키스는 아래로 내려가서 그녀의 정맥과 골수 속으로 깊숙이 파고들었다. 알 수 없는 어떤 충격을 받은 그녀는 두 팔로 줄리앙을 정신없이 떼밀어 하마터면 뒤로 넘어질 뻔하였다.

"가요, 돌아가요."

그녀가 더듬거리며 말했다.

그는 대답하지 않고 자기 손안에다 그녀의 손을 꼭 쥐었다. 그들은 집에 다다를 때까지 한마디도 나누지 않았다. 남은 오후 시간은 무척 길게 여겨졌다.

해질 무렵에 사람들은 식탁에 앉았다.

저녁은 노르망디식에 비해서 간단하고 아주 짧았다. 거북스러운 분위기가 회식자(會食者)들을 무력하게 만들었다. 두 사제와 촌장 그리고 초대받은 네 명의 소작인들만이 결혼 잔치에 어울리는 그런 떠들썩한 즐거움을 나타내 보였을 뿐이었다.

웃음소리가 활기를 잃은 듯싶었으나 촌장의 말 한마디가 그 웃음을 생기 있게 했다. 대략 9시쯤 되었다. 모두 커피를 마시려는 참이었다. 밖에서는 앞뜰의 사과나무 아래에서는 전원 무도회가 시작되었다. 열려진 창문을 통해서 축제의 광경이 전부 보였다. 나뭇가지에 걸려 있는 타다 남은 양초들이 나뭇잎에 녹청색 그림자를 던지고 있었다.

시골 남녀들이 무대같이 생긴 부엌의 큰 식탁 위에 높이 자리한, 두 개의 바이올린과 한 개의 클라리넷의 가냘픈 반주에 맞추어, 소박한 무도곡을 큰 소리로 부르면서 둥글게 원을 그리며 뛰고 있었다. 농부들의 소란스러운 노래가 가끔 악기 소리를 완전히 뒤덮어 버리곤 하였다. 미친 듯이 날뛰는 소리에 찢긴 가냘픈 음악은 토막으로, 어떤 흩어지는 몇몇

악보의 작은 파편처럼 하늘에서 떨어져 내려오는 듯했다.

타오르는 횃불에 둘러싸인 두 개의 커다란 술통은 군중들에게 마실 것을 쏟아 내고 있었다. 하녀 두 사람이 나무통 안에서 컵과 사발을 쉴새 없이 헹구는 일을 맡고 있었는데, 그들은 아직 물방울이 떨어지는 것을 빨간 포도주 줄기나 말간 사과주의 노르스름한 줄기가 흘러내리는 술통의 주둥아리에 갖다 대기에 열심이었다. 그러면 춤을 추다 목이 마른 사람들과 조용한 노인들, 땀을 흘리는 처녀들이 몰려와 제각기 팔을 내밀어 그중의 한 그릇을 잡고 자기들이 좋아하는 음료를 받아 머리를 젖히고 목구멍 속으로 콸콸 들이붓는 것이었다.

식탁 위에는 빵과 버터와 치즈와 소시지가 있었다. 제각기 이따금 와서 한입씩 먹고 갔다. 조명으로 장식된 나무 아래에서 벌어지는 이 건전하고도 격렬한 축제는 홀에 있는 침울한 회식자들에게도 함께 춤을 추고 싶고, 버터를 바른 빵 한 조각과 생양파를 먹으면서 그 커다란 술통의 배에서 술을 받아 마시고 싶은 욕망을 일게 했다.

나이프로 박자를 맞추고 있던 촌장이 소리쳤다.

"저런! 잘들 노는군. 가나슈의 결혼 피로연 같군."

숨가쁜 웃음의 전율이 일었다. 그러나 피코 신부는 원래 세속적인 권위와는 천부적인 적이라서 이렇게 즉각 응수했다.

"'카나'라고 말씀하려고 하신 거겠죠."

상대방은 충고를 받아들이지 않았다.

"아녜요, 사제님. 내가 맞습니다. 내가 가나슈라고 했으면 가나슈예요."

모두들 일어나서 거실로 들어갔다. 그리고 몇 사람은 즐거운 연회를 위해서 서민들과 어울리려고 나가기도 했다. 이어서 초대받은 사람들은 물러갔다. 남작과 남작 부인은 나지막한 목소리로 언쟁을 벌이고 있었다. 아델라이드 부인은 평소보다 더 숨가빠하면서 남편이 요구하는 것을 거절하는 듯이 보였다. 마침내 그녀가 거의 높은 소리로 말했다.

"아니에요, 여보. 난 할 수 없어요. 어떻게 그걸 말해야 할지 모르겠군요."

그러자 아버지는 갑자기 부인 곁을 떠나 잔에게로 다가왔다.

"얘야, 나와 함께 한바퀴 돌고 오지 않겠니?"

아주 감동된 그녀가 대답했다.

"좋으실 대로 하세요, 아빠."

그들은 밖으로 나갔다.

그들이 문 앞에 이르자 바다 쪽에서 불어오는 건조한 바람이 그들을 감쌌다. 그러한 여름의 서늘한 바람은 벌써 가을을 느끼게 하는 것 중의 하나였다. 하늘에서는 구름이 별들을 가렸다가 이내 다시 드러내며 흐르고 있었다.

남작은 딸의 손을 부드럽게 쥐면서 딸의 팔을 자기 몸에 가까이 댔다. 그들은 얼마 동안 걸었다. 그는 결단을 내리지 못하고 고민하는 듯한 표정이었다. 마침내 그가 결심을 하고 입을 뗐다.

"귀여운 내 딸아, 난 네 어머니가 해야 할 어려운 임무를 하려고 한다. 네 어머니가 그걸 거절했기 때문에 내가 대신할 수밖에 없게 되었단다. 나는 네가 실생활에서 알아야 할 일을 다 알고 있는지 모르겠구나. 자식들에게는, 특히 딸들에게는 조심스럽게 감추고 있는 비밀들이 있단다. 딸들은 마음이 순결한 채로 있어야만 한다. 우리가 딸의 행복을 보살피게 될 남자의 팔에 그애들을 내맡기는 그 순간까지 완전무결하게 순결해야만 한단다. 인생의 달콤한 비밀 위에 걸쳐 있는 그 베일을 벗기는 것은 바로 그가 해야 할 일이란다. 그러나 딸들은 지금까지 어떤 의혹도 스치지 않았기 때문에 꿈의 뒤에 숨어 있는 약간 난폭한 현실 앞에서 저항을 하게 된단다. 영혼뿐만 아니라 육체까지도 상처를 입은 딸들은 법칙이, 인간의 법칙과 자연의 법칙이 절대적인 권리로서 허용하는 것을 남편에게 거부하기도 하지. 애야, 나는 그 이상은 더 말할 수가 없구나. 그러나 절대로 이것을 잊어서는 안 된다. 너의 모든 것은 네 남편에게 속해 있다는 것을 말이다."

정확하게 말해서 그녀는 무엇을 알았을까? 그녀는 무엇을 짐작했을까? 그녀는 어떤 예감처럼 견딜 수 없이 괴로운 우울에 짓눌려 떨기 시작했다.

그들은 다시 집으로 돌아왔다. 생각지도 못한 놀라운 광경이 거실 문에서 그들을 멈추게 했다. 아델라이드 부인이 줄리앙의 가슴에 얼굴을 묻고 흐느껴 울고 있었다. 그녀의 눈물, 대장간의 풀무처럼 터져 나오는 요란스러운 눈물은 코와 입과 눈에서 동시에 나오는 것 같았다. 젊은이는 당황하고 놀라서, 자기가 애지중지하게 귀여워하고 열렬히 사랑하는 딸을 그에게 부탁하기 위해서 자기 팔에 거의 쓰러질 듯 안긴 뚱뚱한 부인을 받치고 있었다.

남작이 달려갔다.

"아아! 이러지 말아요. 마음을 약하게 먹지 말아요, 제발."

그러고는 아내를 잡아 안락의자에 앉혔다. 그러는 동안 잔은 눈물을 닦고 있었다. 남작은 잔에게로 몸을 돌렸다.

"자, 얘야, 빨리 네 어머니에게 키스하고 가서 자거라."

거의 눈물이 터질 듯한 그녀는 부모에게 재빨리 키스를 하고 도망치 듯 나갔다.

리종 이모는 벌써 자기 방으로 간 뒤였다. 남작과 부인만이 줄리앙과 함께 남아 있었다. 그들 세 사람은 모두 아주 불편한 마음이어서 한마디 도 나누지 않았다. 야회복을 입은 두 남자는 초점 잃은 시선으로 멍하니 서 있었고, 아델라이드 부인은 의자에 쓰러져 아직도 목구멍 속으로 오 열을 삼키고 있었다. 서로가 불편해서 견딜 수 없게 되자, 남작은 젊은 부부가 며칠 후에 떠나게 될 여행에 대해서 이야기하기 시작했다.

잔은 자기 방에서 샘물처럼 눈물을 흘리고 있는 로잘리의 손을 빌려 옷을 벗고 있었다. 그녀의 손이 보통 때와 달리 헛손질을 하는 바람에 그 녀는 끈도 핀도 찾지를 못했다. 그녀는 확실히 자기의 주인보다 더 흥분 되어 있는 듯했다. 그러나 잔은 하녀의 눈물 같은 것은 전혀 아랑곳하지 않았다. 그녀는 자기가 다른 세계로 들어와 있는 듯한 느낌이었다. 그녀 가 알고 있는 모든 것, 그녀가 소중히 사랑하는 모든 것에서 떨어져 나와 어느 다른 땅으로 떠나는 것같이 여겨졌다. 자신의 인생과 사상에 있어 서 모든 것이 뒤죽박죽된 것 같았다. 이런 이상한 생각까지 떠오르는 것 이었다.

나는 남편을 사랑하고 있는 것일까?

그러자 갑자기 거의 모르는 이방인처럼 그의 모습이 떠올랐다. 석 달 전만 해도 그녀는 그가 존재하고 있다는 사실도 전혀·알지 못했었는데 지금은 그의 아내가 된 것이다. 어떻게 해서 이런 일이 일어났을까? 왜 발밑에 뚫려 있는 구멍 속으로 미끄러지듯 이렇게 빨리 결혼 속으로 빠져 버린 것일까? 밤의 몸치장을 마치자 그녀는 침대 속으로 미끄러져 들어갔다. 약간 섬뜩한 시트가 그녀의 피부에 소름을 돋게 하고, 두 시간 전부터 그녀의 영혼을 짓누르고 있던 차디찬 느낌, 고독, 슬픔의 감정을 증가시켰다.

로잘리는 여전히 흐느껴 울면서 도망치듯이 그 방을 나갔다. 그리고 잔은 기다렸다. 그녀는 불안하고 떨리는 가슴으로 무언지 자기로서는 짐작할 수 없는 것, 아버지가 막연히 말해 준 알 수 없는 어떤 것, 사랑의 가장 큰 비밀인 그 신비로운 계시를 기다렸다.

계단을 올라오는 소리도 듣지 못했는데 누가 방문을 가볍게 세 번 두드렸다. 그녀는 몹시 떨려서 아무 대답도 하지 못했다. 다시 문 두드리는 소리가 나더니 이내 열쇠 따는 소리가 났다. 그녀는 마치 도둑이 자기 방에 들어오기라도 하는 것처럼 담요로 머리를 푹 뒤집어썼다. 장화 소리가 부드럽게 마루를 울렸다. 그리고 갑자기 누군가 자기 침대에 손을 댔다.

그녀는 반사적으로 펄쩍 뛰면서 낮게 소리를 질렀다. 얼굴을 내미니 자기 앞에 줄리앙이 서 있는 것이 보였다. 그는 그녀를 바라보며 미소를 짓고 있었다. 그녀가 말했다.

"아! 무서웠어요. 당신이 나를 놀라게 했군요!"

"그럼 당신은 나를 기다리지 않았단 말이오?"

그녀는 대답하지 않았다. 그는 정장을 하고 있었으며 미남다운 의젓한 얼굴을 하고 있었다. 그녀는 이토록 단정한 이 남자 앞에서 이렇게 자리에 누워 있다는 사실이 몹시 부끄럽게 여겨졌다.

그들은 무슨 말을 해야 할지, 어떻게 해야 할지 몰랐다. 온 생애의 본질적인 행복이 달려 있는 이 신중하고도 결정적인 시간에 그들은 감히 서로를 바라볼 용기마저 갖지 못했다.

그는 이 싸움에 어떤 위험 같은 것이 내포되어 있을지도 모른다는 것과, 꿈속에서 자란 처녀의 영혼이 지니는 한없는 섬세함과 미묘한 수치심을 건드리지 않기 위해서는 어떤 유연한 책략과 꾀바른 애정이 어쩌면 필요할지도 모른다는 것을 막연히 느끼고 있었다.

그래서 그는 부드럽게 그녀의 팔을 잡고 키스했다. 그리고 마치 제단 앞에서 무릎을 꿇듯이 침대 옆에 무릎을 꿇고 숨결보다 더 가느다란 목소리로 속삭였다.

"나를 사랑해 주겠소?"

그녀는 갑자기 안심이 되어서, 레이스로 뒤덮인 머리를 베개 위로 들어올리며 미소를 지었다.

"전 이미 당신을 사랑하고 있는걸요."

그는 아내의 가느다랗고 작은 손가락을 자신의 입술에 갖다 대었다. 그리고 욕정의 억눌림으로 인해 달라진 음성으로 말했다.

"당신이 나를 사랑하고 있다는 증거를 보여 주겠소?"

그녀는 다시 혼란에 빠져, 자신이 하는 말을 이해하지도 못하면서 아버지가 한 말을 생각하고 이렇게 대답했다.

"저는 당신 거예요."

그는 그녀의 손목에 젖은 키스를 퍼부어 댔다. 그리고 천천히 몸을 일으켜 다시 숨으려고 하는 그녀의 얼굴 위로 다가갔다. 갑자기 침대 너머로 한쪽 팔을 내밀고 그는 시트 너머로 아내를 껴안고, 다른 팔을 베개 밑으로 미끄러지듯 집어넣어 머리를 들어올렸다. 그리고 가만히 아주 가만히 속삭였다.

"그렇다면 당신 곁에 나를 위해 아주 작은 자리를 마련해 줄 수 있겠소?"

그녀는 두려웠다. 그건 본능적인 두려움이었다. 그래서 이렇게 더듬거렸다.

"아! 아직은 안 돼요. 부탁이에요."

그는 낙담한 것 같았고 조금 기분이 상한 것도 같았다. 그는 여전히 애원하는, 그러나 조금 퉁명스러운 목소리로 말했다.

"어쨌든 우리가 결국 그렇게 될 터인데 왜 미루는 거요?"

그녀는 그 말을 원망스럽게 생각했다. 그러나 순종적으로 체념한 듯이 그녀는 다시 한 번 되풀이했다.

"저는 당신 거예요."

그러자 그가 황급히 화장실 안으로 사라졌다. 그녀는 옷 벗는 소리, 주머니 속에서 나는 동전 소리, 한 짝씩 벗어 던지는 장화 소리와 함께 그가 움직이는 소리를 분명히 들었다.

그러더니 갑자기 내의 차림에 양말만 신고 그는 재빨리 방을 가로질러 벽난로 위에다 시계를 놓으러 갔다. 그러고 나서는 뛰다시피 옆에 붙은 작은방으로 들어가 다시 몇 분 동안 움직였다. 잔은 눈을 감고 얼른 돌아누웠다. 그러자 남편이 돌아온 것을 알았다.

그녀는 자기 다리 곁에 차갑고 털투성이의 다리 하나가 재빨리 미끄러져 들어와 닿았을 때 마룻바닥에 떨어질 듯이 펄쩍 뛰었다. 두 손에 얼굴을 파묻고 제정신이 아닌 그녀는 두려움과 당황함으로 소리를 지를 것만 같아 침대 깊숙이 몸을 웅크리고 있었다.

그는 얼른 그녀를 껴안고, 그녀가 등을 돌리고 누웠는데도 불구하고 그녀의 목과 잠자리 모자의 물결치는 레이스와 수놓은 속옷의 깃에 탐욕스럽게 키스를 했다.

그녀는 자신의 팔꿈치로 감추고 있는 젖가슴을 더듬는 힘찬 손길을 느끼면서 무서운 불안감에 몸이 뻣뻣해져 조금도 움직이지 못했다. 그녀는 이 난폭한 접촉에 깜짝 놀라서 숨을 헐떡거렸다. 무엇보다도 그녀는 도망치고 싶었다. 집 밖으로 달려나가서 어디든지 이 남자로부터 멀리 떨어진 곳에 몸을 숨기고 싶었다.

그는 더 이상 움직이지 않았다. 그녀는 자신의 등에서 그의 체온을 느꼈다. 그러자 다시 그녀의 공포심은 누그러졌다. 그러고는 갑자기, 키스하려면 돌아누우면 된다는 생각이 들었다.

마침내 그는 초조해하며 슬픈 목소리로 말했다.

"그래, 내 귀여운 아내가 되고 싶지 않다는 것이오?"

그녀는 손가락 사이로 중얼거렸다.

"이미 그렇게 되었잖아요."

그는 기분 나쁜 투로 대답했다.

"천만에. 여보, 자, 나를 놀리지 말아요."

그녀는 그의 불쾌한 듯한 목소리에 마음이 움직이는 것을 느꼈다. 그래서 그에게 미안하다는 말을 하기 위해서 갑자기 그를 향해 돌아누웠다.

그는 그녀를 갈망하는 듯이 격정적으로 양팔로 그녀의 허리를 얼싸안았다. 그러고는 재빠른 키스를, 물어뜯는 듯한 키스를, 미칠 듯한 키스를 그녀의 온 얼굴과 가슴 구석구석에 퍼부었고 애무로 그녀를 멍하게 만들었다. 그녀는 두 팔을 벌린 채 남편의 격정 아래 맥없이 있으면서 자기가 무엇을 하는지, 그가 무엇을 하는지, 생각이 혼란스러워서 아무것도 이해할 수가 없었다. 그런데 날카로운 고통이 갑자기 그녀를 쥐어뜯었다. 그녀는 그가 난폭하게 자신을 소유하고 있는 동안 그의 팔 안에서 몸부림치며 고통으로 신음하기 시작했다.

그 다음에는 무슨 일이 일어났을까? 그녀는 거의 기억나지 않았다. 정신을 잃었기 때문이다. 다만 그가 그녀의 입술 위에 우박 같은 감사의 키스를 퍼부었던 것 같은 생각이 들 뿐이었다.

그러고 나서는 그가 그녀에게 말을 건넸을 것이고, 그녀는 그에게 대답했을 것이다. 그리고 그 후에 그는 몇 번이나 시도를 다시 해보려고 했으나 그녀는 공포 때문에 필사적으로 그것을 물리치곤 하였다. 그녀가 몸부림을 치고 있는 동안에 이미 자기 다리에서 느꼈던 그 무성한 털이 이번에는 가슴에 닿아 얼른 몸을 뺐다.

마침내 이루지 못하는 간청에 지쳐서 그는 등을 돌린 채로 움직이지 않았다. 그러자 그녀는 생각에 잠겼다. 영혼 밑바닥까지 절망한 그녀는 그렇게도 다르게 꿈꾸어 오던 도취, 파괴되어 버린 소중한 기대, 무너져 버린 행복의 실망감에 잠겨 혼자 중얼거렸다.

"이것이 바로 그가 그의 아내가 되는 것이라고 하던 그것이구나. 이것이! 이것이!"

그녀는 방황하는 시선으로 벽에 걸려 있는 장식 융단들과 그의 방을 둘러싸고 있는 오래된 사랑의 전설이 담긴 그림을 바라보면서 그렇게 오랫동안 슬픔에 잠겨 있었다. 그러나 줄리앙이 이제는 말도 건네지 않고 움직이지도 않아서 그녀가 천천히 그에게로 시선을 돌려 보니 그는 자고 있었다! 입을 반쯤 벌리고 편안한 얼굴로 그는 자고 있었다! 그렇다, 그는 자고 있는 것이었다!

그녀는 그것을 믿을 수가 없었다. 자기를 아무 여자처럼 취급한 그의 난폭한 짓보다도 이 잠에 더 모욕을 받고 분노가 치밀어 오르는 것을 느꼈다. 이런 밤에 어떻게 잠을 잘 수 있을까? 그들 사이에 일어났던 일이 그래 그에게는 하나도 놀랄 일이 아니란 말인가? 아아! 그녀는 차라리 격렬한 충격을 받는 것이, 난폭하게 다뤄지는 것이, 의식이 꺼질 때까지 그 지긋지긋한 애무로 상처를 입는 것이 더 나을 것 같았다.

그녀는 팔꿈치를 받치고 그에게로 몸을 기울여서 이따금 코고는 소리를 내며 그의 입술 사이로 새어 나오는 가벼운 숨소리를 들으면서 꼼짝도 하지 않았다.

날이 밝았다. 처음에는 부옇게, 이어 밝아지며, 그 다음에는 장밋빛으로, 그 다음에는 빛이 났다. 줄리앙은 눈을 뜨고 하품을 하고 기지개를 컸다. 그리고 아내를 바라보면서 미소 띤 얼굴로 물었다.

"잘 잤소, 여보?"

그녀는 이제 그가 자기에게 공대를 하지 않는다는 것을 알아차렸다. 그래서 그녀는 깜짝 놀라 대답했다.

"그럼요, 당신은요?"

그가 말했다.

"아아! 난 아주 잘 잤어."

그러고는 그녀에게로 돌아눕더니 키스를 했다. 그러고 나서 조용히 이야기를 시작했다. 그는 경제 관념에 입각한 자신의 미래 계획을 그녀에게 조리 있게 설명했다. 여러 번 되풀이하는 이 말이 잔을 놀라게 했다. 그녀는 그 말들의 의미를 잘 이해하지 못하면서 귀를 기울였고, 간신히 자신의 마음을 재빨리 스치고 지나가는 수많은 것을 생각하면서 그를 바라보고 있었다.

8시가 울렸다.

"자, 일어납시다." 하고 그가 말했다. "늦게까지 침대에 있다간 우습게 보일 테니까."

그러고는 그가 먼저 침대에서 내려갔다. 그는 자신의 몸치장을 끝내고 나서 아내의 몸단장을 아주 세세한 것까지 돌봐 주면서 로잘리를 부르는 것을 허락하지 않았다.

밖으로 나가려고 하자 그가 그녀를 불러 세웠다.

"알고 있겠지만, 우리 사이는 이제 친근하게 말을 놓을 수가 있지만 부모님 앞에서는 아직은 기다리는 것이 좋겠소. 신혼 여행에서 돌아온 후에는 아주 자연스러울 거요."

　그녀는 점심때에야 겨우 모습을 나타냈다. 그리고 그 하루는 아무런 새로운 일도 일어나지 않은 것처럼 다른 날과 똑같이 그렇게 지나갔다. 다만 집안에 남자가 한 사람 더 늘었을 뿐이었다.

5

　나흘 후에 그들을 마르세유에 데려다 줄 대형 사륜마차가 도착했다. 첫날밤을 불안으로 지낸 후에 잔은 이미 줄리앙과의 접촉에 익숙해져 있었다. 그녀의 혐오감이 그들의 관계를 더욱 친밀하게 할 정도로까지 줄어들지는 않았지만, 그의 키스와 부드러운 애무에 익숙해졌던 것이다. 그녀는 그를 미남이라고 생각했고, 또 그를 사랑하고 있었다. 그녀는 다시 행복감과 즐거움을 느꼈다.

　이별은 짧고 슬픔도 없었다. 남작 부인만이 흥분한 듯이 보였다. 마차가 떠나려 할 때, 그녀는 딸의 손에 납덩이처럼 무겁고 두툼한 돈지갑을 쥐여주면서 말했다.

　"이것으로 신부에게 필요한 자질구레한 비용에 쓰려무나."

　잔은 그것을 받아서 주머니 속에 넣었다. 그리고 말들이 달리기 시작하였다.

저녁 무렵에 줄리앙이 그녀에게 말했다.

"당신 어머니가 준 그 지갑에 얼마나 들어 있을까?"

그녀는 더 이상 지갑에 대해서는 생각하고 있지 않았는데, 그것을 무릎 위에 쏟아 놓았다. 많은 금화가 흩어졌다. 2000프랑이었다. 그녀는 손뼉을 쳤다.

"하고 싶은 것을 마음대로 할 수 있겠어요."

그리고 그녀는 돈을 다시 집어넣었다.

지독한 무더위 속을 일주일 동안 달린 후 그들은 마르세유에 도착했다. 다음날은 아작시오를 경유해서 나폴리로 가는 작은 여객선인 르아루이 호가 그들을 코르시카로 데려다 주었다.

코르시카! 밀림 지대! 산적들! 산들! 나폴레옹의 고향! 잔에게는 자신이 아주 기분 좋게 꿈속으로 들어가기 위해 현실에서 뛰쳐나온 듯이 여겨졌다.

갑판 위에 나란히 서서 그들은 프로방스의 절벽들이 달리듯이 뒤로 스쳐 가는 것을 바라보고 있었다. 태양으로부터 쏟아져 내리는 타는 듯한 빛에 무감각하고 응결한 듯한 짙은 초록빛 바다는 지나칠 정도로 푸른 무한한 하늘 아래 펼쳐져 있었다.

"라스티크 영감의 배로 뱃놀이를 갔었던 것 생각나세요?"

그녀의 말에 그는 대답 대신 재빨리 그녀의 귀에 키스를 했다.

기선의 바퀴가 바다의 깊은 잠을 흔들어 놓으면서 물결을 헤치고 나아갔다. 그리고 뒤로 거품이 이는 긴 항적이, 출렁이는 물결이, 샴페인처럼 거품이 이는 창백하고 크고 길게 퍼진 물줄기가 끝없이 직선으로 뻗어 나가고 있는 배의 항로를 보여 주고 있었다.

갑자기 앞쪽에서, 불과 몇 길밖에 안 되는 곳에서 거대한 돌고래가 바다 위로 뛰어올랐다가 다시 곤두박질쳐 물 속에 잠기더니 사라져 버렸다. 무서움에 사로잡힌 잔은 비명을 지르며 줄리앙의 가슴에 뛰어들었다. 이내 그녀는 자신의 겁에 질린 행동에 웃음이 나왔다. 그러면서도 그 물고기가 다시 나타나지 않을까 불안해하며 바라보았다. 잠시 후에 그 물고기는 커다란 기계 장치처럼 다시 솟아올랐다. 그러다가 다시 떨어지더니 또다시 나오곤 했다. 이번에는 두 마리가 되었다가 세 마리로, 다시 여섯 마리의 돌고래가 육중한 배 주위에서 뛰어오르면서 강철 지느러미가 달린 나무로 만든 물고기인 괴물 같은 것은 그들의 형제를 호위하는 것 같았다. 그들은 왼쪽으로 지나갔다가 다시 배의 오른쪽으로 돌아왔고, 어떤 때는 함께, 어떤 때는 한 마리씩 차례로 마치 장난이나 술래잡기를 하듯 즐겁게 뒤꽁무니를 쫓기도 했다. 또 공중에 곡선을 그리면서 껑충 뛰어올랐다가는 다시 일렬로 물 속에 잠기는 것이었다.

잔은 거대하면서도 유연한 이 헤엄치는 자들이 나타날 때마다 몹시 마음이 설레었고 손뼉을 쳤으며 황홀감으로 전율했다. 그녀의 가슴도 그들처럼 어린애같이 미칠 듯한 기쁨으로 뛰었다.

갑자기 물고기들이 사라졌다. 한 번 더, 아주 멀리, 먼바다에서 그들의 모습이 보였다. 그러고는 다시 볼 수 없었다. 잔은 잠시 물고기들이 사라진 것에 섭섭함을 느꼈다.

저녁이 되었다. 고요한 광휘와 행복한 평화가 가득한 즐거운 저녁이었다. 바닷속에도, 바다 위에도 한 가닥 미동도 없었다. 바다와 하늘의 이 무한한 휴식은 이제 더 이상 전율조차 일어나지 않는 마비된 인간의 영혼에까지 퍼져 왔다.

거대한 태양이 저 멀리 보이지 않는 아프리카를 향해 가라앉고 있었다. 아프리카! 벌써 불같이 뜨거운 열기가 느껴지는 것 같은 그 타는 듯한 대지. 그러나 해가 졌을 때는 일종의 서늘한 애무 같은 것이 그렇기는 하지만 미풍이라고는 할 수 없는 얼굴을 가볍게 스쳐 갔다.

그들은 여객선 특유의 온갖 지루한 냄새가 나는 선실로 들어가고 싶지 않았다. 그래서 두 사람은 망토로 몸을 감고 허리를 맞대고 갑판 위에 길게 누웠다. 줄리앙은 곧 잠이 들었으나 잔은 미지의 여행에 대한 동요로 눈을 뜨고 그대로 있었다. 타륜(舵輪)의 단조로운 소리가 그녀를 흔들어 놓았다. 그녀는 자기 위에 마치 남극의 청명한 하늘에 젖은 듯이 반짝거리는, 아주 맑고 날카롭게 빛나는 별무리들을 바라보고 있었다.

그러나 아침이 밝아 올 무렵에는 그녀도 깜빡 잠이 들었다가 소음과 사람들의 말소리에 잠이 깨었다. 선원들이 노래를 부르면서 배를 청소하고 있었다. 그녀는 잠 속에 깊이 빠져 꼼짝도 하지 않는 남편을 흔들었다. 그들은 자리에서 일어났다.

그녀는 자신의 손가락 끝까지 밴 소금내 나는 안개를 마음껏 들이마셨다. 어디를 둘러보나 바다였다. 그러나 배 앞쪽의 여명 속에서 아직은 어렴풋한 어떤 회색빛 나는, 이상하고 뾰족하며 잘게 찢긴 듯한 어떤 주름 덩어리 같은 것이 물결 위에 놓여 있는 듯싶었다.

그것은 점점 더 분명하게 나타났다. 밝아진 하늘에 그 형상은 더욱 뚜렷해졌다. 뿔이 돋은 것 같은 이상한 선의 커다란 산맥이 솟아올랐다. 엷은 베일 같은 것으로 몸을 감싼 코르시카였다.

불쑥 튀어나온 모든 산봉우리들의 검은 그림자를 그리면서 뒤쪽에서 태양이 솟아올랐다. 그러자 모든 봉우리들은 타오르고, 섬의 나머지 부분은 안개에 싸여 흐릿한 채로 있었다.

소금기를 머금은 억센 바람은 구릿빛이 되었으며 마르고, 작달막하고, 딱딱하고, 오므라든 늙고 작은 선장이 갑판 위에 나타나 30년 동안의 호령에 목이 쉬고, 질풍 속에서 소리를 질러 왔기 때문에 지쳐 버린 목소리로 잔에게 말했다.

"저 냄새가 나십니까?"

아닌게아니라 그녀는 어떤 강렬하고도 이상한 식물의 냄새, 야성적인 향기를 느끼고 있었다.

선장이 다시 말했다.

"이런 향기를 풍기고 있는 것이 바로 코르시카랍니다, 부인. 저건 예쁜 여자에게서 나는 냄새지요. 20년 동안을 떠나 있다가도 5마일 밖의 바다까지 나오면 저 냄새를 안답니다. 그렇고말고요. 그분(나폴레옹)도 저기 세인트헬레나에서 고국의 냄새에 대해 항상 이야기하고 있는 것 같습니다. 그분은 내 일가이지요."

선장은 모자를 벗더니 코르시카를 향해 인사를 하고 저 멀리 대양을 건너 그의 일가인, 포로가 된 위대한 황제에게 절을 했다.

잔은 너무도 감동이 되어서 눈물이 나올 것만 같았다.

이 뱃사람은 수평선을 향해 팔을 뻗으면서 말했다.

"상기네르입니다!"

줄리앙은 아내 곁에 서서 그녀의 허리를 안고 있었는데, 두 사람 모두 그 선장이 가리켜 준 지점을 찾으려고 먼 곳을 바라보았다.

그들은 마침내 피라미드 모양을 한 몇 개의 바위를 발견했다. 배는 곧 무한하고 잔잔한 만(灣) 안으로 들어가기 위해 우회를 하였다. 만은 많은 높은 봉우리들에 둘러싸여 있었고, 그 산의 낮은 경사는 이끼에 덮여 있는 듯이 보였다.

선장은 그 초록빛을 가리켰다.

"관목 지대이지요."

다가감에 따라 산들의 원형이 이따금 바닥이 보일 만큼 투명한 푸른 호수 속으로 천천히 나아가는 배는 뒤로 작아지는 것 같았다. 그러나 갑자기 새하얀 마을이 만 깊숙이, 물결치는 해안가, 산들의 발치에 나타났다.

몇 척의 작은 이탈리아 배들이 해안에 닻을 내리고 있었다. 너덧 척의 작은 배들은 르아루이 호의 주위로 왔다갔다하면서 승객을 찾고 있었다.

짐을 챙기고 있던 줄리앙이 낮은 소리로 아내에게 물었다.

"보이한테 20수만 주면 충분하지 않을까?"

일주일 전부터 그는 줄곧 같은 질문을 했는데 그럴 때마다 그녀는 고통스러웠다. 그녀는 다소 짜증을 내며 이렇게 대답했다.

"충분하게 주는 것인지 어떤지 정확하게 확신이 없을 때에는 넉넉하게 주세요."

그는 끊임없이 호텔의 주인이나 보이들, 마차꾼들이나 모든 장사꾼들하고 말다툼을 벌였다. 그리고 한바탕 궤변을 늘어놓은 덕택으로 얼마쯤 할인을 하게 되면, 그는 두 손을 비비면서 잔에게 말하는 것이었다.

"난 빼앗기는 것이 싫거든."

계산서가 오는 것을 볼 때마다 그녀는 틀림없이, 남편이 조목조목 따지고 들 잔소리를 미리부터 알고 있는 터라 몸을 떨었다. 그렇게 값을 깎는 것에 수치감을 느끼고, 손바닥에 충분하지 못한 팁을 받아 쥐고 남편을 곁눈질하는 하인들의 경멸하는 듯한 시선 때문에 머리끝까지 붉어지는 것이었다. 그는 또 그들을 육지에 내려놓은 뱃사공과 말다툼을 벌였다.

그녀가 육지에서 본 맨 첫 번째 나무는 종려나무였다!

그들은 광장의 한구석에 있는 텅 빈 커다란 호텔로 내려가 점심을 주문했다.

디저트를 끝내고 잔이 마을을 돌아보기 위하여 일어섰을 때, 줄리앙이 두 팔로 그녀를 붙들고 그녀의 귀에 다정하게 속삭였다.

"좀 자지 않겠소, 여보?"

그녀는 깜짝 놀라 그대로 있었다.

"자다니요? 하지만 난 전혀 피곤하지 않은걸요."

그가 그녀를 껴안았다.

"난 당신을 원해요. 이해하겠소? 이틀이나……!"

그녀는 수치스러움에 얼굴이 빨개져 더듬거렸다.

"아아! 지금 말이에요? 하지만 남들이 뭐라고 하겠어요? 대낮에 어떻게 방을 달라고 할 수 있겠어요? 아아! 줄리앙, 제발."

그러나 그는 그녀의 말을 가로막았다.

"난 호텔 사람들이 뭐라고 말하든 어떻게 생각하든 조금도 개의치 않아요. 당신은 내가 그런 것을 거북하게 생각하는지 어떤지 알게 될 것이오."

그리고 그는 벨을 눌렀다.

그녀는 눈을 내리뜨고 더 이상 아무 말도 하지 않았다. 그녀의 영혼이나 육체 속에서는 남편의 이 끊임없는 욕정 앞에, 언제나 반항하면서도 혐오감과 어쩔 수 없는 체념으로 모욕감을 느끼면서 복종할 수밖에 없는 것이었다. 그러면서 거기에서 어떤 야수적인 것, 품위를 손상시키는 것, 결국 불결 같은 것을 보게 되는 것이었다.

그녀의 관능은 아직도 잠자고 있었다. 그러나 남편은 이제 그녀도 자신의 격정을 나누고 있는 것처럼 그녀를 다루고 있었다.

보이가 오자 줄리앙은 그에게 방으로 안내해 달라고 청했다. 눈 속에까지 털이 무성한 진짜 코르시카인인 그 보이는 그 말을 이해하지 못하고 방은 밤에만 준비된다고 주장하였다.

짜증이 난 줄리앙이 설명했다.

"아냐, 당장. 우리는 여행에 지쳐서 쉬고 싶소."

그러자 보이의 수염 안으로 한 가닥 미소가 스쳐 지나갔다. 잔은 쥐구멍에라도 숨고 싶었다. 한 시간 후에 그들이 다시 내려왔을 때 그녀는 감히 조금 전에 만난 사람들 앞을 지나갈 수가 없었다. 그들이 틀림없이 등 뒤에서 조롱하고 쑥덕거릴 것 같다는 생각이 들어서였다. 그녀는 이러한 미묘한 수치심이나 본능의 섬세함을 전혀 느끼지 못하고, 그것을 이해하지도 못하는 줄리앙을 마음속으로 원망하였다. 그녀는 자신과 남편과의 사이에 어떤 베일이나 장애물 같은 것을 느꼈다.

두 사람은 절대로 영혼 밑바닥까지는, 사상의 밑바닥까지는 꿰뚫어 볼 수 없으리라는 것을 처음으로 깨달았다. 함께 나란히 걸어가기도 하고 가끔 서로 껴안기도 하지만 결코 섞이지는 못한다는 것, 그리고 인간 각자의 정신적 존재는 삶에 있어서 영원히 고독한 채로 남아 있으리라는 것을 깨달았던 것이다.

그들은 푸른 만 깊숙이 숨겨져 있는 이 작은 마을, 산들이 장막처럼 둘러쳐져 있어서 거기까지는 바람이 좀처럼 불어오지 않는, 큰 가마솥처럼 뜨거운 이 마을에서 사흘 동안 묵었다.

그러고 나서 자신들의 여행을 위한 여정이 정해졌다. 그들은 어떤 험한 길에서도 물러서지 않기 위해 말을 빌리기로 했다. 그래서 그들은 성미가 난폭해 보이는 눈을 가진, 마르고 지칠 줄 모르는 두 마리의 작은 코르시카산 종마(種馬)를 빌려 어느 날 아침 해가 떠오를 무렵에 길을 떠났다. 노새를 탄 안내인이 그들을 수행하면서 두 사람을 위해 식료품을 날랐다. 이 미개한 고장에는 여인숙이 어디 있는지 모르기 때문이었다.

처음에는 만을 따라 길을 가다가 거대한 산 쪽으로 이르는 그다지 깊지 않은 계곡 속으로 들어갔다. 가끔 물이 거의 말라 있는 계곡을 가로지르기도 했으나, 개울 같아 보이는 것이 돌 밑에서 마치 숨겨진 짐승처럼 조심스럽게 졸졸 소리를 내고 움직이고 있었다.

황폐한 지방은 아주 벌거벗은 것처럼 보였다. 비탈진 산허리는 키 큰 풀로 덮여 있었는데, 이 타는 듯한 계절에 그것은 노란색을 띠고 있었다. 이따금 산악 주민들을 만나기도 했는데, 그들은 걸어서 가기도 하고, 작은 말을 타고 가거나 개처럼 큰 노새에 걸터앉아 가기도 했다. 모두들 등에 장전한 총을 메고 있었는데, 녹이 쓴 낡은 무기였지만 그들 손에 있으면 위험한 것이기도 했다.

섬을 덮고 있는 향기를 뿜어내는 식물들의 그 강렬한 냄새가 공기를 텁텁하게 하는 것 같았다. 그리고 길은 산의 길게 주름진 한가운데로 느리게 올라가고 있었다.

장밋빛이나 푸른 화강암의 산정은 광활한 풍경에 선경 같은 느낌을 주었다. 더 낮은 경사에 있는 거대한 밤나무 숲은 푸른 관목 숲처럼 보였다. 수없이 솟아오른 땅의 굴곡은 이 지방에서는 상당히 거대한 것이었다.

안내인은 가파른 고지(高地)를 향해 손을 뻗어 이름을 말해 주었다. 잔과 줄리앙이 쳐다보았으나 아무것도 보이지 않았다. 그러다가 마침내 산정에서 굴러 떨어진 돌무더기 같은 회색빛 나는 그 무엇을 발견하였다. 그것은 마을이었다. 작은 화강암의 시골 마을이 거기에 걸려 있었다. 공중에 걸려 있는 진짜 새집처럼 거대한 산 위에 있었기 때문에 거의 보이지 않았다.

잔은 천천히 걸어가는 이 긴 여행이 짜증났다.

"좀 빨리 달려요."

그렇게 말하고는 자기 말에 박차를 가했다. 그녀는 남편이 자기 곁에

서 달리는 소리가 나지 않아 뒤를 돌아보고는 미친 듯이 웃어대기 시작
했다. 남편이 파랗게 질려서 말의 갈기에 매달려 이상스럽게 뛰어오르
면서 달려오는 것이 보였기 때문이다. 그의 아름다움조차, 그 '잘생긴
기사'의 얼굴이 그의 서투른 솜씨와 공포 때문에 더욱 우스꽝스럽게 보
였던 것이다.

그들은 기분 좋은 속도로 달리기 시작했다. 길은 이제 망토처럼 온 언
덕을 뒤덮고 있는 두 개의 끝없는 덤불 숲 사이로 뻗어 있었다.

이것이 밀림 관목 지대, 들어갈 수 없는 밀림 관목 지대였다. 푸른 떡
갈나무, 노간주나무, 서양 소귀나무, 유향나무, 갈매나무, 히드, 월계수,
도금양, 회양목 등의 형상으로 이루어지고, 그 사이로 얽히어 달라붙은
참으아리, 괴물 같은 고사리, 인동덩굴, 시스트, 로즈메리, 라벤더, 찔레
등이 머리카락처럼 얽혀 이어져 있었다. 마치 산등성이에 얽매인 풀 수
없는 머리칼을 내려뜨리고 있는 것처럼.

그들은 배가 고팠다. 안내인이 아름다운 샘 곁으로 그들을 안내했다.
그런 샘은 가파른 지방에서는 흔히 볼 수 있는 것으로서, 바위틈으로 나
있는 작은 구멍에서 흘러나오는, 얼음같이 차가운 가느다랗고 둥근 물
줄기가 지나가는 사람의 입에까지 그 가느다란 물줄기를 끌어 오기 위
해 가져다 놓은 밤나무 잎사귀 끝에서 흘러내리고 있었다. 잔은 너무 행
복했으나 희열에 넘친 소리를 지르지 않으려고 애를 쓰기도 했다.

그들은 다시 길을 떠나 사고뉴 만을 우회하면서 내려가기 시작했다.
저녁 무렵에는 카르제즈를 지나갔다. 그곳은 옛날에 고국에서 추방당한
그리스 망명객의 무리들이 세운 마을이었다. 키가 크고 아름다운 처녀

들이, 우아한 허리에 긴 팔, 날씬하면서도 신비스럽게 크고 맵시 있는 몸매의 처녀들이 우물 곁에 떼지어 모여 있었다. 줄리앙이 그들에게 "안녕하세요?" 하고 소리치자, 처녀들은 버려진 고국의 조화 있는 언어를 매력적인 음성으로 대답했다.

피아나에 이르자, 옛날에 외진 지방에서 그랬던 것처럼 하룻밤 잠자리를 청해야만 했다. 잔은 줄리앙이 두드린 문이 열리기를 기다리면서 기쁨으로 몸을 떨었다. 아! 이것이야말로 진짜 여행이다! 인적이 없는 길에서 뜻밖의 일들이 모두 갖춰져 있는…….

그들은 마침 젊은 부부를 만났다. 교주가 신이 보내 온 손님을 맞아들이듯 그들을 맞아들였다. 그들은 옥수수 짚을 넣은 매트 위에서 잠을 잤다. 벌레 먹은 낡은 집이었다. 대들보를 파먹는 기다란 좀조개 벌레가 돌아다녀 집의 온 뼈대에서는 삐걱삐걱 소리가 나고, 살아서 한숨을 짓는 것 같았다.

그들은 해가 떠오를 때 출발하여 이윽고 숲 앞에서, 자줏빛 화강암의 진짜 숲에 다다라 걸음을 멈추었다. 뾰족한 산봉우리, 원주(圓柱), 작은 종루들, 그리고 세월과 자연을 갉아먹는 바람과 바다의 안개로 해서 만들어진 갖가지 이상한 모양의 놀라운 기암 괴석의 숲이었다.

300미터나 되는 가느다란 것, 둥근 것, 꼬불꼬불한 것, 갈고리 모양으로 굽은 것, 기형의 것, 기상천외한 것, 환상적인 것 등 이러한 기암 괴석들이 나무들, 식물들, 짐승들, 기념물들, 사람들, 법의를 입은 수도승들, 뿔이 돋친 악마들, 엄청나게 큰 새들처럼 보이는 것이었다. 온통 괴물 같은 무리, 어떤 괴상한 신(神)의 원한에 의해 화석이 된 악몽에 나오는 동물의 무리였다.

잔은 심장이 졸아드는 것 같아 더 이상 한마디도 할 수가 없었다. 그래서 줄리앙의 손을 잡았다. 이 온갖 것의 아름다움 앞에서 그녀는 사랑하고 싶은 욕구에 사로잡혔던 것이다.

그리고 갑자기 이 혼란에서 벗어났을 때 그들은 붉은 화강암이 피를 흘리는 듯한 벽으로 온통 에워싼 새로운 만을 발견했다. 푸른 바닷속에는 그 진홍빛 바위들이 그림자를 던지고 있었다.

잔이 더듬거리며 말했다.

"아아! 줄리앙!"

다른 말은 나오지 않았다. 너무나 감탄하고 감동이 되어서 목이 메고 눈에서는 두 줄기 눈물이 흘러내렸다. 남편은 그녀를 쳐다보며 깜짝 놀라 이렇게 물었다.

"무슨 일이오, 여보?"

그녀는 뺨을 닦으면서 미소를 지어 보였다. 그러고는 다소 떨리는 목소리로 말했다.

"아무것도 아녜요…… 신경성이에요…… 모르겠어요…… 감동스러웠나 봐요. 너무 행복해서 사소한 일에도 마음이 흥분돼요."

그는 아내의 이러한 흥분을 이해하지 못했다. 어떤 열광이 재앙처럼 감동을 시키고, 붙잡을 수 없는 어떤 감정이 마음을 변화시키고, 기쁨과 절망에 괴로워하고, 아무것도 아닌 것에 미칠 듯이 감격해하는, 이 존재의 동요를 이해하지 못했다.

그러한 눈물이 그에게는 우습게 보였다. 그래서 험한 길에 온 정신이 팔려 "당신, 말에나 신경을 쓰는 게 좋겠소." 하고 말했다.

거의 빠져나가기 불가능한 길로 해서 그들은 이 만 속으로 내려갔다. 그러고는 오른쪽으로 돌아 오타의 어두운 계곡을 기어오르려고 했다. 그러나 오솔길은 몹시 험난해 보였으므로 줄리앙이 제안했다.

"걸어서 올라가는 것이 어떨까?"

그녀로서는 더 바랄 나위도 없었다. 조금 전의 감동을 맛본 후라 그녀는 그와 단둘이서 걸어간다는 데 황홀감을 느끼고 있었기 때문이다. 안내인은 노새와 말을 끌고 앞서 떠나고 그들은 천천히 뒤따라 걸어갔다.

꼭대기에서 밑바닥까지 균열이 간 산이 길을 열어 주었다. 오솔길은 그 틈새로 나 있었다. 그리고 그것은 두 개의 커다란 벽 사이에 끼인 골짜기의 밑바닥을 따라갔다. 그리고 거친 급류가 이 틈바구니로 흐르고 있었다. 공기는 차고 화강암은 검은색으로 보였으며, 그 높은 꼭대기로 보이는 푸른 하늘은 사람을 놀라게 하고 마음을 뒤흔들어 놓고 현기증을 일게 했다.

갑자기 어떤 소리가 잔을 움찔하게 만들었다. 눈을 들어서 보니, 거대한 새 한 마리가 구멍 속에서 날아올랐다. 독수리였다. 활짝 펼쳐진 날개는 우물 같은 양쪽 벽에 스칠 듯했다. 독수리는 하늘 끝까지 날아올라 사라져 버렸다.

더 깊이 들어갈수록 산의 균열은 이중으로 되어 있었다. 오솔길은 가파른 지그재그 모양으로 두 협곡 사이로 기어 올라갔다. 경쾌하고 들뜬 잔은 앞장서서 걸으면서 발치에 있는 조약돌을 굴려 내리기도 하고, 대담하게 낭떠러지 위에서 몸을 굽혀 심연 속을 내려다보기도 했다. 줄리앙은 약간 헐떡이면서 현기증이 날까 두려워 땅만 보면서 그녀를 따라 갔다.

갑자기 태양이 그들을 적셨다. 그래서 그들은 지옥에서 빠져나왔다는 느낌이 들었다. 그리고 몹시 목이 말랐다. 습기 찬 발자국이 그들을 안내하였고 돌이 무질서하게 놓여 있는 곳을 지나, 염소지기들이 사용하기 위해 만들어 놓은 움푹 팬 통 안으로 아주 가느다랗게 물길이 트인 샘이 있는 데까지 왔다. 양탄자 같은 이끼가 주위의 땅을 덮고 있었다. 잔은 그 물을 마시기 위해 무릎을 꿇었다. 줄리앙도 그대로 했다.

그녀가 물의 시원함을 천천히 맛보고 있으려니까 줄리앙이 그녀의 허리를 잡고 나무 수로 끝을 빼앗으려고 했다. 그녀는 빼앗기지 않으려고 반항했다. 그래서 그들의 입술이 서로 싸움을 벌였고 서로 부딪치고 밀어냈다. 그들은 서로 가느다란 수도관의 끝을 잡고 그것을 놓치지 않으려고 입으로 물었다. 그래서 차가운 물줄기는 쉴새없이 잡혔다가는 놓치고 끊겼다가는 다시 이어졌으며, 그 물줄기는 얼굴과 목과 옷과 손에 물을 튀겼다. 진주 같은 물방울이 그들의 머리에서 반짝였다. 그리고 입맞춤이 물 속에서 흘렀다.

갑자기 잔은 사랑의 영감을 느꼈다. 그녀는 맑은 물을 입에 가득 물고 두 뺨을 한껏 부풀려 입술로 그의 목을 축여 주고 싶다는 것을 줄리앙이 느끼도록 했다.

그는 미소를 띠며 머리를 뒤로 젖히고 두 팔을 벌리고 목을 내밀었다. 그는 단숨에 이 생생한 육체의 샘물에서 물을 들이마셨다. 그 샘물은 그의 창자까지 타오르는 듯한 욕망을 불러일으켰다.

잔은 여태까지 보이지 않던 애정으로 그에게 기댔다. 그녀의 심장이 고동쳤다. 가슴이 부풀어올랐다. 그녀의 눈은 눈물에 젖어 부드러워진 것처럼 보였다. 그녀는 아주 낮은 소리로 속삭였다.

"줄리앙……, 사랑해요!"

그러고는 이번에는 자신이 남편을 끌어당기면서 몸을 뒤로 젖히고, 부끄러움으로 빨개진 얼굴을 두 손으로 가렸다.

줄리앙은 열정적으로 덮치듯이 그녀를 껴안았다. 그녀는 흥분된 듯한 기대 속에서 헐떡거리고 있었다. 그러자 갑자기 그녀가 비명을 질렀다. 벼락에 맞은 듯이 그녀는 자신이 불러들인 관능에 얻어맞았던 것이다.

두 사람은 오래 걸려서 언덕길의 꼭대기에 닿았다. 그토록 그녀는 가슴이 뛰고 기진맥진했던 것이다. 그들은 겨우 저녁때가 되어서야 에비자에 있는 안내인의 친척인 파올리 팔라브르티의 집에 도착했다.

그는 키가 크고 허리가 약간 구부정했으며, 폐결핵 환자처럼 우울한 표정을 하고 있는 남자였다. 그는 그들을 방으로 안내했다. 장식이 없는 돌로 지은 초라한 방이었지만, 우아한 것이 무시되고 있는 이 지방에서는 그래도 아름다운 방이었다. 그 사람은 프랑스 말과 이탈리아 말이 뒤섞인 코르시카 사투리로 그들을 맞아들이는 즐거움을 이야기했다.

그때 맑은 음성이 그의 말을 가로막았다. 갈색 머리에 새카맣고 커다란 눈, 햇볕에 그을린 따뜻한 살결, 날씬한 허리, 항상 웃고 있어서 이가 줄곧 밖으로 드러나 보이는 자그마한 몸집의 여자가 뛰어들어 잔을 껴안고 줄리앙의 손을 흔들어 대며 연거푸 말했다.

"안녕하세요, 부인. 안녕하세요, 선생님. 안녕하세요?"

그 여자는 한쪽 팔로 두 사람의 모자와 숄을 받아들고 모든 것을 정돈했다. 다른 팔은 붕대를 감고 있었던 것이다. 그러고는 남편에게 "저녁 식사 때까지 이분들을 안내해 드리세요." 하고 말하고는 모두들 밖으로 나가게 했다.

팔라브르티 씨는 곧 아내의 말에 따라 두 젊은이 사이에 끼어들어 마을을 보여 주었다. 그는 발걸음도 말소리도 질질 끌었다. 가끔 기침을 하면서 이런 말을 되풀이했다.

"계곡의 찬 공기가 내 가슴까지 스며들어서요."

그는 엄청나게 큰 밤나무 아래로 난 외진 오솔길로 그들을 안내했다. 갑자기 그는 걸음을 멈추더니 단조로운 말투로 말했다.

"바로 여기가 내 사촌인 장 리날디가 마티 로리에게 살해당한 곳입니다. 자, 나는 여기 있었고 장은 아주 가까이에 있었는데, 그때 마티가 우리에게서 열 발짝 되는 곳에 나타났습니다. '장, 알베르타체스에는 가지 말아.' 하고 그가 소리쳤어요. '가지 말아라, 장. 그러지 않으면 난 너를 죽여 버릴 테다. 그것을 네게 경고해 둔다.' 나는 장의 팔을 잡았습니다. '가지 말게, 장. 그는 꼭 그렇게 할 거야.' 둘이 함께 따라다니던 폴리나 시나쿠피라는 처녀 때문이었지요. 그러나 장은 외치기 시작했어요. '난 갈 테다, 마티. 넌 나를 막지 못해.' 그러자 마티가 총을 내리더니, 내가 총을 겨눌 새도 없이 방아쇠를 당겼습니다. 장은 줄넘기를 하는 어린애처럼 두 발로 껑충 뛰어올랐습니다. 네, 선생님. 그러고는 제 몸 위로 곧장 떨어졌습니다. 그 바람에 내 총을 놓쳐서 저기 보이는 커다란 밤나무 있는 데까지 굴러가고 말았어요. 장은 입을 크게 벌리고 있었지만 한마디도 하지 못했어요. 그는 죽어 버렸던 거예요."

두 젊은이는 멍하니, 침착한 이 범죄의 증인을 바라보았다. 잔이 물었다.

"그럼 살인자는요?"

파올리 팔라브르티는 오랫동안 기침을 하고 나서 말을 계속했다.

"그는 산으로 갔습니다. 그 다음해에 내 형이 그자를 죽였습니다. 아시겠지요, 내 형인 필립 팔라브르티는 산적입니다."

잔은 몸서리를 쳤다.

"당신의 형이라고요? 산적이라고요?"

온화한 코르시카 인의 눈에는 어떤 자랑스런 빛이 번득였다.

"네, 부인. 그는 유명한 사람이었지요. 여섯 명의 헌병을 한꺼번에 쓰러뜨리기도 했어요. 니콜라 모랄리와 함께 죽었답니다. 그때 그들은 니올로에서 포위를 당하고 엿새 동안 싸운 뒤 굶어 죽을 지경에 이르렀었지요."

그러고 나서 그는 체념한 듯한 표정으로 덧붙였다.

"이 지방에서는 그것이 통칙이지요."

그 말투는 '골짜기의 바람은 차갑지요.' 하고 말할 때와 똑같은 어조였다. 그들은 저녁 식사를 하기 위해 돌아왔다. 그 자그마한 코르시카 여자는 그들을 마치 20년 전부터 알아 왔던 사람처럼 대했다.

한 가닥 불안이 잔을 휩쌌다. 그녀가 샘터의 이끼 위에서 느꼈던 그 이상하고도 격렬한 관능의 동요를 줄리앙의 팔 안에서 다시 느낄 수 있을 것인가? 방에 둘만 있게 되었을 때, 그녀는 그의 키스를 받으면서 또 여전히 무감각한 채 있게 되지는 않을까 하고 불안해하였다. 그러나 그녀는 곧 안심했다. 그것은 그녀가 사랑을 느낀 첫날밤이 되었던 것이다.

이튿날 출발할 시각에 그녀는 자기로서는 새로운 행복이 시작된 것처럼 여겨지는 이 보잘것없는 오두막집을 떠날 마음이 나지 않았다. 그녀는 자그마한 이 집주인의 아내를 방으로 들어오게 해서, 그녀에게 선물을 하려는 것은 아니라는 것을 밝히면서, 돌아가면 파리에서 그녀에게 기념품을 보내겠노라고 말했는데, 그녀가 그것을 거절하며 화까지 내면서 주장했다. 기념품, 거기에 그녀는 거의 미신적인 관념까지 갖고 있었다. 젊은 코르시카 여자는 받기 싫다고 오랫동안 맞서다가 마지못해 승낙했다.

"그러시다면 작은 권총을 하나 보내 주세요. 아주 작은 걸로요."

잔은 눈을 크게 떴다. 그 여자는 아주 낮은 소리로 귀 가까이에 대고, 마치 달콤하고 은밀한 비밀을 고백하듯이 이렇게 덧붙였다.

"시동생을 죽이려고 그래요."

그러고는 웃으면서 전혀 사용하지 못하는 팔에 감겼던 붕대를 재빨리 풀고, 단도에 여기저기 찔렸으나 거의 상처가 아물어 가는, 포동포동하게 살찐 하얀 살을 보여 주었다.

"만일 내가 그자만큼 힘이 세지 않았더라면 그는 나를 죽였을 거예요." 하고 그녀가 말했다. "남편은 질투하지 않아요. 그 사람은 나를 잘 알고 있거든요. 그리고 아시다시피 그는 병자예요. 그래서 피가 끓어오르지 않지요. 게다가 나는 정숙한 여자랍니다, 부인. 그러나 시동생은 남들이 말하는 소리를 모두 그대로 믿습니다. 그는 내 남편 대신 질투를 하는 거예요. 틀림없이 그런 일이 또 일어날 겁니다. 그래서 작은 권총을 하나 가지고 있으면 난 안심이 될 겁니다. 틀림없이 복수를 할 수 있을 겁니다."

잔은 권총을 보내 주겠노라고 약속을 하고, 자기의 새 친구를 다정하게 포옹하고 나서 다시 길을 떠났다.

나머지 여정은 꿈과 같았고, 끝없는 포옹, 애무의 도취였다. 그녀에게는 아무것도 보이지 않았다. 풍경도 사람도 그녀가 멈추었던 장소도 보이지 않았다. 그녀는 오직 줄리앙만을 쳐다보았다.

그러자 어리석은 사랑의 희롱에 어린애같이 즐거운 친밀한 관계가 시작되었다. 그것은 쓸데없는 달콤하고 시시한 말들을 주고받고, 두 사람의 입술이 서로 좋아하는 그들 육체의 그 모든 굽이, 주위, 주름에 귀여운 이름을 붙여서 서로 부르는 그러한 짓이었다.

잔은 오른쪽으로 누워 잠을 자기 때문에 잠에서 깨어 보면 종종 왼쪽 유방이 밖으로 비어져 나올 때가 있었다. 줄리앙은 그것을 눈여겨보았기 때문에 그쪽을 '외박하는 신사'라고 부르고, 다른 쪽은 '기둥 서방'이라고 불렀다. 왜냐하면 분홍빛 젖꼭지가 키스에 대해 더 민감한 듯이 보였기 때문이었다.

두 유방 사이의 깊은 고랑은 '어머니의 산책길'이라고 불렀다. 그가 쉴새없이 그곳을 더듬었기 때문이다. 그리고 더욱 은밀한 다른 길은 오타의 계곡을 연상해서 '다마스커스의 길'이라고 명명했다.

바스티아에 도착하자 안내인에게 임금을 지불해야만 했다. 줄리앙이 주머니 속을 여기저기 뒤졌다. 필요한 돈을 찾지 못하자 잔에게 말했다.

"당신은 어머니에게서 받은 2000프랑을 쓰지 않을 테니까 내가 맡고 있게 그걸 주구려. 내 허리띠 속에 넣으면 더욱 안전할 테고 또 나는 환전하는 수고도 덜 수 있을 테니까."

그래서 그녀는 그에게 지갑을 건네주었다.

그들은 리브르에 도착하여 플로렌스와 제노바를 구경하고, 그리고 코르니슈 전체를 구경하였다.

북서풍이 부는 어느 날 아침, 그들은 마르세유로 돌아왔다. 레푀플을 떠난 지 두 달이 흘렀다. 10월 15일이었다.

잔은 저 멀리 노르망디로부터 불어오는 것 같은 찬바람에 사로잡혀 기분이 우울했다. 줄리앙은 얼마 전부터 변한 듯 피곤해하고 모든 일에 무관심해진 것 같았다. 그리고 그녀는 알지 못할 어떤 두려움에 사로잡혀 있었다.

그녀는 태양이 빛나는 훌륭한 이 지방을 떠날 결심이 서지 않아 돌아가는 날짜를 나흘이나 늦추었다. 그녀는 행복의 일주를 막 끝마친 느낌이 들었던 것이다.

그들은 마침내 마르세유를 출발했다.

그들은 레푀플에 결정적인 거처를 마련하기 위해 필요한 모든 물건을 파리에서 사들이기로 되어 있었다. 잔은 어머니가 주신 선물 덕분에 가지가지 놀랄 만큼 훌륭하고 우아한 것들을 가지고 갈 생각을 하니 즐거웠다. 그녀가 첫 번째로 생각한 물건은 에비자의 그 젊은 코르시카 여자에게 약속한 권총이었다.

파리에 도착한 이튿날, 그녀는 줄리앙에게 말했다.

"여보, 쇼핑을 하려고 하는데, 엄마가 내게 주신 돈을 돌려주시겠어요?"

그는 못마땅한 얼굴로 그녀를 돌아보았다.

"얼마나 필요하오?"

그녀는 깜짝 놀라 더듬거렸다.

"저…… 얼마든지 좋아요."

그가 다시 말했다.

"100프랑 주겠소. 그런데 아무데나 쓰지 말아요."

그녀는 놀라고 당황해서 무어라고 말해야 할지 몰랐다. 마침내 그녀가 주저하며 말했다.

"하지만…… 제가…… 그 돈을 당신에게 맡긴 것은……."

그는 그녀의 말을 가로챘다.

"그래요, 그렇고말고요. 당신 주머니에 있으나 내 주머니에 있으나 똑같은 지갑을 우리가 가지게 된 이상 상관없지 않소. 그걸 주지 않겠다는 것이 아니오. 그렇지 않소. 내가 100프랑을 당신에게 주었으니 말이오."

그녀는 더 이상 말을 못하고 금화 다섯 닢을 받았다. 그러나 감히 더 달라고 말할 용기도 없었다. 그래서 권총 이외에는 아무것도 사지 못했다.

일주일 후에 그들은 레푀플로 돌아가기 위해 길을 떠났다.

6

벽돌 기둥이 세워져 있는 하얀 울타리 앞에서 가족과 하인들이 기다리고 있었다. 역마차가 멈추었다. 포옹은 오래 계속되었다. 어머니는 눈물을 흘렸다. 잔도 마음이 뭉클해서 눈물을 닦았다. 흥분한 아버지는 안절부절못하여 왔다갔다했다.

그리고 나서 짐을 내리는 동안에 거실의 벽난로 앞에서는 여행에 대한 이야기로 꽃을 피웠다. 무궁무진한 이야기가 잔의 입술에서 흘러나왔다. 반 시간 동안에, 이 허겁지겁 말한 이야기 속에서 잊어버린 몇 가지 사소한 것들만 제외하고는 아마 모든 이야기는 다 했을 것이다.

그리고 젊은 부인은 짐을 풀러 갔다. 로잘리 역시 아주 흥분해서 잔을 도왔다. 그 일이 끝나고 내의와 옷들, 여러 가지 화장 도구들이 제자리에 놓이자 하녀는 여주인의 곁에서 물러갔다. 잔은 약간 피곤을 느끼며 자리에 앉았다.

그녀는 지금부터 무엇을 해야 할 것인가를 중얼거리며, 정신을 위한 사색과 손을 위한 일을 찾아보았다. 그녀는 거실에서 졸고 있는 어머니 곁으로 다시 내려가고 싶지는 않았다. 그녀는 산책을 할까 생각해 보았다. 그러나 들판은 창문으로 내다보기만 해도 마음속에서 어떤 묵직한 우울을 느낄 만큼 슬퍼 보였다.

그러자 그녀는 이제는 아무 할 일이 없다는 것, 영원히 할 일이 없으리라는 것을 깨달았다. 수녀원에서 그녀의 청춘은 온통 미래에 대해 생각하고 꿈꾸는 데 열중해 있었고 공상하기에 바빴다. 그때는 희망에 대한 끊임없는 흥분이 가슴을 채웠고 시간이 흐르는 것도 전혀 느끼지 못했었다. 그런데 자신의 그런 꿈들이 꽃피었던 그 엄격한 벽으로부터 풀려 나오자마자 사랑의 기대는 곧 실현되었다. 불과 몇 주일 동안에 바라던 남자를 만나고, 사랑하고, 결혼한 그 남자는 너무 성급하게 결정을 내려 결혼할 때와 마찬가지로, 그녀에게 생각할 겨를도 주지 않고 그녀를 자기 품속으로 앗아가 버렸던 것이다.

그러나 이제 신혼 초기의 달콤한 현실이, 끝없는 희망과 미지의 것에 대한 달콤한 불안에 빗장을 지르려고 하는 일상적인 현실이 되려 하고 있었다. 그렇다, 기다린다는 것은 이미 끝이 난 것이다.

그렇게 되면 더 이상 아무런 할 일이 없다. 오늘도 내일도, 그리고 영원히. 그녀는 막연히 이러한 모든 것, 어떤 환멸과 허물어지는 듯한 기분을 느꼈다. 그녀는 자리에서 일어나 차가운 유리창에 이마를 갖다 댔다. 그러고는 한참 동안 어두운 구름이 흘러가는 하늘을 올려다보다가 밖으로 나갈 결심을 했다.

이것은 5월의 그것과 똑같은 전원, 똑같은 풀, 똑같은 나무들일까? 햇빛을 받아 반짝이던 나뭇잎들의 즐거움과 민들레가 타오르고, 개양귀비가 핏빛으로 물들고, 데이지가 빛나고, 보이지 않는 실 끝에서처럼 노란 환상의 나비들이 파닥이고 있는 잔디밭의 그 푸른 시(詩)는 대체 어떻게 되었을까? 그리고 생명과 향기와 번식력을 주는 원자(原子)로 가득했던 공기의 그 도취는 이제 사라져 버렸다.

계속해 내리는 가을 소낙비에 젖어 있는 한길은 두터운 낙엽 더미에 덮인 채, 거의 벌거벗어 파리하게 떨고 있는 포플러 나무 밑으로 길게 뻗어 있었다. 가냘픈 나뭇가지들은 바람에 떨며 공중으로 떨어질 듯한 몇 개의 잎을 아직도 흔들어 대고 있었다. 그리고 끊임없이 하루 종일 올 것 같은, 마치 울음보가 터지질 것 같은 그치지 않고 내리는 구슬픈 비처럼, 이제는 온통 노랗게 물든 커다란 금화와도 같은 그 마지막 잎새들이 가지에서 떨어져 뱅글뱅글 돌다가 떨어졌다.

그녀는 작은 관목 숲이 있는 곳까지 갔다. 그곳은 죽어 가는 사람의 방처럼 애처로웠다. 구불구불한 아름다운 길을 가르고 눈에 띄지 않게 감춰 주었던 그 녹색 벽은 허물어져 있었다. 고운 나무 레이스처럼 뒤엉켜 있는 작은 관목들은 서로 야윈 가지들을 부딪치고 있었다. 바람에 밀리고 흩날리고 군데군데 쌓여 있는 마른 낙엽들의 속삭임은 단말마의 괴로운 한숨처럼 여겨졌다. 아주 작은 새들은 숨을 곳을 찾으면서 추위를 타는 듯한 가냘픈 소리를 지르며 여기저기로 날아올랐다.

그러나 바닷바람을 막는 전위(前衛)로서 심어진 느릅나무의 두툼한 장막으로 보호받은 보리수와 플라타너스는 아직도 여름의 모습으로 덮여 있어서, 하나는 붉은 우단을 다른 하나는 오렌지색의 비단을 입고 있는 듯이 보였다. 나무 수액의 성질에 따라서 첫추위에 이렇게 물들어 있는 것이다.

잔은 쿠이야르 농장을 따라서 어머니의 산책길을 느린 걸음으로 왔다 갔다하였다. 막 시작된 단조로운 생활에서 오는 오랜 권태의 예감 같은 그 무엇이 그녀를 무겁게 내리눌렀다.

그녀는 줄리앙이 처음으로 사랑을 고백했던 그 비탈 위에 앉았다. 그녀는 거의 아무것도 생각하지 않고 그저 부질없는 공상에 잠겨 그대로 그렇게 있었다. 마음속까지 나른해졌고 오늘의 슬픔에서 벗어나기 위해 누워 잠들고 싶다는 욕망을 느끼면서…….

갑자기 그녀는 돌풍에 실려 하늘을 가로지르는 한 마리의 갈매기를 보았다. 그러자 먼 코르시카 오타의 어두운 계곡에서 봤던 그 독수리가 생각났다. 그녀는 행복한, 그리고 이제는 끝나 버린 어떤 것의 추억이 주는 생생한 동요를 마음속에서 느꼈다. 그리고 갑자기 그녀는 그 야생의 향기, 오렌지와 시트론을 익게 하는 태양, 장밋빛 산정의 산맥들, 푸른 만들, 그리고 급류가 흐르는 협곡에 있는 그 빛나는 섬을 다시 보았다.

그러자 나뭇잎들이 음산하게 떨어지고 잿빛 구름이 바람에 밀려가는, 그녀를 둘러싸고 있는, 이런 습기 차고 거친 풍경이 그녀를 비탄의 무기로 감쌌기 때문에 울지 않으려고 집으로 들어갔다.

나날의 우울에 익숙해 있어서 이제는 그것을 느끼지도 못하고 감각조차 무뎌진 어머니가 벽난로 앞에서 졸고 있었다. 아버지와 줄리앙은 그들의 사업에 대한 이야기를 하면서 산책을 나간 뒤였다.

넓은 거실에 우울한 어둠을 뿌리면서 밤이 왔다. 거실은 단지 벽난로에서 반사되는 빛으로만 밝혀져 있었다. 창 밖으로는, 연말의 이 보기 싫은 자연과 그 자체가 진흙으로 문질러 바른 것 같은 회색빛 하늘을 저물어 가는 햇빛으로 분간할 수 있었다.

이윽고 남작이 나타났고 줄리앙도 따라 들어왔다. 남작은 어두운 방에 들어서자마자 초인종을 울리고 소리를 질렀다.

"빨리, 빨리, 불을 켜라! 여긴 음산하군."

그러고는 벽난로 앞에 앉았다. 젖은 두 발이 벽난로의 불꽃 옆에서 김을 내고, 열기로 인해 마른 구두 바닥의 진흙이 떨어지는 동안에 그는 기분 좋게 두 손을 비볐다.

"서리가 내릴 것 같은데 북쪽 하늘이 개고 있어. 그렇다면 오늘 밤은 만월이다. 오늘 밤은 매우 춥겠는걸."하고 그가 말했다. 그러고는 딸 쪽을 돌아보며 "그래 얘야, 네 고향 네 집 이 늙은이들 곁으로 돌아오니 기쁘니?" 하고 물었다.

이 단순한 질문이 잔을 흔들어 놓았다. 그녀는 눈물이 가득 괸 눈으로 아버지의 품속으로 뛰어들어 마치 용서를 빌기라도 하는 것처럼 신경질적으로 키스했다. 유쾌해지려는 마음의 노력에도 불구하고 그녀는 실신할 듯한 슬픔을 느끼고 있었기 때문이다. 그러면서도 그녀는 부모님 곁으로 돌아오면서 기대했던 기쁨을 생각해 보았다. 그러나 자기의 애정을 마비시키는 이 냉담함에 그녀는 놀라고 있었다. 그것은 마치 사랑하고는 있으나 늘 만나는 습관을 잃어버린 사람들을 몹시 생각하고 있었으면서도, 그들을 만나 공동 생활의 관계가 다시 맺어질 때까지는 애정의 정지 같은 것을 겪는 것과도 같았다.

저녁 식사는 오래 걸렸다. 그러나 아무도 이야기를 꺼내지 않았다. 줄리앙은 아내를 잊어버린 것 같았다.

식사를 끝내고 거실에서 그녀는 완전히 잠들어 버린 어머니 맞은편에서 불길에 나른해져 있었다. 그리고 논쟁을 벌이는 두 남자의 목소리에 가끔 정신이 들었다. 정신을 차리려고 애쓰면서, 그녀는 자기도 역시 아무것도 깨뜨릴 수 없는 습관으로 활기 없는 나태에 사로잡히는 것이 아닌가 스스로에게 물었다.

벽난로의 불길은 낮 동안에는 부드럽고 불그스름했었는데, 지금은 강렬하고 환하게 탁탁 튀었다. 그 불길은 안락의자의 퇴색한 장식 융단 위에, 여우와 황새 위에, 우울한 왜가리 위에, 매미와 개미 위에 갑작스럽게 커다란 불빛을 던졌다. 남작이 다가와 미소를 지으면서 강렬한 깜부기불에 손가락을 확 펴고 내밀었다.

"아! 오늘 밤엔 잘 타는군. 춥구나, 얘야. 얼음이 얼고 있는 모양이야." 하며 잔의 어깨에 손을 얹고 불을 가리켜 보였다.

"봐라, 얘야, 이것이 세상에서 제일 좋은 거란다. 난로, 주위에 식구들이 모인 난로라는 것이 말이야. 아무것도 이보다 값진 게 없다. 그러나 그만 자러 가야지. 몹시 피곤하겠지, 너희들?"

자기 방으로 올라오자 젊은 부인은 자신이 사랑하고 있다고 생각한 이 똑같은 장소로 돌아왔는데, 그때와 지금이 어떻게 이렇게도 다를 수 있을까 의아하게 생각했다. 어째서 그녀는 자신이 상처를 입은 것처럼 느껴지는가? 어째서 이 집, 이 친근한 고장, 지금까지 자기의 마음을 전율케 했던 이 모든 것이 오늘은 이렇게도 가슴을 에는 것일까? 그러자 그녀의 눈길이 갑자기 벽시계 위에 머물렀다. 그 조그만 벌은 여전히 왼쪽에서 오른쪽으로 그리고 오른쪽에서 왼쪽으로 똑같은 동작으로 빠르게 쉴새없이 도금한 꽃 위를 날고 있었다. 그때 갑자기 잔은 애정의 충동을 느끼고, 자신에게 시간을 노래해 주고 가슴처럼 고동치는, 이 살아 있는 듯한 작은 기계 앞에서 눈물을 흘릴 정도로 감동하였다.

확실히 그녀는 아버지와 어머니에게 키스를 하면서도 이토록 감동하지는 않았다. 인간의 마음이란 어떤 추리로도 꿰뚫을 수 없는 신비로움을 가지고 있는 것이다.

결혼 후 처음으로 그녀는 자기 침대에 혼자 누워 있었다. 줄리앙은 피곤하다는 구실로 다른 방을 쓰고 있었다. 게다가 각자 자기 방을 갖는다는 것에 그는 동의를 했었다. 그녀는 혼자 자는 버릇을 버렸기 때문에 자기 몸에 닿는 다른 사람의 감촉을 느끼지 못하는 것이 이상스럽고, 또한 지붕에 사정없이 불어 대는 심술궂은 북풍에 마음이 혼란해져서 오랫동안 잠을 이루지 못했다.

그녀는 아침에 침대를 붉게 물들이는 커다란 햇빛을 받고 잠을 깼다. 서리가 잔뜩 긴 유리창은 지평선이 온통 불타는 듯이 붉게 보였다. 커다란 실내복으로 몸을 감싸고 그녀는 창가로 가서 문을 열었다.

얼음같이 차갑고 건강에 좋은 그리고 찌르는 듯한 바람이 방안으로 들이닥쳐, 눈물이 나올 정도로 매서운 추위가 그녀의 살갗을 에었다. 진홍빛 하늘 한복판으로는 주정뱅이의 얼굴처럼 부은 붉게 빛나는 커다란 태양이 나무들 뒤에서 모습을 드러내었다. 지금은 단단하고 메마른 하얀 서리로 뒤덮여 있는 대지는 농장 사람들의 발밑에서 뽀드득 뽀드득 소리를 내고 있었다. 하룻밤 사이에 아직도 잎이 무성했던 포플러 나무의 가지들은 모두 벌거숭이가 되어 버렸고, 황무지 저 건너로 흰 물결이 온통 점점이 흩어져 있는 바다의 그 커다란 녹색 선이 나타났다.

플라타너스와 보리수는 돌풍이 휘몰아치자 재빠르게 옷을 벗었다. 얼음같이 찬바람이 지나갈 때마다 갑작스런 서리에 떨어진 나뭇잎들의 소용돌이가 새가 날아오르듯이 바람 속에 휘날렸다. 잔은 옷을 입고 밖으로 나갔다. 그리고 무엇인가를 하기 위해서 소작인들을 만나러 갔다.

마르탱 가는 두 팔을 들어 환영했고 여주인은 잔의 두 뺨에 키스했다. 그리고 과일 씨로 담근 술을 작은 잔에 부어 그녀에게 억지로 마시게 했다. 그녀는 다른 농장으로 갔다. 쿠이야르 가도 쌍수를 들어 환영했고 여주인은 잔의 두 귀에 가볍게 키스를 했다. 그리고 까막까치밥 술을 조그만 잔으로 한잔 마셔야 했다.

그러고 나서 그녀는 점심을 먹기 위해 집으로 돌아왔다.

그날 하루는 전날과 같이 눅눅한 대신에 차가운 날씨로 흘러갔다. 그 주일의 다른 날들도 이 이틀과 다름이 없었다. 그리고 그 달의 모든 주일들도 첫 주와 같았다.

그러나 차츰 먼 지방에 대한 그리움은 가라앉아 갔다. 습관은 그녀의 생활에, 마치 어떤 종류의 물이 물체 위에 남기는 석회의 앙금과도 비슷한 체념의 층(層)을 만들어 주었던 것이다. 그리고 일상 생활의 사소한 많은 것에 대한 일종의 흥미, 단순하고 평범하고 규칙적인 일에 대한 주의가 마음속에 다시 생겨났다. 그녀의 마음속에는 일종의 명상적인 우울과 생(生)에 대한 막연한 환멸이 자라고 있었다.

그녀에게 필요한 것은 무엇일까? 그녀는 무엇을 바라는 것일까? 그녀는 그것을 알 수 없었다. 어떠한 세속적인 욕망도 그녀를 사로잡지 못했다. 즉 즐거움에 대한 어떤 갈망도, 가능할 수도 있는 기쁨에 대한 어떤 충동조차도 그녀의 마음을 사로잡지 못했던 것이다. 그 이상 무엇이 있을까? 시간의 흐름에 따라 퇴색해 버린 거실의 낡은 안락의자처럼 모든 것이 그녀의 눈에는 부드럽게 생기를 잃어 가고, 눈에 띄지 않게 되었으며, 창백하고 우울한 색조를 띠게 되었다.

줄리앙과의 관계는 완전히 변해 버리고 말았다. 그는 자신의 배역을 끝마친 배우가 본래의 얼굴로 되돌아가듯이 신혼 여행에서 돌아온 뒤로는 아주 다른 사람처럼 보였다. 그는 이제 아내에 대해 별로 신경을 쓰지 않았으며 이야기조차 건네지 않았다. 모든 사랑의 흔적은 재빨리 사라져 버렸고, 그가 아내의 방으로 들어오는 밤은 점점 드물어졌다.

그는 재산과 집에 대해 관리를 했으며, 모든 임대차 계약을 검사하고, 소작인들을 들볶고, 경비를 절약했다. 그리고 그 자신도 귀족 농부 같은 옷을 입었기 때문에, 약혼 시절의 겉치레나 우아한 모습은 잃어버리고 말았다.

그는 청년 시절의 자기 옷장에서 찾아낸, 구리 단추가 달린 낡은 우단 사냥복을 얼룩이 진 것도 상관하지 않고 늘 입고 다녔다. 그리고 누구의 마음에 들려고 애쓸 필요가 없어진 남자들의 무관심에 사로잡혀서 면도를 하는 것도 그만두었기 때문에, 다듬지 않은 긴 턱수염이 믿을 수 없을 정도로 그를 추하게 만들었다. 손도 이제는 가꾸지 않았다. 그리고 식사 후에는 언제나 작은 잔으로 코냑을 너덧 잔 마셨다.

잔이 몇 번 부드럽게 타이르려고 노력했으나 그가 "제발, 그냥 내버려 둘 수 없겠어?" 하고 너무도 퉁명스럽게 대답을 했기 때문에, 그녀는 더 이상 감히 그에게 충고를 할 수가 없었다.

그녀는 그의 이러한 태도의 변화에 대해서 자신도 놀랄 만큼 운명이라고 체념하고 받아들였다. 그는 이제 그녀에게는 타인, 영혼도 마음도 닫힌 채로 있는 타인이 되어 버렸다.

그녀는 그것에 대해 몇 번이나 생각해 보았다. 그리고 그렇게 만나 사랑하고 애정의 충동 속에서 결혼한 그들이, 마치 나란히 누워 잠을 자 본 적이 없는 것같이, 갑자기 서로 거의 알지 못하는 다른 사람처럼 된 것은 어찌 된 일인가 하고 말이다.

그리고 어째서 그의 냉담함이 더한층 괴롭지 않은 것일까? 이런 것이 인생인가? 두 사람은 속은 것일까? 이제 미래 속에는 그녀를 위한 것이 아무것도 없단 말인가? 만일 줄리앙이 여전히 아름답고, 정성 들여 가꾸고, 우아하고, 매력적이라면 그녀는 지금보다 더 많이 고민했을까?

새해가 되면 신혼 부부만 남고, 부모는 루앙의 집에서 몇 달 지내기 위해 돌아가기로 합의를 봤다. 일생을 보내게 될 이 장소에 정착하고, 익숙해지고, 마음에 들도록 하기 위해서 젊은이들은 이 겨울에는 레푀플을 한시도 떠나지 않기로 했다. 게다가 그들은 몇몇 이웃을 가지게 되었다. 그들에게 줄리앙은 아내를 소개했다. 그들은 브리즈빌, 쿠틀리에 그리고 푸르빌르의 집안이었다.

그러나 젊은이들은 그때까지 마차의 문장(紋章)을 바꿀 칠장이를 부르지 못했기 때문에 아직 이웃을 방문할 수가 없었다. 남작은 사위에게 사실 낡은 가족 마차를 물려주었었는데, 줄리앙은 드 라마르 가의 방패꼴의 작은 문장이 르 페르튀 데 보의 그것과 같이 나란히 있지 않으면, 결코 이웃 성관에 모습을 나타내는 것에 동의하려 들지 않았다.

그런데 이 지방에는 문장 장식을 하는 전문가가 단 한 사람밖에 없었다. 그는 볼베크의 칠장이로 바타유라는 이름을 가졌는데, 마차의 문에 귀중한 장식을 박기 위해서 노르망디의 모든 작은 성(城)에서는 차례로 그를 불러들였다.

마침내 12월의 어느 날, 점심 식사를 끝낼 무렵에 어떤 사람이 울타리 문을 열고 곧은길로 걸어오는 것이 보였다. 그는 등에 상자 하나를 지고 있었다. 바타유였다. 그를 거실로 들어오게 해서 그가 신사이기라도 한 것처럼 식사를 대접했다. 왜냐하면 그의 전문, 모든 지방 귀족들과의 끊임없는 관계, 문장과 공인된 용어, 상징도(象徵圖)에 대한 그의 지식 등이 어떠한 귀족들도 악수를 청해 오는 일종의 문장의 화신(化身) 같은 노릇을 하게 했기 때문이다.

곧 연필과 종이를 가져오게 해서 그가 식사를 하는 동안 남작과 줄리앙은 4등분한 방패꼴의 작은 가문의 초벌 그림을 그렸다. 이런 일에 관해서 매우 흥미로워하는 남작 부인이 자기 의견을 제시했다. 잔도 어떤 신비스러운 관심이 갑자기 마음속에서 눈을 뜬 것처럼 일어나 의논에 끼어들었다.

바타유도 간식을 들면서 자기 의견을 제시하기도 하고 가끔 연필을 들고 설계도를 그리기도 했으며, 여러 가지 예로 그 지방의 모든 영주들의 마차들을 전부 들어서 설명을 하기도 했다. 그의 정신과 목소리까지도 일종의 귀족적 분위기를 지니고 있는 것 같기도 하였다.

그는 회색 머리를 짧게 깎고, 칠로 더러워진 손에서는 휘발유 냄새가 나는 그런 자그마한 남자였다. 소문에 의하면 전에 품행이 좋지 못한 사건이 있었다고 하는데, 지위 있는 모든 가문들의 전반적인 존경이 오래 전부터 그 결점을 씻어 주었던 것이다.

그가 커피를 다 마시자 그를 차고로 안내하여 마차에 씌워 놓은 밀랍을 칠한 덮개를 벗겼다. 바타유는 마차를 살펴본 다음 자기가 데생을 하는 데 필요하다고 생각하는 치수에 대해서 신중하게 의견을 말했다. 그런 뒤 새로운 의견을 교환하고 난 다음 일에 착수했다.

날씨가 추운데도 불구하고 남작 부인은 그가 일하는 것을 보기 위해서 의자를 가져오게 했다. 그리고 발이 시리다고 발 덮개를 가져다 달라고 했다. 그녀는 조용히 칠장이와 이야기를 시작했다. 부인은 자기가 모르는 다른 집안의 결혼이나 작고한 사람들 그리고 새로 태어난 이들에 대해 물어 보면서, 그러한 새로운 정보로써 그녀가 기억 속에 간직하고 있는 가문들의 관계를 보충하는 것이었다.

줄리앙은 장모의 곁에서 의자에 말을 타듯이 걸터앉아 있었다. 그는 담배를 피우고 땅에다 침을 뱉었으며, 이야기에 귀를 기울이면서 눈으로는 자기의 귀족 신분이 그림으로 되어 가는 것을 쫓고 있었다.

잠시 후에는 어깨에다 삽을 둘러메고 채소밭으로 가던 시몽 영감까지도 일하는 것을 구경하려고 발걸음을 멈추었다. 바타유가 도착했다는 것이 두 농장에 퍼졌기 때문에 금방 두 소작인의 아내가 나타났다. 두 여자는 남작 부인의 양쪽에 서서 즐거운 듯 넋을 잃고 되풀이하여 말했다.

"저렇게 정성 들여 손질하는 걸 보니 꽤 솜씨가 있어야 할 게야."

양쪽 문의 방패꼴 작은 문장은 다음날 11시경에야 끝마칠 수 있었다. 사람들이 금방 모여들었다. 그리고 일이 잘되었는지 어떤지를 보기 위해서 마차를 밖으로 끌어냈다.

완벽했다. 등에 상자를 짊어지고 떠나가는 바타유에게 치하를 했다. 그리고 남작과 그의 부인, 잔과 줄리앙은 이 칠장이는 매우 훌륭한 솜씨를 가진 사람이고, 만약 사정이 허락했다면 틀림없이 미술가가 되었으리라는 점에 모두 의견을 일치했다.

줄리앙은 경제적인 면을 고려해서 여러 가지 개혁을 실시했는데, 그것은 새로운 수정을 필요로 하는 것이었다. 자작 자신이 마차를 부리는 책임을 맡았기 때문에 늙은 마부는 정원사가 되었다. 그리고 마차를 끄는 큰 말들은 사료 값을 절약하기 위해서 팔아 버렸다. 그리고 주인들이 내릴 때 말을 붙들고 있을 사람이 필요했기 때문에 마리우스라고 부르는 어린 목동을 작은 하인으로 썼다.

마침내 말을 얻기 위해서 자작은 쿠이야르와 마르탱의 임대차 계약 속에 두 소작인은 매월 하루, 그가 지정하는 날에 각자 말 한 필씩을 제공해야 한다는 것을 강제하는 특별 조항을 삽입시켰고, 그 대신에 그들은 가금(家禽)의 사용료를 바친다는 사항을 취소하기로 했다.

그래서 쿠이야르네는 털이 노란 커다란 노마(老馬)를 끌고 왔고, 마르탱네는 털이 긴 작은 백마(白馬)를 끌고 와서 두 말은 나란히 멍에를 메

었다. 시몽 영감의 낡은 제복 속에 파묻힌 마리우스가 성관의 층계까지
이 마차를 끌고 왔다.

깨끗하게 몸단장을 하고 몸을 뒤로 젖히고 있는 줄리앙은 예전의 우
아한 모습을 약간 되찾았다. 그러나 그의 텁수룩한 턱수염은 그런 모든
것에도 불구하고 그를 평범한 사람으로 보이게 했다.

그는 한 쌍의 말과 마차 그리고 작은 하인을 살펴보고, 이만하면 만족
스럽다고 생각했다. 그에게는 다시 칠한 가문의 문장만이 중요성을 띠
고 있었다.

남편의 팔에 의지하여 방에서 내려온 남작 부인이 간신히 마차에 올
라타 방석으로 등을 받치고 의자에 앉았다. 이번에는 잔이 나타났다. 그
녀는 우선 말의 짝짓기를 보고 웃으면서 "흰 말은 노란 말의 손자군요."
하고 말했다.

그러고 나서 마리우스를 보니 얼굴은 휘장이 달린 모자 속에 파묻혀
있고, 모자가 아래까지 흘러내리는 것을 오로지 코가 받쳐 주고 있었다.
두 손은 소매 속으로 사라져 버렸고, 두 다리는 프록 코트의 늘어진 옷자
락 속에 불룩하니 들어 있으며, 커다란 단화를 신은 그의 발은 기이한 모
습으로 밑으로 삐죽 나와 있었다. 그리고 무엇을 보기 위해서는 머리를
뒤로 젖혀야 하고, 걸음을 내딛기 위해서는 마치 냇물을 건너뛰려는 듯
이 무릎을 들어올리고, 명령에 따르기 위해서는 장님처럼 허둥대고, 헐
렁한 옷 속에 가려져 완전히 보이지 않는 그를 보았을 때 잔은 걷잡을 수
없는 웃음이, 끝없는 폭소가 터져 나왔다.

남작이 몸을 돌려 겁에 질린 그 작은 소년을 바라보더니, 곧 웃음이 전

126

염되어 폭소를 터뜨렸다. 아내를 불렀으나 더 이상 말을 할 수가 없었다.

"보, 보구려, 마, 마, 마리우스를! 얼마나 우습소! 이건 정말 우, 우스워 죽겠군!'

그러자 남작 부인도 문에 기대어 그를 바라보고, 마치 마차의 요동으로 흔들리는 것처럼 마차 전체가 용수철 위에서 춤을 출 만큼 웃음의 발작으로 몸을 흔들었다. 그러나 줄리앙은 창백한 얼굴로 물었다.

"무엇이 그렇게 우습지요? 모두 제정신이 아니군요."

잔은 너무 웃어 배가 아프고 경련이 일어나고, 도저히 진정할 수가 없어서 현관의 층계 위에 주저앉았다. 남작도 따라서 그렇게 했다. 그리고 마차 안에서는 경련을 일으킬 것 같은 재채기 소리, 계속해서 낄낄거리는 소리가 남작 부인이 아직도 숨이 막히도록 웃고 있다는 것을 말해 주고 있었다. 그러자 갑자기 마리우스의 긴 윗옷이 팔딱거리기 시작했다. 아마 그도 왜 웃는지 알았던 모양이다. 그 자신도 모자 속에서 있는 힘을 다해 웃고 있었던 것이다.

그러자 흥분한 줄리앙이 달려들었다. 따귀를 한 대 때리자 소년의 머리에서 커다란 모자가 벗겨지더니 잔디밭 위로 날아갔다. 그러고는 장인 쪽으로 몸을 돌리고 분노에 찬 떨리는 목소리로 더듬거렸다.

"제 생각으로는 장인 어른께서 웃으실 이유가 없는 것 같습니다. 재산을 낭비하지 않고 가진 것을 다 먹어 치우지만 않았다면 이 지경이 되지는 않았을 겁니다. 만약에 파산하신다면 그건 누구에게 잘못이 있는 겁니까?'

일시에 웃음이 얼어붙은 듯이 갑자기 멎어 버렸다. 아무도 입을 열지 않았다. 이제는 울음이 나올 것 같은 잔이 소리 없이 어머니 옆자리로 올라갔다. 남작은 뜻밖에 놀라서 말없이 두 여자의 맞은편에 앉았다. 그리고 줄리앙은 뺨이 붓고 울먹거리는 아이를 자기 곁에 끌어올린 뒤에 마부석에 자리를 잡았다.

가는 길은 슬프고 긴 것처럼 보였다. 마차 속에서도 사람들은 침묵을 지켰다. 세 사람은 모두 침울하고 어색해서 마음속에 있는 것을 조금도 털어놓으려 하지 않았다. 그들은 다른 것에 대해서 이야기할 수 없다는 것을 느끼고 있었다. 그만큼 이 괴로운 생각이 그들의 머리에서 줄곧 떠나지 않았던 것이다. 그리고 그들은 이 가슴 아픈 화제를 건드리기보다는 차라리 쓸쓸히 침묵하고 있는 편이 더 나았던 것이다.

두 말의 보조가 고르지 않은 속도로 마차는 늘어선 농가의 뜰을 따라서 달렸다. 깜짝 놀란 새카만 암탉들이 후닥닥 울타리 안으로 숨어 들어가 모습을 감추었다. 가끔 이리같이 생긴 개가 짖으면서 따라온 적도 있었으나, 얼마 안 가서 털을 곤두세우고 제 집으로 돌아가다가는 다시 마차를 향해 짖어 댔다. 진흙투성이 나막신을 신은 소년이 긴 다리를 맥없이 흐느적거리면서 두 손을 주머니에 찔러 넣고, 바람이 들어가 등이 불룩해진 푸른 윗옷을 입고 걸어오다가 일행이 지나가도록 옆으로 비켜서면서 서투르게 모자를 벗는 순간, 차양에 달라붙은 뻣뻣한 그의 머리털이 내보였다.

멀리 농장과 농장 사이에는 들판이 보였으며 여기저기에 또다른 농장와 더불어 들판이 다시 시작되었다.

마침내 길에 죽 심어져 있는 전나무 가로수 길로 들어섰다. 움푹 파인 진흙투성이의 수레바퀴 자국에 마차가 기울어졌기 때문에 어머니가 비명을 질렀다. 길 끝에 하얀 울타리가 닫혀져 있었다. 마리우스가 달려가 그것을 열고 둥그런 길로 해서 넓은 잔디밭을 돌아서, 덧문이 닫혀 있는 높고 거대하고 음산한 건물 앞에 닿았다.

가운데에 있는 문이 갑자기 열렸다. 그리고 검은 줄이 있는 빨간 조끼를 입고 그 위에 앞치마를 두른, 중풍에 걸린 늙은 하인이 비스듬히 종종걸음으로 걸으며 현관의 계단을 내려왔다. 그는 방문객의 이름을 묻고는 널찍한 객실로 안내하고 항상 닫아 두었던 덧문을 겨우 열었다. 가구들은 덮개로 씌워져 있었고 추시계와 큰 촛대는 흰 천으로 덮여 있었다. 곰팡내 나고 썰렁하고 습기 차고 옛날 냄새가 나는 공기는 폐와 가슴과 피부에 슬픔을 배어들게 하는 것 같았다.

모두들 앉아서 기다렸다. 위층 복도에서 들리는 발소리가 갑작스런 사태에 당황하고 있다는 것을 알려 주었다. 갑작스런 방문에 놀란 별장 주인들이 재빨리 옷을 갈아입고 있는 것이었다. 시간이 오래 걸렸다. 벨이 여러 번 울렸다. 다른 발소리가 계단을 내려오더니 다시 올라갔다.

남작 부인은 파고드는 추위에 사로잡혀 계속해서 재채기를 했다. 줄리앙은 방안을 이리저리 서성거렸다. 잔은 침울하게 어머니 옆에 앉아 있었다. 남작은 벽난로의 대리석에 등을 기대고 고개를 숙이고 있었다.

드디어 높다란 문 하나가 열리면서 드 브리즈빌 자작 부부가 나타났다. 두 사람은 다 작고 말랐으며 깡충깡충 뛰는 걸음걸이로 나이를 짐작할 수 없었는데, 의례적인 인사가 오가고 서로 포옹하였으며, 격식을 차리면서도 부자연스러워 보였다. 꽃무늬가 있는 비단 옷을 입고 리본이 달린 작은 모자를 쓴 부인이 찢어지는 듯한 목소리로 빠르게 말을 했다.

꼭 끼는 화려한 프록 코트를 입은 남편은 무릎을 굽혀 인사를 했다. 그의 코, 눈, 잇몸이 드러나 보이는 이, 밀랍을 칠한 것 같은 머리카락, 그리고 화려하고 아름다운 그의 옷은 정성을 다한 물건처럼 빛나고 있었다.

환영의 첫인사와 이웃으로서의 예의를 차리고 나면 누구도 더 할 말이 없었다. 그래서 주인과 손님은 이유도 없이 서로 찬사를 주고받았다. 그리고 양쪽은 모두 이 훌륭한 교제가 계속되기를 바랐다. 일년 내내 시골에서 살면 서로 만나는 것은 의지가 되는 것이었다.

객실의 얼음같이 찬 공기가 뼛속까지 파고들어 목소리를 쉬게 했다. 남작 부인은 재채기가 다 끝나기도 전에 이번에는 기침을 했다. 그때 남작은 출발하자는 신호를 보냈다.

"왜 그러세요? 이렇게 빨리? 좀더 있다 가세요."

브리즈빌 부부는 말렸다. 그러나 잔은 방문 시간이 너무 짧다고 생각하는 줄리앙의 신호에도 불구하고 자리에서 일어났다.

마차를 앞으로 빼기 위해 종을 울려서 하인을 부르려고 했다. 그러나 초인종이 울리지 않았다. 집주인이 재빨리 달려나갔다. 그러고는 돌아와서 마구간에 말을 매어 놓았다고 알렸다.

잠시 기다려야만 했다. 저마다 적당한 할말을 찾아보았다. 그러고는 비가 많은 겨울에 대한 이야기를 했다. 잔은 자기도 모르게 왠지 불안한 마음이 들어 주인들께서는 두 분이서 일년 내내 무엇을 하시느냐고 물었다. 그러나 브리즈빌 부부는 이 질문에 대해 의아해했다. 왜냐하면 그들은 쉴새없이 일을 했기 때문이다. 프랑스 전국에 흩어져 있는 그들의

130

귀족 친척들에게 편지를 쓴다든지, 여러 가지 자질구레한 일로 하루하루를 보낸다든지, 부부가 마주 앉아 마치 손님을 대하듯 예의와 위엄을 갖추고 아주 사소한 일들을 거창하게 이야기하면서 지내고 있었다.

모든 것을 천으로 싸 놓은, 마치 사람이 살지 않는 것 같은 널따란 객실의 검고 높은 천장 아래에서 이처럼 작고, 이처럼 단정하고, 이처럼 예절바른 남자와 여자가 잔에게는 귀족의 통조림처럼 여겨졌다.

마침내 짝이 맞지 않는 두 마리의 조랑말이 끄는 마차가 창문 앞으로 지나갔다. 그러나 마리우스는 보이지 않았다. 저녁때까지는 자유로울 것이라고 생각하고, 들판을 한바퀴 돌아보려고 들로 나간 모양이었다.

몹시 화가 난 줄리앙은 그를 걸어오도록 일러 달라고 부탁했다. 양쪽이 많은 인사를 나눈 후에 레푀플을 향해 길을 떠났다.

마차를 타자마자 잔과 아버지는 줄리앙의 난폭한 짓으로 해서 남아 있는 무거운 기분에도 불구하고 브리즈빌 부부의 몸짓과 억양을 흉내내면서 웃기 시작했다. 남작은 남편의 흉내를 냈고 잔은 부인의 흉내를 냈으나, 자신이 존경하는 귀족들이 놀림의 대상이 되는 데 약간 감정이 상한 남작 부인은 그들에게 말했다.

"그렇게 빈정거리는 것은 잘못된 일이에요. 아주 비난할 여지만 있는 분들은 아니에요. 훌륭한 가문의 사람들이잖아요."

어머니의 기분을 조금이라도 상하게 하지 않으려고 입을 다물었으나, 아버지와 잔은 서로 쳐다보면서 다시 흉내내기 시작했다. 남작은 예의를 갖추어 인사를 하고 엄숙한 어조로 말했다.

"레푀플의 성관은 매우 추울 테죠, 부인? 온종일 바다에서 불어오는 강풍으로 해서 말입니다."

잔은 새침한 얼굴을 하고, 멱을 감고 있는 오리처럼 머리를 살래살래 흔들며 애교를 부리면서 말했다.

"아아! 이곳에서는 일년 내내 일이 많답니다. 편지를 써야 할 친척들이 많거든요. 그리고 드 브리즈빌 씨는 모든 것을 제게 맡기지요. 그는 팰르 신부와 함께 학문적인 연구에 열중하고 있습니다. 그들은 함께 노르망디 종교사를 편찬하고 있답니다."

이번에는 남작 부인이 웃었다. 기분은 좋지 않으면서도 너그러운 말투로 "그렇게 우리와 같은 계급의 사람들을 조롱하는 건 좋지 않아요." 하는 말을 되풀이했다.

그때 갑자기 마차가 멈추었다. 그러고는 줄리앙이 뒤에 있는 누군가를 큰 소리로 불렀다. 그래서 잔과 남작이 마차 문으로 몸을 내밀어 보니, 자기들을 향해서 굴러오는 듯한 어떤 이상한 사람을 알아보았다. 물결치는 듯한 헐렁한 제복의 아랫자락 속에서 다리를 거북하게 놀리고, 계속 흘러내리는 모자 때문에 눈은 안 보이고, 풍차의 날개처럼 소맷자락을 흔들면서 넓은 물웅덩이를 정신없이 건너려고 흙탕물 속을 첨벙대며 길가에 있는 돌이란 돌에는 모두 채여 비틀거리고, 안절부절못하여 뛰어오르면서 진흙투성이가 된 마리우스가 전력을 다해 마차를 따라 달려오고 있었다.

그가 마차를 따라오자마자 줄리앙은 몸을 기울여 그의 목덜미를 움켜쥐고 자기 곁으로 끌어올렸다. 그리고 고삐를 늦추면서 모자를 주먹으로 갈기기 시작했다. 모자는 북과 같은 소리를 내면서 소년의 어깨까지

푹석 가라앉았다. 소년은 그 속에서 울부짖으면서 도망가려고 마부석에서 뛰어내리려고 애썼으나, 그의 주인은 이제 한 손으로는 아이를 잡고 다른 손으로는 여전히 때리고 있었다.

잔은 어쩔 줄 몰라서 더듬거렸다.

"아버지…… 아아! 아버지!"

그리고 남작 부인은 분노로 흥분하여 남편의 팔을 꽉 잡았다.

"저걸 못하게 하세요, 자크."

그러자 갑자기 남작은 앞의 유리를 내리고 사위의 소매를 움켜잡으면서 그에게 떨리는 목소리로 말했다.

"그애 때리는 것을 당장 그만두지 못하겠나?"

어리둥절해진 줄리앙이 돌아보았다.

"이 녀석이 제복을 어떻게 만들어 놓았는지 보지 못하셨습니까?"

그러자 남작은 두 사람 사이로 머리를 내밀고 말했다.

"그게 무슨 대수인가! 그런 것 때문에 난폭하게 굴지 말게."

줄리앙이 다시 화를 냈다.

"제발 그냥 놔두세요. 관계하실 일이 아닙니다."

그리고 그는 다시 손을 쳐들었다. 그러나 장인이 갑자기 그 손을 잡아서 마부석의 나무에 부딪힐 만큼 꺾어 내렸다. 그러고는 분노하여 소리쳤다.

"그만두지 않으면 내가 내려가서 그만두도록 하겠어, 내가!"

자작은 갑자기 누그러지면서 대답도 하지 않고 어깨를 으쓱 올리고는 말에게 채찍을 가했다. 말은 무서운 속력으로 달리기 시작했다.

두 여인은 하얗게 질려서 꼼짝도 하지 않았다. 남작 부인의 심장이 무겁게 뛰는 소리가 똑똑히 들렸다.

저녁 식사 때 줄리앙은 마치 아무 일도 일어나지 않았던 것처럼 상냥했다. 잔과 아버지와 아델라이드 부인은 그들의 평온한 마음으로 재빨리 그것을 잊어버리고, 줄리앙이 싹싹해진 것을 보고 안심이 되어서 회복기 환자가 갖는 편안한 기분으로 즐거워졌다. 그리고 잔이 브리즈빌 부부에 대한 이야기를 다시 꺼내자 남편도 농담을 했으나, 얼른 이렇게 덧붙였다.

"어쨌든 그들은 위풍당당한 데가 있어."

모두들 마리우스의 사건이 다시 일어나는 것이 두려워서 다른 방문은 일절 하지 않았다. 다만 새해에 이웃들에게 연하장만 보내고, 내년 이른 봄의 따뜻한 날씨를 기다려 그들을 방문하기로 결정했다.

크리스마스가 왔다. 사제와 촌장과 그의 부인을 저녁 식사에 초대했다. 새해에도 다시 그들을 초대했다. 그것이 매일매일의 단조로운 일상을 무너뜨리는 유일한 심심풀이였다.

아버지와 어머니는 1월 9일에 레푀플을 떠나기로 되어 있었다. 잔은 부모님들을 붙들고 싶었으나 줄리앙은 그것에 그다지 응하려 들지 않았다. 남작은 점점 더해 가는 사위의 냉담함 앞에서 루앙으로부터 역마차를 보내도록 했다.

출발하는 전날, 짐들을 다 꾸리자 춥지만 청명한 날씨였기 때문에 잔과 아버지는 이포르까지 내려가기로 했다. 코르시카에서 돌아온 이후로 그들은 한 번도 가 보지 못했던 것이다.

두 사람은 잔이 결혼하는 날에 영원히 인생의 반려자가 될 사람과 모든 것이 하나가 되어 거닐었던 그 숲을 가로질러 갔다. 그녀가 최초의 애무를 받고, 최초의 전율을 느끼고, 나중에 오타의 작은 골짜기에서 물에 키스를 섞어서 함께 마시던 샘물 곁에서 마침내 알게 된 그 관능적인 사랑을 예감했던 숲이었다.

이제는 나뭇잎도 없고 기어오르는 풀 덩굴도 없다. 다만 나뭇가지가 떠는 소리, 겨울에 잎이 떨어진 덤불 숲에서 나는 메마른 소음 외에는 아무것도 없었다.

그들은 작은 마을로 들어갔다. 인적이 없는 조용한 거리에서는 바다 냄새와 해초 냄새 그리고 생선 냄새가 물씬 풍기고 있었다. 황갈색의 커다란 그물이 문 앞에 걸려 있거나 자갈 위에 펼쳐져 여전히 물기를 말리고 있었다. 영원히 포효하는 파도 소리와 함께 차디찬 회색 바다는 물이 빠져나가기 시작하면서 페캉을 향한 절벽의 발치 아래 푸르스름한 바위를 드러내고 있었다. 그리고 해변을 따라서 옆으로 쓰러져 있는 좌초한 배들은 죽어 있는 큰 생선처럼 보였다.

저녁이 되었다. 어부들은 큼지막한 어부용 장화를 무겁게 끌며, 목에는 털목도리를 두르고, 한 손에는 1리터의 브랜디를 들고, 다른 손에는 배의 등불을 들고 무리를 지어 방파제 쪽으로 오고 있었다. 오랫동안 그들은 기울어져 있는 작은 배 주위를 맴돌았다. 그들은 노르망디 특유의 느린 동작으로 그들의 그물, 부표(浮標), 큰 빵, 버터 단지, 컵과 트루아시스의 병을 뱃전에 놓았다. 그러고 나서 그들은 일으켜 세운 작은 배를 바다 쪽으로 밀었다. 배는 자갈밭 위에서 요란한 소리를 내며 미끄러져 내려가 파도를 가르며 나아갔으며, 파도에 올라 잠깐 동안 흔들리더니 갈색 돛을 펴고 돛대 끝에 작은 등불을 단 채 어둠 속으로 사라졌다.

그러자 키가 큰 어부의 아내들이 얇은 옷 아래로 앙상한 뼈대를 드러내면서 마지막 어부가 떠날 때까지 머물러 있다가 잠들어 있는 마을로 돌아갔다. 그들의 소란스런 목소리가 어두운 거리의 무거운 잠을 흔들어 놓았다.

남작과 잔은 꼼짝도 않고 어부들이 어둠 속으로 멀리 사라지는 것을 바라보고 있었다. 그들은 이렇게 굶지 않으려고 위험을 무릅쓰고 밤마다 바다로 나가는 것이다. 그러나 그들은 고기를 먹어 본 적이 없을 만큼 그렇게 가난했다.

남작은 바다 앞에서 흥분하여 중얼거렸다.

"바다는 무섭고도 아름답다. 어둠이 내리 덮이는 바다, 숱한 사람들이 위험을 무릅쓰고 내맡기는 바다, 이 바다는 얼마나 눈부시게 아름다우냐! 안 그러냐, 자네트?"

그녀는 차가운 미소를 지어 보이며 대답했다.

"지중해보다는 못해요."

그러자 아버지가 화를 냈다.

"지중해라고? 기름, 달콤한 물, 잿물이 들어 있는 함지박의 푸른 물 정도에 지나지 않아. 거품이 이는 이 바다가 얼마나 무서운가 보아라. 그리고 방금 떠나간, 이제는 이미 보이지 않는 그 사람들을 모두 생각해 보렴."

잔은 한숨을 쉬며 아버지의 의견에 동의했다.

"네, 그럴 거예요."

그러나 그녀의 입술에서 나온 '지중해'라는 그 말이, 다시 그녀의 마음을 아프게 하고, 그녀의 꿈이 묻혀 있는 저 머나먼 나라를 향해 그녀의 상념을 옮겨 놓는 것이었다.

아버지와 딸은 숲으로 해서 돌아가는 대신에 길로 나와서 느린 걸음으로 해안을 올라갔다. 그들은 다가오는 이별의 슬픔에 잠겨 거의 아무 말도 하지 않았다.

이따금 농장의 도랑을 따라서 가노라면 짓이겨진 사과 냄새, 이 계절에 온 노르망디 들판에 떠도는 듯이 느껴지는 신선한 능금주의 향기가 그들의 코를 찌르고, 또 외양간의 질척질척한 냄새, 소들의 거름에서 발산하는 건강하고 따뜻한 냄새가 그들의 코를 찔렀다. 불이 켜진 어느 작은 창문이 뜰 안쪽에 사람이 사는 집이 있다는 것을 알려 주고 있었다.

그러자 잔은 어느새 자신의 영혼이 넓어져서 눈에 보이지 않는 것들까지도 알 수 있을 것만 같았다. 그리고 들판 여기저기 흩어져 있는 그 작은 불빛들은 갑자기 그녀에게 모든 존재, 즉 자기들이 사랑하는 사람들로부터 모든 것을 헤어지게 하고 갈라지게 하며, 멀리 끌고 가는 존재들에 대한 생생한 고독감을 안겨 주었다.

그래서 그녀는 체념한 듯한 목소리로 말했다.

"인생이란 항상 즐거운 것만은 아닌가 봐요."

남작이 한숨을 쉬었다.

"어쩌겠니? 애야, 우리는 아무것도 어떻게 할 수가 없는걸."

다음날 아버지와 어머니는 떠났고, 잔과 줄리앙만이 남게 되었다.

7

젊은 부부의 생활 속에 카드 놀이가 끼어들었다. 매일 점심 식사가 끝나면 줄리앙은 파이프를 피우고 예닐곱 잔의 코냑을 조금씩 조금씩 목구멍 속으로 흘려 넣으면서, 아내와 함께 여러 가지 트럼프 게임을 벌였다. 그러고 나면 그녀는 자기 방으로 올라가 창가에 앉아서 바람에 흔들리는 유리창에 비가 뿌리는 동안 꾸준히 스커트의 장식을 수놓았다. 이따금 피로해지면 그녀는 눈을 들어 멀리 파도가 일고 있는 침울한 바다를 바라보았다. 그렇게 잠시 동안 멍청한 시선으로 바다를 바라본 후, 다시 일감을 잡는 것이었다.

그녀는 그것말고는 달리 할 일이 없었다. 줄리앙이 자신의 권세욕과 경제적인 욕구를 충분히 만족시키기 위해서 집안에 대한 모든 관리를 하고 있었기 때문이다. 그는 무섭게 절약하는 본성을 드러냈고 팁도 절대로 주지 않았으며, 필수적인 식량도 최소한으로 줄였다. 잔이 레푀플로 온 이후로 그녀는 매일 아침 빵 가게에다 노르망디식의 작은 빵 과자를 주문하고 있었는데, 줄리앙은 이 지출을 금하고 그녀에게 석쇠에 구운 보통 빵을 먹게 했다.

그녀는 변명이나 말다툼이나 싸움을 피하기 위해서 아무 말도 하지 않았으나, 남편의 새로운 탐욕의 증거가 나타날 때마다 바늘로 찌르는 듯한 고통을 느꼈다. 돈을 대단치 않은 것으로 생각하는 가정에서 자란 그녀에게는 그런 것이 저속하고 추악하게 여겨졌다.

"그러나 돈이란 쓰기 위해서 만들어진 거란다."하고 어머니가 하시던 말씀을 얼마나 자주 들어 왔던가. 줄리앙은 이제 이렇게 되뇐다.

"당신은 돈을 함부로 쓰는 버릇을 고치지 않고 있소."

그리고 그가 품삯이나 계산서에서 몇 푼을 깎을 때마다, 그는 주머니 속에 잔돈을 슬그머니 집어넣으면서 웃음을 띠고는 이렇게 말하는 것이었다.

"티끌 모아 태산이지."

잔은 어떤 날에는 다시 공상에 잠길 때가 있었다. 그녀는 일손을 슬며시 멈추고 두 손을 축 늘어뜨리며, 초점 없는 눈길로 즐거운 모험 세계의 일부분인 자신의 처녀 시절의 소설 속으로 다시 들어가는 것이었다. 그러나 갑자기 시몽 영감에게 명령을 내리는 줄리앙의 목소리가 공상의 요람에서 그녀를 끌어내었다. 그러면 '그 모든 것이 이젠 끝나 버렸어.' 하고 생각하면서 자신의 지루한 일거리를 다시 잡는 것이었다. 그리고 어느덧 한 방울의 눈물이 바느질하고 있는 손등 위로 떨어지곤 했다.

로잘리 역시 전에는 그렇게도 명랑하고 언제나 노래를 흥얼거렸으나 지금은 변해 버렸다. 그녀의 포동포동하고 붉은 뺨은 혈색을 잃었고 이제는 거의 움푹 파이기까지 했으며, 때로는 흙칠을 한 듯이 보이기도 했다.

"너 어디 아프니?"

잔은 이렇게 자주 그녀에게 물었으나 하녀는 한결같이 대답했다.

"아뇨, 마님."

얼굴이 잠시 붉어지다가 이내 황급히 달아나 버렸다.

예전처럼 뛰어다니는 대신에 그녀는 괴로운 듯이 발을 끌고 다녔으며 멋도 부리지 않는 것같이 보였고, 방물 장수가 비단 리본이나 코르셋 또는 여러 가지 향수들을 그녀에게 보여 주어도 그녀는 이제 아무것도 사지 않았다.

큰 집이 텅 빈 굴처럼 아주 음산했으며, 집의 벽은 빗줄기가 길게 퍼진 회색 자국으로 얼룩져 있었다.

1월 말경에는 눈이 내렸다. 침울한 바다 위로 북쪽에서 오는 커다란 구름이 멀리 움직이는 것이 보였다. 그리고 하얀 눈송이가 내리기 시작했다. 아침에 일어나 보니 하룻밤 사이에 온 들판이 하얗게 덮였고, 나무들이 얼음의 거품을 걸친 것 같았다.

줄리앙은 목이 긴 장화를 신고 수염이 텁수룩한 모습으로 작은 숲 속에서, 광야로 향해 있는 도랑 뒤에 몸을 숨기고 철새들을 노리면서 시간을 보냈다. 이따금 총소리가 들판의 차가운 고요를 깨뜨렸다. 그러면 질겁을 한, 한 떼의 검은 까마귀들이 큰 나무를 빙빙 돌면서 날아갔다.

잔은 권태에 짓눌려 이따금 현관 앞 층계로 내려갔다. 창백하고 우울한, 눈으로 덮여 고요히 잠들어 있는 세계 위로 아주 멀리서 생의 소음들이 반향되어 왔다.

그리고 그녀는 윙윙 울리는 것 같은 먼 곳의 물결 소리와 여전히 내리고 있는 차디찬 물보라의 막연하고 끊임없는 낙하 소리 이외에는 아무것도 듣지 못했다. 그리고 눈의 두께는 두껍고 가벼운 이 거품의 끊임없는 낙하 밑에서 쉴새없이 높아지고 있었다.

이런 창백한 어느 날 아침, 잔이 꼼짝하지 않고 자기 방의 난로에 발을 쬐고 있는 동안 나날이 더 변해 가는 로잘리는 천천히 침대를 정돈하고 있었다. 갑자기 자신의 뒤에서 고통스러운 한숨 소리가 들려 왔다. 고개도 돌리지 않고 잔이 물었다.

"아니, 무슨 일이 있는 거니?"

"아무것도 아니에요, 마님."

하녀는 여전히 그렇게 대답했으나 그녀의 목소리는 떨리고 꺼져 들어가는 것 같았다.

잔은 벌써 딴생각을 하고 있었다. 그러다가 그녀는 하녀가 움직이는 기척이 들리지 않는다는 것을 깨달았다. 그녀는 "로잘리!" 하고 불렀다. 아무런 소리도 들리지 않았다. 그러자 그녀가 방에서 소리 없이 나간 것이라고 생각하고 더 크게 "로잘리!" 하고 소리쳐 불렀다. 그러고는 초인종을 누르기 위해 팔을 뻗치려는 순간, 그녀의 바로 곁에서 새어 나오는 깊은 신음 소리에 그녀는 두려움으로 떨면서 몸을 일으켰다.

하녀는 얼굴이 하얗게 질리고 눈에는 핏발이 선 채 두 다리를 쭉 뻗고는 등을 침대의 나무다리에 기대고 바닥에 주저앉아 있었다.

잔이 달려갔다.

"무슨 일이야, 왜 그러는 거야?"

하녀는 한마디도 못하고 움직이지도 않았다. 그녀는 실성한 듯한 시선으로 여주인을 뚫어지게 바라보고는 무서운 고통에 찢기듯 헐떡거렸다. 그러고는 갑자기 온몸에 힘을 주고는 악문 이 사이로 비탄의 소리를 죽이면서 뒤로 미끄러져 굴렀다.

그러자 벌리고 있던 그녀의 사타구니에 착 달라붙은 옷 밑으로 무엇인가가 움직이는 게 보였다. 그리고 거기에서 곧 물이 찰랑거리는 소리 같기도 하고, 목이 눌려서 질식할 듯한 숨소리 같기도 한 이상한 소리가 새어 나왔다. 그러고는 갑자기 고양이의 긴 울음소리, 가냘픈 그러나 이미 괴로워하는 탄식의 소리가 들려 왔다. 그것은 세상에 나오는 아이의 고통스러운 최초의 울음소리였다.

잔은 갑자기 깨달았다. 그리고 머리가 혼란스러워져 층계로 달려가 "줄리앙, 줄리앙!" 하고 소리쳤다.

아래층에서 그가 대답했다.

"왜 그래?"

그녀는 말하려고 애썼다.

"저…… 로 로잘리가……."

줄리앙이 계단을 두 개씩 뛰어 올라와 쏜살같이 방으로 들어와서는, 대뜸 처녀의 옷을 들추고 벌거벗은 두 다리 사이에서 꼬물거리고 있는 주름살투성이의, 우는 소리를 내며 부르르 떨고 있는, 온통 끈적거리고 눈뜨고 볼 수 없는 작은 살덩어리를 들어냈다.

그는 다시 몸을 일으켜 세우더니 불쾌한 얼굴로, 어쩔 줄 몰라하는 아내를 밖으로 밀어내면서 "당신과는 상관없는 일이야. 저리 가. 뤼디빈과 시몽 영감을 보내 줘." 하고 말했다.

잔은 온몸을 떨면서 부엌으로 내려갔으나 다시 올라갈 엄두를 내지 못하고, 부모가 떠난 후로는 불을 때지 않고 있는 거실로 들어가 불안스런 마음으로 소식을 기다렸다.

얼마 후 그녀는 하인이 뛰어나가는 것을 보았다. 그리고 오 분쯤 지나서 그 고장의 산파인 당튀 과부와 함께 돌아왔다. 그러자 마치 부상당한 사람을 들어내기라도 하는 듯이 계단에서는 시끌시끌한 움직임이 있었다. 그리고 줄리앙이 와서 잔에게 다시 방으로 올라가도 좋다고 말했다.

그녀는 어떤 기이한 사건을 방금 목격한 것처럼 몸을 떨었다. 그녀는 다시 불 앞에 앉아 물었다.

"그 아기는 어때요?"

줄리앙은 무슨 생각에 잠긴 듯 신경질적으로 방안을 왔다갔다하고 있었다. 몹시 분노하고 있는 것 같았다. 처음에는 아무 대답도 하지 않았다. 그러다가 잠시 후 걸음을 멈추었다.

"당신은 저 하녀 아기를 어떻게 할 생각이오?"

그녀는 그 말을 이해하지 못하고 남편을 쳐다보았다.

"어떻게 하다니요? 무슨 말씀을 하시는 거예요? 모르겠어요, 전."

그러자 갑자기 그가 격노한 듯이 소리쳤다.

"집에다 사생아를 둘 수는 없소."

그러자 잔은 몹시 당황하였다. 한참 동안 입을 다물고 있다가 "하지만, 여보, 그애를 남의 집에 보내어 기를 수도 있잖아요?"

그는 그녀의 말을 가로챘다.

"비용은 누가 대지? 물론 당신이겠지?"

그녀는 해결책을 강구하면서 다시 한참 동안 곰곰이 생각하다가 마침내 이렇게 말했다.

"그러나 그건 아버지가 책임져야죠, 그 아이의 아버지가. 그리고 그가 로잘리와 결혼한다면 어려울 것이 뭐가 있겠어요?"

줄리앙은 더 이상 참을 수 없다는 듯이 격렬하게 화를 내며 대꾸했다.

"아버지라고!…… 아버지라고!…… 당신이 그를 아오?…… 그 아버지라는 사람을?…… 모를 테지, 안 그래? 그 다음에는 어떻게 하지?"

잔은 흥분해서 화를 냈다.

"그러나 그 사람은 절대로 저 하녀를 저대로 그냥 버리지는 않을 거예요. 그렇다면 아주 비겁한 사람이죠! 우리가 그의 이름을 물어 보고, 그를 찾아가서 그의 이야기를 들어 봐야 해요."

줄리앙은 마음을 가라앉히고 다시 걷기 시작했다.

"여보, 저 애는 말하려고 하지 않을 거요, 그 사내의 이름을. 나보다도 당신에게는 더 고백하려 들지 않을 거요……. 그리고 만일 그가 저 계집애를 받아 주지 않는다면, 그 작자가?…… 그렇다면 우린 사생아가 딸린 미혼모를 한 지붕 아래 둘 수는 없소. 알겠소?"

잔은 끈기 있게 말했다.

"그렇다면 비열한 인간이지요, 그 남자는. 그러나 우린 그를 알아내야만 해요. 그렇게 되면 그가 해결하겠죠."

줄리앙은 얼굴이 새빨개지면서 화를 냈다.

"그러나…… 그동안에는 어떻게 하겠소?"

그녀는 어떻게 해야 할지를 몰라 그에게 물었다.

"당신이라면 어떻게 하시겠어요?"

그 말이 떨어지자 그는 자기 의견을 말했다

"아아! 나라면 그건 간단해. 그녀에게 돈 몇 푼 주어서, 그 아이하고 아무데나 가서 살라고 내보낼 작정이야."

그러나 젊은 아내는 분개하며 반항을 했다.

"그것만은 절대로 안 돼요. 그 아이는 내 젖동생이에요. 우리는 같이 자랐어요. 그애가 실수를 했다 해도 할 수 없어요. 난 그 일로 해서 그애를 밖으로 내쫓을 수는 없어요. 만일 다른 방법이 없다면 내가 기르겠어요, 그 어린애를."

그러자 줄리앙이 웃음을 터뜨렸다.

"그렇게 되면 우리는 그럴듯한 평판을 얻게 되겠지. 바로 우리가 말이야. 우리의 명예와 사회적 체면을 모르오? 그리고 사람들은 여기저기서 우리가 악덕을 두둔하고 있다고 말하겠지. 행실이 나쁜 계집애를 숨겨두고 있다고 말이오. 그러면 명망 높은 사람들은 앞으로 우리 집에 발을 들여놓지 않으려고 할 거야. 정말이지 당신은 뭘 생각하고 있는 거요? 정말 돌았군!"

그녀는 여전히 침착했다.

"나는 절대로 로잘리를 밖으로 내쫓지는 않겠어요. 당신이 그애를 두고 싶지 않다 해도 어머니가 다시 데려올 거예요. 우리는 그애의 아버지 이름을 꼭 알아내야만 해요."

그러자 그는 몹시 화를 내며 나가면서 문을 손바닥으로 때리고, 이렇게 고함을 질렀다.

"여자들이란 참 바보야. 엉뚱한 생각만 하고 있단 말이야!"

잔은 오후에 산모의 방으로 올라갔다. 하녀는 당튀 과부의 보살핌을 받으며 침대에서 눈을 뜬 채로 꼼짝도 않고 있었다. 그러는 동안 산파는 갓난아기를 팔에 안고 흔들고 있었다.

여주인을 알아보자 로잘리는 얼굴을 홑이불로 가리고 절망에 몸부림치면서 울기 시작했다. 잔이 그녀를 포옹하려고 했지만, 로잘리는 얼굴을 가리고 저항했다. 그러자 산파가 끼어들어서 그녀의 가린 얼굴을 벗겼다. 그녀는 그대로 가만히 있었다. 여전히 울고는 있었으나, 조용한 울음이었다.

벽난로에서는 미미한 불길이 타고 있었으니 추웠다. 어린애가 울었다. 잔은 로잘리가 다시 울까 봐 두려워서 어린애에 대해서는 감히 이야기도 꺼내지 못했다. 그래서 하녀의 손을 잡고 기계적인 목소리로 되풀이했다.

"괜찮아. 그런 건 아무것도 아냐."

가엾은 계집애는 산파 쪽을 흘끗 보고는 어린애의 울음소리에 몸을 떨었다. 그녀의 꾹 누르고 있던 슬픔이 이따금 다시 발작적인 오열로 터져 나와서, 눈물을 삼키는 소리가 목구멍에서 났다.

잔은 다시 한 번 그녀를 포옹하고 나서 아주 낮은 소리로 귀에다 대고 속삭였다.

"우리가 잘 돌봐 줄게. 걱정하지 마. 자, 애야."

그러자 다시 눈물이 쏟아지기 시작했으므로 잔은 빨리 도망쳐 나왔다.

날마다 잔은 그곳에 들렀고, 로잘리는 여주인을 볼 때마다 흐느껴 울었다. 어린애는 이웃집에 맡겨 기르기로 했다. 그러는 동안 줄리앙은 아내에게 거의 말을 걸지 않았다. 하녀를 내보내는 것을 거절당한 이후로, 그는 그녀에 대해 크게 원한을 품고 있는 것 같았다.

어느 날 그는 이 문제를 다시 꺼냈으나, 잔은 로잘리를 레푀플에서 맡을 수 없다면 그애를 당장 보내라는 남작 부인의 편지를 주머니에서 꺼내 주었다. 줄리앙은 화를 내며 소리질렀다.

"당신 어머니도 당신처럼 미쳤군."

그러나 그는 더 이상 우기지는 않았다.

2주일 후, 산모는 벌써 일어나 다시 일을 할 수 있게 되었다. 그래서 잔은 어느 날 아침에 그녀를 앉혀 놓고 그녀의 두 손을 잡고, 그녀를 뚫어지게 바라보았다.

"자, 애야, 모든 걸 내게 얘기하렴."

로잘리는 몸을 떨기 시작하면서 더듬거렸다.

"뭘 말예요, 마님?"

"누구 자식이니, 그애는?"

그러자 하녀는 다시 무서운 절망감에 사로잡혔다. 그리고 얼굴을 가리려고 두 손을 빼내기 위해서 미친 듯이 버둥거렸다. 그러나 잔은 그러는 그녀를 무시하고 껴안으면서 위로했다.

"불행한 일이야. 하지만 어쩌겠니, 얘야? 네가 약해서 그랬는걸. 그러나 이런 일은 누구에게나 있는 일이지. 만일 그애 아버지가 너와 결혼만 한다면, 아무도 그 일에 대해 더는 문제 삼지 않을 거야. 그리고 너와 함께 그 사람을 우리가 고용할 수도 있어."

로잘리는 고문받는 사람처럼 신음 소리를 냈으며, 이따금 손을 뿌리치고 도망가기 위해 몸부림을 쳤다.

잔은 말을 이었다.

"난 네가 수치스러워한다는 것을 잘 알고 있어. 그러나 넌 내가 화내고 있는 것이 아니라는 걸 알아야 해. 난 네게 부드럽게 말하고 있지 않니? 그 남자의 이름을 물어 보는 것은 진정으로 너를 위해서야. 그 남자가 너를 버리려 한다는 것을 네 슬픔에서 느끼고 있기 때문이야. 그래서 그러지 못하게 하고 싶은 거야. 줄리앙이 어떻게 해서든지 그를 찾게 되면, 우린 그에게 너와 결혼하도록 강요할 참이야. 그리고 우린 너희 두 사람을 붙들어 두고, 그 사람이 너를 행복하게 하도록 힘써 줄 거야."

이번에는 로잘리가 느닷없이 용을 써서 여주인의 손에서 자기 손을 빼내더니 미친 여자처럼 방에서 뛰어나갔다.

그날 저녁에 식사를 하면서 잔은 줄리앙에게 말했다.

"로잘리에게 그애 아버지 이름을 내게 털어놓으라고 했었는데, 실패했어요. 그러니 이번에는 당신이 해보세요. 그 불쌍한 것을 그 남자와 억지로라도 결혼시켜야 하니까."

그러나 줄리앙은 그 말이 떨어지기가 무섭게 화를 냈다.

"아아! 그 얘기는 이젠 더 이상 듣고 싶지도 않소. 당신이 그 계집애를 잡아 두겠다고 했으니 두면 되지 않소. 그러니 그 문제로 날 더 이상 괴롭히지 말아요."

그는 로잘리가 출산한 이후로 더욱더 신경질을 내는 듯했다. 그리고 그는 언제나 화가 나 있는 것처럼 아내에게 소리를 지르지 않고는 이야기할 수 없는 습관이 붙어 버렸다. 그러나 그와는 반대로 잔은 모든 언쟁을 피하기 위해서 목소리를 낮추고, 상냥하고 타협적인 태도로 나왔다. 그리고 이따금 밤이면 침대 속에서 혼자 눈물을 흘리곤 하였다.

끊임없이 신경질을 내면서도 남편은 신혼 여행에서 돌아온 이후로 잊고 있었던 사랑의 의무를 다시 실행하기 시작했다. 부부의 문지방을 넘어서지 않고 연달아 사흘 밤을 보내는 일이 드물어졌다.

로잘리는 얼마 안 되어 완전히 회복되었고, 겁을 먹은 듯이 알 수 없는 어떤 공포에 쫓기는 듯한 모습을 보일 때도 있었으나 전보다는 훨씬 덜 침울해 보였다. 잔은 두 번이나 다시 물어 보려고 했지만 그녀는 번번이 달아나 버렸다.

줄리앙도 또한 갑자기 전보다 더욱 상냥해진 듯이 보였다. 그래서 젊은 아내는 막연한 희망에 사로잡혀 쾌활함을 되찾았다. 그러면서도 그녀는 말하지는 않았지만, 이따금 이상한 거북한 분위기를 느끼고서 괴로워할 때가 있었다.

해빙(解氷)은 아직 오지 않았다. 거의 5주일 전부터 낮에는 푸른 수정처럼 하늘이 맑았고, 밤에는 얼음꽃처럼 보이는 별들이 총총한 하늘이 그토록 넓은 공간을 모진 추위가 휩싸고 있었다 평평하고 단단하며 눈으로 반짝이는 식탁보 위에 펼쳐져 있었다.

서리로 화장을 한, 커다란 생울타리 뒤로 네모진 뜰 안에 고립되어 서 있는 농가는 하얀 내의를 입고 잠들어 있는 것 같았다. 사람도 짐승도 이 제는 밖으로 나오지 않았다. 다만 초가집의 굴뚝만이 차가운 공기를 똑 바로 뚫고 올라가는, 가느다란 실 같은 연기로 감춰져 있는 삶을 드러내 고 있었다.

들판, 울타리, 울타리의 느릅나무, 이 모든 것이 추위로 해서 죽은 듯 이 보였다. 이따금 나뭇가지가 그 껍질 속에서 부러지는 것처럼 나무들 이 탁탁 소리를 냈다. 그리고 가끔 견딜 수 없는 추위가 수액을 얼어붙게 하여 섬유질이 부서지고 큰 가지가 꺾여 떨어지기도 했다.

잔은 자신의 마음에 스며드는 온갖 막연한 고통을 지독하게 추운 날 씨 탓으로 돌리고, 봄의 훈훈한 바람이 불어오기를 불안스러운 마음으 로 기다렸다.

어떤 때는 음식물만 봐도 구역질을 느껴 아무것도 먹을 수가 없었다. 때로는 맥박이 터무니없이 뛰고, 때로는 조금밖에 먹지 않은 음식이 체 해서 구토를 일으키는 때도 있었다. 그리고 쉴새없이 긴장해 떨고 있는 신경이 그녀를 끊임없이 견디기 어려운 동요 속에서 지내게 했다.

어느 날 저녁, 기온이 다시 내려갔다. 줄리앙은 식탁에서 일어나며 몸 을 덜덜 떨면서(거실이 알맞게 훈훈한 적은 단 한 번도 없었다. 그만큼 그는 땔감을 아꼈던 것이다) 두 손을 비비며 속삭였다.

"오늘 밤엔 둘이서 자는 것이 좋지 않겠소, 여보?"

그는 전의 그 선량한 어린애 같은 웃음을 지어 보였다. 그래서 잔은 그의 목을 끌어안았다. 하지만 그녀는 그날 밤 마침 기분이 좋지 않았다. 너무도 마음이 괴롭고 이상하게도 신경질적이 되어서 그의 입술에 키스하면서, 아주 나지막이 혼자 자게 해 달라고 부탁했다. 그녀는 서너 마디로 자기의 병을 그에게 말했다.

"부탁이에요, 여보. 오늘은 정말 불편해요. 내일은 틀림없이 좋아질 거예요."

그는 더 이상 요구하지 않았다.

"당신 좋을 대로 하구려. 몸이 불편하면 몸조리를 잘 해야지."

그러고는 다른 것에 대해 이야기를 했다.

그녀는 일찍 자리에 누웠다. 줄리앙은 놀랍게도 그의 독방에 불을 지피게 했다.

"잘 타고 있습니다."하고 하인이 그에게 알리자, 그는 아내의 이마에 키스를 하고 나갔다.

온 집안이 추위에 시달리는 것 같았다. 냉기가 스며든 벽에서는 마치 떠는 것 같은 가벼운 소리가 났다. 침대 속에서 잔은 오들오들 떨었다.

두 번이나 그녀는 난로에 장작을 집어넣기 위해 일어났다. 그리고 옷과 스커트와 헌 옷가지들을 꺼내어 잠자리 위에 쌓아 놓았다. 아무것도 그녀를 따뜻하게 해주지 못했다. 발은 얼어서 감각이 없어지고 장딴지와 넓적다리까지도 냉기가 스며들어, 그것이 그녀의 신경을 지나치게 날카롭게 하고 흥분시켜서 계속 몸을 뒤척이게 했다.

조금 있자니 이가 딱딱 부딪히고 손이 떨렸다. 가슴은 죄어 오고, 느린 심장은 소리 없이 크게 쿵쿵 뛰고, 이따금 멈추는 것 같기도 했다. 그리고 목구멍은 거의 공기가 들어갈 수 없을 것처럼 헐떡거렸다.

견딜 수 없는 한기가 뼛속까지 스며드는 동시에, 무서운 불안감이 그녀의 영혼을 사로잡았다. 한 번도 그녀는 이런 것을 겪어 보지 못했다. 그녀는 이렇게 생(生)으로부터 버림받고 숨이 넘어갈 것 같은 기분을 느끼기는 처음이었다. 그녀는 생각했다.

'난 죽을 것이다……. 나는 죽는다…….'

갑작스러운 공포가 엄습해서 그녀는 침대 밖으로 뛰어나와 로잘리를 부르기 위해 초인종을 누르고 기다렸다. 다시 초인종을 누르고 추위에 꽁꽁 언 몸을 부들부들 떨면서 또 기다렸다.

그러나 하녀는 오지 않았다. 그녀는 아마 어떤 소리로도 깨울 수 없는, 곤한 초저녁잠에 빠져 있는 모양이었다. 그래서 잔은 정신없이 맨발로 계단으로 달려갔다. 그녀는 소리 없이 손으로 더듬거리며 계단을 올라가 문을 찾아 열고 로잘리를 불렀다. 계속 앞으로 나아가다가 침대에 부딪히기도 했다. 그러곤 두 손으로 침대 위를 더듬다가 침대가 비어 있음을 알았다. 침대는 비어 있을 뿐만 아니라 아무도 거기에서 자지 않은 것처럼 냉기가 돌았다. 뜻밖의 일이라 놀라서 그녀는 혼자 중얼거렸다.

"아니! 이런 날씨에 밖으로 나가다니!"

그러자 갑자기 그녀의 심장이 혼란스러워 펄떡펄떡 뛰고, 질식할 것 같았기 때문에 그녀는 줄리앙을 깨우기 위해 벌벌 떨리는 다리를 구부정하게 하고 계단을 내려갔다.

그녀는 자기가 곧 죽게 되리라는 확신과 의식을 잃기 전에 줄리앙을 보려는 욕망에 쫓겨서 남편의 방으로 난폭하게 뛰어들었다. 그리고 사위어 가는 불빛 속에서 남편의 머리 곁에 베개를 베고 누워 있는 로잘리의 머리를 알아보았다.

그녀가 지른 고함 소리에 그들은 둘 다 몸을 일켰다. 그녀는 이 장면을 보고 공포에 질려 잠시 동안 꼼짝도 못하고 서 있었다. 그러다가 그녀는 도망쳐 자기 방으로 들어갔다.

당황한 줄리앙이 "잔!" 하고 부르는 소리가 들렸으나 그를 보고, 그의 목소리를 듣고, 변명하고 거짓말하는 소리를 듣고, 시선을 마주할 것을 생각하니 무서운 공포가 그녀를 사로잡았다. 그래서 그녀는 다시 방에서 뛰쳐나와서 계단을 뛰어 내려갔다.

그녀는 지금 계단에서 굴러 떨어지고, 돌에 채여 사지가 부러질 위험을 무릅쓰고 어둠 속을 달리고 있다. 그녀는 도망치고 싶었고, 아무것도 더 이상 알고 싶지 않았고, 아무도 보고 싶지 않다는 절대적인 생각으로 달리고 있는 것이었다.

아래로 내려왔을 때, 그녀는 여전히 내의에다 맨발인 채로 정신없이 계단에 앉아 있었다. 줄리앙이 침대에서 뛰쳐나와 서둘러 옷을 입었다. 잔은 그에게서 달아나기 위해 몸을 일켰다. 그는 벌써 계단을 내려오고 있었다. 그리고 "들어 봐, 잔!" 하고 소리쳤다.

아니다. 그녀는 그의 말을 듣고 싶지도 않았고 손가락 끝도 닿게 하고 싶지 않았다. 그녀는 마치 자객에게 쫓기기라도 하는 듯이 식당으로 뛰어들어갔다. 그녀는 출구나 숨을 곳, 어두운 구석, 그를 피할 수 있는 곳을 찾았다. 그녀는 식탁 밑에 몸을 웅크렸다. 그러나 벌써 그가 문을 열었고, 손에 등불을 들고 여전히 "잔!" 하고 계속해서 외치고 있었다. 그녀는 토끼처럼 다시 그곳을 빠져나가 부엌으로 뛰어들어가서, 궁지에 몰린 짐승처럼 그 안을 두 번 맴돌았다. 그가 다시 그녀를 따라왔기 때문에 그녀는 갑자기 정원으로 난 문을 열고 들판으로 내달렸다.

벌거벗은 다리가 이따금 무릎까지 파묻히는 차디찬 눈의 감촉이 그녀에게 갑자기 절망적인 힘을 불어넣어 주었다. 그녀는 거의 옷을 입고 있지 않았는데도 춥지 않았다. 그녀는 이제 아무것도 느끼지 못했다. 그만큼 정신의 발작이 육체를 마비시킨 것이었다. 그녀는 눈 덮인 땅과 같이 하얀 모습으로 달렸다.

큰 가로수 길을 따라 작은 숲을 가로질렀으며, 도랑을 건너뛰어 광야 한복판으로 달려나갔다. 달빛도 없었다. 별들은 어두운 하늘에서 별똥을 뿌린 듯이 반짝이고 있었다. 그러나 들판은 희미한 흰 빛으로, 움직이지 않는 부동 상태로, 끝없는 침묵으로 환하였다.

잔은 숨도 안 쉬고, 아무것도 의식하지도 못하고, 아무것도 생각하지 않고 쏜살같이 달렸다. 그러자 갑자기 그녀는 절벽 끝에 다다랐다. 본능적으로 우뚝 멈춰 섰다. 그리고 주저앉았다. 모든 생각도 사라지고, 모든 의지도 텅 비었다. 그녀 앞에 있는 어두운 구멍 속에서는 보이지 않는 잠잠한 바다가, 조수(潮水)가 빠진 해변에서 해초의 소금기 나는 냄새를 내뿜고 있었다.

그녀는 거기에서 몸도 마음도 꼼짝하지 않고 오랫동안 그대로 있었다. 그러다가 갑자기 몸을 떨기 시작했다. 바람에 흔들리는 돛처럼 미친 듯이 떨기 시작했다. 팔과 손과 발이 억제할 수 없는 힘에 의해 흔들려서 팔딱거리고, 숨가쁘게 소스라쳐 놀라 떨렸다. 갑자기 폐부를 찌르는 듯한 맑은 의식이 살아났다.

이어서 오래전의 환영이 눈앞을 스쳐 지나갔다. 라스티크 영감의 배 안에서 그와 함께 즐겼던 그 뱃놀이, 서로의 대화, 싹트던 사랑, 작은 배의 명명식(命名式), 그리고 나서 그녀의 환상은 더욱 아득하게 레푀플에 도착하던 날, 저 몽상에 흔들려서 잠들었던 그 밤에까지 거슬러 올라갔다. 그런데 지금은! 지금은! 아아! 그녀의 인생은 부서지고, 모든 기쁨은 끝이 나고, 모든 기대는 불가능해지고 말았다. 그리고 고통과 배반과 절망으로 가득한 무서운 미래가 그녀에게 나타났다. 차라리 죽는 편이 낫다. 그러면 모든 것이 당장에 끝나 버리고 말리라. 그때 어느 목소리가 멀리에서 소리쳤다.

"여기다. 여기 발자국이 있어. 빨리, 빨리, 이쪽으로!"

그것은 그녀를 찾고 있는 줄리앙이었다

아아! 그녀는 그를 다시 보고 싶지 않았다. 거기, 자신의 앞에 놓여 있는 심연 속에서 그녀는 지금 작은 소리를, 바위 위로 미끄러지는 희미한 물결 소리를 들었다.

그녀는 뛰어들려고 몸을 완전히 일으켰다. 절망에 빠진 많은 사람들이 던진 이별의 말을 이 세상에 던지려고, 그녀는 죽어 가는 사람들의 마지막 말, 전쟁터에서 배에 총을 맞은 젊은 병사들이 내뱉는 최후의 말인 "어머니!"라는 한마디를 신음하듯 내뱉었다. 갑자기 어머니에 대한 생각이 그녀의 마음을 동요시켰다. 그녀는 흐느끼는 어머니의 모습을 보았다. 물에 빠진 자신의 시체 앞에서 무릎을 꿇고 있는 아버지의 모습을 보았다. 그녀는 잠시 부모의 절망에 대해 고통스러움을 느꼈다.

그러자 그녀는 다시 눈 속에 힘없이 쓰러졌다. 그녀는 줄리앙과 시몽 영감이 램프를 든 마리우스를 앞세우고 왔을 때, 더 이상 도망치지 못했다. 그들은 그녀의 팔을 잡고 뒤로 끌어당겼다. 그만큼 그녀는 절벽 끝에 있었던 것이다.

그들은 그녀를 마음대로 다루었다. 그녀는 이제 더 이상 움직일 수가 없었기 때문이다. 그녀는 사람들이 자기의 몸을 끌어다가 침대에 눕히고 뜨거운 수건으로 온몸을 문지르는 것을 느꼈다. 그런 다음에는 모든 기억이 잊혀지고 모든 의식은 사라져 버렸다.

그리고 나서는 악몽이 그것은 악몽이었을까?—그녀를 끊임없이 괴롭혔다. 그녀는 자기 방에 누워 있었다. 날이 밝았으나 일어날 수가 없었다. 왜 그럴까! 그 이유를 알 수가 없었다. 그러자 마룻바닥에서 조그만 소리가 들렸다. 긁는 소리 같기도 하고 가볍게 스치는 소리 같기도 했다. 갑자기 생쥐 한 마리가, 자그마한 회색 생쥐가 재빨리 시트 위로 지나갔다. 그러자 곧 다른 것이 그 뒤를 따라갔고, 이번에는 세 번째 놈이 날쌘 잔걸음으로 잔의 가슴 쪽으로 달려왔다. 잔은 무섭지 않았다. 오히려 그녀는 그 짐승을 잡으려고 손을 뻗쳤으나 닿지 않았다.

그러자 다른 생쥐들이 열 마리, 스무 마리, 수백 마리, 수천 마리 쥐들이 여기저기서 나타났다. 그것들은 기둥을 타고 기어오르고, 장식 융단 위로 줄지어 달음박질하고, 잠자리를 온통 뒤덮어 버렸다. 그리고 얼마 안 있어서는 이불 속으로 뚫고 들어왔다. 잔은 그것들이 자기 살갗에 스치고, 다리를 간질이고, 몸을 따라 올라갔다 내려갔다 하는 것을 느꼈다. 그녀는 그것들이 침대 발치에서 기어 올라와 자기의 목을 향해 달려드는 것을 보았다. 그녀는 몸부림을 쳤다. 한 마리를 잡으려고 손을 내밀었으나, 언제나 쥐고 보면 빈손이었다.

그녀는 몹시 화가 났다. 도망치려고 소리를 질러 보았다. 누군가가 그녀를 꼼짝 못하게 하고 기운 센 팔이 그녀를 확 껴안고 있어서 힘을 쓸 수가 없는 것같이 여겨졌다. 그러나 아무도 보이지는 않았다.

그녀는 시간 개념이 전혀 없었다. 그것은 긴, 아주 긴 시간이었음이 틀림없었다. 그러다가 그녀는 지치고 상처 입은 듯하면서도, 그러면서도 기분 좋게 잠에서 깼다. 그녀는 기운이 없음을 느꼈다. 눈을 떴다. 그리고 어머니가 전혀 모르는 어떤 뚱뚱한 남자와 함께 자기 방에 앉아 있는 것을 보고도 놀라지 않았다. 자신은 몇 살일까? 그녀는 아무것도 알 수가 없었다. 그리고 자신이 아주 어린 소녀처럼 여겨졌다. 더구나 기억 같은 것은 나지 않았다.

그 뚱뚱한 남자가 말했다.

"자, 의식이 회복되었군요."

그러자 어머니가 울기 시작했다. 뚱뚱한 남자가 다시 말을 이었다.

"자, 진정하십시오, 남작 부인. 이젠 제가 책임지겠다고 말하지 않았습니까. 그러나 따님에겐 아무 말도 하지 마십시오. 아무 말도. 그냥 자게 내버려두십시오."

잔은 자신이 무슨 생각을 하려고만 하면 무거운 잠에 이끌려서 아주 오랜 시간을 잠결에 지낸 것같이 여겨졌다. 그녀는 무슨 일이건 기억을 더듬으려고 애쓰지 않았다. 마치 막연하게 다시 나타난 현실에 대해 두려움을 느끼는 것 같았다.

그런데 한 번은 그녀가 눈을 뜨자, 자기 곁에 혼자 앉아 있는 줄리앙을 보았다. 그러자 갑자기 지나간 생활을 가리고 있던 장막이 걷히듯이 모든 것이 그녀의 의식 속에 떠올랐다.

그녀는 마음에 심한 고통을 느끼고 또다시 도망치고 싶어졌다. 그녀는 시트를 걷어 젖히고 바닥으로 뛰어내렸으나, 다리가 몸을 지탱하지 못해 쓰러지고 말았다.

줄리앙이 그녀에게로 달려왔다. 그녀는 남편의 손이 자기 몸에 닿지 못하게 하려고 울부짖었으며 몸부림치고 뒹굴었다. 문이 열렸다. 리종 이모가 당튀 과부와 함께 달려왔고, 뒤이어서 남작이, 끝으로 어머니가 정신없이 숨을 헐떡이며 달려왔다.

그들은 잔을 다시 뉘었다. 그녀는 곧 아무 말도 하지 않고 편안하게 생각하기 위해서 일부러 눈을 감았다. 어머니와 이모가 열심히 간호를 하면서 이렇게 물었다.

"이제 우리를 알아보겠니? 얘, 잔아?"

그녀는 못 들은 체하고 대답하지 않았다. 그녀는 하루가 끝났다는 것을 너무도 잘 알고 있었다. 밤이 왔다. 간호인이 그녀 곁에 앉아서 이따금 약을 마시게 했다.

그녀는 아무 말도 하지 않고 마셨다. 그러나 이제는 자지 않았다. 마치 기억 속에 구멍이 뚫리고 하얗게 비어 있는 커다란 공백이 몇 개씩 있어서, 거기에는 사건들이 전혀 흔적을 남기지 않은 것처럼, 자신을 빗겨 간 것들을 찾으면서 애써 추론하고 있었다.

오랜 노력을 기울인 끝에 차츰 모든 사실을 생각해 냈다. 그녀는 끈질기게 그 일을 생각했다.

어머니와 리종 이모 그리고 남작이 와 있는 것을 보면 그녀는 매우 중태였던 모양이다. 그런데 줄리앙은? 그는 뭐라고 말했을까? 부모님들은 알고 계실까? 그리고 로잘리는? 그녀는 어디에 있을까? 그리고 어떻게 해야 될까? 한 가지 생각이 번개처럼 떠올랐다. 아버지와 어머니와 함께 예전처럼 루앙으로 돌아가는 거다. 과부가 되면 그뿐이다.

그러자 그녀는 주위에서 사람들이 말하는 소리를 들으면서, 잘 알고 있으면서도 모른 체하고, 이성이 회복되는 것을 기뻐하면서, 참을성 있고 지혜롭게 그 시기를 기다렸다.

그날 밤, 마침내 그녀는 남작 부인과 단둘이서만 있게 되자 아주 낮은 소리로 "어머니!" 하고 불렀다. 그녀는 자신의 목소리에 놀랐다. 다른 사람의 목소리 같았다. 남작 부인은 그녀의 손을 잡았다.

"얘야, 귀여운 잔! 내 딸아, 날 알아보겠니?"

"네, 어머니. 하지만 울 필요는 없어요. 길게 이야기할 게 있어요. 줄리앙이 제가 왜 눈 속으로 달아났다고 말하던가요?"

"그래 들었다. 넌 아주 위험하고 무서운 열병에 걸렸었단다."

"그게 아니에요, 엄마. 난 그 후에 열이 났던 거예요. 하지만 그 열이 난 원인이 어디에 있고, 왜 내가 달아났었는지 그이가 말했나요?"

"아니, 애야."

"그것은 로잘리가 줄리앙의 침대 속에 있는 것을 발견했기 때문이에요."

남작 부인은 잔이 아직도 헛소리를 하고 있다고 생각하고 딸을 어루

만졌다.

"자거라, 얘야. 진정하고 자도록 해라."

그러나 잔은 고집 세게 말을 이었다.

"난 이제 다 나았어요, 엄마. 요 며칠 동안은 그랬는지 모르지만 지금 은 헛소리를 하는 게 아니에요. 어느 날 밤 몸이 불편한 것 같아서 줄리 앙을 부르러 갔어요. 그런데 로잘리가 그이와 함께 자고 있는 거예요. 난 슬픔으로 정신을 잃고 절벽에 몸을 던지기 위해 눈 속으로 달려갔던 거 예요."

그러나 남작 부인은 이 말만 되풀이했다.

"그래, 얘야, 넌 아주 아팠단다."

"그게 아니라니까요, 엄마! 난 줄리앙의 침대 속에서 로잘리를 본 거 예요. 난 그이와 함께 더 이상 있고 싶지 않아요. 날 루앙으로 데려가 주 세요. 예전처럼 말이에요."

무슨 일이든 잔을 자극시키지 말라는 의사의 충고를 받은 남작 부인 은 "그러자꾸나, 얘야." 하고 대답했다.

그러나 환자는 초조해했다.

"내 말을 믿지 못하신다는 걸 잘 알아요. 아버지를 불러다 주세요. 아 버지는 내 말을 이해해 주실 거예요."

그래서 어머니는 힘들게 일어나 두 지팡이를 짚고, 발을 끌며 나갔다 가 잠시 후에 남작의 부축을 받으면서 돌아왔다.

그들이 침대 앞에 앉자마자 잔은 이야기를 시작했다. 그녀는 힘은 없 지만 분명한 목소리로, 조용히 모든 것을 차근차근 말했다. 줄리앙의 난폭한 성격, 그의 냉혹함, 그의 인색함 그리고 마침내 그의 부정(不淨)을…….

그녀가 말을 다 마치자 남작은 딸이 헛소리를 하고 있지 않다는 것을 잘 알 수 있었다. 그러나 어떻게 생각해야 할지, 어떻게 해결하고 어떻게 대답해야 할지를 몰랐다. 그는 예전에 이야기를 들려주면서 딸을 잠재웠을 때처럼 상냥하게 그녀의 손을 잡았다.

"들어 보거라, 애야. 신중하게 행동해야만 한다. 아무것도 서두르지 마라. 우리가 결정할 때까지는 네 남편을 참아 내도록 해라……. 그걸 내게 약속해 주겠지?"

그녀가 중얼거렸다.

"그러겠어요. 하지만 몸이 회복되면 여기에 있지 않을 거예요."

그리고 아주 낮은 소리로 그녀는 덧붙였다.

"로잘리는 지금 어디에 있죠?"

남작이 대답했다.

"그애는 더 이상 만나지 마라."

그러나 그녀는 고집을 부렸다.

"어디에 있나요? 알고 싶어요."

그래서 남작은 로잘리가 아직 집을 나간 것은 아니라고 이야기하였다. 그러나 곧 떠나게 될 것이라고 단언했다.

환자의 방에서 나오면서 남작은 분노로 상기되고, 아버지로서 마음에 상처를 입은 채 줄리앙을 만나러 갔다. 그리고 대뜸 이렇게 말했다.

"여보게, 내 딸에 대한 자네의 행동에 해명을 요구하러 왔네. 자네는 하녀와 그애를 배신했어. 그건 이중으로 도저히 용서할 수 없는 비열한 짓이야."

그러나 줄리앙은 죄가 없는 척 열심히 부정하고 맹세했으며, 증인으로 신을 들먹이기까지 했다. 게다가 어떤 증거가 있는가? 발병 초기에 정신 착란의 발작으로 어느 날 밤, 눈 속으로 달아났던 것이 아닌가? 그녀가 거의 알몸으로 집안을 뛰어다니고 남편의 침대에서 하녀를 보았다고 주장하는 것은 바로 그 발작의 과정에서가 아니었던가! 줄리앙은 길길이 날뛰며 소송을 제기하겠다고 위협했다. 그는 맹렬하게 분노했다. 그래서 남작은 당황해서 변명을 하고 사과를 했다. 그리고 신의(信義)의 손을 내밀었으나, 줄리앙은 악수를 거절했다.

잔이 남작의 얘기를 들었을 때, 그녀는 전혀 화를 내지 않고 대답했다.

"그이는 거짓말을 하고 있어요, 아빠. 하지만 그의 잘못을 밝히고 말겠어요."

그리고 이틀 동안 그녀는 침묵을 지키고 명상에 잠겨 곰곰이 생각했다. 그러고 나서 사흘째 되는 아침에 그녀는 로잘리를 보고 싶다고 했다. 남작은 하녀를 올라오게 하는 것을 거절하고, 이미 떠났노라고 분명히 말했다. 잔은 조금도 굴하지 않고 되풀이해서 말했다.

"그렇다면 그애네 집에 사람을 보내서 데려와 주세요."

의사가 들어왔을 때 그녀는 이미 흥분해 있었다. 의사의 의견을 알아보기 위해 모든 것을 그에게 말했다. 그러자 극도로 신경이 날카로워진 잔이 울음을 터뜨리면서 거의 울부짖었다.

"로잘리를 보고 싶어요. 난 그애를 만나고 싶어요!"

그러자 의사는 그녀의 손을 잡고 낮은 소리로 말했다.

"진정하세요, 부인. 모든 흥분은 중대한 결과를 초래할 수도 있습니다. 부인은 임신 중이니까요."

그녀는 한 대 얻어맞은 듯이 멍해졌다. 그러고 보니 갑자기 그녀의 몸 속에서 무엇인가가 움직이는 것같이 느껴졌다. 그녀는 다른 사람이 말하는 것조차 듣지도 않고 생각에 몰두한 채 조용히 있었다. 그녀는 한 어린아이가 자기 뱃속에서 살고 있다는 새롭고도 신기한 생각에 놀라서 그날 밤은 잠을 이룰 수가 없었다. 그러나 그애가 줄리앙의 자식이라는 것이 슬프고 근심스러웠다. 아버지를 닮았으면 어쩌나 하는 것이 두렵고 불안했다. 날이 밝자 그녀는 남작을 불러오게 했다.

"아버지, 저 결심했어요. 모든 걸 알고 싶어요. 특히 지금은요. 아시겠죠? 그러고 싶어요. 지금 제가 처해 있는 상태에서 저를 괴롭혀서는 안 된다는 것을 아버지는 아실 거예요. 잘 들어 보세요. 아버지는 가서 사제님을 불러오세요. 로잘리가 거짓말을 못하게 하기 위해서는 그분이 필요해요. 그리고 사제님이 오시면 곧 그애를 올라오게 하세요. 아버지는 어머니와 함께 여기에 남아 계셔야 해요. 특히 줄리앙이 눈치채지 않도록 조심하세요."

한 시간쯤 후에 사제가 들어왔다. 여전히 뚱뚱하고 어머니보다 더 헐떡였다. 그는 잔 곁의 안락의자에 앉았다. 벌린 양다리 사이로 배가 축 늘어졌다. 그는 늘 하던 습관대로 체크 무늬의 손수건으로 이마를 닦으면서 농담을 하기 시작했다.

"그런데 남작 부인, 우리는 아무래도 마르지 않을 것 같군요. 제 생각으로는 우리는 잘 어울리는 짝인 것 같습니다."

그리고 환자의 침대 쪽으로 몸을 돌렸다.

"아, 그래! 그래! 소문으로는 부인, 머지않아 새로운 명명식이 있을 것 같다고요. 하!하!하! 이번에는 배의 명명식이 아니겠지요."

그리고 그는 심각한 어조로 덧붙였다.

"조국의 수호자일 겁니다."

그러고 나서 잠시 생각한 후에 "그렇지 않으면 현모양처겠지요." 하고 말했다. 그러고는 남작 부인에게 경의를 표하면서 말했다.

"바로 당신 같은 현모양처 말입니다."

그러자 안의 문이 열렸다. 로잘리는 미친 듯이 날뛰고, 눈물을 흘리면서 들어가지 않으려고 문틀에 매달렸으나 흥분한 남작이 그녀를 방안으로 단번에 떼밀었다. 그러자 그녀는 두 손으로 얼굴을 가리고 흐느끼면서 서 있었다.

잔은 그녀를 보자 벌떡 몸을 일으켰다가 시트보다 더 창백해져서 주저앉았다. 미친 듯이 뛰는 심장은 그 고동으로 살갗에 달라붙은 얇은 내의를 들썩이게 했다. 그녀는 말을 할 수가 없었다. 질식할 것 같아 간신히 숨을 내쉬었다. 마침내 그녀는 감정이 복받쳐 더듬거리는 음성으로 말했다.

"난…… 난…… 너한테…… 물어 볼…… 필요도 없다. 내 앞에서…… 네가…… 그렇게…… 부끄러워하는 걸…… 보는 것만으로 충분해."

숨이 막혀 말이 나오지 않아 잠시 쉬었다가 그녀는 다시 말을 이었다.

"그러나 난 모든 걸 알고 싶다. 모든 걸…… 죄다. 난 고해를 하는 것처럼 하기 위해서 사제님을 오시게 했다. 알겠니?"

로잘리는 꼼짝도 하지 않고 부르르 떠는 두 손으로 얼굴을 감싸고 외치는 듯한 울음소리를 냈다. 남작은 화가 치밀어 올라 그녀의 두 팔을 잡고 난폭하게 얼굴에서 떼어놓고는 침대 곁으로 내동댕이쳐 무릎을 꿇게 했다.

"자, 말해…… 대답해 봐."

로잘리는, 화가가 막달라 마리아를 그릴 때 취하게 하는 자세처럼, 모자를 비스듬히 쓰고 앞치마는 마룻바닥에 떨어뜨린 채 다시 자유로워진 두 손으로 얼굴을 가리고 바닥에 쭈그리고 앉았다.

그러자 사제가 그녀에게 말했다.

"자, 얘야, 네게 말하는 것을 잘 듣고 대답해라. 우리는 널 괴롭히려는 것이 아니야. 그러나 무슨 일이 일어났었는지는 알고 싶다."

잔은 침대 가장자리에서 몸을 숙이고 로잘리를 바라보았다. 그녀가 말했다.

"내가 갑자기 줄리앙의 방에 들어갔을 때, 네가 줄리앙의 침대 속에 있었던 것은 틀림없는 사실이었다."

로잘리는 손가락 사이로 신음하듯이 말했다.

"네, 그래요, 마님."

그러자 갑자기 남작 부인이 질식할 듯한 큰 소리를 내면서 울기 시작했다. 그의 발작적인 오열은 로잘리의 흐느낌과 잘 어울렸다.

잔은 하녀를 똑바로 쳐다보면서 물었다.

"언제부터 그런 일이 계속되었지?"

로잘리가 더듬거리면서 말했다.

"그분이 오시고 나서부터요."

잔은 이해가 되지 않았다.

"그분이 오시고부터라니…… 그러면…… 언제부터…… 봄부터란 말이냐?"

"네, 마님."

"그이가 처음 집으로 들어와서부터란 말이니?"

"네, 마님."

잔은 많은 질문으로 가슴이 억눌린 듯이 재촉하는 듯한 목소리로 물었다.

"그래, 어떻게 그런 일이 생기게 되었니? 그가 네게 어떻게 요구하던? 너를 어떻게 유혹했니? 네게 무슨 말을 했지? 언제 어떻게 너는 굴복했지? 어떻게 넌 그에게 너를 줄 수 있었니?"

로잘리는 이번에는 얼굴에서 손을 떼고, 말하고 싶은 흥분과 대답하고 싶은 욕구에 사로잡혀 말했다.

"뭐라고 말씀드려야 할지…… 여기에서 식사를 드시던 맨 첫날, 제 방으로 저를 찾아오셨어요. 고미다락방에 숨어 계셨던 거예요. 소문이 날까 봐 저는 감히 소리칠 수가 없었어요. 그분은 저와 함께 주무셨습니다. 그때는 제게 무슨 짓을 하고 있는지 몰랐습니다. 그분이 하시고 싶은 대로 하셨으니까요. 저는 그분이 잘생긴 분이라고 생각했기 때문에 아무 말도 하지 않았습니다……."

그러자 잔이 소리를 질렀다.

166

"그럼…… 네…… 네 아이도…… 그이 애냐?"

로잘리가 흐느꼈다.

"네, 마님."

그러고 나서 두 사람은 모두 침묵했다.

로잘리와 남작 부인의 울음소리 이외에는 아무 소리도 들리지 않았다. 지친 잔은 이번에는 자기 눈에 눈물이 홍건해지는 것을 느꼈다. 소리 없이 눈물 방울이 뺨을 타고 흘러내렸다.

하녀의 아이가 자기 아이와 똑같은 아버지를 갖다니! 분노가 사라졌다. 그녀는 지금 침울하고 분하고 깊고 끝없는 절망으로 가슴이 뚫리는 듯한 것을 느꼈다. 그녀는 마침내 달라진, 눈물에 젖은, 울고 있는 여자의 음성으로 말을 이었다.

"우리가 돌아와서…… 그곳에서…… 여행에서…… 언제 다시 시작했지?"

하녀는 갑자기 바닥에 털썩 주저앉으면서 더듬거렸다.

"오…… 오시던 첫날밤부터."

말 한마디 한마디가 잔의 가슴에 쥐어짜는 듯한 고통을 주었다. 그래서 첫날밤, 레푀플로 돌아온 날 밤 그는 이 계집애를 위해 자기 곁을 떠났던 것이다. 그가 그녀를 혼자 자게 한 것은 바로 그 이유 때문이었던 것이다! 그녀는 이제 충분히 알았다. 더 이상 아무것도 알고 싶지 않았다. 그녀가 부르짖었다.

"저리 가, 나갓!"

로잘리가 꼼짝도 하지 않았기 때문에 기진맥진한 잔은 아버지를 불렀다.

"저 애를 데려가세요. 끌어내세요."

그러나 그때까지 아무 말도 하지 않고 있던 사제는 설교를 한마디 할 때가 왔다고 판단했다.

"네가 한 짓은 정말 나쁜 짓이다. 애야, 나쁜 짓이야. 하나님도 당장은 너를 용서하지 않으실 거다. 이제부터 올바른 행실을 지니지 않으면 너를 기다리고 있는 것은 지옥이라는 것을 명심해라. 이제는 어린애도 있으니 착실한 생활을 해야 한다. 남작 부인께서 널 위해 무엇인가를 틀림없이 해주실 거야. 그리고 우리는 너에게 남편을 구해 줄 것이고……."

사제는 더 길게 이야기했을지도 모르나, 남작은 다시 로잘리의 어깨를 잡고 일으켜 세우더니 문 있는 데까지 끌고 가서, 그녀를 마치 짐짝처럼 복도에 내동댕이쳤다. 딸보다도 더 창백해진 얼굴로 남작이 돌아오자, 사제는 다시 말을 계속했다.

"어떻게 하시렵니까? 이 지방의 계집애들은 모두 저 모양입니다. 형편 없지요. 그러나 어찌할 도리가 없어요. 인간 본성의 약점에 대해서는 어느 정도 너그럽지 않으면 안 됩니다. 임신을 하지 않고 결혼을 하는 여자애들은 결코 한 사람도 없어요, 부인."

그는 미소를 지으며 말을 덧붙였다.

"이 지방 풍습이라고나 할까요."

그러고는 다시 분개한 어조로 말했다.

"아이들까지 흉내내고 있지요. 작년에 교리 문답에 나오는 두 어린애, 사내애와 계집애를 묘지에서 내가 발견하지 않았겠습니까! 부모에게 연락을 했지요. 그런데 그 부모들이 내게 뭐라고 대답한 줄 아십니까! '어쩌겠습니까, 사제님. 그런 추잡한 짓을 그애들에게 가르쳐 준 것은 우리가 아닌걸요. 어쩔 수 없는 일입니다.' 이러는 거예요. 댁의 하녀도 그애들과 마찬가지로 일을 저지른 겁니다, 선생님."

그러나 남작은 신경질적으로 몸을 떨면서 사제의 말을 가로막았다.

"하녀요? 그건 상관없어요! 그러나 나를 분개시키는 자는 줄리앙이란 말입니다. 그는 추잡한 짓을 한 파렴치한이오. 나는 딸을 데리고 가겠소."

남작은 여전히 흥분하고 격분해서 방안을 왔다갔다하였다.

"내 딸을 이렇게 배신한 것은 파렴치한 일이오. 파렴치한! 그 사내는 악당이요, 불한당이요, 더러운 인간이오. 나는 그에게 이 말을 하겠소. 나는 그를 모욕하고 단장으로 때려죽이고 말겠소!"

그러나 사제는 눈물을 흘리고 있는 남작 부인 곁에서 천천히 담배 한 모금을 빨아들이면서, 조정자로서 자기의 임무를 수행하려고 애쓰면서 말을 이었다.

"자, 남작님, 우리끼리 이야기지만, 그 사람은 다른 모든 남자들과 똑같은 짓을 한 겁니다. 충실하다는 남편들을 많이 알고 계십니까?"

그리고 사제는 선량하면서도 짓궂은 어조로 덧붙였다.

"자, 내기를 걸어도 좋습니다만 당신 자신도 장난을 하셨겠죠. 자, 가슴에 손을 대고. 사실이죠?"

남작은 사제 앞에서 멍하니 서 있었다. 사제는 말을 계속했다.

"아아! 그렇군요. 당신도 역시 다른 남자들처럼 행동하셨군요. 당신이, 가령 그애 같은 어린 하녀에게 절대로 손을 대지 않았다고 해도 그것을 누가 알아주겠습니까. 사람들은 모두 그런 짓을 하고 있는 겁니다. 그렇다고 당신 부인께서 그로 인해 덜 행복하고 덜 사랑받은 것도 아니지 않습니까. 안 그래요?'

남작은 아연실색해서 더는 움직일 수가 없었다. 정말 그렇다. 그도 그런 짓을 한 것은 사실이었다. 게다가 자주, 그럴 수 있을 때마다 모두. 그리고 부부가 사는 한 지붕이라 해도 주저하지 않았다. 예쁘기만 하면 아내의 하녀들 앞에서도 결코 주저한 적이 없었다. 그렇다고 해서 자신이 비열한 인간일까? 자기 자신은 처벌받아야 된다고 결코 생각한 적조차 없으면서 왜 줄리앙의 품행에 대해서는 그렇게 가혹하게 판단하는가? 아직도 흐느끼느라고 숨을 헐떡이는 남작 부인도 젊었을 때 남편의 엉뚱한 행위를 생각하고 입술에 미소의 그림자를 띠었다. 왜냐하면 그녀는 사랑의 모험을 생활의 일부분으로 생각하는 그런 종류의 감상적이고, 상냥하며, 관대한 여자였기 때문이다.

잔은 의기소침해서 허공을 바라보며 반듯이 누워 팔을 늘어뜨리고 고통스럽게 생각에 잠겼다. 로잘리의 한마디가 자꾸 되살아나서 그녀의 영혼에 상처를 입히고 송곳처럼 그녀의 가슴을 꿰뚫었다.

'저는, 그분이 잘생긴 분이라고 생각했기 때문에 아무 말도 하지 않았어요.'

그녀 역시 그를 잘생겼다고 생각하고 있었다. 오직 그것 때문에 그녀는 그 남자에게 자신을 맡기고, 일생을 약속하고, 다른 모든 희망과 막연하게 예상했던 모든 계획과 모든 미지(未知)의 사람을 단념했던 것이다.

그녀는 이 결혼 속에, 기어오를 가장자리도 없는 이 함정 속에, 이 비참함, 이 슬픔, 이 절망 속에 빠져 버린 것이다. 로잘리처럼 자기도 그를 잘난 남자로 생각했기 때문에!

문이 세차게 열리며 줄리앙이 사나운 표정으로 나타났다. 그는 계단에서 흐느끼며 내려가는 로잘리를 보고, 무엇인가 음모를 꾸미고 있다는 것과, 하녀가 틀림없이 무엇인가를 말했을 거라는 것을 알아차리고 확실한 것을 알기 위해 왔던 것이다. 사제를 보자 그는 그 자리에 못박힌 듯 서 버렸다. 그는 떨리면서도 침착한 음성으로 물었다.

"뭐예요? 무슨 일이 있었나요?"

조금 전에 그렇게도 과격했던 남작은 감히 아무 말도 하지 못했다. 그는 사제의 논증과, 사위가 자신의 예를 방패로 제시할 것이 두려웠던 것이다. 어머니는 더욱 심하게 눈물을 흘리고 있었다. 그러나 잔은 두 손으로 버티고 일어나 앉아서 숨을 헐떡이며, 자기에게 이처럼 잔인하게 고통을 안겨 준 사람을 쳐다보았다. 그녀는 더듬거리면서 말했다.

"우리는 이제 아무것도 모르는 것이 없어요. 당신이 행한 파렴치한 짓을 모두 알고 있어요. 그때부터…… 당신이 이 집에 들어왔던 날부터…… 그 하녀의 아이가 바로…… 바로…… 내 아이와 마찬가지로 당신의 아이라는 것도요…… 그애들은 형제예요……."

그리고 생각이 거기에 미치자 견딜 수 없는 고통에 그녀는 이불 속에 몸을 파묻고 격정적으로 울었다.

그는 뭐라고 말해야 할지, 어떻게 해야 할지를 몰라 입을 멍하니 벌리고 있었다. 이번에도 사제가 또 사이에 끼어들었다.

"자, 자, 그렇게 너무 슬퍼하지 말아요, 젊은 부인. 진정하시오."

사제는 일어나 침대 곁으로 다가가서는 그의 따뜻한 손을 이 절망하고 있는 여자의 이마에 얹었다. 이 가벼운 접촉이 이상하게도 그녀의 마음을 부드럽게 했다. 죄를 사해 주는 행동과 용기를 돋우어 주는 애무에 익숙해져 있는 이 시골 사람의 힘센 손이 닿자, 신비하게도 마음이 가라앉는 것처럼 이내 마음이 풀어지는 것을 느꼈다.

그 선량한 사제는 여전히 선 채로 말을 이었다.

"부인, 항상 용서해야만 합니다. 당신에게는 지금 커다란 불행이 찾아왔습니다. 그러나 하나님은 너그러우시므로 커다란 행복으로 그것을 보상해 주셨습니다. 당신은 곧 어머니가 되실 테니까요. 그 아이는 당신의 위안이 될 것입니다. 그애의 이름으로 애원합니다만, 줄리앙 씨의 과실을 용서해 주시도록 간청드립니다. 두 분 사이의 새로운 연결도 될 것이고, 장차 남편의 성실에 담보가 되기도 할 것입니다. 당신의 몸 속에 그의 아이를 갖고 있으면서도 아기를 갖게 한 그 사람과 정말 헤어질 수 있겠습니까?"

그녀는 아무 대답도 하지 못했다. 슬픔에 짓눌리고 가슴이 아프고, 이제는 기진맥진해서 화를 내고 원한을 품을 힘조차 없었다. 그녀의 신경은 풀어져 슬며시 끊어져 버린 것 같았다. 그녀는 간신히 살아 있는 듯싶었다.

다른 사람에게 원한을 지니고 있는 것이 불가능한 것처럼 여겨지고, 마음속으로 오래 참는 노력을 도저히 해낼 수 없는 남작 부인이 중얼거렸다.

172

"얘, 잔아."

그러자 사제가 젊은이의 손을 잡고 침대 곁으로 끌고 와 손을 그의 아내의 손에 쥐여 주었다. 그는 완전한 병법으로 그들을 맺어 주려는 듯이 그 위를 손바닥으로 가볍게 두드렸다. 그리고 설교하는 사제로서의 어조를 버리고 만족한 표정으로 말했다.

"자, 됐어요. 날 믿어요. 그러는 것이 서로를 위해 더 나을 겁니다."

잠시 가까이 있던 두 손이 이내 떨어졌다. 줄리앙은 감히 잔을 포옹할 엄두가 나지 않아 장모의 이마에 키스를 하고 발뒤꿈치를 빙그르르 돌려 남작의 팔을 잡았다. 남작은 일이 이렇게 된 것이 내심으로는 만족해서 그가 하는 대로 내버려두었다. 그리고 그들은 담배를 피우기 위해 함께 밖으로 나갔다.

그러자 기진맥진한 환자는 잠이 들고, 한편 사제와 어머니는 낮은 소리로 조용히 이야기를 나누었다. 사제는 자신의 생각을 설명하고 전개해 나가면서 이야기를 늘어놓았다. 남작 부인은 언제나 그렇듯이 고개를 끄덕이며 동의를 했다. 그는 마침내 이야기를 종결하며 이렇게 말했다.

"그럼, 아시겠죠. 그애에게 바르빌르 농장을 주십시오. 그럼 내가 책임지고 그애의 남편을, 정직하고 충실한 청년을 찾아보겠습니다. 아! 2만 프랑의 재산만 있다면 얼마든지 희망자가 나설 겁니다. 오히려 우리가 고르는 데 곤란할 지경이겠지요."

남작 부인은 이제 행복한 미소를 짓고 있었다. 뺨 위에는 여전히 두 줄기 눈물이 남아 있었으나 길고 축축하게 퍼진 자국은 이미 말라 있었다.

그녀는 다짐했다.

"좋아요. 바르빌르는 최소한으로 잡더라도 2만 프랑은 나갑니다. 하지만 재산은 어린애의 명의로 해 놓겠어요. 그애의 부모는 살아 있는 동안은 거기에서 나오는 수익권을 가지게 되는 겁니다."

사제는 일어나서 어머니와 악수했다.

"그대로 앉아 계십시오, 부인. 그대로 앉아 계세요. 한걸음이 얼마나 힘드신지 압니다."

그가 나가다가 환자를 문병하러 오는 리종 이모를 만났다. 그녀는 아무것도 눈치채지 못했다. 그녀에게는 아무도 말하지 않았다. 그래서 그녀는 언제나 그렇듯이 아무것도 알지 못했다.

8

로잘리는 집을 떠났고, 잔은 고통스럽게 출산을 기다리며 하루하루를 보내고 있었다. 그녀는 너무도 슬픔에 짓눌려 자신이 어머니가 된다는 것을 알면서도 마음속에 아무런 기쁨도 느끼지 못했다. 끝없는 불행을 생각하며 아직도 헤어나지 못한 그녀는 아무런 호기심도 느끼지 못하면서 아이의 출산을 기다리고 있었다.

봄은 아주 조용히 왔다. 벌거벗은 나무들은 아직도 싸늘한 바람 속에 떨고 있었으나, 지난 가을에 떨어진 낙엽이 썩고 있는 도랑과 습기 찬 풀 속에서는 노란 앵초가 싹트기 시작하였다. 온 들판과 농가의 마당들 그리고 눈으로 덮인 들에서는 발효하는 냄새 같은 습기 찬 냄새가 피어올랐다. 그리고 작고 뾰족한 한 무더기의 파란 싹들이 누런 땅에서 솟아나 햇살에 빛나고 있었다.

요새처럼 몸집이 큰 여자가 로잘리를 대신하여 단조로운 가로수 길을 따라 거니는 산책에서 남작 부인을 부축하였다. 점점 더 무거워 가는 발걸음이 질퍽질퍽하고 진흙투성이인 그 길에 흔적을 남겼다.

아버지는 이제 몸이 무거워지고 항상 헐떡이는 잔에게 팔을 내밀어 주었다. 앞으로 다가올 경사 준비에 바쁘고 불안해하는 리종 이모는 다른 쪽에서 잔의 손을 잡아 주었다. 그녀는 자기로서는 결코 알 수 없는 그 신비에 완전히 흥분하고 있었다.

그들은 모두 그렇게 몇 시간 동안을 거의 말없이 거닐곤 했다. 한편 줄리앙은 갑자기 승마라는 새로운 취미에 빠져 말을 타고 그 주위를 돌아다니고 있었다.

그들의 침울한 생활을 어지럽히는 어떤 일도 일어나지 않았다. 한 번 남작과 그 부인, 그리고 자작이 푸르빌르 가(家)를 방문했었다. 줄리앙은 어떻다고 정확히 설명할 수는 없지만 이미 그 집안에 대해 많은 것을 알고 있는 듯했다. 의례적인 또다른 방문이, 항상 잠들어 있는 듯한 저택 속에 숨겨져 있는 브리즈빌 가와의 사이에 교환되었다.

어느 날 오후 4시경에 말을 탄 두 사람의 남자와 여자가 성관의 앞뜰을 빠른 속도로 들어왔다. 줄리앙은 매우 흥분해서 잔의 방으로 뛰어들었다.

"빨리, 빨리, 내려가. 푸르빌르네 사람들이 왔어. 당신의 상태를 알고 그저 단순히 이웃으로 만나러 온 거야. 난 외출했지만 곧 돌아온다고 말해. 그동안 잠깐 옷을 갈아입을 테니까."

잔은 놀라서 아래층으로 내려갔다. 창백하고 예쁘고 심각한 얼굴에 충혈된 눈과 한 번도 태양의 애무를 받아 본 적이 없는 것 같은, 윤기 없는 금발의 젊은 부인이 조용히 자기 남편을 소개했다. 그 사람은 붉은 수염이 무성한 유령 같은 거인이었다. 그러고 나서 그 부인은 이렇게 덧붙였다.

"우린 여러 번 드 라마르 씨를 만날 기회가 있었지요. 그분을 통해서 부인께서 몸이 편찮으시다는 것을 알게 되었어요. 그래서 전혀 격식을 차리지 않고 그저 이웃으로서 당신을 찾아 뵙는 것을 더 이상 지체하고 싶지 않았던 겁니다. 게다가 보시다시피 우린 말을 타고 왔습니다. 더욱이 저번 날에는 자당님과 남작께서 저희 집을 방문해 주셔서 기뻤습니다."

그녀는 세련되고 품위 있게, 힘 안 들이고 거침없이 이야기를 했다. 잔은 매혹당해서 금방 그녀가 마음에 들었다. '친구가 되겠구나.' 하고 그녀는 생각했다.

반대로 드 푸르빌르 백작은 마치 거실에 들어온 한 마리 곰 같았다. 그는 자리에 앉자 옆에 있는 의자에 모자를 놓고 한참 동안 자기 손을 어떻게 해야 할지 몰라 머뭇거리다가, 무릎 위에 올려놓았다가 안락의자의 팔걸이 위에도 놓았다가, 마침내 기도하는 것처럼 깍지를 끼고 있었다.

갑자기 줄리앙이 들어왔다. 잔은 놀라서 그를 알아보지 못했다. 그는 수염을 깎았다. 마치 약혼 시절처럼 아름답고 우아하고 매혹적이었다. 그는 자신의 출현으로 잠에서 깨어난 것 같은 털이 무성한 백작의 손과 악수를 했고, 백작 부인의 손에는 입을 맞추었다. 백작 부인의 상아빛 뺨이 약간 불그레해지고 눈꺼풀이 가늘게 떨렸다.

그가 이야기를 했다. 그는 예전처럼 상냥스러웠다. 사랑의 거울 같은 그의 커다란 눈은 다정한 빛을 띠고 있었다. 그리고 조금 전까지만 해도 윤기가 없고 꺼칠꺼칠하던 그의 머리카락은 갑자기 빗질과 향유로 부드러워져서, 빛나게 웨이브가 지는 머릿결을 되찾았다.

그들이 떠나려는 순간 백작 부인이 줄리앙 쪽을 돌아보며 말했다.

"자작님, 목요일에 승마로 산책을 하시지 않겠어요?"

그러자 줄리앙이 몸을 기울이면서 "네, 좋습니다, 부인." 하고 중얼거리는 동안, 백작 부인은 잔의 손을 잡고 다정한 미소를 지으면서 부드러우면서도 파고드는 목소리로 이렇게 말했다.

"아! 몸이 회복되시면 우리 셋이서 이 지역 일대를 달립시다. 상쾌한 일일 거예요. 어떠세요?"

거침없는 태도로 그녀는 승마복의 옷자락 끝을 들어올렸다. 그리고 새처럼 가볍게 안장에 올랐다. 한편 그의 남편은 어색하게 인사를 한 다음, 노르망디산의 커다란 말에 마치 켄타우로스(『그리스 로마 신화』에 나오는, 반은 사람이고 반은 말인 괴물)처럼 꼿꼿이 몸을 세우고 걸터앉았다. 그들이 울타리를 돌아 사라지자 줄리앙은 매우 유쾌한 듯이 외쳤다.

"얼마나 호감이 가는 사람들인가! 저런 사람들을 사귀어 두는 것은 유익할 거야."

잔 역시 이유 없이 만족해하며 대답했다.

"그 작은 백작 부인은 매혹적이에요. 그분을 좋아하게 될 것 같은 느낌이 들어요. 하지만 남편은 교양이 없어 보이더군요. 당신은 그분들을 어디에서 알았지요?"

그는 즐거운 듯이 두 손을 비볐다.

"브리즈빌 가에서 우연히 만났지. 남편은 좀 야성적인 것 같아. 열광적인 사람이지. 하지만 그 사람은 진짜 귀족이야."

그날 저녁 식사는 마치 숨어 있던 행복이 집안으로 들어온 것처럼 즐겁기까지 하였다. 그리고 7월 말까지 새로운 일은 아무것도 일어나지 않았다.

어느 화요일 저녁, 식구들이 플라타너스 나무 아래에서 두 개의 자그마한 술잔과 브랜디 한 병이 놓여져 있는 나무 탁자 주위에 둘러앉아 있을 때, 잔이 갑자기 비명을 지르면서 아주 창백해지더니 두 손으로 옆구리를 눌렀다. 빠르고 날카로운 고통이 갑자기 그녀의 전신을 훑어 내리더니 이내 사라졌다.

하지만 십 분쯤 후에 또다른 고통이 보다 오래 그녀의 몸에 파고들었는데 그렇게 심하지는 않았다. 그녀는 아버지와 남편에게 거의 안기다시피 하여 간신히 안으로 들어갔다. 플라타너스에서부터 자기 방까지의 그 짧은 길이 그녀에게는 한없이 먼 것처럼 여겨졌다. 그녀는 무의식중에 앓는 소리를 냈다. 그리고 배에 참을 수 없는 무게를 느끼고, 그것에 짓눌려서 걸음을 멈추어 앉게 해 달라고 부탁했다.

해산달은 아니었다. 해산은 9월로 예정되어 있었다. 하지만 만일의 경우가 염려되어서 마차에 말을 매고 시몽 영감이 의사를 부르러 전속력으로 달려갔다. 의사는 자정쯤에 도착했다. 첫눈에 그는 조산의 징조임을 알아보았다.

잔은 침대에 눕자 고통은 좀 가라앉았으나 무서운 불안감이 그녀를 엄습했다. 전신의 기력이 상실되는 것 같은 절망감, 불길한 예감 같은 그 무엇, 죽음의 신비로운 접촉이 그녀를 속박했던 것이다. 죽음의 입김이 심장을 얼어붙게 할 정도로 그렇게 가까이 스치고 지나가는 순간이었다.

방안은 사람들로 가득 차 있었다. 어머니는 안락의자에 주저앉아서 숨을 헐떡이고 있었다. 남작은 손을 부들부들 떨면서 여기저기 뛰어다니며 물건을 가져오기도 하고, 의사와 상의를 하는 등 정신을 못 차리고 있었다. 줄리앙은 방안을 왔다갔다 거닐면서 겉으로는 초조한 얼굴이었으나 마음은 냉정했다.

그리고 당뛰 과부는 이런 상황에 어울리는 얼굴을 하고 침대 발치에 서 있었다. 그것은 어떠한 것에도 놀라지 않는 경험 많은 여자의 얼굴이었다. 간호인에다 산파이고 그리고 죽은 사람을 위해 밤을 새우는 여자로서, 태어나는 아이를 받고 그들의 첫 울음소리를 거두어들이고, 그들의 새살을 더운물로 씻기고, 새 천으로 감싸 준다. 또한 평온한 태도로 세상을 떠나는 사람의 마지막 말, 마지막 신음, 마지막 전율을 듣고, 그들의 마지막 화장을 해주고, 그들의 낡은 육체를 식초로 닦고, 수의(壽衣)로 싸는, 이 여자는 출생에서 죽음까지 일어나는 모든 사고에서 요지부동의 무관심을 스스로 만들어 내고 있었다. 부엌 하녀 뤼디빈과 리종 이모는 현관문 뒤에 조용히 숨어 있었다.

환자는 때때로 가냘픈 한숨을 내쉬었다. 두 시간쯤 걸릴 것 같았던 해산은 오래 기다려야 할 듯이 생각되었다. 그러나 새벽 무렵에 진통이 갑자기 맹렬하게 다시 시작되어 이내 견딜 수 없게 되었다.

잔은 악문 이빨 사이로 저도 모르게 비명을 내질렀다. 그리고 조금도 괴로워하지 않았고 거의 신음 소리조차 내지 않았던 로잘리를 생각했다. 그 아이는, 그 사생아는 고통 없이 세상에 태어났던 것이다.

비참하고 혼란스런 마음속에서 그녀는 로잘리와 자신을 끊임없이 비교하고 있었다. 그리고 지금까지 옳다고 믿고 있었던 선(善)을 저주하였으며, 운명의 부당한 편애와 정의와 선(善)에 대해 설교하는 사람들의 죄 많은 허위에 대해 분노를 느꼈다.

이따금 진통은 모든 상념을 그녀의 마음속에서 소멸시킬 정도로 그렇게 격렬해지기도 했다. 그녀는 이제 힘도 생명도 의식도 없고 오직 고통만이 남아 있었다.

고통이 가라앉는 순간 그녀는 줄리앙에게서 시선을 뗄 수가 없었다. 그리고 또다른 고통이, 정신의 번뇌가, 하녀의 다리 사이에 아기를—지금 이렇게 무자비하게 자기 배를 쥐어뜯고 있는 작은 생명의 형제를—끼고 이 똑같은 침대의 발치에 쓰러져 있던 로잘리의 그 출산을 회상시켜 줌으로써 그녀를 괴롭히는 것이었다. 그녀는 그림자 하나 없는 맑은 기억으로, 그 누워 있는 계집아이 앞에서 하던 남편의 행동, 시선, 말들을 다시 생각해 냈다.

지금 그녀는 그의 마음속을 읽을 수 있었다. 그의 생각이 그의 동작에 씌어 있기 때문이다. 그녀는 또다른 여자에 대해서 똑같은 혐오와 똑같은 무관심을 나타냈던, 아버지가 된다는 것을 성가시게 여기고 있는 이 기적인 남자의 그 똑같은 냉담함을 느낄 수 있었다.

그러나 무서운 진통이 다시 그녀를 사로잡았다. '이젠 죽는구나. 죽어!' 하고 생각될 만큼 그렇게 격렬한 진통이었다. 그러자 그녀는 분노에 찬 반항과 저주하고 싶은 욕구가 머리에 가득 찼다. 자신을 파멸시킨 이 남자와 자신을 죽이려는 이 미지의 어린애에 대해 냉혹한 증오감이 일었다. 그녀는 자기 몸 안에서 이 짐을 내던져 버리기 위해 있는 최대의 힘을 다해 몸을 쭉 뻗었다. 갑자기 자기의 배가 텅 비어 버리는 것 같더니 진통이 가라앉았다.

간호인과 의사는 그녀 위로 몸을 구부리고 그녀의 몸을 다루었다. 그들은 무엇인가를 들어올렸다. 그리고 얼마 있다가 이미 들어 보았던 그 자지러지는 소리가 그녀를 전율케 만들었다. 그러고 나서 그 고통스러운 작은 소리, 갓난아기의 고양이 울음소리같이 가냘픈 소리가 그녀의 영혼 속으로, 마음속으로, 아주 지쳐 버린 그 가련한 육체 속으로 스며들었다. 그녀는 무의식적으로 두 팔을 내밀려고 했다.

그것은 그녀의 마음속을 꿰뚫는 환희였다. 막 피어나려는 새로운 행복을 향한 도약이었다. 그녀는 잠시 해방되고 마음이 가라앉는 듯했으며 행복함마저 느꼈다. 그녀가 지금까지 한 번도 느껴 보지 못했던 행복이었다. 그녀의 마음과 몸은 다시 생기를 되찾았다. 그녀는 자신이 어머니가 된 것을 느꼈던 것이다! 그녀는 자기 아이를 보고 싶었다! 너무 일찍 나왔기 때문에 머리칼도 없었고 손톱도 없었다.

그러나 이 발육이 부진한 아이가 움직이는 것을 보았을 때, 입을 벌리고 가냘픈 울음소리를 내는 것을 보았을 때, 주름진 얼굴을 찡그리는, 살아 있는 이 조산아(早産兒)를 만져 보았을 때 그녀는 말할 수 없는 환희에 잠겼다. 그녀는 모든 절망으로부터 구원되고 보호되었으며, 이제는 다른 모든 것에 대해서는 무관심할 만큼 사랑하는 것을 손안에 쥐고 있다는 것을 깨달았다.

그때부터 그녀는 오직 한 가지 생각뿐이었다. 그것은 자신의 아이에 대한 것이었다. 그녀는 갑자기 열광적인 어머니가 되었다. 사랑에 환멸을 느끼고 희망에 배신을 당해 있었던 만큼 더욱더 열광적이 되었던 것이다. 그녀는 항상 침대 곁에 요람을 놓게 했고, 자리에서 일어날 수 있게 되자 온종일 창가에 앉아 요람을 흔들며 지냈다.

그녀는 유모를 질투하기까지 했다. 젖에 굶주린 이 작은 생명체가 파란 핏줄이 내비치는 풍만한 젖가슴으로 팔을 뻗쳐 거무스름하고 주름진 젖꼭지를 게걸스러운 입술로 물 때 그녀는 창백해지고 몸을 떨면서 이 튼튼하고 조용한 시골 여자를, 그녀에게서 자기 아들을 빼앗아 탐욕스럽게 물리고 있는 그 가슴을 때리고 손톱으로 쥐어뜯고 싶은 욕망 때문에 노려보았다.

그리고 그녀는 아기를 아름답게 꾸미고 곱게 치장을 해주기 위해서 여러 가지 솜씨를 발휘하여 좋은 헝겊으로 자신이 손수 수를 놓고 싶었다. 아기는 레이스가 달린 옷으로 둘러싸이고 화려한 모자를 썼으며 그녀는 오직 이런 것에 대해서밖에는 이야기하지 않았다. 배내옷이라든지 턱받이 혹은 훌륭하게 공들여 다듬은 어떤 리본 같은 것을 자랑하기 위해서 이야기를 중간에 가로막기도 했다. 주위에서 하는 말은 전혀 귀담아들으려고도 하지 않고, 헝겊 조각을 오랫동안 이리저리 돌려보고 더 잘 보기 위해서 손을 쳐들고, 또 돌려보고 하며 혼자 좋아하는 것이었다.

그러다가 갑자기 이렇게 묻는 것이었다.

"이것이 저 아기에게 잘 어울릴까요?"

남작과 어머니는 이 열광적인 애정에 미소를 지었다. 그러나 줄리앙은 빽빽 울어대고 절대적인 힘을 가진 이 폭군의 출현으로 자기의 지배력이 축소되고 그의 행동이 뒤죽박죽되어 버렸기 때문에, 집안에서 자기 자리를 빼앗으려는 이 조그마한 인간에 대해 무의식적으로 질투를 느끼면서 "저 녀석 때문에 정말 견딜 수가 없군!" 하고 참을성 없이 분개하며 쉴새없이 이 말을 중얼거리는 것이었다.

그녀는 마침내 자고 있는 어린것을 쳐다보고 있느라고 요람 곁에 앉아 매일 밤을 지샐 만큼 어린애에 대한 사랑에 집착되어 있었다. 이 정열적이고 병적인 응시로 인하여 그녀는 지쳐 버리고, 전혀 휴식도 취하지 못해 쇠약해지고, 마르고, 기침까지 하게 되었기 때문에 의사는 그녀를 아이에게서 떼어놓도록 명령했다.

그녀는 화를 내고 울면서 애원했다. 그러나 사람들은 그녀의 간청을 못 들은 체했다. 아이는 매일 저녁 유모의 곁에서 재웠다. 매일 밤 어머니는 일어나 맨발로 가서 열쇠 구멍에 귀를 갖다 대고 아이가 편안하게 잘 자고 있는가, 깨지는 않았는가, 필요한 것은 없는가를 엿듣는 것이었다.

한 번은 그러고 있는 것을 푸르빌르 가의 만찬에 초대받고 늦게 돌아온 줄리앙에게 들킨 적이 있었다. 그 후부터는 그녀를 침대에 누워 있도록 하기 위해서 억지로 그녀의 방에 열쇠를 채워 두었다.

세례식은 8월 말경에 거행되었다. 남작이 대부가 되고 리종 이모가 대모가 되었다. 아이는 피에르 시몽 폴이란 이름을 받았는데, 평소엔 폴이라고 불렀다.

9월 초순에 리종 이모가 소리 없이 떠나갔다. 그러나 그녀가 없다는 사실은 그녀가 있을 때와 마찬가지로 누구의 주의도 끌지 않았다.

어느 날 밤, 저녁 식사를 마치자 사제가 나타났다. 그는 마치 마음속에 어떤 비밀이라도 간직하고 있는 듯이 당황한 모습이었다. 몇 마디 쓸데없는 말을 늘어놓은 뒤, 그는 남작 부인과 남작에게 특별한 말씀을 드릴 시간을 잠시 내어 달라고 청했다.

그들 세 사람은 모두 느린 걸음으로 큰 가로수 길의 끝까지 활발하게 이야기를 나누면서 걸어갔다. 그러는 동안 줄리앙은 잔과 단둘이 남아서 그 비밀에 대해 궁금하며 이상하게 여기고, 불안해하며 신경질을 냈다. 그는 작별 인사를 하러 온 사제를 배웅하고 싶어했기 때문에 두 사람은 삼종 기도 시간을 알리는 종소리가 울리는 교회를 향해 함께 사라졌다.

날씨는 선선하고 거의 추울 정도였다. 다른 사람들은 잠시 후 거실로 돌아왔다. 모두들 어렴풋이 졸고 있을 때 줄리앙이 갑자기 벌게진 얼굴에 분개한 표정으로 돌아왔다. 문에서부터 잔이 거기에 있다는 것도 생각지 않고, 그는 장인 장모를 향해 소리를 질렀다.

"정말 도셨군요. 빌어먹을! 그 계집애에게 2만 프랑이나 내던지려고 하다니!"

아무도 대답하지 못할 만큼 놀라움은 컸다. 그는 격분해서 고함을 지르면서 말했다.

"그렇게 어리석은 줄은 몰랐습니다. 우리에게는 한푼도 남겨 주지 않겠다는 거로군요!"

그러자 침착을 되찾은 남작이 그를 제지하려고 애썼다.

"조용히! 자네는 아내 앞에서 말하고 있다는 것을 생각하게."

그러나 그는 미칠 듯이 화가 나서 발을 동동 굴렀다.

"아무러면 어떻습니까? 게다가 이 사람도 사정을 잘 알고 있겠지요. 결국 이 사람에게 침해가 되는 약탈 행위니까요."

잔은 깜짝 놀라서 영문을 몰라 쳐다보면서 더듬거리며 말했다.

"대체 무슨 일이 있는 거예요?"

그러자 줄리앙은 그녀에게로 몸을 돌리고, 희망을 갖고 있던 이득을 다 같이 빼앗긴 회원이라도 되는 것처럼, 그녀를 증인으로 끌어들였다. 그는 퉁명스럽게 로잘리를 결혼시키려는 음모와, 적어도 2만 프랑은 나가는 바르빌르의 땅을 주는 것에 대한 이야기를 그녀에게 들려주었다. 그는 되풀이해서 말했다.

"어쨌든 당신 부모님은 머리가 좀 어떻게 된 거야, 여보. 미쳐도 단단히 미쳤어! 2만 프랑이라니! 2만 프랑! 어쨌든 머리가 돌았어! 사생아에게 2만 프랑이라니!"

잔은 아무런 감정도 분노도 느끼지 않으면서 가만히 듣고 있었다. 그녀는 자신의 침착함에 놀라고 있었다. 이제는 자기 아이의 일이 아닌 다른 모든 것에는 무관심해진 것이었다.

남작은 어이가 없어서 대답할 아무런 말도 찾지 못했다. 그러다가 마침내 분노를 터뜨리고 발을 구르면서 소리질렀다.

"자네가 지금 무슨 말을 하고 있는지 생각해 보게. 듣자 하니 차마 볼 수가 없군. 그 미혼모에게 지참금을 주지 않을 수 없게 만든 것이 누구 탓인가? 그애는 누구의 애인가? 이제는 버리겠다는 건가!"

줄리앙은 남작의 과격한 태도에 놀라서 그를 멍하니 바라보았다. 그는 다소 침착해진 어조로 다시 말했다.

"하지만 1500프랑이면 충분하지 않겠습니까? 그런 계집애들은 모두 결혼하기 전에 아이들이 있어요. 그러니 그 아이가 누구의 아이든 상관이 없는 겁니다. 2만 프랑의 값어치가 나가는 농장을 주면, 우리가 받는 손해는 그만두고라도, 사람들에게 무슨 일이 있었구나 하는 것을 알려 주는 꼴이 된다는 말입니다. 적어도 우리의 가문과 입장은 생각해 주셨어야 했습니다."

줄리앙은 자신의 권리와 억설의 논리에 대해 탁월한 사람처럼 준엄한 목소리로 말했다. 남작은 이 예기치 않은 논쟁에 당황해서 입을 크게 벌리고 그 앞에 서 있었다. 그러자 줄리앙은 자신의 우세함을 느끼고 결론을 내렸다.

"다행히도 아직 아무것도 이행된 것이 없습니다. 나는 그 여자 애와 결혼하겠다는 청년을 알고 있습니다. 정직한 녀석이지요. 그와 함께 상의하면 모든 것이 잘 해결될 겁니다. 이 일은 제가 맡겠습니다."

그리고 그는 곧바로 밖으로 나갔다. 아마 논쟁이 더 계속되는 것이 두려웠고, 모든 사람이 침묵하고 있는 것이 다행스러워서, 그는 그것을 동의로 간주했던 것이다. 그가 사라지자 남작은 하도 어이가 없어서 몸을 떨면서 소리질렀다.

"아! 이건 너무 심하군. 너무 심해!"

그러나 잔은 아버지의 당황해하는 얼굴을 쳐다보면서 갑자기 웃음을 터뜨렸다. 그것은 어떤 우스꽝스러운 것을 보았을 때 그러했던 예전의 그 맑은 웃음소리였다. 그녀는 이 말을 되풀이했다.

"아버지, 아버지, 그이가 '2만 프랑' 이라고 말할 때의 그 목소리를 들으셨지요?"

즐거움도 눈물만큼 빠른 어머니는 사위의 몹시 화가 난 얼굴과 격분해서 소리지르던 외침, 자기가 유혹한 여자 애에게 자기 것도 아닌 돈을 주겠다는 것을 맹렬하게 거절하는 것을 생각하고, 또한 잔의 기분이 좋은 것이 다행스러워서 눈에 눈물을 가득 머금은 채 온몸이 흔들릴 정도로 숨찬 웃음을 웃어댔다. 그러자 이번에는 남작이 전염되어 웃음을 터뜨렸다. 세 사람은 모두 행복했던 지난날처럼 배가 아플 정도로 즐겁게 웃어댔다.

그들이 약간 진정이 되었을 때, 잔은 이상스러웠다.

"이상한 일이에요. 이제는 아무것도 나의 주의를 끌지 않아요. 지금은 그이가 이방인처럼 보여요. 내가 그의 아내라는 것이 믿어지지 않아요. 보세요, 내가 그이의…… 그이의…… 야비한 짓을 이렇게 재미있어하지 않나요?"

이유도 잘 알지 못한 채 그들은 여전히 웃으면서 감동이 되어 서로 포옹하였다. 그러나 이틀 뒤 저녁 식사를 마치고 줄리앙이 말을 타고 나갔을 때, 스물두 살에서 스물다섯 살 가량의 키 큰 젊은이가 소맷부리에 단추를 단 풍성한 소매에 빳빳하게 주름이 선 파란 새 작업복을 입고, 마치 아침부터 거기에 숨어 있었던 것처럼 몰래 울타리를 넘어 쿠이야르네의 도랑을 따라 슬그머니 들어와 성관을 돌아서 수상한 걸음으로, 여전히 플라타너스 아래에 앉아 있는 남작과 두 부인 곁으로 다가왔다. 그는 그들을 보자 모자를 벗고 당황한 얼굴로 인사를 하면서 다가왔다. 말소리를 들을 수 있을 정도로 아주 가까이 오자 그는 재빨리 말했다.

"안녕하십니까? 남작님, 마님 그리고 아씨."

그러나 아무도 그에게 대꾸해 주지 않자 그는 "제가 바로 데지레 르코크입니다." 하고 자신을 알렸다.

그 이름을 듣고도 전혀 짐작이 가지 않아 남작이 물었다.

"무슨 일이오?"

그러자 젊은이는 자신의 상황을 설명해야 할 필요성 앞에서 완전히 당황했다. 손에 들고 있는 모자와 성관의 지붕 꼭대기를 연달아 내려다보았다 올려다보았다 하면서 더듬거리며 말했다.

"사제님께서 이 일에 관해서 두어 마디 언급을 하셨는데요……."

그리고 나서 너무 서둘러 말하다가 자신의 이해 관계가 불리해질까 두려워서 입을 다물었다. 남작은 여전히 이해가 가지 않아서 다시 말했다.

"어떤 일 말인가? 모르겠는데, 난."

그러자 상대방이 목소리를 낮추면서 결심한 듯 말했다.

"댁의 하녀…… 로잘리……에 관한 일입니다."

그제야 잔은 알아차리고 자리에서 일어나 아기를 팔에 안고 집안으로 사라졌다. 남작이 "가까이 오게." 하고 말하고 나서 방금 자기 딸이 떠난

의자를 가리켰다.

농부는 "아주 친절하시군요." 하고 중얼거리면서 얼른 자리에 앉았다. 그러고는 자기로서는 더는 아무 할말이 없는 것처럼 기다렸다. 오랫동안 침묵이 흐른 뒤 그는 마침내 결심했다. 그래서 눈을 들어 푸른 하늘을 쳐다보았다.

"계절로서는 좋은 날씨입니다. 벌써 씨를 다 뿌렸기 때문에 토지에는 유익하지 못합니다만."

그리고 그는 다시 입을 다물었다.

남작은 초조해했다. 그래서 퉁명스런 어조로 불쑥 질문을 던졌다.

"그래, 자네가 로잘리와 결혼하겠다는 것인가?"

그 사내는 노르망디 특유의 교활한 버릇대로 곧 당황하고 불안해했다. 그는 의심하는 태도로 더욱 강한 음성으로 곧바로 응수했다.

"경우에 따라서는 그럴 수도 있고 아닐 수도 있지요. 경우에 따라서 말입니다."

그러나 남작은 이 회피적 말투에 화가 났다.

"제기랄! 솔직하게 대답해 보게. 자네가 온 것은 그것 때문에 온 거 아닌가? 안 그래? 그애하고 살겠다는 거야, 안 살겠다는 거야?"

사내는 당황해서 발만 내려다보았다.

"사제님이 말씀하신 대로라면 그 여자와 살겠습니다. 그러나 줄리앙 씨의 말씀대로라면 그러지 않겠습니다."

"줄리앙 씨가 자네에게 뭐라고 했는가?"

"줄리앙 씨는 1500프랑을 받게 될 것이라고 말했습니다. 그리고 사제님은 2만 프랑이라고 하셨지요. 2만 프랑이라면 좋습니다만, 1500프랑이라면 그러고 싶지 않습니다."

그러자 안락의자에 깊숙이 파묻혀 있던 남작 부인이 시골뜨기의 불안해하는 태도를 보고 몸을 작게 흔들면서 웃어대기 시작했다. 농부는 왜 이렇게 즐거워하는지 알 수가 없어서 못마땅한 시선으로 부인을 힐끗 쳐다보며 상대방이 말하기를 기다렸다.

이런 흥정이 거북하게 느껴진 남작이 딱 잘라서 말했다.

"사제님에게 나는 자네가 살아 있는 동안은 자네 것이지만 나중에는 아이에게 돌아가는 것으로 바르빌르의 농장을 주겠다고 했었네. 그것은 2만 프랑의 가치가 있는 것일세. 난 일구이언은 하지 않네. 그럼 됐나? 할 텐가, 안 할 텐가?"

사내는 비굴하고 만족한 표정으로 미소를 짓고는 갑자기 웅변적인 말투로 말했다.

"아! 그렇다면 싫다고는 하지 않겠습니다. 제가 반대하는 것은 그 문제뿐이었습지요. 사제님이 말씀하셨을 때는 당장에 좋다고 했습니다. 아무렴요. 그리고 남작님이 약속을 이행해 주셔서 기쁩니다. 또 남작님께서 그렇게 해주실 것이라고 생각했었지요. 사람끼리 약속을 하면 나중에 다시 만나 그것을 확인해 봐야 하지 않나요? 그러나 줄리앙 씨는 저를 찾아와서 1500프랑밖에는 줄 수 없다는 것이었습니다. 그래서 저는 '진상을 더 알아봐야겠다.'고 생각한 것입니다. 그래서 온 것이지요. 이런 말씀을 드리기는 무엇합니다만, 저는 확신을 가지고 있었습니다. 그렇지만 알아보고 싶었던 겁니다. 돈 계산이 깨끗하면 친구 사이도 깨끗하다고 합니다만, 사실이 그렇지 않은가요?"

그는 여기서 말을 중단해야만 했다. 남작이 질문을 했기 때문이다.

"언제 결혼을 하겠는가?"

그러나 사내는 갑자기 수줍어하며 어쩔 줄 몰라했다. 결국 주저하며 이렇게 말했다.

"우선 간단한 증서를 작성하시는 게 어떠실는지요?"

이번에는 남작이 화를 냈다.

"에이, 빌어먹을! 결혼 계약서를 갖게 될 것이 아닌가. 그게 최고의 증서지."

그러나 농부는 고집을 부렸다.

"어쨌든 그때까지라도 간단한 종이 조각이라도 만들어 주십시오. 그것이 해로운 일은 아니지 않습니까?"

남작은 결말을 지으려고 일어섰다.

"대답하게. 할 텐가, 안 할 텐가, 당장. 자네가 원하지 않는다면 그렇다고 말하게. 다른 지망자가 또 있으니까."

그러자 경쟁자에 대한 두려움이 이 교활한 노르망디 사람을 당황하게 만들었다. 그는 결단을 내리고 암소의 거래를 끝낸 뒤에 하는 것처럼 손을 내밀었다.

"좋습니다. 그렇게 하기로 하겠습니다, 남작님. 끝났습니다. 절대로 취소하지 않겠습니다."

남작은 승낙했다. 그런 다음 "뤼디빈!" 하고 소리쳤다. 부엌 하녀가 창문으로 머리를 들이밀었다.

"포도주 한 병 가져오게."

일이 결말 난 것을 축하하기 위해 그들은 축배를 들었다. 그리고 젊은 이는 올 때보다 더 가벼운 발걸음으로 나갔다.

줄리앙에게는 이 방문에 대해 아무 말도 하지 않았다. 계약서는 비밀리에 작성되었다. 그러고 나서 일단 결혼 공시(公示)가 있은 뒤 어느 월요일 아침에 결혼식은 거행되었다.

이웃 여자가 신랑 신부의 뒤에서 어린애를 안고 교회로 갔다. 마치 확실한 행운의 약속이라도 되는 것처럼. 아무도 그 지방에서는 놀라는 사람이 없었다. 모두들 데지레 르코크를 부러워하였다. 사람들은 심술궂은 미소를 지으면서 그가 행운을 타고났다고 말했지만, 그 말에는 조금도 분개하는 빛이 없었다.

줄리앙은 무섭게 화를 냈으며, 그 일로 해서 장인 장모가 레푀플에 머무는 기간이 단축되었다. 잔은 그다지 깊은 슬픔을 느끼지 않고 부모님이 다시 떠나가는 것을 전송하였다. 그녀에게는 폴만이 마르지 않는 영원한 행복의 샘이 되었던 것이다.

9

잔이 해산하고 나서 몸이 완전히 회복되었기 때문에 그들은 푸르빌르 가로 답례 방문을 하기로 하고, 또 쿠틀리에 후작 댁도 방문하기로 결정 했다. 줄리앙은 경매에서 새 마차를 한 대 샀다. 포장이 없는 경쾌한 사 륜마차로, 말이 한 필만 필요하기 때문에 한 달에 두 번은 외출할 수 있 었다.

12월의 어느 맑은 날, 그 마차에 말을 매고 노르망디의 평야를 가로질 러 두 시간이나 길을 달린 후에, 산허리에는 나무가 우거지고 바닥은 농 토로 된 작은 골짜기를 내려가기 시작했다.

씨를 뿌린 대지들은 얼마 안 가서 초원으로 바뀌었고, 초원은 이 계절 에 키 크고 마른 갈대로 가득한 늪으로 변하였다. 갈대의 기다란 잎은 노 란 리본처럼 바람에 살랑거리고 있었다.

길이 갑자기 계곡을 급히 돌아가자, 라브리에트 성관이 모습을 나타냈다. 한쪽은 나무가 많은 비탈길에 등을 기대고 있고, 다른 쪽은 커다란 못(池) 속에 성벽을 온통 담그고 있었다. 그 못은 계곡의 다른 비탈을 덮고 있는 정면의 키 큰 전나무 숲에서 끝나고 있었다.

안뜰로 들어가려면 아주 오래된 도개교(跳開橋)를 건너서 루이 13세식의 넓은 정면 현관을 지나야 했다. 그 안으로 들어가면 정면에 슬레이트 지붕의 작은 탑이 있고, 벽돌로 문틀을 한 동시대의 우아한 저택이 있다.

줄리앙은 그 건물의 밑바닥까지 잘 알고 있는 단골 손님이기라도 한 듯이 잔에게 건물의 부분 부분을 설명해 주었다. 그는 이렇게 하는 것을 명예롭게 여기며 그 저택의 아름다움에 황홀해서 넋을 잃을 지경이었다.

"저 정면 현관을 보구려! 저렇게 저택이 웅장할 수 있을까! 건물의 모든 후면 현관은 못을 향해 나 있고, 그 못이 있는 데까지 내려가는 홀륭한 계단이 있어. 계단 밑에는 배 네 척이 정박하고 있는데, 두 척은 백작의 것이고 두 척은 백작 부인의 것이지. 저기 오른쪽에 포플러 장막 보이지? 거기가 이 못의 끝이고 거기에서 페캉까지 흘러가는 강이 시작되는 거야. 이 근방에는 물새가 많지. 백작은 거기에서 사냥하는 것을 몹시 좋아해. 이런 것이 진짜 홀륭한 귀족의 저택이란 말이지."

입구의 문은 열려 있었다. 얼굴빛이 창백한 백작 부인이 나타나 미소를 머금고 방문객을 맞이하러 나왔다. 그녀는 옛날 성주의 부인처럼 옷자락이 끌리는 옷을 입고 있었다. 그녀는 이 백작의 저택을 위해 태어난 아름다운 호수의 미인처럼 보였다.

객실에는 여덟 개의 문이 있었는데, 그중의 네 개는 못과 바로 맞은편 비탈로 올라간 어두운 소나무 숲을 바라보게 열려 있었다. 어두운 색조를 띤 녹색은 못을 깊게, 장엄하게 그리고 음산하게 보이게 했다. 그리고 바람이 불 때면 나무들의 신음 소리가 마치 늪의 소리와도 같이 들렸다.

백작 부인은 마치 어린 시절의 친구라도 되는 듯 잔의 두 손을 잡아 앉히고, 자신은 그 옆에 있는 나지막한 의자에 앉았다. 한편 5개월 전부터 소홀히 하고 있던 모든 우아함이 되살아난 줄리앙은 부드럽고 다정한 태도로 이야기하고 미소를 지었다.

백작 부인과 줄리앙은 그들의 승마 산책에 대해 이야기를 나누었다. 그녀는 줄리앙이 말에 오르는 방식이 좀 이상하다고 하며 그를 '비틀거리는 기사'라고 부르자, 그도 역시 웃으면서 그녀에게 '용감한 여왕'이라는 별명을 붙여 주었다. 창문 아래에서 총소리가 한 방 나자 잔은 조그맣게 비명을 질렀다. 그것은 백작이 조그만 오리를 쏘아 죽이는 소리였다.

그의 부인이 곧 그를 불렀다. 노 젓는 소리, 돌에 배가 부딪히는 소리가 들리고 장화 신은 거대한 백작의 모습이 나타났다. 물에 젖은 두 마리의 개를 데리고 왔는데, 개도 주인처럼 상기해 있었다. 개들은 문 앞 양탄자 위에 비스듬히 누웠다.

백작은 자기 집이어서인지 전보다 훨씬 편하게 보였고, 손님들을 보자 몹시 반가워하였다. 그는 난로에 장작을 지피게 하고, 마디라산(産) 포도주와 비스킷을 가져오게 했다. 그러고는 큰 소리로 말했다.

"물론 저희들과 함께 저녁 식사를 하고 가시는 거죠? 그렇게 알겠습니다."

잔은 어린애에 대한 생각이 잠시도 떠나지 않아서 사양했다. 백작은 그래도 간청을 했다. 잔이 끝끝내 응하려고 들지 않자 줄리앙은 갑자기 눈에 띄게 초조한 빛을 보였다. 그러자 잔은 남편의 냉혹하고 싸우기 좋아하는 기분을 건드릴까 두려워서, 내일까지 폴을 보지 못한다는 생각을 하면 괴로웠지만 승낙을 하고 말았다.

오후는 즐거웠다. 먼저 샘터를 보러 갔다. 샘은 끓어오르는 물처럼 언제나 움직이는 맑은 수반(水盤) 안의 이끼 낀 바위 밑에서 솟아오르고 있었다. 그런 다음에는 배를 타고 시든 갈대 사이로 난 유일한 길을 가로질러 한바퀴 돌았다. 백작은 코를 바람 부는 방향으로 쳐들고 냄새를 맡고 있는 두 마리의 개 사이에 앉아 노를 저었다. 그가 노를 저을 때마다 큰 배가 들썩거리면서 앞으로 나아갔다.

잔은 이따금 차가운 물 속에 손을 담그고 손가락에서부터 가슴까지 스며드는 얼음같이 찬 냉기를 즐기고 있었다. 배의 뒷부분에서는 줄리앙과 숄로 몸을 감싼 백작 부인이 더할 나위 없이 행복한 사람이 짓는 그런 미소를 끊임없이 짓고 있었다.

마른 갈대 속으로 불어오는 북풍, 얼음같이 차가운 전율과 함께 저녁이 찾아왔다. 태양은 전나무 뒤로 잠기고 있었다. 그리고 새빨갛고 기이한 작은 구름으로 가득한 붉은 하늘은 바라보기만 해도 소름이 끼쳤다.

거대한 불길이 타고 있는 널따란 객실로 돌아왔다. 열기와 즐거운 느낌이 문에서부터 사람들을 유쾌하게 했다. 그러자 백작은 기분이 좋아져서 역사(力士)와 같은 두 팔로 아내를 껴안고, 어린애처럼 자기 입이 있는 데까지 쳐들어 올리고는 그녀의 뺨에 만족을 느끼는 선량한 남자의 힘찬 키스를 두 번 퍼부었다.

잔은 미소를 머금고, 그의 수염만 보아도 식인귀(食人鬼)라고 말할 것 같은, 그 사람 좋은 거인을 바라보았다. 그리고 그녀는 생각했다. '매일같이 사람들은 모든 사람들을 오해하고 있구나.' 그리고 거의 무의식적으로 줄리앙에게로 시선을 옮기자, 그녀는 문턱에서 무서울 정도로 창백해져서 백작을 뚫어지게 노려보며 서 있는 그를 보았다. 불안해진 그녀가 남편 곁으로 다가가 낮은 소리로 물었다.

"어디 아프세요? 무슨 일이에요?"

그는 화가 난 어조로 대답했다.

"아무것도 아냐. 그냥 내버려둬. 추워서 그래."

모두들 식당으로 들어가자, 백작은 개들도 데리고 들어가도 좋냐고 허락을 구했다. 개들은 곧 들어와서 주인의 좌우에 앉았다. 주인은 개들에게 쉴새없이 먹을 것을 주면서 비단같이 부드러운 기다란 귀를 쓰다듬어 주었다. 개들은 머리를 내밀고 꼬리를 흔들었으며 만족한 듯이 가볍게 몸을 흔들었다.

저녁 식사가 끝난 뒤, 잔과 줄리앙이 떠날 준비를 하자, 백작은 횃불을 켜고 고기 잡는 것을 보여 주겠다고 그들을 다시 붙들었다. 그러고는 두 사람을 백작 부인과 함께 못으로 내려가는 계단에 세워 놓고, 자기는 투망과 활활 타는 횃불을 든 하인과 함께 배에 올랐다. 밤 날씨는 맑았고, 황금을 뿌려 놓은 것 같은 하늘 아래는 냉기가 살을 찌르는 듯했다.

햇불은 이상스럽게 움직이는 불의 긴 꼬리를 수면 위에 어른거리게 하고, 갈대 위로 춤추는 듯이 어렴풋한 빛을 던졌으며, 전나무 숲을 환하게 비추었다. 갑자기 배가 한바퀴 돌자 거대하고 괴상한 그림자가, 어떤 사람의 그림자가 밝게 비친 숲의 기슭에 우뚝 솟아올랐다. 머리는 나무들을 넘어서 어두운 하늘 속으로 자취를 감추었고, 발은 못 속에 잠겨 있었다. 터무니없이 큰 그 존재는 마치 별을 잡으려는 것처럼 두 팔을 쳐들었다. 갑자기 그것은, 그 거대한 팔은 위로 뻗쳐 있다가 다시 축 처졌다. 그러고는 곧 찰싹거리는 작은 물소리가 들려 왔다.

그때 배가 다시 조용히 방향을 돌리자, 그 불가사의한 환영은 도는 순간 햇불이 내비친 숲을 따라 달려가는 것 같았다. 그러다가 그것은 보이지 않는 수평선 속으로 사라져 버렸다. 그러고는 갑자기 전번보다는 좀 작은 그러나 더 선명하게 이상한 몸짓을 하면서 성관의 현관 위에 다시 나타났다. 그리고 백작의 굵은 목소리가 들렸다.

"질베르트, 여덟 마리 잡았어!"

노(櫓)가 물결을 때렸다. 거대한 그림자가 이번에는 성벽 위에 움직이지 않고 가만히 서 있었으나 키도 몸집도 줄어들었고, 머리는 밑으로 내려가고 몸집은 작아지는 것 같았다. 드 푸르빌르 씨가 여전히 햇불을 들고 있는 하인을 데리고 돌층계로 다시 올라왔을 때, 그 그림자는 백작의 몸집만큼 줄어들고 또한 그의 행동을 일일이 그대로 흉내내고 있었다. 백작의 그물 속에는 펄떡펄떡 뛰는 여덟 마리의 통통한 물고기가 들어 있었다.

잔과 줄리앙이 그들이 빌려 준 망토와 담요로 몸을 완전히 감싸고 집을 향해서 마차를 달리고 있을 때, 잔은 무심코 말했다.

"그 거인은 정말 선량한 분이에요!"

그러자 마차를 몰고 있던 줄리앙이 대뜸 대답했다.

"그렇기는 해. 하지만 남 앞에서 지나친 행동을 한단 말이야."

일주일 후에는 이 지방의 제일가는 귀족 집안이라고 알려져 있는 쿠틀리에 가를 방문했다. 레미닐의 영지(領地)는 카니의 큰 부락과 인접해 있었다. 루이 14세 때 지어진 이 새 성관은 벽으로 둘러싸인 훌륭한 정원 안에 가려져 있었다. 언덕 위에는 옛 성(城)의 폐허가 보였다. 제복을 입은 하인들이 장엄한 방안으로 방문객들을 안내했다. 방의 한가운데에는 일종의 원주(圓柱)가 세브르산(産)의 거대한 술잔을 받치고 있고, 받침돌에는 군주로부터의 이 선물을 레오폴 에르베 조제프 게르메 드 바르느빌르 드 롤르보스크 드 쿠틀리에 후작에게 준다는 국왕의 친필 편지가 수정판 속에 들어 있었다.

잔과 줄리앙이 이 국왕의 선물을 보고 있을 때 후작 부부가 들어왔다. 부인은 얼굴에 분을 바르고, 억지로 친절한 체하면서 공손하게 보이려는 욕심으로 일부러 꾸민 듯한 부자연스러운 태도를 취하였다. 주인은 흰머리를 똑바로 빗어 올린 뚱뚱한 남자였는데, 그의 몸짓이나 음성, 태도 모두에서 자신의 신분을 말하는 오만한 모습이 드러나 보였다.

이 사람들은 정신이나 감정, 언어에 있어서 언제나 죽마(竹馬)를 타고 있는 것같이, 에티켓만 찾는 그런 사람들이었다. 그들은 상대방의 대답도 기다리지 않고 자기들만 이야기하고 무관심한 태도로 미소 지었으며, 부근의 소귀족들을 언제나 공손하게 접대한다는, 자기들 훌륭한 가문에 부여된 임무를 수행하고 있는 것처럼 보였다.

잔과 줄리앙은 이런 부자연스런 분위기에서 어찌할 바를 몰라 환심을 사려고 노력도 해보았으나 더 머물러 있기도 거북하고 그렇다고 물러가는 것도 어색했다. 그런데 후작 부인 자신이, 마치 작별 인사를 하는 예의바른 여왕처럼 적당한 곳에서 이야기를 중단함으로써 방문은 자연스럽고도 간단하게 끝이 났다. 돌아오는 길에 줄리앙이 말했다.

"어떻소? 당신만 괜찮다면 방문은 이 정도에서 끝내기로 합시다. 나는 푸르빌르 가로 충분해."

잔도 그의 의견에 동감이었다.

일년의 마지막인 어두운 동굴 같은 이 침침한 달, 12월이 느리게 흘러갔다. 지난해와 마찬가지로 폐쇄된 생활이 다시 시작되었다. 그러나 잔은 언제나 폴에게 정신이 팔려서 조금도 지루하지 않았다. 줄리앙은 불안스럽고 불쾌한 시선으로 폴을 곁눈질하였다.

가끔 어머니가 아기를 품에 안고 여자들이 자식에 대해 갖는 그런 열정적인 애정으로 애무를 할 때면, 그녀는 아기를 아버지에게 내밀면서 이렇게 말하는 것이었다.

"아기에게 입 좀 맞추어 주세요. 당신은 아기를 좋아하지 않는 것 같군요."

그러면 줄리앙은 주먹을 쥐고 흔들고 있는 그 작은 손에 닿지 않도록 하려고 자기의 온몸을 숙이면서, 어린애의 매끈한 이마에 내키지 않는 듯 입술 끝을 가볍게 대는 것이었다. 그리고 나서는 마치 어떤 혐오감이 그를 내모는 것처럼 급히 나가 버리곤 했다.

촌장과 의사와 사제는 이따금 와서 저녁 식사를 했다. 때로는 푸르빌르 부부와도 했는데, 그들과는 점점 더 친밀한 교제가 이루어졌다.

백작은 폴을 몹시 귀여워하는 듯했다. 그는 방문해 와 있는 동안 줄곧 폴을 무릎 위에 올려놓기도 하고, 오후 내내 안고 있을 때도 있었다. 그는 거인같이 커다란 손으로 섬세하게 아이를 다루었으며 그의 긴 수염 끝으로 아이의 코끝을 간질이고, 어머니처럼 아이가 너무 귀여워 못 견디겠다는 듯이 키스를 하는 것이었다. 그는 아이가 없는 메마른 결혼 생활에 줄곧 고통을 느끼고 있었던 것이다.

3월은 청명하고 건조했으며 거의 온화한 날씨였다. 질베르트 백작 부인은 넷이서 함께 승마 산책을 하는 것에 관해 다시 이야기를 꺼냈다. 긴 저녁과 긴 밤, 늘 비슷하고 단조로운 긴 하루하루에 싫증이 난 잔은 이 계획에 몹시 기뻐하면서 동의하였다. 일주일 동안 그녀는 승마복을 만드는 것으로 시간을 보내며 기뻐했다.

그러고 나서 그들 네 사람은 승마 산책을 시작하였다. 그들은 언제나 둘씩 둘씩 나란히 서서 달렸다. 백작 부인과 줄리앙이 앞서서 가고 백작과 잔은 백 보쯤 떨어진 뒤에서 달렸다. 뒤의 두 사람은 마치 다정한 친구처럼 조용하게 이야기를 나누었다. 그들은 건전한 정신과 순박한 마음의 접촉으로 친구가 되었던 것이다. 앞서가는 두 사람은 자주 낮은 소리로 이야기를 했고 이따금 격렬한 웃음을 터뜨렸으며, 갑자기 입으로 말하지 못하는 것을 눈으로 말하는 것처럼 서로를 쳐다보곤 하였다. 그리고 그들은 더 멀리, 아주 멀리 가고 싶은 욕망, 도망가고 싶은 욕망에 끌리듯이 갑자기 전속력으로 달리는 것이었다.

그런 다음에 질베르트는 흥분한 듯이 보였다. 그녀의 발랄한 목소리는 미풍에 실려 이따금 뒤에 처진 두 사람에게까지 들려 왔다. 그러자 백작은 미소를 지으면서 잔에게 말했다.

"내 아내는 매일 기분이 좋지 않답니다."

어느 날 저녁 네 사람이 집으로 돌아오는 길에 백작 부인은 자기의 암말을 부추기며 박차를 가하였고, 그러다가 갑자기 고삐를 잡아당기곤 하였다. 그러자 줄리앙이 몇 번이나 그녀에게 이렇게 말하는 소리가 들려 왔다.

"조심하십시오. 조심하시래도요. 그러다가는 말이 당신을 몰고 갈 겁니다."

그녀가 즉각 대꾸를 했다.

"할 수 없지요. 당신이 상관할 일이 아니에요."

그 또렷한 말은 마치 공중에 걸려 있는 것처럼 들판에 울릴 정도로 그렇게 분명하고 모진 음성이었다. 말은 뒷발로 서서 땅을 걷어차고 거품을 내뿜었다. 갑자기 불안해진 백작이 크게 소리를 질렀다.

"조심해요, 질베르트!"

그러자 마치 도전이나 하려는 것처럼 그 어느 것으로도 제지시킬 수 없는 여자의 신경질적인 발작으로, 말의 두 귀 사이를 난폭하게 채찍으로 후려갈겼다. 미친 듯이 날뛰며 일어선 말은 앞다리로 허공을 허우적거리다가 다시 다리를 땅에 붙이자 무서운 기세로 있는 힘을 다해 들판을 달려갔다.

말은 우선 초원을 뛰어넘고 그 다음에는 경작지를 가로질러 달려갔으며, 비옥하고 습한 땅에 먼지를 일으키며 말과 사람을 분간할 수 없을 정도로 그렇게 빨리 달려갔다.

줄리앙은 아연실색해서 그 자리에 선 채 "부인, 부인!" 하고 절망적으로 불러 댔다. 그러나 백작은 짐승의 비명 같은 소리를 내더니, 타고 있던 육중한 말의 목덜미에 허리를 구부리고 자기의 온몸으로 말을 밀어 앞으로 내몰았다. 그러한 자세로 말을 달리게 하면서 목소리와 몸짓과 박차로 말을 자극시키고 잡아끌고 미친 듯이 내몰았으며, 이 거대한 기수는 자기의 넓적다리에 그 묵직한 말을 끼고 날아오를 듯이 말을 들어 올렸다. 그들은 앞으로 곧장 달려들면서 어마어마한 속력으로 달려갔다.

잔은 저 멀리 아내와 남편의 두 그림자가 마치 두 마리의 새가 서로 쫓고 쫓기고 하면서 지평선 너머로 사라지는 것처럼 달아나면서 멀어지고, 작아지고, 눈에 보이지 않게 사라지는 것을 보았다. 그러자 줄리앙이 여전히 똑같은 걸음으로 다가와서는 화가 난 표정으로 중얼거렸다.

"오늘은 저 부인 머리가 돈 것 같군."

두 사람 모두, 이제는 들판의 물결 속으로 파묻혀 버린 두 친구들 뒤를 따라 달렸다. 십오 분쯤 지나서 그들은 백작 부부가 돌아오는 것을 보았다. 얼마 안 있어 그들은 서로 합류했다.

백작은 얼굴이 빨갛게 달아올라 땀을 흘렸으며 웃으면서 만족스러워하고 의기양양해서 자신의 당해 낼 수 없는 완력으로, 떨고 있는 아내의 말을 잡고 있었다. 부인은 고통에 가득 찬 경련이 이는 얼굴로 창백해 있었다. 그녀는 당장이라도 정신을 잃기라도 할 것처럼 남편의 어깨에 한 손을 짚고 몸을 지탱하고 있었다.

잔은 그날 백작이 미칠 듯이 아내를 사랑하고 있다는 것을 알았다. 그러고 나서 백작 부인은 그 후 한 달 동안 예전에 보지 못했을 만큼 명랑해 보였다. 그녀는 전보다 더 자주 레푀플로 와서 쉴새없이 웃었고, 격정적인 애정으로 잔을 포옹하곤 했다. 마치 신비로운 황홀감이 그녀의 생활에 내려온 것 같았다. 그녀의 남편도 역시 아주 행복해서 잠시도 아내에게서 눈길을 떼지 않고, 애정이 더 두터워진 듯 매순간마다 그녀의 손이나 옷을 만지려고 하였다.

어느 날 저녁 백작이 잔에게 말했다.

"우린 지금 행복에 잠겨 있답니다. 지금까지 질베르트가 이렇게 상냥해 본 적은 없었습니다. 이제는 기분이 언짢다든가 화를 낸다든가 하는 일이 전혀 없답니다. 나는 그녀가 나를 사랑하고 있다는 것을 느낍니다. 지금까지 나는 그것에 확신이 없었거든요."

줄리앙도 또한 변한 것 같았다. 전보다 쾌활해졌으며 짜증도 부리지 않았다. 마치 두 집안의 우정이 각 가정에 평화와 기쁨을 가져다준 듯이 보였다.

봄은 이상하게 빨리 찾아왔고 날씨는 따뜻했다. 온화한 아침부터 조용하고 훈훈한 저녁까지, 태양은 대지의 온 표면에 싹이 돋아나게 했다. 그것은 모든 싹들이 동시에 돋아나는 갑작스럽고 힘찬 탄생이었고, 세상이 다시 젊어지는 것을 믿게 하는 특권을 가진 해에 이따금 자연이 보여 주는 재생에 대한 열정의 하나이고, 억제할 수 없는 수액의 일시적인 충동이었다.

잔은 이 생명의 발효에 막연히 마음이 설레는 것을 느꼈다. 그녀는 풀 속에 있는 작은 꽃을 보아도 갑자기 나른함을 느낀다거나, 감미로운 우수에 잠긴다거나, 부드러운 공상에 잠겨 시간을 보내곤 하였다.

그러고는 첫사랑의 감동 어린 추억이 가슴에 스미는 것을 느꼈다. 그렇다고 줄리앙에 대한 사랑이 다시 그녀의 가슴속에 살아나는 것은 아니었다. 그것은 끝났다. 영원히 끝나 버린 것이다. 그러나 그녀의 온몸이 미풍의 애무를 받고 봄의 향기가 스며들어, 어떤 보이지 않는 부드러운 속삭임에 부추김을 받는 것처럼, 마음이 산란해지는 것이었다. 그녀는 혼자서 따뜻한 태양 아래 몸을 맡기고, 아무런 생각도 일깨우지 않는 막연하고 차분한 느낌과 환희가 온몸을 달리는 것을 즐겼다.

어느 날 아침 그녀가 이렇게 나른한 상태에 빠져 있을 때, 하나의 환영이 마음을 스치고 지나갔다. 그것은 에트르타 부근의 작은 숲 속에 있던, 검푸른 나뭇잎들의 한가운데로 햇빛이 내리비치던 그 동굴의 재빠른 환영이었다. 거기서 처음으로 그녀는 그때 자신을 사랑하고 있던 그 젊은 남자 곁에서 자기 몸이 떨리는 것을 느꼈던 것이다. 거기에서 처음으로 그는 자기 마음속에 있는 수줍은 욕망을 더듬거리며 말했었다. 그리고 또한 그녀가 갑자기 희망으로 빛나는 미래에 닿은 것처럼 생각되었던 것도 바로 거기서였다.

그녀는 그 숲을 다시 보고 싶었다. 그 장소에 다시 가 보는 것이, 자기 인생의 진행에 있어서 어떤 변화를 줄지도 모른다는, 일종의 감상적이고 미신적인 순례를 하고 싶었다.

줄리앙은 새벽부터 어디론가 나갔다. 그녀는 그가 어디로 갔는지 모른다. 그래서 그녀는 마르탱의 그 작은 흰말에 안장을 얹게 했는데, 요즘은 가끔 이 말을 타곤 했다. 그녀는 출발했다.

어느 곳에도 무엇 하나 움직이지 않고 풀 한 포기, 잎사귀 하나 움직이지 않는 그런 조용한 날이었다. 마치 바람이 죽어 버린 듯이, 모든 것은 시간이 멈출 때까지 꼼짝도 하지 않고 있는 듯이 보였다. 벌레들조차도 사라져 버린 것 같았다.

타오르는 지고(至高)의 정밀(靜謐)이 모르는 사이에 태양으로부터 황금빛 수증기가 되어 눈에 띄지 않게 내려오고 있었다. 잔은 행복하여 몸을 흔들면서 조랑말의 보통 걸음으로 말을 몰고 갔다. 가끔 그녀는 눈을 들어 하얀 뭉게구름을 올려다보았다. 푸른 하늘 한가운데 홀로 높이 잊혀진 듯이 떠 있는 수증기의 뭉치, 한줌의 솜뭉치 같은 구름이었다.

그녀는 에트르타의 문이라고 부르는 절벽의 그 커다란 아치 사이의 바다로 빠지는 계곡으로 내려갔다. 그리고 아주 가만히 숲에 이르렀다. 아직 가녀린 푸른 잎사귀들 사이로 햇살이 비 오듯 내리비치고 있었다. 그녀는 그 장소를 찾아내지 못하고 좁은 길을 헤매었다.

갑자기 기다랗게 난 길을 가로지르자, 그녀는 그 길의 맨 끄트머리에서 안장이 얹힌 두 마리의 말이 나무에 매어져 있는 것을 보았다. 그녀는 그 말들을 곧 알아보았다. 그것은 질베르트와 줄리앙의 말이었다. 고독이 그녀를 짓누르기 시작한 터라, 그녀는 이 예기치 않은 만남이 기뻤다. 그래서 그녀는 그쪽으로 빨리 말을 몰았다.

이런 긴 머무름에 익숙해진 듯 참을성 있게 기다리고 있는 두 마리의 말들이 있는 곳에 이르러 그녀는 그들을 불러 보았다. 아무런 대답도 없었다. 부인의 장갑 한 짝과 두 개의 채찍이 짓이겨진 잔디 위에 떨어져 있었다. 그러고 보니 그들이 여기에 앉아 있다가 말을 남겨 두고 멀리 간 것 같았다.

그녀는 두 사람이 무엇을 하고 있는지도 모르면서 설레는 마음으로 십오 분, 이십 분을 기다렸다. 그녀가 말에서 내려 나무줄기에 기대어 앉아 움직이지 않았기 때문에, 두 마리의 작은 새가 그녀를 보지 못하고 그녀의 아주 가까이에 있는 풀 속으로 내려왔다. 그중의 한 마리가 돌아다니면서 날개를 쳐들고 떨면서 다른 새의 주위를 깡충거리며 뛰었다. 그리고 머리를 까딱이고 쨕쨕거리더니 갑자기 그들은 교미를 하였다.

잔은 지금까지 이런 것을 모르고 있었던 사람처럼 깜짝 놀랐다. 그러고 나서 생각했다. '그래, 봄이지.' 그러자 어떤 딴생각이, 어떤 의혹이 그녀의 머리를 스쳤다. 그녀는 다시 그 장갑과 채찍과 버려져 있는 두 마리의 말을 쳐다보았다. 그리고 갑자기 도망치고 싶은 억제할 수 없는 충동에 사로잡혀 안장에 뛰어올랐다.

레푀플로 돌아오면서 그녀는 지금 질주하고 있었다. 그녀의 머리는 분주히 움직여 추리를 하고, 사실들을 연결시키고, 여러 가지 상황들을 접근시켰다. 왜 좀더 일찍 예측하지 못했을까? 왜 아무것도 알지 못했는가? 줄리앙이 집을 비우는 것과 예전의 멋을 다시 부리기 시작한 것과, 그리고 그의 기분이 좋아졌다는 것을 왜 알아채지 못했단 말인가? 그녀는 또한 질베르트의 신경질적인 짜증이라든지, 그녀의 지나친 교태, 그리고 얼마 전부터 백작이 다행이라고 말한 그녀가 갖고 있는 일종의 행복의 절정에 대해 생각해 보았다.

잔은 다시 말을 보통 걸음으로 몰기 시작했다. 신중하게 생각할 필요가 있었는데, 말의 빠른 속도가 그녀의 생각을 어지럽게 했기 때문이다. 처음의 흥분이 지나가자, 그녀의 마음은 다시 평온해지고, 질투심과 증오심도 느끼지 않았으나 경멸감이 치밀어 올랐다. 그녀는 거의 줄리앙에 대해서는 개의치 않았다. 그가 하는 짓은 아무것도 그녀를 놀라게 하지 못했다. 그러나 백작 부인의, 자기 친구의 이중의 배신은 그녀를 격분시켰다. 사람들은 모두 그렇게 믿을 수가 없고 거짓말쟁이이며 가식적이었다. 눈물이 그녀의 눈에 고였다. 사람은 때로 죽음과 같은 슬픔처럼 환멸의 비애에 눈물을 흘릴 때도 있다.

그녀는 아무것도 모른 체하기로, 예사로운 정(情)에는 자기 영혼을 닫아 버리기로, 오직 폴과 부모님만을 사랑하기로, 다른 사람들에 대해서는 그저 그런 얼굴로 대하며 참고 견디리라 결심하였다.

집에 돌아오자마자, 그녀는 아들에게 달려들어가서 자기 방으로 데리고 와서는 한 시간 동안이나 줄곧 정신없이 아이에게 키스를 퍼부었다.

줄리앙은 저녁 식사를 하러 돌아왔는데, 즐겁게 미소를 짓고 의도적으로 애정을 퍼부으면서 "그래, 아버님과 어머님은 올해에는 안 오시는 거요?" 하고 물었다.

그녀는 이 친절이 너무도 고마워서 숲에서 본 것을 거의 용서해 주었다. 그리고 갑자기 폴 다음으로 가장 사랑하는 두 분을 빨리 보고 싶다는 강렬한 욕망에 사로잡혀서, 그녀는 밤을 새워 가며 도착을 재촉하는 편지를 썼다. 부모님은 5월 20일 예정으로 오겠다는 답장을 보냈다. 지금은 그 달의 7일이었다.

그녀는 날로 더해 가는 초조감으로 부모님을 기다렸다. 딸로서의 정이외에 자기의 마음을 정직한 사람들의 마음에 문질러 깨끗이 닦고 싶은 새로운 욕구를 느꼈기 때문이다. 생활이나 모든 행동, 모든 생각, 모든 욕망이 항상 곧은 사람들, 모든 치욕스러운 행위로부터 벗어난 순수한 사람들과 흉금을 털어놓고 이야기하고 싶었다.

지금 그녀가 느끼고 있는 것은 그런 모든 쇠약한 양심 한가운데에 있는 자신의 올바른 양심의 고독 같은 것이었다. 그녀가 갑자기 감정을 숨길 줄 알게 되었다 해도, 또 손을 내밀고 입술에 미소를 머금고 백작 부인을 맞아들인다 하더라도, 인간에 대한 공허와 경멸의 느낌은 점점 더해 가고 그것이 자신을 둘러싸고 있다는 것을 느꼈다. 그리고 매일매일 그 지방의 사소한 소문들은 그녀의 영혼에, 인간에 대한 더욱 큰 혐오와 더욱 강한 경멸을 불어넣어 주었다.

쿠이야르의 딸이 아이를 가져서 결혼식을 올리려 하고 있다. 마르탱의 하녀는 고아인데 임신을 했다. 열다섯 살밖에 안 된 이웃의 여자 애도 임신을 했다. 절름발이에다 불결하고 볼품없는 여자, 그녀의 더러움이 너무도 지독해서 '똥' 이라고 불리는 과부도 임신을 했다.

끊임없이 임신을 했다는 소식이 날아 들어오거나, 아니면 어떤 처녀라든지, 결혼을 하여 가정의 어머니가 된 농부의 아내라든지, 혹은 주위의 존경을 받는 부유한 농부가 엉뚱한 행위를 저질렀다는 소문이 들려 왔다.

이 열기에 찬 봄은 식물에게서와 마찬가지로 인간에게도 혈기를 움직이게 하는 것 같았다. 그러나 잔의 꺼져 버린 관능은 이제 다시는 흥분하지 않게 되었고, 상처 입은 마음, 감상적인 영혼만이 결실을 맺게 하는 풍요한 미풍에 의해서만 움직이는 것 같았다. 그녀는 공상에 잠겨 욕망을 느끼지 않고 흥분했으며, 꿈에 대해서는 열정적이면서도 육체적인 욕구가 죽어 버렸기 때문에, 이런 추악한 짐승 같은 욕망에는 증오에 넘치는 혐오감으로 가득 차서, 하도 어처구니가 없어서 놀라워하고 있었다.

인간들의 이런 결합은 자연을 거스르는 것처럼 이제는 그녀를 분개시켰다. 만약 그녀가 질베르트에게 원한을 품고 있다면, 자기 남편을 빼앗았다고 해서가 아니라 그녀 역시 이 일반적인 악덕의 진창 속에 빠져 있다는 사실 그 자체에 있는 것이다.

그녀는 저속한 본능의 지배를 받는 촌스러운 족속은 결코 아니다. 그런데 어째서 그녀는 그런 짐승 같은 무리들과 똑같은 식으로 자신을 던져 버릴 수 있었을까? 부모가 도착하기로 되어 있는 바로 그날, 줄리앙은 마치 아주 자연스럽고도 우스운 것이라도 되는 것처럼 쾌활하게 다음과 같은 이야기를 들려주었는데, 그것이 그녀의 혐오감을 더욱 부채질하였다.

어제 빵 굽는 날도 아닌데 화덕 속에서 무슨 소리가 들려서, 빵집 주인이 도둑고양이를 붙들 생각으로 들여다보았는데, '빵이 아닌' 자기 아내를 발견했다는 것이었다. 그리고 그는 이렇게 덧붙였다.

"빵집 주인이 뚜껑을 닫아 버렸기 때문에 두 남녀는 그 안에서 질식할 뻔했지. 그런데 빵 장수의 아이가 이웃 사람들에게 알렸다는 거야. 그 아이는 자기 어머니가 대장장이와 함께 그 안으로 들어간 것을 보았기 때문에 그런 거야."

줄리앙은 웃으면서 되풀이했다.

"그 익살꾼들이 우리에게 사랑의 빵을 먹이려고 한 거야. 이거야말로 라 퐁텐의 우화 같은 이야기지."

잔은 빵에 손을 댈 엄두가 나지 않았다.

역마차가 층계 앞에 멈추고 남작의 기쁨에 찬 얼굴이 창문에 나타나자, 젊은 여자의 영혼과 가슴속에는 그녀가 한 번도 느껴 보지 못했던 깊은 감동과 혼란스러운 애정의 충동이 일었다.

그러나 어머니의 모습을 보았을 때는 깜짝 놀라 거의 기절할 정도였다. 남작 부인은 이 겨울의 여섯 달 동안에 10년이나 늙어 버린 것이었다. 뒤룩뒤룩하게 축 늘어진 그 굉장한 볼은 피가 부풀어오른 것처럼 붉게 물들어 있었다. 눈은 흐릿해진 것 같으며 누군가 두 팔 밑으로 받쳐 주지 않으면 이제는 움직이지도 못했다. 괴롭게 쉬는 숨은 휘파람 소리를 냈다. 그리고 너무나 힘들어 보여서 곁에 있는 사람마저도 고통스럽고 거북한 느낌을 갖게 했다.

남작은 매일 보아 왔기 때문에 이런 쇠약함을 전혀 알아보지 못했다. 부인이 늘 숨이 차다고 하고, 몸이 점점 무거워진다는 것을 불평할 때면, 그는 이렇게 대답하곤 했다.

"안 그래, 여보. 당신이 언제나 그렇다는 것을 알고 있소."

잔은 부모를 방에 모셔다 드리고 나서 자기 방으로 돌아와, 놀란 나머지 정신을 잃고 울었다. 그러고 나서는 아버지를 만나러 가서 품으로 뛰어들며 아직도 눈에 눈물이 가득한 채 말했다.

"아아! 어쩌면 어머니가 저렇게 변하셨지요! 어머니가 왜 그러신지 말씀해 주세요. 왜 그렇죠?"

아버지는 매우 놀라서 대답했다.

"그렇게 생각하니? 왜 그렇게 생각했지? 안 그래. 네 어머니 곁을 한시도 떠난 적이 없단다. 단언하지만, 나는 어머니가 나빠졌다고 생각하지 않는다. 예전과 마찬가지야."

그날 밤 줄리앙은 아내에게 말했다.

"장모님은 건강이 점점 나빠지시는군. 앞으로 멀지 않은 것 같아."

그 말에 잔이 울음을 터뜨리자 그는 짜증을 냈다.

"자, 이런! 회복할 가망이 없다고 말하지는 않았어. 당신은 언제나 극단적으로 생각하는군. 어머니가 변하셨다는 것뿐이야. 그건 나이 탓이야."

일주일쯤 지나자, 잔은 어머니의 변한 모습에 익숙해져서 더 이상 거기에 대해서는 생각지 않게 되었다. 어쩌면 일종의 이기적인 본능으로, 영혼의 평온을 바라는 자연적인 욕구 때문에 무슨 일이 일어날 것 같은 두려움이나 근심을 언제나 물리치고 억누르는 것과 마찬가지로, 자기의 공포를 눌러 두고 있었는지도 모른다.

남작 부인은 걸을 수가 없어서 매일 삼십 분 이상은 산책을 할 수 없었다. 단 한 번 '자기의' 산책 코스를 돌고 나면, 더는 움직일 수가 없어서 '자기의' 벤치에 앉게 해 달라고 부탁했다. 그리고 산책을 끝까지 마치지 못할 것 같은 느낌이 들면 이렇게 말하는 것이었다.

"쉬자꾸나. 오늘은 내 비대증이 다리를 못 쓰게 만드는구나."

그녀는 이제 전처럼 소리내어 웃지도 않았다. 작년 같으면 온통 몸을 흔들면서 웃어댈 일에도 단지 미소만 지을 뿐이었다. 그러나 시력은 아직도 뛰어났기 때문에 『코린』이나 라 마르틴의 『명상시집』 같은 것을 다시 읽으면서 소일을 했다.

그러고 나서는 '추억의' 서랍을 가져다 달라고 부탁하는 것이었다. 그러면 무릎 위에다 아직도 마음속에 그리운 낡은 편지들을 쏟아 놓고, 서랍은 자기 곁에 있는 의자 위에 놓아두고 하나하나 천천히 다시 읽은 후에, 자기의 '유물들'을 하나씩 그 속에 다시 집어넣는 것이었다. 그리고 마침 혼자 있을 때는, 마치 사랑하는 고인의 머리털에 남몰래 입을 맞추듯이, 그중의 어떤 편지에 입을 맞추는 것이었다.

이따금 잔이 불쑥 들어올 때면, 아주 비통한 눈물을 흘리고 있는 어머니를 보곤 하였다. 그녀가 "왜 그러세요, 어머니?" 하고 소리치면, 남작 부인은 긴 한숨을 내쉰 후에 이렇게 대답하였다.

"내 유물들 때문에 그렇단다. 그렇게도 좋았던, 그러나 끝나 버린 것들에 감동이 되어서 말이야! 게다가 이제 거의 생각지도 않고 있던 사람들이 문득 생각이 나는 경우도 있는데, 그럴 때면 마치 그 사람들을 만나 그들의 이야기를 듣고 있는 것같이 생각되어서 어마어마한 일이 생긴단다. 나중에 너도 그것을 알게 될 거야."

남작이 뜻밖에 이런 우울한 순간에 나타나서 중얼거렸다.

"잔, 얘야, 부탁이니 네 편지들을 태워 버려라. 편지란 편지는 모두, 네 어머니 것이든 내 것이든 모두 말이야. 늙어서 자신의 젊은 시절 추억에 코를 처박고 있는 것처럼 무서운 것은 없단다."

214

그러나 잔 역시 자신의 편지들을 간수해 두었고, 자신의 '유물 상자'
도 준비해 두었다. 그녀는 어머니와는 모든 면에 있어서 닮지 않았으면
서도 명상적이고 감상적인 성격이라는, 일종의 유전적 본능에는 따르고
있었다.

남작은 며칠 후에 어떤 일로 집을 비우지 않으면 안 되어서 떠나갔다.
계절은 화창했다. 온화하고 기분 좋은 밤, 별들이 총총한 밤이 조용한 저
녁에 뒤따르고, 청명한 저녁은 빛나는 낮 뒤에 오고, 빛나는 낮은 눈부신
여명에 뒤이어 왔다. 어머니는 건강이 많이 좋아졌다. 줄리앙의 정사와
질베르트의 배신을 잊어버린 잔은 거의 완전한 행복감을 느끼고 있었
다. 온 들판은 꽃이 만발했으며 향기가 자욱했다. 언제나 평화로운 광대
한 바다는 태양 아래에서 아침부터 저녁까지 반짝이고 있었다.

잔은 어느 날 오후, 폴을 안고 들로 나갔다. 그녀는 자기 아들과 꽃이
잔뜩 피어 있는 들판의 풀을 번갈아 바라보면서 무한한 행복에 잠겨 있
었다. 그리고 이따금 아이에게 키스를 하고 열정적으로 껴안았다. 들판
의 향긋한 냄새가 코를 스치고 지나가면 그녀는 끝없는 행복 속에 의식
을 잃고 빠져 들어가는 자신을 느꼈다. 그리고 아들의 장래를 꿈꾸었다.
이 아이는 무엇이 될까? 때로는 명성이 높고 힘센 위대한 사람이 되었으
면 하고 바랐다. 또 때로는 평범하게 자기 곁에 있으면서 헌신적이고 상
냥하고, 언제나 어머니를 위해 두 팔을 벌려 주는 편이 낫겠다고도 생각
했다.

그녀가 어머니로서의 이기적인 마음으로 아이를 사랑할 때면 자기 아
들로서 오직 사랑하는 아들로서만 있어 주기를 바랐지만, 정열적인 이

성으로 아이를 사랑할 때면 세계적인 어떤 인물이 되었으면 하고 바라는 것이었다.

그녀는 도랑가에 앉아서 아이를 내려다보다가 문득 여태까지 한 번도 본 적이 없는 낯섦을 느꼈다. 그리고 그녀는 이 작은 아이가 자라서 씩씩한 걸음걸이로 걷고, 뺨에 수염이 나고, 낭랑한 목소리로 이야기할 생각을 하자 갑자기 이상스런 마음이 들었다.

멀리서 누군가가 그녀를 불렀다. 머리를 들고 바라보니 마리우스가 달려오고 있었다. 어떤 손님이 기다리고 있나 보다 생각하고, 방해를 받는 것이 못마땅해 몸을 일으켰다. 그러나 소년은 전속력으로 달려와 가까이 와서 소리를 질렀다.

"마님, 남작 부인이 위독하세요."

잔은 등에 식은땀이 죽 흘러내리는 것을 느꼈다. 그녀는 정신없이 빠른 걸음으로 떠났다. 저 멀리 플라타너스 나무 밑에 사람들이 많이 모여 있는 것이 보였다. 그녀가 그쪽으로 뛰어들었다. 모여 있던 사람들이 길을 비켜 주자, 두 개의 베개로 머리를 받치고 땅에 누워 있는 어머니가 보였다. 얼굴은 온통 새까맣고 눈은 감겨 있었으며, 20년 전부터 숨가빠하던 가슴은 이제 움직이지 않았다. 유모가 잔의 팔에서 아이를 받아 저쪽으로 데려갔다. 잔이 놀라서 물었다.

"무슨 일이 있었나요? 어떻게 넘어지셨죠? 의사를 빨리 불러와야겠어요."

그리고 몸을 돌리자, 어떻게 알고 왔는지 사제가 눈에 띄었다. 그는 소맷자락을 걷어올리고 서둘러 여러 가지 처방법을 썼다. 그러나 식초도,

오 드 콜로뉴도, 마사지도 효과가 없었다.

"옷을 벗기고 눕혀 드려야겠는데."하고 사제가 말했다.

소작인 조제프 쿠이야르도 시몽 영감과 뤼디빈과 함께 거기에 있었다. 피코 신부의 도움으로 그들은 남작 부인을 들어올릴 수 있었다. 그러나 들어올리면 머리가 뒤로 처지고, 그들이 잡고 있던 옷이 찢어졌다. 그만큼 뚱뚱한 몸은 무겁고 옮기기가 힘들었다. 그러자 잔은 무서움에 질려 울부짖기 시작했다. 사람들은 거대하고 맥없는 몸을 다시 땅에 내려놓았다.

거실의 안락의자를 하나 가져와야만 했다. 의자에 앉혀서야 겨우 부인을 들어올릴 수가 있었다. 한걸음 한걸음 층계를 애써 올라가, 다시 계단을, 그리고 침실에 이르러 부인을 침대 위에 눕혔다.

부엌 하녀가 부인의 옷을 다 벗기기도 전에 때마침 당튀 과부가 나타났다. 하인들의 말에 의하면, 그녀는 사제와 마찬가지로 '죽음의 냄새를 맡고' 오기라도 한 것처럼 느닷없이 들이닥친 것이다.

조제프 쿠이야르는 의사를 부르러 전속력으로 출발했다. 그리고 사제가 막 성유(聖油)를 가지러 가려고 하자, 간호인인 과부가 그의 귀에 대고 속삭였다.

"그대로 앉아 계십시오, 사제님. 이런 일에 대해서는 훤히 알고 있지요. 돌아가셨습니다."

잔은 어떻게 해야 할지, 무슨 방법을 써야 할지, 어떤 처방을 사용해야 할지 몰라 미친 사람처럼 애원했다. 신부는 어찌 되었든 속죄의 말을 중얼거렸다. 두 시간 동안 사람들은 생명이 없는 이 보랏빛 육체 곁에서 기다리고 있었다. 이제는 무릎을 꿇고, 잔은 괴로움과 고통으로 가슴이 찢어지는 듯 흐느껴 울고 있었다.

문이 열리고 의사가 나타났을 때, 그녀는 구원과 위안과 희망이 들어오는 것을 보는 듯했다. 그래서 그녀는 의사에게로 달려들어 이 사건에 대해 자기가 알고 있는 모든 것을 더듬거리며 말했다.

"어머니는 여느 날처럼 산책을 했습니다…… 건강하셨어요…… 대단히 좋을 정도로…… 점심에는 수프와 달걀 두 개를 잡수셨어요…… 갑자기 쓰러지신 거예요…… 그래서 의사 선생님도 보시다시피 이렇게 새까매지셨어요…… 그러고는 더는 움직이지를 못하세요…… 의식을 되살리려고 온갖 짓을…… 죄다…… 해보았습니다만……."

그녀는, 간호인이 의사에게 이제는 끝났다, 완전히 끝났다는 의미를 신중한 몸짓으로 알리는 것을 보자 놀라서 입을 다물었다. 그러나 이해하기를 거부하고 있는 그녀는 불안스럽게 거듭 물었다.

"위독하신가요? 위독하다고 생각하세요?"

마침내 의사가 말했다.

"두려운 일입니다만…… 아무래도…… 가망이 없으신 것 같군요. 용기를 가지세요, 용기를."

잔은 두 팔을 벌리고 어머니의 가슴 위에 쓰러졌다. 줄리앙이 돌아왔다. 그는 슬픔의 부르짖음도 절망도 드러내지 않고 분명 난처한 듯, 당황한 모습으로 멍하니 서 있었다. 너무도 갑작스럽게 당한 뜻밖의 일이라, 이런 경우에 어울리는 얼굴과 태도를 단번에 지을 수가 없었던 것이다. 그가 중얼거렸다.

"이렇게 될 줄 알았지. 마지막인 것을 확신하고 있었어."

그러고 나서는 손수건을 꺼내 눈물을 닦고, 무릎을 꿇고 성호를 그었으며, 무슨 말인지를 입 속으로 중얼거렸다. 그리고 일어서면서 아내도 또한 일으키려고 했다. 그러나 그녀는 두 팔로 시신을 움켜잡고, 거의 그 위에 눕다시피 하며 키스를 했다. 그녀를 다른 곳으로 데려가야만 했다. 그녀는 미친 것 같았다.

한 시간 후에는 그녀가 다시 그 방에 오는 것을 승낙했다. 어떠한 희망도 존재하지 않았다. 방은 이제 임시 시체 안치소로 개조되어 있었다. 줄리앙과 사제는 창가에서 낮은 소리로 이야기를 나누고 있었다. 당튀 과부는 안락의자에 앉아 편안한 태도로, 밤샘에 익숙한 여자처럼 죽음이 들어온 다음부터는 어떤 집도 자기 집처럼 느껴 벌써 졸고 있는 것 같았다.

밤이 왔다. 사제는 잔에게 다가가 그녀의 두 손을 잡고, 위로할 길 없는 그 마음에 종교적인 위안의 말을 늘어놓아 그녀의 기운을 북돋아 주려 했다. 그는 고인(故人)에 대해 이야기했고 성직자의 말투로 찬양을 했으며, 시체란 항상 사제에게는 가까운 것이라며, 사제의 그 거짓 슬픔으로 애도하고 유해 곁에서 기도를 올리며 밤을 새우겠다고 제의했다. 그러나 잔은 발작적인 눈물을 흘리면서 거절했다. 그녀는 혼자서 마지막인 오늘 밤, 이 고별의 밤을 혼자서 보내고 싶었다. 줄리앙이 다가왔다.

"그건 안 돼요. 우리 둘이 남아 있읍시다."

그녀는 더 이상 말을 할 수가 없어서 '싫다'는 표시로 고갯짓을 해 보였으며, 겨우 이렇게 말할 수 있었다.

"이분은 나의 어머니예요. 내 어머니예요. 나 혼자서 밤샘을 하고 싶어요."

의사가 중얼거렸다.

"하고 싶다는 대로 내버려둡시다. 간호인이 옆방에 남을 테니까."

사제와 쥘리앙은 자기들의 침대를 생각하면서 동의를 했다. 그리고 이번에는 피코 신부가 무릎을 꿇어 기도를 하고, 일어서서는 '주님은 그대와 함께'라고 말할 때의 그 어조로 "이분은 성녀와 같으십니다."하고 말하면서 방을 나갔다.

그러자 자작이 여느 때와 같은 목소리로 물었다.

"뭐 먹을 것 좀 들겠소?"

잔은 자기에게 말을 건네는 줄도 모르고 아무 대답도 하지 않았다.

그가 다시 말했다.

"기운을 차리자면 좀 먹어 두는 것이 좋을 텐데."

그녀는 정신나간 어조로 대답했다.

"빨리 아버지를 찾아오도록 하세요."

그는 루앙으로 심부름꾼을 보내기 위해서 방을 나갔다.

그녀는 절망적인 회한이 물결처럼 끓어오르는 데에 몸을 내맡기기 위해 마치 이 마지막 대면을 기다리기라도 한 것처럼, 일종의 정지된 어떤 고통 속에 깊이 잠겨 있었다.

밤의 그림자가 방안으로 스며들어 고인을 어둠으로 둘러쌌다. 당튀 과부가 간호인의 조용한 동작으로 눈에 띄지 않는 물건들을 찾아 정리하면서, 가벼운 발걸음으로 방안을 왔다갔다하였다. 그러고 나서는 초 두 자루에 불을 붙여, 침대 밑의 하얀 보가 씌워진 머리맡 탁자 위에 가 만히 올려놓았다.

잔은 아무것도 보지 않고, 아무것도 느끼지 않고, 아무것도 이해하지 못하는 것 같았다. 그녀는 혼자 있기를 기다리고 있었다. 저녁 식사를 마 친 줄리앙이 돌아왔다. 그리고 다시 물었다.

"아무것도 들고 싶지 않소?"

아내는 '싫다' 고 고갯짓을 했다.

그는 슬프다기보다는 체념한 듯한 표정으로 말없이 앉아 있었다. 그 들 세 사람은 서로 멀리 떨어져서 꼼짝하지 않고 의자에 앉아 있었다. 이 따금 잠이 든 간호인이 약간 코를 골다가는 갑자기 깨곤 하였다. 마침내 줄리앙이 일어나 잔에게 다가왔다.

"아직도 혼자 남아 있고 싶소?"

그녀는 자기도 모르게 남편의 손을 잡았다.

"네! 정말이에요. 나를 그냥 내버려두세요."

그는 그녀의 이마에 키스하고 속삭였다.

"가끔 보러 오겠소."

그러고는 당튀 과부와 함께 나갔다. 그 여자는 옆방으로 자신이 앉았 던 안락의자를 밀고 갔다.

잔은 문을 닫은 다음 두 개의 창을 활짝 열어 젖혔다. 그녀는 얼굴 가 득히 풀 베는 계절의 저녁에 불어오는 훈훈한 바람의 애무를 받았다. 어 제 베어 놓은 잔디의 건초 더미가 달빛 아래 뉘어져 있었다. 이 부드러운 감촉이 그녀의 마음을 아프게 했다. 마치 어떤 역설처럼 가슴을 에는 것이었다.

그녀는 침대 곁으로 돌아와, 움직이지 않는 차디찬 손 하나를 잡고 어머니에 대해 생각하기 시작했다. 어머니는 이제 졸도를 했던 그 순간처럼 부어 있지는 않았다. 지금은 한 번도 그래 보지 못했을 만큼 평온하게 잠들어 있는 듯했다. 바람에 흔들리는 촛불의 창백한 불꽃이 매순간마다 얼굴의 그림자를 옮겨 놓아, 마치 그녀가 움직이는 것처럼 생생하게 보이게 했다.

잔은 열심히 어머니를 바라보았다. 그러자 먼 소녀 시절의 밑바닥으로부터 수많은 추억들이 밀려왔다. 그녀는 수녀원 부속 여학교의 면회실로 어머니가 찾아왔던 일과, 그녀에게 과자가 가득 든 종이 봉지를 내밀던 때의 모습, 수많은 사소한 일들, 사소한 사건들, 무수한 애무, 말, 억양, 친근한 몸짓, 웃을 때의 눈가 주름, 자리에 앉자마자 내쉬는 그 숨가빠하던 큰 숨소리들을 회상했다.

그녀는 정신이 몽롱한 상태에서 "어머니는 돌아가셨다."는 소리를 되풀이하면서 어머니를 바라보고 있었다. 그리고 이 말이 지닌 무서운 의미가 실감나게 그녀에게 나타났다.

여기 누워 있는 사람, 엄마, 어머니, 아델라이드 부인은 진짜 죽은 것일까? 그녀는 이제 움직이지도 못하고, 말도 못하고, 웃지도 못하고, 아버지와 마주 앉아 저녁 식사도 하지 못할 것이다. 그녀는 이제 "잘 잤니, 자네트?" 하고 말하지도 못하리라. 그녀는 죽은 것이다! 관 속에 넣고 못질을 하여 땅속에 묻으면 끝이리라. 더는 볼 수 없게 된다. 그럴 수가 있을까? 어떻게? 그녀에게는 이제 어머니가 없단 말인가? 눈을 떴을 때부터 보아 온, 팔을 벌리면서부터 사랑한 이토록 정답고 그리운 얼굴, 이 크나큰 애정의 배출구, 이 유일한 존재, 그 밖의 모든 사람들보다 마음으로 소중하게 여겼던 어머니는 영원히 사라져 버렸다. 움직이지도 않고 생각하지도 못하는 이 얼굴, 추억 이외에는 아무것도, 아무것도 남지 않을 어머니의 얼굴을 바라볼 수 있는 것도 몇 시간밖에 남지 않았다.

그녀는 절망의 무서운 발작에 무릎을 꿇고 몸부림치다가, 흰 천을 움켜쥐고 있는 두 손을 부르르 떨면서 입을 침대에 꼭 붙이고, 가슴을 찢는 듯한 목소리를 시트와 이불 속에 죽이고 울부짖었다.

"아아! 엄마, 불쌍한 엄마, 엄마!"

그녀는 눈 속을 뚫고 도망치던 그날 밤처럼 미칠 것 같았기 때문에, 자리에서 일어나 이 침상의 공기가 아닌, 이 고인의 공기가 아닌 신선한 공기를 마시고 원기를 회복하려고 창가로 달려갔다.

잘 깎은 잔디밭, 나무들, 들판 그리고 저 멀리 보이는 바다가 조용한 평화 속에 쉬고 있었으며, 부드럽고 매혹적인 달빛 아래 잠들어 있었다. 마음을 진정시키는 이 부드러운 공기가 잔의 가슴에 파고들어 그녀는 조용히 흐느끼기 시작했다. 그러고 나서 다시 침대 곁으로 와 앉아서, 병든 어머니를 밤새워 간호하는 것처럼 어머니의 손을 자기 손에 다시 쥐었다.

큰 벌레 한 마리가 촛불에 이끌려 방으로 들어왔다. 그것은 공처럼 이리저리 벽에 부딪히며 방의 이 끝에서 저 끝으로 날아다녔다. 잔은 붕붕 소리를 내며 날아다니는 데에 신경이 쓰여 눈을 들어 보았으나 하얀 천장에 왔다갔다하는 그림자밖에는 볼 수가 없었다.

그리고 더 이상 소리가 들리지 않았다. 그러자 시계의 추가 가볍게 똑딱거리는 소리와 다른 작은 소리, 아니 차라리 거의 들리지 않는 어떤 희미한 소리가 들려 왔다. 그것은 침대 발치에 있는 의자 위에 던져진 옷 속에서 잊혀진 채 아직도 가고 있는 어머니의 회중 시계였다. 그러자 갑자기 이 고인과 조금도 멈추지 않는 이 기계와의 어떤 막연한 연결이 잔의 가슴에 날카로운 고통을 불러일으켰다.

그녀는 시간을 보았다. 겨우 10시 30분이었다. 그녀는 온 밤을 여기에서 지내야 한다는 무서운 두려움에 휩싸였다. 다른 추억들이 그녀에게 떠올랐다. 자기 자신의 생활에 대한 추억이었다 로잘리, 질베르트 자기 가슴에 쓰디쓴 환멸을 불러일으키는 것들이었다. 모든 것은 그렇게 비참하고, 슬프고, 불행하고, 죽음의 연속에 불과하다. 모든 것이 속이고, 거짓말하고, 괴롭히고 울린다.

어디서 약간의 휴식과 즐거움을 조금이라도 찾을 수 있을까? 아마도 어떤 다른 세상에서겠지. 영혼이 이 세상의 시련으로부터 해방되었을 때겠지. 영혼! 그녀는 이 헤아릴 수 없는 신비에 관해서 공상하기 시작했다. 그리고 갑자기 시적(詩的)인 확신 속에 집착하는가 하면, 그와 같이 막연한 다른 가설이 당장에 뒤집어지는 것이었다.

대체 지금 어머니의 영혼은 어디에 있단 말인가? 움직이지 않는 얼음 같이 차가운 이 육체의 영혼은? 어쩌면 아주 먼 곳에 있을 것이다. 우주의 어딘가에? 그렇다면 그곳은 어디일까? 새장에서 도망간 보이지 않는 새처럼 증발되어 버린 것일까? 신(神)에게 불려갔을까? 아니면 새로운 창조물 속 어딘가에 뿌려져서, 막 발아(發芽)하려는 싹들 속에 섞인 것일까? 어쩌면 아주 가까운 곳에 있는 것이 아닐까? 이 방안에, 어머니가 떠나간 이 생명 없는 육체의 주위에 있는 것이 아닐까? 갑자기 잔은 영혼이 스쳐 가듯, 그녀를 스쳐 가는 바람을 느낀 것 같은 생각이 들었다. 그녀는 무서웠다. 견딜 수 없이 무서웠다. 너무도 무서워서 감히 움직일 수도, 숨을 쉴 수도, 뒤를 돌아보기 위해 몸을 돌릴 수도 없었다. 그녀의 가슴은 갑작스러운 공포에 둘러싸인 듯이 두근거렸다.

그러자 갑자기 보이지 않던 벌레가 다시 날아 들어와 빙빙 돌면서 벽에 부딪히기 시작했다. 그녀는 머리끝부터 발끝까지 오싹해졌으나, 날벌레의 붕붕거리는 소리라는 것을 알고, 곧 마음이 놓여 일어나 뒤를 돌아다보았다. 그녀의 눈길이 스핑크스의 머리가 달린 서랍, 유물이 들어 있는 가구 위에 머물렀다.

그러자 어떤 정답고 이상스러운 생각이 그녀를 사로잡았다. 그것은 이 마지막 밤샘을 하면서, 마치 어떤 성스러운 책이라도 읽는 것처럼, 고인에게 소중했던 이 낡은 편지들을 읽는 것이었다. 상냥하고 헌신적인 의무, 저승에 간 어머니를 즐겁게 해드리는, 진정으로 자식으로서의 효도가 되는 것을 수행하는 것 같은 생각이 들었다.

그것은 자신이 알지 못하는 조부모의 오래된 편지였다. 그녀는 그들의 딸인 이 육체 너머로 그들에게 두 팔을 내밀고 싶었다. 이 장례(葬禮)의 밤에 그들도 역시 슬퍼하고 있을 것 같은 그분들에게로 가서, 예전에 돌아가신 분들과 지금 막 자기 차례가 되어 이 세상을 떠난 어머니와 아직은 세상에 남아 있는 자기 자신 사이에 일종의 신비스러운 애정의 고리를 만들고 싶었다.

그녀는 일어나서 책상 서랍의 앞문을 열고 아래 서랍에서, 가지런히 끈으로 묶어 나란히 정돈해 놓은, 작은 노란 종이 다발을 한 뭉치 끄집어 냈다. 그러고는 일종의 지나친 감상으로, 그것들을 모두 침대 위의 남작 부인의 팔 사이에 놓고 읽기 시작했다. 그것은 집안의 오래된 서랍 속에서 발견되는 그런 낡은 편지들, 다른 세기(世紀)의 냄새가 나는 그런 편지들이었다.

처음 편지는 '내 사랑하는 딸아' 라고 시작하고 있었다. 다른 편지는 '내 귀여운 딸아' 라고 되어 있었고, 그 다음에는 '내 사랑하는 꼬마야', '나의 귀염둥이', '열렬히 사랑하는 내 딸', 그 다음은 '내 사랑하는 아이', '내 사랑하는 아델라이드', '내 사랑하는 딸' 이렇게 소녀에게, 처녀에게, 나중에는 젊은 아내에게 등 편지를 보내는 시기에 따라서 다르게 시작하고 있었다.

이 모든 편지들은 별로 상관없는 사람들에게는 아주 시시하고 허물없는 사소한 일들, 집안의 크고 단순한 사건 따위가 열정적이고 순진한 애정으로 씌어 있었다.

나(아버지)는 유행성 감기에 걸렸단다. 오르탕스 하녀는 손가락을 데었어. 크로크라 고양이가 죽었다. 울타리 오른쪽에 있는 전나무를 베어 버렸지. 어머니가 성당에서 돌아오다가 미사 경본(經本)을 잃어버렸는데, 어머니는 그것을 누가 훔쳐 갔으리라고 생각하고 있단다.

거기에는 잔이 모르는 사람에 대해서도 씌어 있었으나, 대부분은 예전에 그녀가 어렸을 때 그 이름을 희미하게 들어 본 것 같은 생각이 어렴풋이 들기도 했다. 그녀는 계시(啓示)와도 같은 이런 사소한 일들에 감동이 되었다. 갑자기 지나간 비밀의 세월, 어머니의 정신 생활에 뛰어들어간 것 같은 느낌이 들었다. 그녀는 누워 있는 시신을 바라보았다. 그러다가 갑자기 그녀는 고인을 위해서 읽는 것처럼, 고인의 기분을 달래 주고 위로해 주려는 것처럼 소리내어 읽기 시작했다. 그러자 움직이지 않는 시신도 행복한 듯이 보였다.

그녀는 침대 발치에 읽은 편지들을 하나하나 집어 던졌다. 그리고 관속에 꽃을 넣듯이 이 편지들을 넣어 드려야겠다는 생각을 했다. 다른 꾸러미를 풀었다. 그것은 새로운 필적이었다.

나는 이제 그대의 애정 없이는 지낼 수가 없습니다. 미칠 듯이 당신을 사랑합니다.

그뿐이었다. 이름도 없었다. 이해가 안 가서 편지를 뒤집어 보았다. 수신인은 분명 '르 페르튀 데 보 남작 부인' 앞으로 되어 있었다. 그래서 그녀는 다음 것을 읽어 보았다.

오늘 밤, 그분이 나가시자마자 오세요. 한 시간은 함께 있을 수 있을 겁니다. 나는 당신을 열렬히 사랑하고 있습니다.

또다른 편지에는 이렇게 씌어 있었다.

 헛되이 당신을 갈망하면서 열광적인 하룻밤을 보냈습니다. 내 두 팔로 당신의 육체를 안고, 내 입술 아래 당신의 입술이, 내 눈 아래 당신의 눈이 있었습니다. 그러나 이 시간 당신은 그 사람 곁에 잠들어 있고, 그가 마음대로 당신을 소유하고 있다는 생각을 하면 창문 밖으로 몸을 던져 버리고 싶은 분노를 느낍니다…….

 잔은 어리둥절하여 이해가 가지 않았다. 이게 어찌 된 일일까? 이 사랑의 말들은 누구에게 보낸, 누구를 위한, 누구의 것이란 말인가? 그녀는 계속 읽어 보았으나 여전히 미칠 듯한 사랑의 고백, 신중한 충고가 곁들인 밀회의 약속들이었다. 그런 다음 언제나 끝에는 이런 말이 씌어 있었다.

 '반드시 이 편지를 태워 버리십시오.'

 끝으로 그녀가 읽은 것은 저녁 식사 초대에 단순히 승낙한다는 평범한 짧은 편지였는데, 똑같은 필적으로 '폴 덴마르'라고 서명되어 있었다. 그 사람은 남작이 아직도 그에 대해서 이야기할 때면 '불쌍한 폴'이라고 부르는 남자로서, 그의 부인은 남작 부인의 가장 친한 친구였던, 바로 그 사람이었다.

 그러자 잔에게는 갑자기 어떤 의혹이 스쳐 갔고 그것은 곧 확신으로 변했다. 어머니는 그 사람을 연인으로 마음속에 간직하고 있었던 것이다. 갑자기 머리가 어지러워져 그녀는, 마치 자기 몸 위로 기어오르는 어떤 독벌레를 던져 버리듯이, 그 더러운 편지들을 발작적으로 집어 던졌다. 그리고 창가로 달려가 자기도 모르게 목이 메는 듯이 소리를 지르며 무섭게 울부짖었다. 그런 다음 그녀의 온몸이 찢어지는 듯 벽의 발치에 주저앉아 신음 소리가 들리지 않도록 얼굴을 파묻고 끝없는 절망에 잠겨 흐느껴 울었다.

그녀는 어쩌면 온 밤을 내내 그렇게 울었을 것이다. 그런데 옆방에서 들려 오는 발걸음 소리에 벌떡 일어났다. 어쩌면 아버지일지도 모른다. 편지는 모두 침대와 마룻바닥에 흩어져 있다! 하나만 읽어 보아도 마지막이다! 아버지가 이것을 아시게 된다면! 그분이! 그녀는 달려들어 노랗게 바랜 그 낡은 편지들을 한 움큼 움켜잡았다. 조부모의 것들과 연인의 것, 아직 읽어 보지 않은 것, 그리고 책상 서랍 속에 아직도 묶인 채로 있는 것들을 벽난로 속에 무더기로 던져 버렸다. 그러고는 머리맡 탁자 위에서 타고 있던 촛불을 가져다가 그 편지 더미에 불을 붙였다. 커다란 불길이 치솟아 올라 방과 침상과 시신을 춤추는 듯한 강렬한 빛으로 비추고, 굳어진 얼굴의 떨리는 옆모습과 시트 밑에 있는 거대한 몸의 윤곽을 침대의 흰 천 위에 꺼멓게 그림자를 던지고 있었다.

벽난로 바닥에 한줌의 잿더미밖에 남지 않자, 그녀는 고인의 곁에 앉을 마음이 내키지 않는 듯이, 열려져 있는 창가로 가서 몸을 돌리고 앉아 두 손에 얼굴을 파묻고 울기 시작했다. 몹시 괴롭고 비탄에 잠겨 한탄하는 어조로 이렇게 신음했다.

"아, 불쌍한 엄마! 아, 불쌍한 엄마!"

그러자 무서운 생각이 머리에 떠올랐다. 만일 어머니가 돌아가신 것이 아니고, 혹시 그저 혼수 상태에 빠져 잠들어 있을 뿐이라면, 그리고 갑자기 일어나서 말을 하게 된다면? 무서운 비밀을 알았다는 것은 자식으로서의 사랑을 감소시키게 되지 않을까? 전과 같은 경건한 입술로 키스할 수 있을까? 전과 같은 헌신적인 애정으로 극진히 사랑할 수 있을까? 아니다. 그건 불가능하다! 이 생각이 그녀의 가슴을 찢어 놓았다.

밤의 어둠이 사라졌으며 별들이 창백해졌다. 날이 밝기 전의 서늘한 시각이었다. 기울어진 달이 모든 수면을 진주빛으로 물들인 바닷속으로 가라앉으려 하고 있었다. 그러자 레쾨플에 도착했을 때 창가에서 보낸 그 밤의 추억이 잔의 가슴을 쩔렀다. 얼마나 아득한 일인가! 얼마나 모든 것이 변해 버렸는가! 그 당시 생각했던 미래와 얼마나 다르게 보내는가!

어느덧 하늘은 장밋빛으로 변했다. 기쁨에 찬, 사랑스럽고 매혹적인 장밋빛이었다. 그녀는 지금 어떤 이상한 현상을 대하듯이, 이 빛나는 하늘의 개화를 놀라운 마음으로 바라보았다. 그리고 이와 같이 여명이 떠오르는 이 지구상에 기쁨도 행복도 없는 그런 일이 일어날 수 있을 것인가를 생각해 보았다.

문 여는 소리에 그녀는 소스라치게 놀랐다. 줄리앙이었다.

"어떻소? 너무 피곤하지 않소?"

그녀는 "아뇨." 하고 말을 더듬거리면서, 이제는 더 이상 혼자 있게 되지 않은 것을 다행스럽게 여겼다.

"이젠 가서 쉬어요." 하고 그가 말했다. 그녀는 천천히 어머니에게 키스했다. 조용하고 고통스럽고 가슴 아픈 키스였다. 그리고 나서 그녀는 자기 방으로 돌아왔다. 그날 하루는 죽음에 따르는 슬픈 일들 속에서 흘러갔다. 남작은 저녁때에 도착했다. 그는 몹시 울었다. 장례식은 그 다음날 치를 예정이었다.

마지막으로 얼음같이 찬 이마에 입술을 갖다 대고, 마지막 화장을 하고, 시신을 관 속에 넣고 못질하는 것을 지켜본 후에 잔은 자리를 떴다. 조문객들이 모여들었다. 질베르트가 제일 먼저 와서 흐느끼며 친구의 가슴에 몸을 던졌다. 창문으로 마차들이 몇 대씩 울타리를 돌아 달려오는 것이 보였다. 사람들의 말소리가 현관에서 떠들썩하게 울려 왔다. 상복을 입은 부인들이 하나 둘 방으로 들어왔다. 잔이 전혀 모르는 부인들이었다. 쿠틀리에 후작 부인과 브리즈빌 자작 부인이 잔에게 키스했다.

그녀는 갑자기 리종 이모가 자기 뒤에 소리 없이 들어와 있는 것을 알았다. 그래서 그녀는 이모를 다정스럽게 포옹했다. 그것은 거의 노처녀를 실신케 할 정도로 강렬하였다.

줄리앙이 상복을 입고 우아한 모습으로 바쁜 듯이 들어왔다. 그는 이렇게 사람들이 많이 몰려드는 것이 흡족스러운 것 같았다. 그는 아내에게 상의할 것이 있다면서 낮은 소리로 말한 뒤, 은근한 어조로 이렇게 덧붙였다.

"귀족이란 귀족은 모두 다 왔군. 아주 잘된 일이야."

그리고 그는 부인들에게 정중히 인사를 하면서 다시 나갔다.

장례식이 거행되는 동안 리종 이모와 질베르트 백작 부인만이 잔 곁에 남아 있었다. 백작 부인은 "불쌍하고 사랑스러운 분, 불쌍하고 사랑스러운 분!' 이라는 말을 되풀이하면서, 계속 잔에게 키스를 했다. 드 푸르빌르 백작이 자기 아내를 찾으러 왔을 때, 그 자신도 마치 자기 친어머니를 여읜 듯이 울고 있었다.

10

참으로 견디기 어려운 나날들이 이어졌다. 정다운 사람이 영원히 사라져 버림으로써 텅 비어 버린 것 같은 집안에는 침울한 나날이 계속되었고, 죽은 이의 삶의 흔적인 모든 물건들을 대할 때마다 고통으로 얼룩지는 날들이 이어졌다. 까맣게 잊고 있던, 이제는 없는 사람에 대한 기억의 한 조각들이 구석구석에서 번득이며 나타나서 다시금 남은 자를 고통 속에 몰아넣었다.

그녀의 안락의자, 현관에 그대로 있는 그녀의 작은 양산, 하녀가 미처 치우는 것을 잊어버린 그녀의 컵…… 구석구석에서 생각나는 것들이 눈에 띄었다. 방금 쓰다 내려놓은 듯한 그의 가위, 장갑 한 짝, 둔한 손가락으로 해서 책장이 닳은 책, 거기에 손때처럼 묻어 다니는 숱한 사건들이 되살아나기 때문에 고통스러운 의미를 지니지 않은 것이 하나도 없었다.

그리고 무엇인가 끊임없이 웅얼대며 귓가에서 떠나지 않는 죽은 이의 음성. 어디로든 도망치고 싶다. 이런 모든 것에서 벗어나고 싶다. 그러나 다른 사람들이 여기에 남아 있으면서 그러하듯, 그녀 역시 머물러 있지 않으면 안 된다.

게다가 잔은 자기가 발견했던 어머니의 비밀이 무거운 짐으로 짓누르고 있었다. 그 생각은 그녀를 고통 속에 몰아넣고 그녀의 상처 입은 가슴은 치유되지 않았다. 지금 그녀의 고독은 그 무서운 비밀로 해서 더욱 깊어만 갔다. 죽은 이는 그녀가 최후의 보루로 생각하였던 신뢰감을 신앙과 함께 무덤 속으로 가지고 가 버렸던 것이다.

아버지는 얼마 있다가 떠났다. 우선 집을 떠나 좀더 다른 공기를 접함으로써, 점점 더 빠져 들어가는 어두운 슬픔에서 빠져나올 필요가 있었기 때문이다.

이따금 주인의 한 사람이 사라지는 것을 그렇게 보아 온 그 큰 집은 다시 평온하고 규칙적인 일상을 되찾았다. 그런데 폴이 병이 들었다. 잇따른 불행에 넋을 잃다시피 한 잔은 자지도 않고 거의 먹지도 않고 열이틀을 폴 곁에서 보냈다.

다행히 아이는 회복되었다. 그러나 그녀는 언젠가는 이 아이를 아주 잃을지도 모른다는 생각으로 공포에 사로잡혀 있었다. 그렇다면 그녀는 어떻게 해야 할까? 그녀의 두려움은 비약을 거듭하였다. 그러자 아주 슬며시 아이가 하나 더 있어야겠다는 막연한 욕구가 마음속으로 스며들었다. 곧 그녀는 그것을 꿈꾸었고, 자기 곁에 두 어린것, 하나는 사내아이

또 하나는 계집아이를 보고 싶다는 오래전부터의 욕망에 완전히 사로잡히게 되었다. 그리고 그것은 구체적인 욕망으로 자리잡았다.

그러나 로잘리의 사건 이후로 그녀는 줄리앙과 침실을 달리하고 있었다. 그래서 그들이 처해 있는 상태에선 그 욕망이 불가능한 것처럼 여겨지기도 했다. 게다가 줄리앙에게는 새로운 정부가 있음을 그녀는 알고 있다. 그의 애무를 다시 받아들일 생각만 해도 혐오감으로 몸서리가 쳐졌다.

그러나 그녀는 참아 낼 것이다. 그만큼 다시 어머니가 되어 보겠다는 욕심이 그녀를 애타게 만들었던 것이다. 조금도 그녀를 원하지 않고 있는 남편에게 키스와 애무를 청하며 다가갈 생각을 하니 차라리 죽어 버리는 게 나을 것도 같았다. 자기의 의도를 알아차리게 되면 오히려 모욕감으로 죽어 버릴 것 같았다. 남편은 이제 자기에 대해서는 안중에도 없는 것 같았다.

그런 것은 절대로 할 수 없다고 고개를 흔들었지만, 밤마다 그녀는 계집아이에 대한 꿈을 꾸기 시작하였다. 그녀는 그 아이가 플라타너스 아래에서 폴과 함께 놀고 있는 것을 본다. 그것은 생시인 듯 너무도 생생한 꿈이다. 이따금 그녀는 일어나서 한마디 말도 하지 않고 침실로 남편을 찾아가고 싶은 충동을 느낄 때가 있었다. 충동을 억제하지 못하여 두 번이나 그의 방문까지 몰래 갔다가, 수치심으로 가슴이 떨려 얼른 돌아오기도 했었다.

남작은 떠났고 어머니는 돌아가셨다. 잔은 이제 의논할 사람도, 마음속의 비밀을 털어놓을 사람도 없다. 그래서 그녀는 궁리 끝에 피코 신부를 찾아가서 고해의 형식, 즉 비밀을 지켜 준다는 조건으로 그녀가 가지고 있는 어려운 계획을 말하기로 결심했다.

그녀가 찾아갔을 때, 신부는 과실수가 심어져 있는 작은 정원에서 《성무일과서(聖務日課書)》를 읽고 있었다. 사제가 권하는 대로 자리에 앉아 몇 마디의 의례적인 이야기를 나눈 뒤 그녀는 얼굴을 붉히면서 "고해하고 싶습니다, 신부님."하고 더듬거리며 말했다.

신부는 뜻밖이라는 듯, 그녀를 잘 쳐다보려고 안경을 들어올렸다가 이내 유쾌하게 웃었다.

"그렇지만 양심에 큰 죄를 갖고 있을 것 같지는 않군요."

그녀는 매우 당황하며 다시 말을 이었다.

"과오가 아니라 조언을 청할 것이 있어서요. 조언을…… 너무…… 너무…… 지극히 개인적이고 가정적인 일이며 또 거북한 일이라서…….'

그는 즉시 호인의 모습을 버리고 미사 집전 때의 진지한 표정을 지었다.

"그렇다면 고해실에서 듣기로 하겠습니다. 가시지요."

그러나 그녀는 갑자기 텅 빈 교회의 엄숙하고 신비스러운 분위기에서 이런 좀 부끄러운 이야기를 하는 것이 꺼려져서 멈춰 선 뒤 망설이며 신부를 붙들었다.

"그렇지 않으면, 아니에요…… 신부님…… 저는…… 저는…… 신부님만 괜찮으시다면, 여기에서 제가 오게 된 것을 말씀드릴 수 있습니다만. 자, 저기에 있는 작은 정자 아래에 가서 앉으시지요."

그들은 그곳으로 천천히 걸어갔다. 그녀는 어떻게 설명을 해야 할지,

어떻게 말머리를 꺼내야 할지 고민했다. 그들은 앉았다. 그러자 그녀는 마치 고해하는 듯이 말을 시작했다.

"신부님……."

그러고 나서는 어쩔 수 없는 혼란에 빠져 말을 더듬기 시작했다.

"신부님……."

그러고는 마음이 몹시 흔들려 입을 다물어 버렸다.

신부는 배 위에 두 손을 깍지끼고 기다렸다. 그녀가 난처해하는 것을 보고 그는 용기를 돋우어 주었다.

"좋아요, 마음을 탁 놓으시고 서슴지 말고 말씀하십시오."

그녀는 위험에 뛰어드는 어린아이처럼 결단을 내렸다.

"신부님, 저는 아이를 하나 더 갖고 싶습니다."

신부의 의아해하는 표정이 그녀를 당황하게 만들어 그녀는 모처럼의 용기도 잃어버리고 다시 더듬기 시작했다.

"저는 이제 세상에서 저 혼자입니다. 아버지와 남편은 서로 거의 뜻이 맞지 않고, 어머니는 돌아가셨습니다. 그런데…… 그런데……."

그녀는 떨면서 아주 낮은 소리로 말했다.

"지난번에는 아들을 잃을 뻔했습니다! 그렇게 되면 저는 어떻게 되겠습니까?"

그녀는 입을 다물었다. 사제는 아직도 그녀의 말을 잘 이해할 수 없다는 표정이었다.

"자, 요점을 말해 보세요."

그녀가 안타깝게 다시 말했다.

"저는 아이를 하나 더 갖고 싶습니다."

그러자 신부는 미소를 지었다. 자기 앞에서 거의 체면을 차리지 않고 말하는 농부들의 투박한 농담에 익숙해 있는 그가 장난꾸러기처럼 머리를 끄덕이면서 대답했다.

"그건 오로지 부인이 하기에 달린 것이라고 생각되는데요."

그녀는 순진한 눈길로 그를 바라보았다. 그러다가 창피한 생각이 들어 더듬거리며 입 속으로 중얼거렸다.

"하지만…… 하지만…… 신부님도 아시다시피 그 일이 있은 다음부터…… 그 일…… 신부님도 아시고 계시는…… 그 하녀의…… 남편과 나는…… 우리는 완전히 별거 생활을 하고 있거든요."

품위와 도덕 관념이 없고 거침없이 노골적인 이 시골의 남녀 풍습에 익숙해 있는 신부도 이 새로운 사실에 놀랐다. 그러고는 갑자기 이 젊은 부인의 진짜 욕망을 알아맞힐 수 있을 것 같은 생각이 들었다. 그는 그녀의 고뇌에 대하여 동정과 호의가 가득 찬 눈길로 그녀를 곁눈질해 보았다.

"네, 무슨 얘긴지 알 것 같군요. 부인의…… 부인을 짓누르고 있는 그 독신 생활을 이해하겠습니다. 부인은 젊으시고 퍽 건강하십니다. 어쨌든 그건 자연스러운 일입니다. 너무도 자연스러운 일이지요."

시골 사제의 노골적인 성격으로 그는 다시 미소를 짓기 시작했다. 그러고는 가만히 잔의 손바닥을 지그시 눌렀다.

"그것은 율법으로도 허용되어 있습니다. 명령으로 허락되기까지 한 것입니다 육교(肉交)는 오직 결혼으로써만 바랄지어다 부인은 결혼하셨습니다. 안 그렇습니까? 부인은 당연히 그것을 누릴 권리가 있습니다."

이번에는 그녀가 그의 암시를 이해하지 못했으나, 곧 그것을 알아차리자 얼굴을 붉히면서 놀라움에 눈물이 글썽해지기까지 했다.

"아이! 사제님, 무슨 말씀이세요? 무슨 생각을 하시는 거예요? 맹세합니다만…… 맹세하지만……."

수치심으로 눈물을 글썽이며 목멘 소리로 낮게 외쳤다.

사제는 놀라 그녀를 달랬다.

"자, 마음을 상하게 할 생각은 없었습니다. 좀 농담을 한 겁니다. 정직한 사람들에게 있어서는 그것은 금지된 것이 아니지요. 그러나 나를 믿으세요. 나를 믿으실 수 있겠지요? 줄리앙 씨를 만나 좋게 이야기해 보죠."

그녀는 이제 무슨 말을 해야 할지 몰랐다. 비로소 사제에게 달려온 자신의 처사가 경솔했다는 후회가 치밀었으나, 스스로 협조를 청하고 나선 지금 사제의 호의를 거절할 구실을 찾지 못했다.

"감사합니다, 사제님." 하고 중얼거리고 나서 그 자리를 물러갔다.

일주일이 지났다. 그동안 그녀는 극도의 불안감과 두려움 속에서 지냈다.

어느 날 저녁 식사 때 줄리앙은 빈정거릴 때 항상 그렇듯, 입가에 미소 띤 주름을 지으면서 이상한 태도로 그녀를 바라보았다. 그런 그의 모습에는 느끼지 못할 정도의 어떤 비꼬는 듯한 친절조차 들어 있었다. 식사후 그들이 어머니의 큰 산책로를 거닐고 있을 때, 그는 그녀의 귀에 대고 달콤한 음성으로 속삭였다.

"우린 이제 화해를 한 것 같군."

그녀는 아무 대답도 하지 않았다. 풀이 돋아나서 이제는 거의 보이지 않는 땅에 똑바로 나 있는 어머니의 발자국을 내려다보았다. 그것은 추억이 잊혀지듯이 지워져 가는 남작 부인의 발자국이었다. 잔은 슬픔에 잠겨 가슴이 떨려 오는 것을 느꼈다. 그녀는 사람들로부터 아주 멀리, 인생에서 길을 잃고 낯선 곳에서 홀로 미로를 더듬고 있는 것 같은 느낌이 들었다.

줄리앙이 말을 이었다.

"나로서는 더 이상 해볼 도리가 없었어. 당신의 기분을 거스르지 않을까 염려했었지."

해가 지고 공기는 온화했다. 울고 싶은 욕구가 잔의 가슴을 짓눌렀다. 외로움에서 비롯된 안기고 싶은 욕구, 마음의 고통을 하소연하면서 그것을 껴안고 싶은 욕구로 가슴이 답답했다. 오열이 목구멍까지 올라왔다. 그녀는 두 팔을 벌리고 줄리앙의 가슴에 쓰러졌다.

눈물이 걷잡을 수 없이 흘러내렸다. 그는 놀라서 머리칼 사이로 그녀를 바라보았으나, 자기 가슴에 얼굴을 묻고 있어서 제대로 볼 수가 없었다. 그는 잔이 아직도 자기를 사랑하고 있다고 생각하고 머리를 숙여 그녀의 목덜미에 거만한 키스를 했다. 그러고 나서 그들은 한마디 말도 하지 않고 안으로 들어갔다. 그는 그녀의 방으로 따라 들어가 함께 그 밤을 보냈다.

이렇게 해서 그들의 예전 관계가 다시 시작되었다. 그는 그것을 하나의 의무처럼 이행했으나, 그것이 마음 내키지 않는 것은 아니었다. 그녀에게는 그것이 모멸감과 수치심으로 치르는 하나의 작업이었다. 다시 임신했다고 느껴지면 그때부터 영원히 그 관계를 그만둘 결심이었다.

이러한 관계가 몇 번인가 거듭되는 사이 그녀는 남편의 애무가 전과는 다르다는 것을 알게 되었다. 보다 세련되었는지는 몰라도 완전하지는 못했다. 그는 그녀를 조심성 있는 여인처럼 다루었을 뿐 편안한 남편으로서가 아니었다.

그녀는 내심 놀라운 마음으로 지켜보았다. 그러다가 이윽고 그의 행위는 그녀가 수태될 수 있는 상태가 되기 직전에 멈추어진다는 것을 알았다. 그래서 어느 날 밤, 그녀는 입술을 포갠 채로 속삭였다.

"왜 당신은 예전처럼 나에게 완전히 주지 않으세요?"

그러자 그는 이내 주저하는 빛도 없이 대답했다.

"아무렴, 당신을 임신시키고 싶지 않아서지."

순간 잔은 눈앞이 아찔했다.

"왜 그렇게 아이를 더 이상 원하지 않으시는 거죠?"

그는 그녀의 반응이 의외라는 듯 다시 한 번 되풀이했다.

"뭐라고? 뭐라고 했지? 당신 미쳤어? 애 하나를 더? 아이! 절대로 그럴 수는 없어! 빽빽 울어대고, 모든 사람들을 쩔쩔매게 하고, 돈이 드는 것은 이미 하나로 충분해. 또다른 아이라고? 제기랄!"

그녀는 두 팔로 그를 끌어안고, 그에게 키스를 퍼붓고, 사랑으로 감싸며 아주 낮은 소리로 말했다.

"아아! 제발 부탁이에요. 나를 다시 한 번 엄마로 만들어 주세요."

그러나 그는 정색을 하고 목에 감긴 잔의 팔을 떼어냈다.

"정말 당신 머리가 돌았군. 그런 바보 같은 소리는 하지 말아요! 제발."

그녀는 입을 다물었다. 그리고 자신이 꿈꾸고 있는 행복을 얻기 위해서 속임수를 써서라도 그것을 강요해야겠다는 결심을 했다. 그래서 그녀는 그의 키스를 오래 끌려고 하고, 열렬한 격정의 연극도 흉내내 보고, 흥분한 체하면서 부르르 떠는 두 팔로 그를 자기에게 얽어매기도 해보았다. 그녀는 여러 가지 술책을 다 사용하였다. 그러나 그는 언제나 어느 정도까지 가서는 행위를 그쳐 버리고, 한 번도 자기 자신을 망각하지 않았다.

그럴수록 그녀는 아이를 갖고 싶다는 자신의 거센 욕망에 점점 더 시달림을 받았고 참을 수 없게 되자, 물에 빠진 사람이 한 가닥의 지푸라기라도 잡으려는 심정으로 다시 피코 신부를 찾아갔다.

신부는 점심 식사를 끝낸 뒤였다. 식사를 하고 나면 언제나 심장의 고동이 심해서 휴식을 취하지 않으면 안 되었다. 그녀가 들어오는 것을 보자마자, 그는 자신의 교섭 결과를 알고 싶은 욕심에서 "어떠세요?" 하고 소리쳤다.

이미 사제에게 통사정을 해 왔던 까닭에, 망설이는 기색 없이 그녀는 즉각 대답했다.

"남편은 더 이상 아기를 원하지 않아요."

신부는 아주 흥미롭게, 사제의 호기심을 가지고, 그런 규방(閨房)의 비사(秘事)를 파헤칠 생각으로 그녀에게 몸을 돌렸다. 그런 규방사는 그의 고해실을 아주 흥미롭게 해주는 것이었다. 신부는 "어째서 그런가요?"

하고 물었다. 그러자 결심을 했으면서도 설명을 하자니 당황스러웠다.

"그런데 그이가…… 그이가…… 저를 어머니로 만드는 것을 거절하고 있어요."

사제는 이해했다. 그런 일들을 잘 알고 있었던 것이다. 그래서 그는 정확하고 상세하게, 단식을 하고 있는 사람의 엄청난 식욕으로, 일일이 캐묻기 시작했다.

그런 다음 그는 잠시 생각하고 나서, 마치 일상 생활에 대해 말하듯 조용한 목소리로 모든 상황에 결말을 지으면서 영리한 행동 계획을 그녀에게 지시했다.

"한 가지 방법밖에 없습니다. 그에게 부인이 임신했다고 믿게 하는 겁니다. 그러면 그는 포기하고 더 이상 조심하지 않게 될 것이고, 그렇게 되면 부인은 원하는 결과를 얻게 될 것입니다."

그녀는 부끄러움으로 얼굴이 새빨개졌으나 모든 것을 할 결심이 되어 있기 때문에 계속 버티어 나갔다.

"그런데…… 그이가 제 말을 믿지 않는다면요?"

사제는 사람들을 조종하고 꼼짝 못하게 하는 방법들을 잘 알고 있었다.

"그건 간단합니다. 부인이 임신했다는 것을 모든 사람들에게 알리세요. 사방에다 그것을 말하세요. 그러면 마침내 그 자신도 그걸 믿게 되고야 말 겁니다."

그리고 나서 그는 이 계략에 대해 스스로 용서하기라도 하려는 것처럼 이렇게 덧붙였다.

"그것은 부인의 정당한 권리입니다. 하나님도, 교회도 생식의 목적으로 행해지는 관계는 축복합니다."

그녀는 그 영리한 충고를 따랐다. 그래서 보름 후에 그녀는 줄리앙에게 자신이 임신한 것 같다고 알렸다. 그는 펄쩍 뛰었다.

"그럴 리가 없어! 그건 사실이 아니야."

그녀는 곧 그런 짐작이 가는 몇 가지 징조를 알려 주었다. 그러자 그는 안심하는 것 같았다.

"말도 안 되지! 좀 기다려 보구려. 하지만 그건 절대 있을 수 없는 일이야."

그러고는 매일 아침 그는 "어때?" 하고 물었다. 그러면 언제나 그녀는 이렇게 대답하는 것이었다.

"아니에요, 아직은 임신한 것이 아닌 것 같아요. 어쩌면 제가 잘못 생각한 것일지도 몰라요."

이번에는 그가 불안해하고 초조해했다. 놀랄 만큼 화를 내기도 하고 실망에 잠기기도 했으며, 혼자말로 이렇게 중얼거리곤 했다.

"전혀 알 수 없군. 도무지 모르겠어. 일이 어떻게 그리 되었는지! 그토록 주의를 했는데 말이야."

한 달 후에 그녀는 이 소식을 사방에 알렸다. 질베르트 백작 부인에게만은 일종의 복잡하고 미묘한 수치심에서 알리지 않았다.

처음의 불안한 마음이 있고 난 후부터, 줄리앙은 더 이상 잔에게 접근하지 않았다. 그는 노발대발하면서도 운명이라고 체념하고 받아들였다. 그러고는 이렇게 자기의 감정을 표시했다.

"바라지도 않은 녀석이 하나 생겼군."

그러고는 다시 아내의 방으로 들어오기 시작했다.

사제가 예측한 일이 완전히 이루어졌다. 그녀는 결국 임신을 한 것이다. 그러자 넘쳐흐르는 기쁨에 겨워 그녀가 경배하는 막연한 신에게 감사하고 싶은 충동에서 영원한 순결에 몸을 바치기로 하고, 그녀는 매일 저녁 자기 방문을 굳게 걸어 잠그고 줄리앙을 거부했다.

그녀는 다시 행복해지는 것을 느꼈다. 그리고 어머니가 돌아가신 후에 그녀의 흔적이 자기의 가슴속에서 덧없이 사라져 가는 것에 놀랐다. 그녀는 자신을 도저히 위로할 수 없다고 생각했었다. 그런데 겨우 두 달도 채 못 되어 그 생생한 상처가 아문 것이다. 이제 남은 것은 그녀의 생에 던져진 슬픔의 베일 같은 측은한 우수뿐이었다. 이제 자신의 평정과 생활을 뒤흔들어 놓을 것은 아무것도 없으리라. 그녀의 아이들은 자라고 그녀를 사랑할 것이다. 그녀는 남편과는 상관없이 조용히 만족해하며 늙어 갈 것이다.

9월 말경에 피코 신부는 아직 일주일 정도의 얼룩밖에는 묻지 않은 새 사제복을 입고 의례적인 방문을 했다. 그러고는 자기의 후임자인 톨비악 신부를 소개했다. 그는 마르고 매우 키가 작은, 아주 젊은 사제로서 말씨와 눈빛이 날카로워 극단적이고 과격한 영혼의 소유자였다. 노사제는 고데르빌의 사제장으로 임명되어 이곳을 떠나게 된 것이다.

잔은 이 이별에 진정으로 슬픔을 느꼈다. 이 착한 사람의 얼굴은 자신의 모든 추억과 연결되어 있었다. 그는 자신을 결혼시켜 주었고, 폴에게 세례를 주었으며, 남작 부인의 장례식을 치러 주었다. 에투방을 떠올릴 적에 그녀는 농장 마당을 따라 지나가는 피코 신부의 뚱뚱한 배를 빼놓을 수 없었다. 그녀는 그가 명랑하고 순수했기 때문에 그를 좋아했었다.

그는 승진을 했으면서도 즐거운 것 같지 않았다.

"혼이 났지요. 혼이 났고말고요, 자작 부인. 여기에 있은 지도 18년이 됩니다. 아아! 이 마을의 수입은 적고 또 대단한 가치도 없었어요. 남자들은 있어야 할 신앙심이 없었고, 여자들은 아시다시피 여자들은 그다지 품행이 좋지 않았습니다. 계집애들은 결혼도 안 한 주제에 배불뚝이가 되어서 어찌할 수 없는 경우에만 교회를 찾아왔지요. 그리고 오렌지꽃도 이 지방에서는 별로 값이 나가지 않습니다. 참으로 안타까운 일이지요. 그러나 난 이 지방을 좋아했습니다."

신임 사제는 참을 수 없다는 몸짓을 하고는 얼굴이 붉어져서 불쑥 이렇게 말했다.

"제가 온 이상, 그 모든 것은 변하고 말 것입니다."

이미 낡아 해지기는 했으나 깨끗한 사제복을 입은, 아주 허약하고 마른 그는 성질 잘 내는 어린애의 표정을 하고 있었다.

피코 신부는 즐거울 때 그러듯이 그를 흘겨보고 말을 이었다.

"이보시오, 신부. 그런 것들을 못하게 하려면 당신의 교구(敎區) 신자들을 사슬로 얽어매야 할 거요. 그래 봤자 아무 소용이 없을걸요."

그 작은 사제는 단호히 잘라 말했다.

"두고 보시면 아실 겁니다."

노사제는 한줌의 코담배를 들이마시면서 미소를 지었다.

"나이가 당신을 가르칠 것이오, 신부. 그리고 경험도 마찬가지고. 당신의 방법으로는 교회에 남은 몇 안 되는 신자마저 교회에서 내몰게 될 거요. 그게 전부요. 이 마을에 있는 사람들은 신자이지만 동물적인 속성이 강해요. 그러니 신중하시오. 정말이지, 나는 약간 뚱뚱해 보이는 처녀가 일요일 설교를 들으러 오는 것을 보면 이렇게 생각하지요. '교구민(敎區民)을 한 사람 더 인도해 왔구나.' 하고 말이오. 그리고 나는 그 여자를 결혼시켜 주려고 애쓰지요. 당신은 그들이 과오를 저지르지 못하도록 막진 못할 거요. 아시겠소? 그러나 당신은 그 청년을 찾아내서, 그 미혼모를 버리지 못하게 할 수는 있소. 그들을 혼인시키시오, 신부. 그들을 결혼시키시오. 그 이전의 행위를 캐내어 단죄할 수는 없어요."

신임 사제는 불쾌하게 대답했다.

"우린 서로 생각이 다른 것 같군요. 더 이상 사제님과 이야기해 봐야 소용이 없는 것 같습니다."

그러자 피코 신부는 자기의 마을, 사제관의 창문으로 보이는 바다 멀리 배들이 지나가는 것을 바라보면서 기도서를 읽고 명상하러 찾아갔던, 깔때기 모양의 작은 골짜기들을 보지 못하게 된 것을 아쉬워했다. 그리고 두 사제는 작별 인사를 했다. 노사제가 잔에게 키스를 해서 그녀는 하마터면 울음이 터질 뻔한 것을 간신히 억눌렀다.

일주일 후에 톨비악 신부가 다시 왔다. 그는 하나의 왕국을 손아귀에 쥐고 있는 군주나 할 수 있을 법한, 자기가 실행하고자 하는 전면적이고도 급격한 개혁에 대해서 이야기했다. 그러고 나서 자작 부인에게 일요일의 미사에 절대로 결석하지 말 것과 모든 제일(祭日)에는 성체 배수를 하도록 요청했다.

"부인과 저는 이 지방의 수뇌입니다. 우리는 이 지방을 다스려야 하고 언제나 따라야 하는 본보기로서 모범이 되고 상징적인 존재가 되어야 합니다. 우리가 강력해지고 존경받기 위해서는 단결하지 않으면 안 됩니다. 교회와 성관이 서로 손을 잡으면, 초가집은 우리를 존경하고 복종하게 될 것입니다."

잔의 종교는 온통 감정으로 이루어진 것이었다. 그녀는 여자가 언제나 그렇듯이 막연하고 몽상적인 신앙을 지니고 있었다. 만일 그녀가 자기의 의무를 조금이라도 수행했다면, 그것은 무엇보다도 수녀원의 여학교에서 지켰던 습관에 의한 것이고, 또한 남작의 비난하기 좋아하는 철학은 오래전부터 그녀의 신념에 절대적인 영향을 끼치고 있었던 것이다.

피코 신부는 그녀가 자기에게 줄 수 있는 작은 것에 만족했지, 절대로 무리한 강요를 한 적이 없었다. 그런데 그의 후임자는 지난 일요일의 미사에 그녀가 참석하지 않은 것을 보고 참을성 없이 준엄하게 달려온 것이다.

그녀는 조금도 사제관과 관계를 끊고 싶지 않았다. 그래서 처음 몇 주일은 환심을 사려는 마음에서 열심을 보이려고 생각하고 나가기로 약속했다. 그러다가 차츰 그녀는 교회에 나가는 습관이 들었고 그 청렴하고 강압적인, 허약한 신부의 영향을 받게 되었다.

신비주의자인 그는 그의 열광과 열정으로 해서 그녀의 마음을 끌었다. 그는 모든 여자들이 영혼 속에 지니고 있는 종교적인 시정(詩情)의 현(絃)을 그녀의 마음속에 떨리게 해주었다. 신의 존재와 상대적인 속세와 관능을 덧없이 여기는 데서 비롯되는 엄격한 금욕주의, 인간의 편견에 대한 혐오, 신에 대한 사랑, 젊고 야성적인 무경험, 엄격한 말투, 굽힐 줄 모르는 의지, 이런 것들이 잔에게 신의 진실한 사도인 양 그런 인상을 주었다. 이미 미망에서 깨어난 이 고통받는 여자는 하늘의 대리자인 젊은 사제의 엄격한 광신(狂信)에 점점 사로잡혀 갔다.

그는 독실한 종교의 기쁨이 어떻게 그녀의 모든 고통을 가라앉히는가를 보여 주면서 그녀를 위안자인 그리스도에게 인도하였다. 그녀는 무감각하고 오로지 의지의 화신인 듯한 이 사제 앞에서 작고 나약한 자신을 느끼면서 겸손하게 고해실에 무릎을 꿇는 것이었다.

그러나 그는 얼마 안 있어 온 마을 사람들로부터 배척을 받게 되었다. 자기 자신에 대해서 사정없이 엄격한 그는 다른 사람에 대해서도 혹심한 불관용(不寬容)의 태도를 보였다. 특히 한 가지 일이 그를 화나게 했고 분개시켰다. 그것은 연애였다. 그는 설교에서 성직자의 관례에 따라 노골적인 말로, 이 시골뜨기 회중(會衆)을 향해 성욕에 대해서 우레 같은 말을 퍼부으면서 흥분하여 연애에 대한 이야기를 했다. 그는 분노로 몸을 떨었고, 자기의 격분 속에서 여러 가지 생생한 광경과 싸우는 듯 쉴 새없이 몸을 떨곤 했다.

그럴 때마다 제단 아래서는 죄에 빠진 키 큰 녀석들과 계집애들이 서로 음험한 시선을 슬그머니 주고받았다. 그리고 언제나 이런 것에 농담하기를 좋아하는 늙은 농부들은 미사를 끝내고 농가로 돌아오면서, 푸른 작업복을 입은 아들과 검은 망토를 입은 아내 곁에서 그 작은 사제의 무서운 질책을 비웃었다. 그래서 온 마을이 술렁거렸다.

사람들은 고해실에서의 그의 엄격성, 그가 내린 엄격한 보속(補贖)에 대해 낮은 소리로 서로 수군거렸다. 그리고 순결을 잃은 계집애들에게는 고해와 사죄를 거부했으므로 마침내 마을 전체가 그에게 등을 돌리고 비난하게 되었다. 제일(祭日)의 대미사에서 젊은이들이 다른 사람들과 함께 성체 배수를 하러 가는 대신 의자에 그대로 남아 있는 것을 보고 사람들은 웃었다.

마침내 신부는 감시인이 밀렵자를 추격하듯이, 그들이 만나지 못하도록 연인들을 살폈다. 그는 도랑가에서, 헛간 뒤에서, 달 밝은 밤에, 낮은 언덕의 비탈에 있는 갈대 수풀 속에서 그들을 색출해 내기까지 했다. 한번은 자기 앞에서도 떨어지지 않는 두 연인을 발견한 적이 있었다. 그들은 서로 허리를 껴안고 자갈이 많은 협곡 속에서 키스를 하면서 걷고 있었다.

신부가 소리쳤다.

"그만두지 못해, 이 버릇없는 것들아!"

그러자 젊은이는 돌아다보면서 그에게 대답했다.

"당신 걱정이나 하슈, 사제님. 이건 당신하곤 상관없는 일이지 않소."

그러자 신부는 자갈을 집어 마치 개에게 던지듯이 그들에게 집어 던졌다. 두 사람은 낄낄거리면서 도망갔다.

다음 일요일에 신부는 성당 한복판에서 그들의 이름을 폭로하고 불러 세워 나무랐다. 이것은 결과적으로 신자들만 교회에서 내쫓아 버리는 것 이외에 다른 소득은 없었다.

사제는 목요일마다 성관에서 저녁 식사를 했다. 그리고 평일에도 종종 그의 속죄자와 함께 이야기를 나누려고 들렀다. 잔도 사제처럼 흥분해서 비물질적인 것에 관해서 토론을 벌였고, 종교 논쟁에 있어서는 아주 오래되고 복잡한 무기를 죄다 사용하였다.

그들 두 사람은 그리스도와 사도(使徒) 바오로, 그리고 성모와 초대 교회의 교부(敎父)에 관해서 마치 그들을 알고 있는 사람처럼 이야기하며, 남작 부인의 그 큰 가로수 길을 따라 거닐었다. 그들은 이따금 신비주의적으로 주제를 벗어나게 하는 심오한 문제를 제기하기 위해서 걸음을 멈추곤 하였는데, 잔은 화전(火箭)처럼 하늘로 올라가는 시적인 추론(推論)에 몰두했고, 사제는 보다 명확해서 원의 구적법(求積法)을 수학적으로 증명해 보이려는 편집광적인 소송 대리인처럼 추론을 하였다.

줄리앙은 굉장히 공손하게 신임 사제를 예우하였고, 줄곧 이렇게 되뇌었다.

"그 사제는 내 마음에 들어. 타협하지 않거든."

그리고 그는 마음이 내키면 고해도 하고 성체 배수도 하면서 놀랄 만큼 모범을 보였다. 그는 요즈음 거의 매일같이 푸르빌르 가로 갔는데, 이제는 줄리앙 없이는 지낼 수 없는 백작과 함께 사냥을 하거나, 비가 오나 폭풍우가 치나 상관없이 백작 부인과 함께 말을 타기도 했다. 백작은 이렇게 말하곤 하였다.

"저 사람들은 말에 미쳤군. 그러나 내 아내에게는 좋은 일이야."

남작은 11월 중순경에 돌아왔다. 그는 변해 있었다. 늙고, 지치고, 그의 정신에 스며든 어두운 슬픔 속에 잠겨 있었다. 그리고 딸에 대한 애정과 집착은 마치 요 몇 달 동안의 침울한 고독이 정(情)과 신뢰와 애정의 욕구를 한층 더한 듯이 아주 증대되어 보였다.

잔은 아버지에게 자신의 새로운 변화, 즉 톨비악 신부와의 친교 그리고 종교에 대한 몰입 등을 털어놓지 않았다. 그러나 사제를 처음 본 순간, 남작은 그에 대해 격렬한 혐오감과 적의가 끓어오르는 것을 느꼈다.

그날 밤, 잔이 남작에게 물었다.

"그분을 어떻게 생각하세요?"

"저 따윈 성직자라고 감히 말할 수도 없어. 종교 재판소의 재판관 같더구나."

그리고 나서 그의 친구인 농부들로부터 젊은 사제의 엄격성과 난폭한 행위 그리고 자연의 법칙과 선천적인 본능에 대하여 그가 행한 일종의 박해 같은 것을 들어 알았을 때 그는 더 이상 참을 수 없었다.

그는, 남작은, 범신론적인 자연을 숭배하는 낡은 철학파에 속한 사람으로서, 교미를 하고 있는 두 마리의 동물을 보면 곧 감동이 되고 일종의 범신론적인 신 앞에서는 무릎을 꿇는 사람이었다. 하지만 부르주아적인 의도, 예수회의 분노, 폭군의 복수심을 가진 가톨릭적인 신 앞에서는 창조에 위배되는 것, 자연에 거스르는 것이라 생각하여 반항했다.

이러한 신은 그에게 있어서 막연하게 예감되는 숙명적이고 무한하며 전능한 창조요, 생명이요, 빛이요, 대지요, 사상이요, 식물, 바위, 인간, 공기, 짐승, 별의 창조, 이러한 창조를 비소(卑小)하게 만드는 존재에 지나지 않았다. 그것은 의지보다도 강하고, 추리보다도 넓으며, 모든 의미에서 그리고 무한한 공간을 통해서 모든 형태로 목적 없이, 이유 없이, 끝없이 생산해 낸 것이며, 우연의 필요와 세상에 열을 가하는 태양의 접근에 따른 창조이기 때문이다.

창조는 모든 생명을 내포하고 있고, 꽃과 열매가 나무 위에 달리듯이 사상과 생명이 그 속에서 전개되는 것이다. 그러므로 그에게 있어서 생식이란 일반적인 위대한 법칙이요, '우주적인 존재'의 난삽하고도 부단한 의지를 수행하는, 신성하고 존경할 만하며, 신적인 행위인 것이다. 그래서 그는 이 농가에서 저 농가로 다니며, 생명의 박해자인 이 불관용의 사제에 대하여 맹렬한 반대 운동을 펴기 시작하였다.

잔의 어떠한 기도도, 눈물도, 애원도 아버지의 결심을 돌이킬 수 없었다. 그는 언제나 이렇게 대답하는 것이었다.

"그런 인간들과 싸우지 않으면 안 된다. 그것은 우리들의 권리요, 의무란다. 그것들은 인간도 아니야."

그는 긴 백발을 흔들면서 되뇌었다.

"그것들은 인간도 아니야. 아무것도 모른단다. 아무것도, 아무것도. 그들은 복수에 굶주린 미치광이야. 자연의 법칙에 반대하는 자들이란 말이야."

그는 마치 저주를 하듯이 "자연의 법칙에 어긋나는 자들!" 하고 소리 쳤다.

사제도 만만치 않은 적수가 나타났음을 알고 있었으나, 성관과 젊은 부인의 지배자로 그대로 있고 싶었기 때문에 최후의 승리를 확신하면서 기회를 기다렸다. 그런 데다가 보다 가까운 곳에서 벌어지고 있는 심상치 않은 사건에 주의를 기울였다. 그는 우연히 줄리앙과 질베르트의 불륜을 목격한 것이다. 그래서 그는 어떤 대가를 치르더라도 그들의 관계를 중단시키고 싶었다.

그는 어느 날 잔을 만나러 갔다. 그리고 비유적인 긴 이야기를 하고 나서 그녀 자신의 집안에 있는 악과 싸워 멸망시키고, 위험에 처해 있는 두 영혼을 구원하기 위해, 자기에게 협력해 줄 것을 부탁하였다. 그러나 그녀는 그러한 속세의 일에서 이미 관심이 떠났으므로 사제의 말뜻을 제대로 이해할 수 없었다.

"때가 되지 않았군요. 나중에 다시 뵙겠습니다."

사제는 이렇게 대답하고는 불쑥 나가 버렸다.

겨울은 끝나 가고 있었다. 시골에서 '썩은 겨울' 이라고 하는 축축하고 후텁지근한 겨울이었다.

신부는 며칠 후에 다시 찾아왔다. 먼젓번보다는 좀더 구체적으로 그러나 역시 우회적인 수사법으로 이야기했다. 그는 모든 방법을 다 동원해서라도 그것을 막아야 하는 것은, 그런 사실을 알고 있는 사람들이 해야 할 일이라고 말했다. 그러고 나서 그는 고결한 것을 참작하여 잔의 손을 잡고, 그녀에게 눈을 뜨고 이해하여 자기를 도와 달라고 간청했다.

잔은 비로소 사제의 말뜻을 알아차렸다. 그러나 그녀는 지금은 조용한 자신의 집에 괴로운 일이 일어날 수도 있다는 그 모든 것을 생각하니 공포에 사로잡혀 아무 말도 나오지 않았다. 그래서 그녀는 신부가 무엇을 말하고자 하는지 알지 못하는 체했다. 그러자 신부는 더 이상 망설일 수가 없어서 분명하게 이야기했다.

"제가 수행하려고 하는 것은 피할 길 없는 의무입니다, 자작 부인. 그러나 어찌할 수가 없습니다. 제가 수행하고 있는 임무는 부인이 막을 수 있는 일을 알리지 않아서는 안 된다는 것을 내게 명하고 있습니다. 그러니 부인의 남편과 드 푸르빌르 부인은 죄가 되는 애정을 지속하고 있다는 것을 알아주시기 바랍니다."

그녀는 체념하듯 힘없이 고개를 떨구었다.

사제가 다시 말을 이었다.

"이제는 어떻게 하실 생각이십니까?"

그러자 그녀가 더듬거리며 말했다.

"설사 그렇다 해도 제가 할 일이 있겠습니까?"

그가 우악스럽게 대답했다.

"두 분을 분별없는 욕정에서 구해 내야 합니다."

그녀는 울기 시작했다. 그리고 몹시 괴로워하는 목소리로 말했다.

"그러나 이미 그는 하녀와 더불어 저를 배신한 적이 있습니다. 아무튼 제 말은 듣지 않아요. 이제 저를 사랑하지도 않아요. 그의 마음에 들지 않는 욕망을 나타내기라도 하면 그 즉시로 남는 것은 조롱과 비웃음뿐이지요. 그러니 제가 무엇을 할 수 있겠어요?"

사제는 격분해서 외쳤다.

"그러면 부인은 굴복하시는 거로군요! 체념하시는 거로군요! 인정하시는 거로군요! 간통자가 댁의 지붕 밑에 있습니다. 그런데 부인은 그를 묵인하고 있습니다! 죄가 부인의 눈 아래에서 저질러지고 있는데, 부인은 시선을 돌리시는 겁니까? 부인은 그러고도 그의 아내입니까? 기독교 신자입니까? 한 아이의 어머니입니까?"

그녀는 흐느끼며 말했다.

"제가 어떻게 하기를 바라시나요?"

그가 즉각 응수했다.

"그런 비열한 짓을 허용하기보다 차라리 무슨 짓이라도 하십시오. 무슨 짓이라도. 이 굴욕적인 부부 관계를 청산하시오. 추잡한 간통이 이루어지는 집을 떠나시오."

그녀가 말했다.

"하지만 제겐 자신이 없어요, 신부님. 게다가 이제는 용기도 없고요. 그리고 증거도 없는데 어떻게 나갑니까? 제겐 그런 권리조차 없는걸요."

사제는 극도로 흥분했다.

"부인은 아주 소심하고 비겁한 분이군요. 부인, 나는 부인이 그런 사람인 줄 몰랐습니다. 부인은 신의 은총을 받을 자격이 없습니다!"

그녀는 무릎을 꿇고 쓰러졌다.

"아아! 신부님, 제발 저를 버리지 말아 주세요. 제가 할 일을 가르쳐 주세요!"

그는 퉁명스러운 목소리로 말했다.

"드 푸르빌르 씨의 눈을 뜨게 하십시오. 그분이 해결할 겁니다."

그 생각을 하니 갑작스러운 공포가 그녀를 사로잡았다.

"그러면 그분은 그들을 죽일 거예요, 신부님! 그리고 저는 밀고를 하게 되는 거예요! 아아! 그럴 수는 없어요. 절대로!"

그러자 그는 분노가 치밀어 마치 그녀를 저주하기라도 하는 것처럼 한 손을 치켜들었다.

"당신의 치욕과 당신의 죄악 속에 그대로 머물러 있으십시오. 당신은 그들보다 더 가증스러우니까요. 당신은 관대한 아내시군요! 여기에서 더 이상 내가 할 일은 없습니다."

그리고 그는 가 버렸다. 사제는 배반감과 분노에 몸을 떨며 거의 뛰다시피 걸어가고 있었다. 그녀는 굴복할 각오를 하고 약속을 맹세하면서 정신없이 그를 따라갔다. 그러나 그는 여전히 분노로 몸을 떨었으며, 거의 그 사람만큼이나 기다랗고 큰 파란 우산을 화가 나 흔들면서 빠른 걸음으로 걸어갔다.

그는 울타리 곁에 서서 가지치기하는 인부들을 감독하고 있는 줄리앙을 보았다. 그래서 그는 쿠이야르의 농장을 가로지르려고 왼쪽으로 돌아갔다. 그러면서 이렇게 되풀이했다.

"귀찮게 굴지 마세요, 부인. 난 더 이상 드릴 말씀이 없습니다."

바로 그가 가는 길에, 마당 한가운데에, 그 집 아이들과 이웃집 아이들의 한 떼가 개집 주위에 모여서 말없이 주의를 집중하고 무엇인가를 신기한 듯이 주시하고 있었다. 그애들의 한가운데에서 남작이 뒷짐을 지고 역시 호기심 있게 바라보고 있었다. 마치 학교 선생 같았다. 그러나 멀리 사제가 오는 것을 보자 재빨리 몸을 감추었다.

잔은 애원하듯 말했다.

"며칠만 참아 주세요, 신부님. 그리고 성관으로 다시 와 주세요. 제가 할 수 있는 것과 제가 준비해야 할 것을 말씀드리겠어요. 그리고 우리 다시 생각해 보기로 해요."

그들은 그때 아이들이 몰려 있는 곁에까지 왔다. 그래서 사제는 무엇이 그애들을 그렇게 흥미롭게 하는지 의아해서 길게 고개를 뺐다. 그것은 암캐가 새끼를 낳고 있는 광경이었다. 개집 앞에는 다섯 마리의 새끼가 어미 주위에서 꼬물거리고 있었고, 어미는 옆으로 누워 그것들을 사랑스럽게 핥고 있었다. 사제가 몸을 구부리는 순간, 개는 경련을 일으키며 몸을 죽 펴더니 여섯 번째의 강아지를 낳았다. 그러자 개구쟁이 아이들은 모두 기쁨에 어쩔 줄을 몰라 손뼉을 치면서 소리를 질렀다.

"또 하나 나왔다. 또 하나 나왔어!'

그들에게는 그것이 하나의 놀이였다. 그들의 놀라움에는 어떠한 외설스러운 상상도 섞이지 않은 자연 그대로의 놀이였다. 그들은 사과나무에서 사과가 떨어지는 것을 바라보듯 이 출생을 주시하고 있었던 것이다.

톨비악 신부는 처음에는 아연실색해 있다가, 이내 걷잡을 수 없는 분노와 수치심에 사로잡혀 그의 커다란 우산을 치켜들고 있는 힘을 다해 아이들의 머리를 후려치기 시작했다. 뜻밖의 날벼락에 혼쭐난 아이들이 걸음아 날 살려라 하고 도망을 갔다. 그러자 그는 갑자기 기를 쓰고 일어나려고 하는 해산 중의 개와 마주 대하게 되었다. 그러나 그는 발로 일어서려고 하는 개마저 그냥 두지 않았다. 머리가 혼란해진 그는 온 힘을 다해 개를 때리기 시작했다. 사슬에 묶인 개는 도망갈 수도 없어서, 매질에 몸부림을 치면서 무섭게 울부짖었다.

사제는 흡사 미치광이 같았다. 그의 우산이 부러졌다. 그러자 맨손으로 개 위에 올라타 미친 듯이 짓밟고, 찧고 짓눌렀다. 누르는 바람에 마지막 새끼가 나왔다. 그는 벌써 젖꼭지를 찾아 끙끙거리고, 눈이 떨어지지 않은 그리고 둔한 새끼들 한가운데에서 아직도 몸을 움직이고 있는 어미개, 그 피투성이의 몸뚱이를 미치광이 같은 발뒤꿈치로 아주 밟아 죽였다.

　잔은 이미 달아나 버렸다. 그런데 사제는 갑자기 목덜미가 잡히는 것을 느꼈다. 따귀 한 대에 그의 삼각 모자가 날아갔다. 홍분한 남작이 그를 노려보며 울타리가 있는 데까지 끌고 가서 길바닥에 내동댕이쳤다.

　남작이 다시 돌아와 보니 자기 딸이 무릎을 꿇고, 강아지들 한가운데에서 흐느껴 울면서 스커트에 그것들을 주워담고 있는 것이 보였다. 그는 딸에게로 성큼성큼 걸어와 연방 손짓을 하면서 소리를 질러 댔다.

　"저것 봐, 저게 사제복을 입은 인간이다! 이젠 너도 보았겠지? 놈은 수단(繡緞)을 걸친 악마야."

　소작인들이 달려왔다. 사람들은 모두 창자가 빠진 그 개를 바라보았다. 쿠이야르 할멈이 말했다.

　"어떻게 저렇게 잔인할 수 있을까!"

　그러나 잔은 일곱 마리의 새끼를 주워 모으고, 그것들을 키우겠다고 주장했다. 강아지들에게 우유를 주려고 했으나, 세 마리는 다음날 죽어 버렸다. 그러자 시몽 영감은 젖을 먹여 줄 암캐를 찾으려고 온 마을을 뛰어다녔다. 그런 개를 찾지는 못했으나 그 일을 할 수 있을 것이라고 단언하면서 젖이 나는 암코양이 한 마리를 데리고 왔다. 그런데 다른 세 마리가 또 죽었다. 그래서 종족이 다른 이 유모에게 최후의 한 마리를 맡겼다. 고양이는 당장에 강아지를 양자로 삼고 옆으로 누워서 자기의 젖꼭지를 내밀었다.

　양모의 젖이 다 말라 버리지 않도록 하려고 보름 후에는 젖을 떼고, 잔 자신이 우유로 키울 생각을 했다. 그녀는 강아지를 '또또'라고 이름 지었다. 그러나 남작은 독단으로 그 이름을 바꾸고 '마사크르(虐殺)'란 이름을 지어 사제의 소행을 기억하자고 했다.

사제는 다시 오지 않았다. 그러나 다음 일요일에 그는 성관에 대해 저주와 욕설과 협박의 말을 설교단 위에서 던졌고, 상처에는 뻘겋게 단 쇠를 대지 않으면 안 된다고 말했다. 남작을 파문하겠다고 했으나 그는 그것을 조소하였다. 그리고 아직은 소심해서 줄리앙의 최근의 정사(情事)를 흐리멍덩한 암시로 알렸다. 그러고는 신의 심판을 들어 복수를 맹세하는 것이었다. 자작은 격분했으나 무서운 추문에 대한 두려움이 그의 분노를 진정시켰다.

그러자 일요 설교 때마다 사제는 계속해서 복수를 선언했고, 신의 심판의 시간이 가까이 왔다면서 그의 적은 모두 벼락을 맞을 것이라고 예언했다.

줄리앙은 대주교에게 경의를 표하면서 톨비악 사제의 태도와 소행을 알리는 공손하고도 강력한 편지를 썼다. 젊은 사제는 상부로부터 경고를 받자 비로소 입을 다물었다.

이제는 고립되어 침울한 표정으로 걸음을 재촉하면서 고독한 긴 산책을 하고 있는 그를 만나곤 했다. 질베르트와 줄리앙은 승마 산책을 하면서 그를 발견했다. 어느 때는 벌판의 끝이나 절벽 가장자리에서 검은 점처럼 멀리 보일 때도 있고, 또 어느 때는 그들이 들어가려고 하는 어떤 좁은 골짜기에서 기도서를 읽고 있을 때도 있었다. 그러면 그들은 약속이나 한 듯 말고삐를 돌렸다.

그들의 사랑에 더욱 활기를 띠게 하고, 달리다가 으슥한 곳이 있으면 여기저기서 매일 서로를 껴안게 하는 봄이 왔다. 아직은 나뭇잎들이 성기고 풀밭이 축축했기 때문에 한여름처럼 덤불 숲 속으로 깊이 들어갈 수가 없어서 그들은 자신들의 포옹을 가리기 위해 지난 가을부터 보코트 언덕 꼭대기에 버려진 채로 있는 목동의 이동식 오두막집을 이용하였다.

그 오두막집은 낭떠러지에서 500미터 되는 곳에, 골짜기의 급경사가 시작되는 바로 그 지점에 홀로 높다랗게 서 있었는데, 그 집 밑에는 바퀴가 달려 있었다. 그들이 그 안에 있으면 발각될 염려가 없었다. 왜냐하면 거기에서는 벌판을 내려다볼 수 있었기 때문이다. 집채에 두 필의 말을 묶어 놓은 채 불타오르는 정욕을 태우는 것이었다.

그런데 어느 날이었다. 그들이 그 은신처를 나오는 순간, 벼랑 아래 숲 속에 거의 숨다시피 앉아 있는 톨비악 신부를 보았다.

"말들을 협곡 속에 매어 놓아야겠군요. 멀리서도 우리가 여기에 있는 것을 알 수 있겠어요." 하고 줄리앙이 말했다.

그래서 그들은 덤불이 가득한 골짜기의 숨겨진 부분에 말을 매어 두는 습관이 붙어 버렸다.

어느 날 저녁, 두 사람이 백작과 함께 저녁 식사를 하게 되어 있는 라브리에트로 들어갈 때, 그들은 성관에서 나오는 에투방의 사제와 마주쳤다. 사제는 그들을 지나가게 하려고 옆으로 비켜섰다. 그리고 인사를 했으나 그들은 시선을 피했다. 어떤 불안이 그들을 사로잡았으나 곧 사라졌다.

어느 날 오후, 바람이 몹시 부는 날(그것은 5월 초순이었다) 잔이 난롯불 곁에서 책을 읽다가 문득 고개를 들어 밖을 보니, 드 푸르빌르 백작이 걸어오는 것이 눈에 띄었다. 사나운 바람에도 불구하고 그가 허겁지겁 달려오자 순간 그녀는 가슴이 덜컥 내려앉았다.

그녀는 그를 맞으려고 급히 내려갔다. 그와 마주하게 되자, 그녀는 그 사람이 마치 미친 것으로 생각되었다. 그는 실내에서 쓰는 커다란 털모자를 쓰고 사냥복을 입고 있었다. 그리고 보통 때는 불그스레하던 안색이 너무도 창백해서, 조금도 어울리지 않는 그 붉은 수염은 마치 불꽃처럼 보였다. 그의 눈에는 핏발이 서 있었고 얼이 빠진 듯이 두리번거렸다. 그가 더듬거리며 말했다.

"혹시 제 아내가 와 있지 않습니까?"

잔은 머리가 혼란스러워져서 대답했다.

"아뇨, 오늘은 전혀 뵙지 못했는걸요."

그러자 그는 마치 탈진한 듯이 주저앉더니, 모자를 벗고 손수건으로 몇 번이나 기계적인 동작으로 이마를 닦았다. 그리고 나서 벌떡 일어나더니 젊은 부인에게로 다가와 두 손을 내밀며, 그러다가 멈칫하고 그녀를 뚫어지게 쳐다보더니 정신 나간 듯이 말했다.

"그런데 댁의 남편은…… 당신 역시……."

그리고 그는 바다 쪽으로 달리기 시작했다.

잔은 그를 멈추게 하려고 뒤따라 달리면서 그를 부르고 애원했으며, 공포로 가슴이 떨렸다.

'그는 모든 것을 다 알고 있다! 그는 무슨 짓을 하려는 것일까? 아아!

그들을 발견하지 못하면 좋으련만!

그러나 그녀는 그를 미처 따라갈 수가 없었다. 그는 귀기울이지 않았다. 그는 그녀 앞에서 자기 목적에 확신을 갖고 주저하는 빛도 없이 가고 있었다. 그는 도랑을 건너고, 거인 같은 걸음걸이로 갈대 숲을 건너뛰어 절벽에 닿았다.

잔은 나무들이 서 있는 비탈 위에 서서 오랫동안 그를 눈으로 쫓고 있었다. 이윽고 백작이 시야에서 사라지자 그녀는 절망적인 불안감에 싸여 집으로 돌아왔다.

백작은 오른쪽으로 접어들어 뛰기 시작하였다. 바다는 미친 듯 으르렁거리며 산더미 같은 파도를 뱉어 놓았고, 새카만 큰 구름들은 미친 듯이 빨리 스쳐 지나가고 다른 구름들이 몰려왔다. 그리고 그 구름은 각기 맹렬한 소나기를 해안에 퍼부었다. 바람에 섞여 우레 소리를 내었고, 풀들을 쓰러뜨리고 자라고 있는 작물을 눕혔으며, 거품 덩어리와도 같은 커다란 흰 새들을 멀리 지상으로 이끌어 갔다.

사나운 돌풍은 계속해서 일어나 백작의 얼굴을 후려치고 뺨과 물방울이 흐르는 수염을 적셨으며, 귀와 방망이질하는 가슴을 소리로 가득 채웠다.

저기 백작의 앞에는 보코트의 골짜기가 그 깊은 목구멍을 벌리고 있었다. 거기까지는 비어 있는 양의 우리 곁에 목동의 오두막집이 한 채 있을 뿐 아무것도 없었다. 두 마리의 말이 이동식 집채에 매여 있는 것을 발견했다. 이런 폭풍우에 무엇을 두려워하겠는가? 말들을 알아보자마자 백작은 땅에 엎드려 손과 무릎으로 기어갔는데, 진흙투성이의 큰 몸집과 짐승의 털모자를 쓴 그의 모습은 무슨 괴물처럼 보였다. 그는 외딴 오두막집이 있는 데까지 기어가서 널빤지의 틈새로 발견되지 않게 하기 위해서 그 밑에 숨었다.

말들은 그를 보자 움직이기 시작하였다. 그는 천천히 손에 쥐고 있던 칼로 소리나지 않게 고삐를 끊었다. 그때 갑작스런 광풍이 불어왔기 때문에, 바퀴가 달린 목조 오두막집을 흔들고 경사진 지붕을 후려치는 우박에 놀라서 말들이 달아나 버렸다.

그러자 백작은 무릎으로 일어나서 오두막의 판자 사이로 눈을 바짝 들이대고, 숨까지 멈춘 채 그 안을 들여다보았다. 그는 이제 움직이지 않았다. 무언가를 기다리는 것 같았다.

얼마나 시간이 지났을까. 마침내 갑자기 머리끝에서부터 발끝까지 진흙투성이가 된 그가 몸을 일으켰다. 그는 미친 듯한 몸짓으로 밖에서 잠그게 되어 있는 문의 빗장을 지르고, 집채를 잡고서 무서운 기운으로 마치 그 오두막집을 박살낼 듯이 흔들어 대기 시작하였다. 그러다가 갑자기 큰 키를 구부리고 필사적인 노력을 다해 오두막집을 둘러메고, 소처럼 헐떡이면서 끌어당겼다. 그는 그 이동식 집과 그 속에 갇혀 있는 사람들을 급경사가 진 쪽으로 끌고 갔다.

안에 있는 사람들은 무슨 일이 일어났는지도 모르고 주먹으로 칸막이를 두드리면서 소리쳤다.

내리막길 위에 이르자, 백작은 그 가벼운 집을 놓아 버렸고, 그것은 벼랑 아래로 굴러 떨어지기 시작했다. 오두막집은 미친 듯이 굴러 떨어지면서 여전히 쏜살같이 내려가며, 짐승처럼 뛰어내리고 비틀거리며 벼랑을 치면서 떨어졌다.

비를 피해 숲 속에 숨어 있던 한 늙은 거지가 자기 머리 위로 오두막집이 단숨에 굴러 떨어지는 것을 보았고, 그 큰 나무 상자 속에서 새어 나오는 무서운 비명 소리를 들었다.

갑자기 오두막집은 충격으로 바퀴 하나를 잃어버리고 모로 쓰러져 버렸으나, 이번에는 공이 굴러가는 것처럼 기둥뿌리가 빠진 집이 산꼭대기에서 굴러 떨어지는 것처럼 내려가기 시작하였다. 그러다가 마지막 협곡 가장자리에 와서 포물선을 그리면서 튀어 오르더니 돌 바닥에 떨어져 산산조각이 나 버렸다.

집이 돌 바닥에서 부서지는 것을 보자 그 늙은 거지는 가시덤불을 헤치고 잔걸음으로 내려갔다. 그러나 시골뜨기의 조심성으로, 차마 부서진 집 가까이 가지는 못하고, 그 사건을 알리러 근처 농가가 있는 데까지 달려갔다.

사람들이 달려와 그 속에서 끄집어낸 것은 두 사람의 시체였다. 그들은 타박상을 입고 짓이겨져 피투성이가 되어 있었다. 남자는 이마가 뚫어지고 온 얼굴이 으깨어져 있었다. 여자의 턱뼈는 충격으로 빠져나와 늘어져 있었다. 그리고 그들의 부러진 팔다리는 마치 살 속에 뼈가 없는 것처럼 물렁거렸다. 그러나 그들이 누구인지는 알아볼 수 있었다. 사람들은 이 불행의 원인에 대해 한참 동안 의견이 분분했다.

"이 사람들이 이 오두막집 안에서 무엇을 하고 있었을까?"

어떤 여자가 말했다. 그러자 그 늙은 거지는 그들은 십중팔구 광풍을 피하기 위해서 그 안으로 피신을 했는데 미친 듯한 바람이 그 오두막집을 넘어뜨리면서 굴러 떨어지게 했을 것이라고 이야기했다. 그리고 그 자신도 거기에 숨으려고 갔었으나 말들이 짐채에 매여 있는 것을 보고는 이미 누가 들어 있다는 것을 알았노라고 설명했다. 그는 다행스럽다는 듯 덧붙였다.

"그러지 않았더라면 내가 죽었을 거야."

어떤 목소리가 말했다.

"그런 편이 낫지 않았을까?"

그러자 그 거지 영감은 무서운 분노로 어찌할 바를 몰랐다.

"어째서 그 편이 낫다는 거지? 나는 가난하고 이 사람들은 부자라서! 지금 이 사람들을 살펴봐……."

그러고는 몸을 떨면서 누더기를 걸치고, 물에 흠뻑 젖어 헝클어진 수염에다 구멍난 모자 밑으로 긴 머리털을 내려뜨린 더러운 그가 구부러진 지팡이 끝으로 두 시체를 가리켜 보였다. 그리고 이렇게 똑똑히 말했다.

"우린 모두 똑같은 거야, 죽음 앞에서는."

그러는 동안에 다른 농부들이 왔다. 그들은 불안하고, 교활하고, 겁에 질리고, 이기적이고 또 비열한 눈초리로 곁눈질하면서 보고 있었다. 그러다가 어찌해야 할 것인가에 대해 협의를 했다. 결국 사례를 톡톡히 받을 수 있으리라는 희망에서 시체를 성관으로 옮기기로 결정했다. 곧 마차가 두 대 준비되었다. 그런데 새로운 문제가 생겼다. 어떤 사람들은 그냥 마차 바닥에 짚을 깔자고 했고, 어떤 사람들은 예의상 요를 넣어야 한다는 의견이었다. 방금 전에 이야기한 그 여자가 소리쳤다.

"그렇지만 피투성이가 될 거예요, 그 요가 말이에요. 표백액으로 빨아야 할 거예요."

그러자 낙천적인 얼굴의 뚱뚱한 농부가 대꾸했다.

"그렇다면 그 값을 지불하겠지. 요 값이 나갈수록 그건 더 비싸질 테니까."

이 논쟁은 결정이 났다. 그래서 용수철도 없는 차바퀴 위에 높이 올라앉은 두 대의 마차는 하나는 오른쪽으로, 다른 하나는 왼쪽으로 빠르게 출발했다. 마차는 큰 수레바퀴 자국으로 울퉁불퉁한 곳에서는 조금 전까지도 한 몸이 되어 있었으나, 이제는 다시 만날 수 없는 이들의 유해를 흔들어 댔다.

백작은 오두막집이 급경사 위에서 굴러 떨어지는 것을 보자, 비와 광풍 속을 뚫고 그 자리에서 전속력으로 도망쳤다. 그렇게 그는 몇 시간 동안 길을 가로지르고, 비탈을 뛰어넘고, 울타리를 무너뜨리면서 달렸다. 그리고 그는 어떻게 왔는지도 모를 만큼 극도의 혼란 상태에 빠져 해질 무렵에 집으로 돌아왔다.

당황한 하인들이 그를 기다리고 있다가 두 마리의 말이 주인도 없이 방금 돌아왔는데, 줄리앙의 말은 다른 말을 따라온 것이라고 그에게 알렸다. 그러자 드 푸르빌 씨는 비틀거리면서 아무것도 모르는 하인들에게 떠듬거리는 목소리로 말했다.

"이런 험악한 날씨에 그 사람들한테 무슨 사고가 일어났을지도 몰라. 모두들 찾아보도록 해."

그 자신도 다시 나왔다. 그러나 사람들 눈에 띄지 않는 곳까지 오자 그는 가시덤불 밑에 몸을 숨기고, 아직도 야성적인 정열로 사랑하고 있는 여자가 죽어서 돌아올 또는 죽어 가는 상태로, 아니 어쩌면 불구가 되어서 영원히 보기 흉한 모습으로 돌아올지도 모를 그 길목을 지키고 있었다. 조금 있자 한 대의 마차가 그 앞으로 지나갔는데, 이상한 것을 싣고 있었다. 마차는 성관 앞에서 멈추더니 안으로 들어갔다.

'저것이다. 그래, 그녀다.'

그러나 어떤 무서운 번민이 그를 그자리에서 꼼짝하지 못하게 했다. 안다는 것에 대한 무서운 두려움이었고 진실에 대한 갑작스러운 공포였다. 그는 토끼처럼 몸을 웅크리고 작은 소리에도 몸을 떨면서 꼼짝하지 않고 있었다.

그는 풀숲에 숨어 꽤 여러 시간 동안 나오지 않았다. 마차는 나오지 않았다. 그는 아내가 죽어 가고 있는 것이라고 생각했다. 그리고 그녀를 보아야 한다는 생각이, 그녀의 시선과 마주쳐야 한다는 생각이 그를 공포로 휩쌌기 때문에 그가 숨어 있는 곳에서 발각되어 그 임종의 고통을 지켜보기 위해서 들어가지 않으면 안 된다는 것이 두려웠다. 그래서 그는 쫓기는 작은 짐승처럼 다시 숲 한복판까지 도망갔다. 그러자 갑자기 아내가 죽어 가면서 그의 도움을 원하고 있으리라는 생각이 들었다. 그는 정신없이 달려서 되돌아왔다.

돌아오다가 정원사를 만나 그에게 소리쳤다.

"어떻게 되었지?"

사내는 감히 대답도 못하고 부들부들 떨었다. 그러자 드 푸르빌르 씨는 거의 울부짖으면서 물었다.

"죽었는가?"

하인이 더듬거리며 말했다.

"네, 백작님."

그는 엄청난 안도감을 느꼈다. 급작스러운 평온이 그의 피와 떨리는 근육 속으로 들어왔다. 정확한 걸음으로 큰 층계의 계단을 올라갔다.

또 하나의 마차는 레푀플에 닿았다. 잔은 멀리서 그것을 알아보았다. 요를 보고 그 위에 시체가 누워 있을 것이라는 것을 예측하고 모든 것을 알아챘다. 그녀의 감정은 너무도 격렬해서 의식을 잃고 쓰러졌다. 그녀가 의식을 회복했을 때, 아버지가 그녀의 머리를 잡고 식초로 관자놀이를 적셔 주고 있었다. 아버지가 망설이면서 물었다.

"넌 알고 있니?"

"네, 아버지."

그녀는 몸을 일으키려고 했으나 그럴 수가 없었다. 그만큼 그녀는 엄청난 충격을 받았던 것이다. 그날 밤 그녀는 사산(死産)을 했다. 계집애였다.

남작은 잔을 줄리앙의 장례식에 참석하지 못하게 했다. 그녀는 혼수 상태에 빠져 있었다. 그녀는 다만 하루인가 이틀 후에 리종 이모가 와 있는 것을 알았다. 그녀의 머리에서 떠나지 않는 열에 들뜬 악몽 속에서 그녀는 이 노처녀가 언제 레푀플을 떠났던가, 어느 때였던가, 어떤 상황 속에서였던가를 집요하게 기억해 내려고 애썼다. 그러나 생각이 나지 않았다. 제정신이 들었을 때도 마찬가지였다. 어머니가 돌아가시고 난 후 이모를 본 것만은 확실했다.

11

잔은 석 달 동안이나 일체의 바깥 출입을 끊고 자기 방에 틀어박혀 있었다. 너무도 허약해지고 너무도 창백해져서 회복할 가망이 없다고 생각될 정도였다. 그러나 차츰 그녀는 생기가 되살아났다. 아버지와 리종 이모는 잔의 곁을 지켜 주기 위해 레푀플에 계속 머무르기로 결정하였다. 잔은 이 충격으로 신경성 질환을 얻게 되었다. 아주 작은 소리에도 정신을 잃었고, 대수롭지 않은 원인으로도 긴 혼수 상태에 빠지는 일이 잦았다.

한 번도 그녀는 줄리앙의 죽음에 관해서 자세한 것을 물은 적이 없었다. 그녀에게 무엇이 중요하단 말인가? 그녀는 그것에 대해 충분히 알고 있지 않았던가? 사람들은 모두 참으로 뜻밖의 사고라고 생각했지만, 그녀는 그렇게 생각하지 않았다. 그녀는 진상을 알고 있었기에 더욱 괴로웠다. 즉 간통에 대해 알고 있었다는 것, 그 큰 불행이 있던 날 무섭고 돌연한 백작의 방문.

지금 그녀의 마음은 감동적이고 달콤하고 애수적인 추억, 예전에 남편이 주었던 짧은 사랑의 기쁨에 잠겨 있었다. 그녀는 뜻밖의 기억이 되살아날 때마다 몸을 떨었다. 그녀는 약혼 시절 남편과 코르시카의 작열하는 태양 아래에서 피어났던, 오직 한때의 정열로 사랑했던 그의 모습을 다시 보는 것이었다. 그녀를 걷잡을 수 없는 환멸과 실망 속으로 던져 넣었던 그의 온갖 결점과 더러움은 사라졌다. 그리고 부정(不淨) 그 자체도 닫힌 무덤으로부터 점점 더해 가는 소원(疏遠)함 속에서 이제는 희미해져 갔다. 그래서 잔은 자기를 품에 안아 주던 그 남자에 대해, 죽은 뒤에 어떤 막연한 감사의 마음에 잠겨서 행복했던 순간만을 생각하기 위해 지난 고통을 용서해 주었다.

그런 일이 있은 후에도 시간은 여전히 흘러갔고, 한 달 두 달 지나감에 따라 먼지가 쌓이는 것처럼 모든 기억과 고통은 망각으로 덮여 갔다. 그래서 그녀는 아들에게 몸과 마음을 바쳤다.

아이는 그의 주위에 모인 세 사람의 우상이며, 유일한 관심사였다. 그래서 그는 절대적인 군주로 존재하였다. 그들은 어린애를 독차지하고 싶어 서로 질투하고 시기할 정도였다. 무릎 위에서 말타기를 한 후에 남작에게 주는 큼지막한 키스를 잔은 신경질적으로 바라보고 있었다. 그리고 리종 이모는 항상 모든 사람들로부터 무시당했던 것처럼 그 아이에게도 푸대접을 받았고, 아직은 거의 말도 하지 못하는 그 주인에게 이따금 하녀 취급을 당했으며, 자기가 애원하여 겨우 얻은 하찮은 애무와 그애가 자기 어머니와 할아버지에게 하는 포옹과 비교하면서, 자기 방으로 가서 울기도 하였다.

별다른 사건 없이 어린애에 대한 열정적인 관심 속에서 2년이란 평온한 세월이 흘렀다. 세 번째의 겨울이 시작될 무렵, 봄까지 루앙에 가서 살기로 결정하고 온 가족이 그곳으로 옮겼다. 그러나 버려져 있던 축축한 옛집에 도착하자마자, 폴은 늑막염이 되지 않을까 염려할 정도로 심한 기관지염에 걸렸다. 그래서 제정신이 아닌 세 사람의 친척은 레푀플의 공기가 없이는 지낼 수 없다는 것을 분명히 선언했다. 그래서 병이 다 낫자마자 아이를 데리고 다시 돌아왔다.

그러고는 단조롭고 조용한 나날이 계속되었다. 언제나 이 꼬마의 주위에서 함께, 어떤 때는 그애의 방에서, 어떤 때는 큰 거실에서, 어떤 때는 정원에서, 그애의 더듬거리며 하는 말과 우스운 표현 그리고 몸짓에 대해 경탄해 마지않는 어른들의 웃음소리가 들리곤 했다.

그의 어머니는 아이가 귀엽다고 폴레라고 불렀는데, 아이는 그 말을 똑똑히 발음할 수가 없어서 풀레(병아리라는 뜻)라고 발음하여, 이것 또한 끝없는 웃음을 자아내게 하였다. 그래서 풀레라는 별명이 그에게 남게 되었다. 더 이상 다른 이름으로 그를 부르지는 않았다.

그 아이는 나날이 눈에 띄게 자랐으므로, 남작이 '세 명의 어머니' 라고 부른 세 식구의 흥미진진한 일 중의 하나는 그의 키를 재는 것이었다. 객실의 문 옆에 있는 벽판 위에다 매달 아이의 성장 과정을 보여 주는 일련의 작은 줄을 칼로 그어 놓는 것이었다. '풀레의 눈금' 이라고 이름을 붙인 이 키 재기는 모든 사람들의 생활에 중요한 자리를 차지하였다.

그리고 새로운 또 하나의 녀석이 이 집안에서 중요한 역할을 하게 되었다. 그것은 오로지 아들에게만 열중해 있던 잔이 소홀히 했던 '마사크르' 라는 그 개였다. 뤼디빈에게서 밥을 얻어먹는 일 외에는 외양간 앞에 있는 낡은 통 속에서 살던 그 개는 언제나 사슬에 묶여 혼자 놀고 있었다.

어느 날 아침 폴이 그 개를 발견하고는 그를 안아 보겠노라고 악을 쓰기 시작했다. 사람들은 몹시 겁을 내면서도 아이를 개에게 데리고 갔다. 개는 의젓하게 폴을 맞았고 그들을 떼어놓으려 하자 어린애는 악을 썼다. 그렇게 해서 마사크르는 사슬에서 풀려나 집안에서 살게 되었다.

개는 폴의 떼려야 뗄 수 없는, 언제나 함께 있는 친구가 되었다. 그들은 함께 뒹굴고 나란히 밥을 먹고 양탄자 위에서 나란히 잠들기도 했다. 그러다가 이윽고 마사크르는 이제는 그에게서 떠나려고 하지 않는 친구의 침대 속에서 함께 자게 되었다. 덕분에 잔은 개벼룩을 잡는 일에 신경을 쓰게 되었고, 리종 이모는 꼬마의 애정에서 아주 큰 한 부분을 차지하고 있는 개를 질투하였다. 그녀가 그토록 바라던 애정을 이 짐승에게 빼앗긴 것같이 여겨졌던 것이다.

브리즈빌 가와 쿠틀리에 가와는 이따금 서로 방문을 하였다. 촌장과 의사만이 규칙적으로 찾아와서 이 낡은 성관의 벗이 되어 주었다. 잔은 암캐가 살해되고 또 백작 부인과 줄리앙이 끔찍하게 죽었을 때, 사제가 그녀에게 불어넣어 준 불신과 증오와 그러한 대리자를 가질 수 있는 신에 대해 화를 내고 교회에도 나가지 않았다.

톨비악 신부는 이따금 성관을 직접적인 암시로 저주했는데, 그 성관은

'악의 정령', '영원한 반란의 정령', '오류와 허위의 정령', '부정(不淨)의 정령', '타락과 불순의 정령' 같은 유령이 나오는 성관이라고 했다. 그는 남작을 이렇게 지칭했던 것이다.

게다가 그의 교회는 쓸쓸했고 그는 늘 외톨이였다. 농부들이 쟁기를 밀고 가는 밭을 따라 신부가 걸어갈 때에도, 농부들은 일을 멈추고 그에게 말을 걸거나 인사를 하기 위해 일손을 놓는 법이 없었다. 그리고 또 그는 귀신 들린 여자에게서 주문을 외워서 마귀를 쫓아냈기 때문에 마법사로 통하고 있었다. 소문에 의하면 그는 저주를 피하는 신비한 주문들을 알고 있다고 하는데, 그의 말에 의하면 저주란 일종의 악마의 장난이라는 것이다. 그가 암소에게 손을 대면 파란 젖이 나오거나 꼬리를 둥 그렇게 말기도 하고, 혹은 주술적인 기도를 함으로써 잃어버린 물건을 되찾게 한다는 것이다.

그의 편협하고 광신적인 정신은 지상에서 악마의 출현에 관한 이야기가 내포되어 있는 종교 서적 연구에 열정적으로 깊이 빠져 있었다. 악마의 능력의 갖가지 발현, 숨어 있는 각양각색의 영향, 그가 가지고 있는 모든 지모(智謀), 그리고 그의 술책의 일반적인 기교에 대한 이야기가 들어 있는 종교 서적이었다. 그는 이러한 신비하고도 불길한 능력과 싸우라고 특별히 부름받은 거라고 생각하기 때문에, 성직자의 개론서에 적혀 있는 마귀를 쫓는 주문의 모든 축문을 배웠던 것이다. 그는 쉴새없이 어둠 속에 '악의 정령'이 존재하는 것 같은 느낌이 들었다. 그래서 다음과 같은 라틴어 구절을 언제나 입술에 떠올렸다.

'Sicut leo rugiens circuit quoerens quem devoret(먹이를 찾아서 포효

하는 사자처럼).' 그러자 사람들 사이에 어떤 두려움이 널리 퍼졌다. 그
것은 감춰져 있는 그의 힘에 대한 공포였다. 시골의 무지한 사제들인 그
의 동료들조차 신의 신조요, 이 악의 위력이 발현되는 경우에 상세한 제
식의 명령에 혼란스러워져, 마침내 마술과 종교를 혼동하게 되어 톨비
악 신부를 약간 마법사로 생각하고 있었다. 그들은 비난할 여지가 없는
그의 생활의 엄격성에 대해서와 마찬가지로, 그가 지니고 있는 마력에
대해서도 경의를 표했다.

그는 어쩌다 잔을 우연히 만났을 때도 노골적으로 적대감을 나타냈
다. 이러한 상태는 리종 이모를 불안하게 하고 슬픔에 잠기게 했다. 노처
녀의 두터운 신앙심은 교회에 나가지 않는 것을 결코 이해할 수가 없었
다. 물론 그녀는 독실한 신자였고, 고해도 하고 성체도 모셨다. 그러나
아무도 그것을 알지 못했고, 알려고도 하지 않았다.

그녀가 폴과 더불어 혼자 있을 때는 매우 나지막한 소리로 하나님에
대한 이야기를 폴에게 해주었다. 아이는 그녀가 창세기의 기적적인 이
야기를 들려줄 때는 가까스로 듣고 있지만, 그러나 하나님을 사랑해야
한다, 많이많이 사랑해야 한다고 말할 때는 가끔 이렇게 대답하는 것이
었다.

"하나님이 어디 계셔, 이모할머니?"

그러면 그녀는 손가락으로 하늘을 가리켜 보였다.

"저 하늘 위에. 풀레, 하지만 그런 말을 하면 안 돼."

그녀는 남작을 두려워하고 있었다. 그러나 어느 날 풀레는 그녀에게
분명히 말했다.

"할아버지가 그러는데 하나님은 어디든지 계시대. 하지만 교회 안에는 안 계셔."

아이는 이모할머니의 이해할 수 없는 사실을 자기 할아버지에게 말했던 것이다. 어린아이는 이제 열 살이 되었다. 그의 어머니는 마흔 살쯤 되어 보였다. 아이는 튼튼하고, 장난꾸러기이고, 나무에 기어오를 만큼 위험한 짓도 곧잘 했으나 별로 재주는 없었다. 특히 학과 공부는 지루해했기 때문에 곧 중단해 버렸다. 남작이 책 앞에 좀더 오래 붙들어 놓으려고 할 때마다 잔이 얼른 와서 이렇게 말했다.

"이제는 놀게 놓아주세요. 어린것을 너무 심하게 시키지 마세요."

그녀에게 있어서 그 아이는 언제나 여섯 달 아니면 한 살짜리 아기였던 것이다. 그 아이가 소년처럼 걷고, 뛰고, 말하고 하는 것도 거의 알아차리지를 못하는 것 같았다. 그녀는 어린애가 넘어지지 않을까, 감기에 걸리지 않을까, 돌아다니다가 더위를 먹지 않을까, 배탈이 날 정도로 너무 많이 먹지 않을까, 발육하는 데 있어서 너무 적게 먹지는 않을까 하는 한결같은 걱정으로 항상 머리가 꽉 채워져 있었다.

아이가 열두 살이 되었을 때 곤란한 큰 문제가 생겼다. 그것은 첫 성체 배령의 문제였다. 리즈가 어느 날 잔에게로 와서 어린이에게 종교 교육을 시키지 않고, 또 첫 의무를 수행하지 않고 이렇게 오랫동안 그냥 놓아둘 수 없다는 것을 그녀에게 주의시켰다. 이모는 모든 방법으로 이론을 내세웠고 수많은 이유를 방패로 제시했으며, 무엇보다도 그러한 일로 사람들의 입에 오르내리고 비난받는 것이 두렵다는 것이었다. 어머니는 혼란에 빠져 결정을 내리지 못하고, 조금 더 기다려 보자고만 말했다.

그러나 한 달 후에 그녀가 브리즈빌 백작 부인을 방문했을 때, 그 부인이 뜻밖에 이렇게 묻는 것이었다.

"아마 올해가 댁의 폴이 첫 성체 배령을 하는 해지요?"

잔은 얼떨결에 고개를 끄덕이며 "네, 부인." 하고 대답했다.

이 간단한 말이 그녀의 마음을 정하게 했다. 그래서 아버지에게는 의논하지 않고, 리즈에게 아이를 교리 문답에 데리고 가 달라고 부탁을 했다.

한 달 동안은 모든 것이 잘되어 갔다. 그런데 어느 날 저녁 폴이 목이 잔뜩 쉬어서 돌아왔다. 그리고 이튿날은 기침을 하였다. 깜짝 놀라 어머니가 어찌 된 일이냐고 물어 보았더니, 그애가 얌전하게 굴지를 않아서 사제가 바람이 불어오는 교회 문에다 학과가 끝날 때까지 세워 놓았다는 것이었다.

그래서 그녀는 아이를 집에다 붙잡아 두고, 자신이 손수 교리 문답을 가르쳤다. 그러나 톨비악 신부는 리종의 애원에도 불구하고, 교육이 충분하지 못하다는 이유를 들어 성체 배령자 가운데 그 아이가 끼는 것을 허락할 수 없다고 거절했다.

다음해에도 역시 마찬가지였다. 그러자 격분한 남작이 신사가 되기 위해서 그런 어리석은 짓, 그런 유치한 화체(化體)의 상징은 믿을 필요가 없다고 단언하였다. 그리고 그는 그 아이가 기독교 신자로서 교육은 받을 것이나, 종교상의 의무를 지키는 가톨릭 신자로서가 아니라, 성년이 되면 그의 마음에 드는 종교를 스스로 선택할 것이라고 딱 잘라 말했다.

잔은 얼마 후에 브리즈빌 가를 방문했으나 그들은 잔을 찾아오지 않았다. 그녀는 이웃 사람들의 까다로운 예절을 알고 있었기 때문에 놀랐으나, 쿠틀리에 후작 부인은 이 답례를 기피한 이유를 거만한 태도로 알려 주었다.

남편의 지위와 진짜로 훌륭한 작위(爵位)와 막대한 재산으로 해서 자기를 노르망디 귀족의 왕후처럼 여기는 후작 부인은 진짜 왕후처럼 지배하였고 거리낌없이 말을 했으며, 경우에 따라서는 상냥하게 혹은 건방진 태도를 보이기도 했다. 그리고 무슨 일에나 툭하면 훈계를 했고, 바로잡아 주기도 했으며 칭찬을 하기도 했다. 그래서 잔이 그녀의 집을 방문하자, 이 부인은 몇 마디 쌀쌀한 말을 하고 나서 냉랭한 목소리로 말했다.

"인간이란 두 계급으로 구분됩니다. 신을 믿는 사람들과 믿지 않는 사람들. 믿는 사람들은 아무리 보잘것없는 사람들일지라도 우리의 친구요, 우리와 대등한 사람들이지요. 그러나 그렇지 않은 사람들은 우리와 아무 상관이 없는 것이에요."

잔은 공격하는 것을 느끼고 즉각 반박을 했다.

"하지만 교회에 나가지 않고도 신을 믿을 수 있어요."

"천만에요, 부인. 신자들은, 사람들이 그의 집으로 찾아가듯이 신에게 기도하러 교회로 가는 겁니다."

마음이 상한 잔이 말을 이었다.

"신은 어느 곳에나 계시는 거예요, 부인. 마음 깊이 그의 어지심을 믿고 있는 저로서는 그다지 바람직하지 않은 중개자로 인해 오히려 그 빛이 가려진다고 생각합니다."

후작 부인이 일어섰다.

"사제는 교회의 깃발을 들고 있어요. 부인, 그 깃발을 따르지 않는 자는 누구나 그의 반대자이고 우리의 반대자인 겁니다."

이번에는 잔이 몸을 떨면서 일어섰다.

"당신도 편협한 신을 믿고 계시는군요. 부인, 저는 진실하고 너그러운 신을 믿고 있습니다."

그녀는 인사를 하고 나왔다.

농부들 역시 자기들끼리 폴에게 첫 성체 배령을 시키지 않은 것에 대해 그녀를 비난하였다. 그들은 미사에도 참례하지 않았고 성체도 가까이 하지 않고 교회의 형식적인 규율에 따라 부활절에만 그것을 받았다. 그러나 자식들에 대해서만큼은 문제가 달랐다. 모든 사람들은 어린아이를 이 공동의 계율 밖에서 키운다는 대담함 앞에서 망설이게 되는 것이다. 왜냐하면 종교란 결국 종교이기 때문이다.

그녀는 이러한 마을의 여론을 잘 알고 있었다. 그리고 마음속으로 이 모든 타협, 이런 양심의 협상, 모든 사람에 대한 보편적인 두려움, 모든 사람의 마음 밑바닥에 도사리고 있는 크나큰 비겁함, 그리고 그것이 모습을 나타낼 때는 도덕이라는 가면과 무기로 둔갑해 버리는 것에 화가 치밀어 올랐다.

남작이 폴의 학습 지도를 맡고 라틴어도 시작했다. 어머니는 다만 한 가지 충고밖에는 하지 않았다.

"무엇보다도 그애를 지치게 하지 마세요."

그리고 공부하는 방 가까이에서 불안해하며 서성거렸다. 그녀가 끊임 없이 "발이 시리지 않니, 풀레야? 머리가 아프지 않니, 풀레야?" 그렇지 않으면 선생을 붙잡고 "그렇게 많이 말을 시키지 마세요. 목이 피로하겠 어요." 하고 말하면서 수업을 방해했기 때문에, 마침내 남작은 손을 들어 버렸다.

꼬마는 자유로워지자 어머니와 이모할머니와 함께 뜰을 가꾸러 내려 갔다. 그들은 요즘 땅을 경작하는 일에 큰 애정을 가지고 있었다. 세 사 람은 모두 봄에 어린 묘목을 심고 씨를 뿌렸는데, 싹이 트고 꽃이 피는 것에 감격했으며, 가지를 쳐주고 꽃을 잘라서 꽃다발을 만들기도 하였 다.

어린애의 가장 큰 걱정거리는 샐러드용 채소를 기르는 일이었다. 그 는 네 개의 커다란 네모진 모판을 관리했는데, 거기에다 매우 정성을 다 하여 상추, 양상추, 치커리 같은 알려진 모든 종류의 식용 채소들을 재배 하였다. 두 어머니를 날품팔이하는 여자처럼 일을 시키고 도움을 받아 그는 호미로 매고, 물을 뿌리고, 잡초를 뽑고, 모종을 내었다. 한 손가락 으로 땅에다 수직으로 찔러 판 구멍 속에 어린 묘목의 뿌리를 들이미느 라 정신이 팔려서 옷과 손이 흙투성이가 되어 몇 시간이고 화단에 무릎 을 꿇고 있는 그들을 볼 수 있었다.

폴은 어느덧 자라서 열다섯 살이 되었다. 키 재기 눈금은 1미터 58센 티를 나타냈다. 그러나 그는 이 과잉 보호하는 두 여자와 낡은 생각을 가 지고 있는 친절한 노인 손에서 자랐기 때문에, 지능의 발달이 더디고 바 깥 세계에 대한 흥미도 없었으며 생각은 나이보다 훨씬 어렸다.

마침내 어느 날 밤, 남작은 중학교 교육에 대해 이야기를 했는데, 잔은 흐느껴 울기 시작했다. 리종 이모는 놀라서 어두운 구석에서 눈만 끔벅이고 있었다. 어머니가 대답했다.

"그렇게 많이 알 필요가 있나요? 우리는 그애를 전원의 남자로, 시골의 귀족으로 만들 거예요. 그는 많은 귀족들이 그러는 것처럼 자기 땅을 경작하게 될 거예요. 그애는 우리가 평온하게 살아온 이 집에서 행복하게 살고 죽을 거예요. 더 이상 무엇을 바라겠어요?"

그러나 남작은 머리를 설레설레 흔들었다.

"그 아이가 스물다섯 살이 되었을 때, '나는 아무것도 아니다. 나는 어머니의 과실로, 어머니의 이기적인 과실로 고작 이 정도밖에 안 되었다. 나는 일을 할 수도, 대단한 인물도 될 수 없다는 것을 스스로 느끼고 있다. 그러나 나는 어둡고, 보잘것없고, 죽도록 슬픈 생활을 하기 위해 태어난 것은 아니다. 어머니의 무분별하고 맹목적인 애정이 나를 이렇게 만든 것이다.' 하고 네게 말한다면 넌 무어라고 대답하겠니?"

그녀는 여전히 울면서 아들에게 애원했다.

"말해 봐, 폴레야. 널 너무도 사랑한 나를 절대로 비난하지는 않겠지, 그렇지?"

아들은 간단히 맹세했다.

"안 그럴 거예요, 엄마."

"그걸 내게 맹세하겠니?"

"네, 엄마."

"넌 여기서 떠나고 싶니?"

"아니, 언제까지든 있을게요."

그러자 남작은 확고하게 음성을 높여 말했다.

"잔, 넌 이 애의 인생을 네 마음대로 처리할 권리가 없다. 네가 여기서 하려고 하는 것은 비겁한 일이야. 아니, 거의 죄가 되는 일이야. 넌 네 위안을 위해서 자식을 희생시키려 하고 있어."

그녀는 두 손으로 얼굴을 가리고 숨가쁘게 흐느껴 울면서, 눈물 속에서 이렇게 더듬거리며 말했다.

"전 너무도 불행했었어요…… 너무도 불행했었는걸요! 이 애만이 단 하나의 희망이고 기쁨이었어요. 그런데 제게서 이 아이마저 빼앗아 가는군요…… 저는 어떻게 되겠어요…… 혼자서…… 지금……."

아버지가 자리에서 일어나 딸의 곁으로 가서 앉으며, 두 팔로 그녀를 안았다.

"잔, 나도 마찬가지란다."

그녀는 감동하여 아버지의 목을 끌어안고 격렬하게 키스를 했다. 그러고 나서 아직도 숨이 막혀 헉헉거리면서도 분명히 말했다.

"네, 아버지가 옳으세요…… 어쩌면…… 아버지가. 제가 어리석었어요. 너무 외로워서 마음이 약해졌나 봐요. 이 아이가 중학교에 가도 좋아요."

자기를 어떻게 하겠다는 것인지 아무것도 모르면서 이번에는 폴이 훌쩍훌쩍 울기 시작하였다. 그러자 세 사람의 어머니는 그에게 키스를 하고, 어르고, 용기를 북돋아 주었다. 그리고 그들이 자러 올라가자, 모두 가슴이 죄어들어 침대 속에서 저마다 눈물을 흘렸다. 자제하고 있었던 남작까지도.

신학기가 시작되는 대로, 이 젊은이를 르아브르에 있는 중학교에 입학시키기로 결정했다. 그래서 여름 내내, 그는 전보다 더 귀여움을 받았다. 그의 어머니는 종종 헤어지는 생각을 하고 곧잘 한숨을 쉬고 눈물지었다. 그녀는 10년 간의 여행을 준비하기라도 하는 것처럼 그의 입학을 준비하였다.

10월의 어느 아침, 하룻밤을 꼬박 눈물로 지샌 두 여자와 남작은 아이와 함께 두 마리 말이 끄는 마차에 몸을 실었다. 먼젓번 여행에서, 기숙사의 공동 침실 자리와 교실의 자리는 벌써 정해 놓았었다. 잔은 학교에 도착하는 즉시 리종 이모의 도움을 받아 작은 옷장에다 옷가지를 정돈하느라고 하루를 보냈다. 옷장에는 가지고 온 것의 4분의 1도 들어가지 않았기 때문에 다른 것을 하나 더 얻으려고 교장을 만나러 갔다. 교장은 출납 계원을 불렀다. 그는 그렇게 많은 속옷과 옷들은 소용이 없고 방해만 된다는 것을 주의시켰으며, 규칙에 의해서 다른 옷장을 내주는 것을 거절하였다. 난처해진 어머니는 인근의 작은 여인숙에 방 하나를 빌리기로 하고, 아들에게서 전갈이 오는 즉시 그가 필요한 것을 모두 여인숙 주인이 직접 가져다주도록 부탁하였다.

그리고 나서는 배들이 들어오고 나가는 것을 보기 위해 선창을 한바퀴 돌았다. 쓸쓸한 밤이 차츰 불이 켜져 가는 도시 위로 내리고 있었다. 저녁을 먹기 위해 어느 식당으로 들어갔다. 아무도 식사에는 손도 대지 않았다. 그래서 그들이 서로 축축한 눈길로 바라보고 있는 동안, 접시에 담긴 음식들은 그들 앞에 줄줄이 들어왔다가 거의 손도 대지 않은 채 다시 나갔다.

식사 후 폴을 데려다 주기 위하여 천천히 학교를 향해 걸어갔다. 키가 들쭉날쭉한 아이들이 가족이나 하인의 손에 이끌려서 학교로 모여들었다. 우는 아이들도 많았다. 그리하여 저녁 어둠이 내려 희미하게 불이 밝혀진 넓은 교정 곳곳에서는 흐느끼는 소리가 났다.

잔과 폴은 오랫동안 서로 껴안고 있었다. 리종 이모도 슬픔에 못 이겨 손수건으로 얼굴을 가리고 뒤에 서 있었다. 그러나 눈시울이 뜨거워진 남작은 딸을 끌어당기면서 작별을 단축시켰다. 아들을 남겨 놓은 채 문 앞에 세워 둔 마차에 올라탄 세 사람은 밤에 레푀플로 향해 출발했다. 이따금 크게 흐느끼는 소리가 어둠 속에서 지나갔다.

이튿날 잔은 저녁때까지 울었다. 그 다음날은 사륜마차에 말을 매고 르아브르를 향해 떠났다. 폴은 이미 헤어지는 것을 운명이라 체념하고 받아들이는 것 같았다. 생전 처음으로 그는 친구들을 갖게 되었다. 놀고 싶은 욕심에 면회실에서조차 엉덩이가 들썩거렸다.

잔은 이렇게 이틀마다 다시 왔고, 일요일에는 외출을 시키려고 왔다. 한 번 보는 것으로는 성에 차지 않아 쉬는 시간마다 아들의 얼굴을 보고자 하루 종일 학교에서 보냈다. 보다못한 교장이 너무 자주 오지 말라고 부탁까지 했다. 그녀는 이 충고를 받아들이지 않았다. 그래서 교장은 만약 계속해서 쉬는 시간에 당신 아들이 놀지 못하게 방해를 하고 끊임없이 그애의 마음을 산란하게 해 공부하는 것을 방해한다면 어쩔 수 없이 그애를 돌려보낼 수밖에 없다는 것을 경고하였다. 남작도 한마디 통지를 받았다. 그래서 그녀는 죄수처럼 레푀플에서 엄중한 감시를 받게 되었다.

그녀는 걱정과 불안에 가슴 태우며 매주 휴일을 기다렸다. 끊임없는 불안이 그녀의 영혼을 뒤흔들었다. 그녀는 마사크르만 데리고 혼자 로맨틱한 공상에 잠겨 며칠씩이나 산책을 하면서 근처를 배회하기 시작하였다. 이따금 그녀는 절벽의 꼭대기에서 바다를 내려다보면서 한나절을 보내곤 하였다. 가끔 그녀는 숲을 가로질러 이포르까지 내려가서 추억이 떠나지 않는 예전의 산책을 다시 해보기도 하였다. 너무 멀다, 너무 아득하다, 그녀가 소녀로서 꿈속인 양 바로 이 지역을 돌아다니던 시절이.

아들을 다시 만날 때마다 그녀에게는 그들이 10년이나 떨어져 있었던 것처럼 거리감이 느껴졌다. 그는 다달이 성인이 되어 가고, 그녀는 다달이 할머니가 되어 갔다. 그녀의 아버지는 마치 오라버니처럼 보였고, 리종 이모는 스물다섯 살 때부터 시든 채로 조금도 늙지를 않아 언니처럼 보였다.

폴은 여전히 머리가 둔했고 공부를 싫어했기 때문에 제4학급에서는 낙제를 했다. 3학급에서는 그럭저럭 지나갔으나, 2학급에서는 다시 시작해야만 했다. 그래서 그는 스무 살이 되어서야 수사학급(修辭學級)에 진학할 수 있었다.

그는 키가 큰 금발의 청년이 되었고, 벌써 무성하게 난 턱수염에다 코밑 수염이 막 돋아나기 시작하였다. 이제는 그가 일요일마다 레푀플로 왔다. 그는 오래전부터 승마술에 대한 강의를 받았기 때문에, 쉽게 말 한 필을 빌려 두 시간 만에 쾌속으로 달려오는 것이었다.

일요일이면 아침부터 잔은 이모와 남작과 함께 그를 마중하러 나갔다. 남작은 점점 허리가 구부러져서 작은 노인처럼, 마치 코방아를 찧지 않으려는 듯이 뒷짐을 지고 걸었다.

그들은 아주 천천히 길을 따라갔다. 이따금 도랑가에 앉아서 아직도 말 탄 그의 모습이 보이지 않나 하고 멀리 바라보는 것이었다. 멀리서 검은 점처럼 가물가물 그가 보이는 순간 그들 세 사람은 손수건을 흔들었다. 그는 말을 더 빨리 몰아 맹렬한 기세로 달려왔다. 그러면 잔과 리종은 겁이 나서 가슴이 두근거렸고, 흥분한 할아버지는 힘없고 늙은 사람의 열광으로 '브라보'를 외치는 것이었다.

폴은 자기 어머니보다 머리 하나는 더 컸지만, 그녀는 언제나 그를 어린애처럼 취급하고 아직도 이렇게 묻는 것이었다.

"발이 시리지 않니, 폴레야?"

그리고 그가 점심을 먹고 나서 궐련을 피우면서 돌층계 앞을 산책할 때면 창문을 열고 그에게 소리쳤다.

"맨머리로 나가지 마라, 제발! 코감기에 걸릴라."

그녀는 밤에 그가 말을 타고 다시 떠날 때는 걷잡을 수 없는 불안감에 긴 잔소리를 늘어놓곤 했다.

"조심해서 말을 천천히 몰아라, 폴레야. 조심해. 네게 무슨 일이 생기면 절망할 네 가엾은 어미를 생각해 다오."

그러던 어느 토요일 아침, 그녀는 폴의 편지를 받았다. 그것은 친구들이 주최하는 오락 파티에 초대를 받았기 때문에 다음날 그가 올 수 없다는 것을 알리는 것이었다.

그 일요일은 그녀에게 있어 어떤 불행의 위협에 처해 있는 것처럼 온종일 형벌의 날이었다. 그래서 목요일이 되자, 그녀는 더 이상 참을 수가 없어서 르아브르로 떠났다. 그녀가 꼬집어 알 수는 없었지만 그는 변한 것 같았다. 활기가 넘치는 것 같았고, 보다 어른스러운 목소리로 이야기를 했다. 그리고 갑자기, 아주 당연한 것처럼 그녀에게 말했다.

"저, 엄마, 엄마가 오늘 오셨으니까 오는 일요일에는 레뫼플에 가지 않겠어요. 야외로 놀러 나갈 계획이거든요."

그녀는 마치 그가 신세계로 떠난다고 알리기라도 한 것처럼 깜짝 놀라서 그대로 있었다. 그러다가 마침내 말을 할 수 있게 되자, 이렇게 물었다.

"아아! 폴레야, 어떻게 된 거니? 말해 봐. 무슨 일이야?"

그는 웃으면서 어머니에게 키스했다

"아무것도 아녜요, 엄마. 친구들하고 즐기려고 하는 거예요. 저도 이제 그럴 나이잖아요."

그녀는 한마디도 대답할 말을 찾지 못했다. 혼자 마차 속에 있게 되자, 참을 수 없는 외로움이 그녀를 덮쳤다. 그녀는 더 이상 그를 자기의 폴레, 예전의 그 귀여운 폴레라고 인정할 수가 없었다. 처음으로 그녀는 그가 어른이 되었다는 것을 느꼈고, 그는 이제 그녀의 것이 아니며 노인들은 상관하지 않고 제멋대로 살아가리라는 것을 깨달았다.

하루아침에 그는 모습이 달라진 것 같았다. 아니, 저 애가 내 아들인가? 예전에 자기에게 샐러드용 채소를 심게 했던 그 귀여운 자식이란 말인가? 의젓한 티를 내는 저 수염 난 건장한 청년이! 석 달 동안 폴은 다만 이따금씩 가족을 보러 왔을 뿐이다. 그러고서도 될 수 있는 한 빨리 떠나려는 궁리만 했고, 저녁이 되면 한 시간이라도 빨리 떠나려고 애썼다. 잔은 낙담을 했고, 남작은 쉴새없이 이런 말을 반복하면서 그녀를 위로했다.

"그에게 맡겨 두려무나. 스무 살이야, 그 청년은."

어느 날 아침, 유태인인 듯한 아주 초라한 행색의 어떤 노인이 독일식 프랑스어로 자작 부인에게 면회를 청했다. 그리고 의례적인 인사를 길게 늘어놓은 다음에, 그는 주머니에서 더러운 지갑을 꺼내면서 이렇게 말하는 것이었다.

"부인께 보여 드릴 증서를 가져왔습니다."

그리고 기름때가 묻은 서류 조각을 펴서 내밀었다. 그녀는 읽고 또 읽고, 유태인을 쳐다보고 다시 또 읽고 나서 물었다.

"이것이 무엇을 의미하는 거죠?"

그 남자는 아첨하듯 웃음을 지으며 설명하였다.

"말씀드리지요. 댁의 아드님께서 돈이 좀 필요하다고 해서, 부인께서 좋은 어머님이라는 것을 알고 있는 터라 소인이 얼마 되지 않는 돈을 빌려 드렸습지요."

그녀는 몸을 떨었다.

"그런데 어째서 그애는 내게 직접 요구하지 않았을까요?"

유태인은, 그것은 다음날 오전 중에 갚아야 할 노름빚이었는데, 폴은 아직 성년이 아니라서 아무도 그에게 빌려 주지 않으려 했으므로 자기가 그 젊은이에게 베풀어 준 '약간의 친절한 봉사'가 없었던들 그의 '명예는 위태로웠을 것'이라고 길게 설명을 늘어놓았다.

잔은 남작을 부르려고 했으나 너무 큰 충격이 그녀를 무기력하게 만들어서 일어날 수가 없었다. 마침내 그녀는 능글맞은 고리대금업자에게 이렇게 말했다.

"죄송하지만 초인종을 눌러 주시지 않겠어요?"

그는 어떤 술책을 부리지나 않을까 겁에 질린 기색이었다. 그가 더듬거리며 말했다.

"만일 폐가 되신다면 다시 들릅지요."

그녀는 머리를 혼들어 아니라고 했다. 그녀가 초인종을 눌렀다. 그들은 말없이 마주 대하고 기다렸다. 남작은 들어와 얼른 사태를 깨달았다. 어음은 1500프랑이었다. 그는 1000프랑을 지불하고 그 남자에게 나직이 위협했다.

"다시 이 따위 일로 여기 오면 가만 두지 않겠소."

그 사람은 고맙다고 인사를 하고 가 버렸다.

할아버지와 어머니는 곧장 르아브르로 출발했다. 그러나 학교에 도착해 보니, 폴이 한 달 전부터 학교에 나오지 않는다는 것을 알았다. 교장은 잔의 서명이 있는 네 통의 편지를 내놓았다. 그것은 그의 몸이 불편하다는 것을 알리기 위한 것과, 다음에는 소식을 보내기 위한 것이었다. 편지마다 의사의 진단서가 첨부되어 있었는데, 그것은 물론 전부 가짜였다. 그들은 깜짝 놀라 서로 쳐다보면서 한마디도 할 수 없었다. 교장은 딱하게 여겨서, 그들을 경찰 서장에게 안내했다. 두 사람은 호텔에서 묵었다.

그 이튿날 젊은이가 그 도시의 사창가에 틀어박혀 있는 것을 찾아냈다. 할아버지와 어머니는 그를 레뢰플로 데리고 왔는데, 오는 도중 그들은 한마디 말도 나누지 않았다. 잔은 손수건으로 얼굴을 가리고 울고 있었다. 그러나 폴은 태연한 얼굴로 들판을 내다보고 있었다.

일주일 동안 발견한 것은, 지난 석 달 동안에 그는 1만 5000프랑의 빚을 졌다는 것이었다. 채권자들은 그가 머지않아 성년이 된다는 것을 알고 처음에는 모습을 나타내지 않았다.

잔은 그를 책망하는 빛을 보이지 않았다. 전보다 몇 배나 더 애정을 쏟음으로써 그를 다시 찾고 싶었던 것이다. 그에게 맛있는 요리를 먹게 했고, 그를 귀여워해 주었으며 애지중지하였다. 때는 봄이었다. 잔이 두려워하는데도 불구하고 마음대로 뱃놀이를 하게 하려고 이포르에서 배 한 척을 세내었다. 그가 르아브르로 가지 않을까 두려워서 말은 주지 않았다.

폴은 단조로운 생활에 싫증이 나 신경질을 부리기도 했으며, 가끔은 난폭하기까지 했다. 남작은 그의 불충분한 공부가 안타까웠다. 잔은 또 다시 헤어진다는 생각 때문에 미칠 것 같았으나, 앞으로 이 애를 어떻게 했으면 좋을까 하고 생각해 보았다.

어느 날 밤, 그는 돌아오지 않았다. 그가 두 명의 선원과 함께 배를 타고 나갔다는 것을 알았다. 제정신이 아닌 어머니는 어둠 속을 달려 맨머리로 이포르까지 내려갔다. 몇 사람이 해변에서 작은 배가 들어오기를 기다리고 있었다. 멀리 작은 불빛이 바다에 나타났다. 그것은 흔들거리면서 가까이 다가왔다. 폴은 뱃전에 있지 않았다. 그는 르아브르에 자기를 데려다 달라고 했다는 것이다.

먼젓번처럼 경찰관이 샅샅이 사창가를 뒤졌으나 찾아내지를 못하였다. 처음에 그를 숨겨 주었던 매춘부 역시 자취도 없이 사라져 버렸다. 잔은 가구를 팔아 버렸고 집세도 치렀다. 레뢰플에 있는 폴의 방에서 그를 미치게 사랑하는 듯한 상스러운 여자의 편지가 두 통이나 발견되었다. 필요한 현금은 구했으니 영국으로 여행을 떠나자는 내용이 적혀 있었다.

성관의 세 사람은 암담한 고뇌 속에서 칩거하고 있었다. 이미 잿빛이었던 잔의 머리는 백발이 되었다. 그녀는 어째서 운명은 자신에게 이다지도 가혹한가 하는 천진한 물음을 되풀이하고 있었다.

그녀는 톨비악 신부의 편지를 한 통 받았다.

부인, 신의 손이 당신을 짓누르고 있습니다. 당신은 그분께 당신의 아이를 바치지 않았습니다. 그래서 그분은 이번에는 당신에게서 그를 빼앗아 방탕 속으로 되돌려보내시는 것입니다. 이 하나님의 교시(教示)에 눈을 뜨지 않으시렵니까? 주님의 은총은 무한한 것입니다. 이제 신의 손길을 잡고 그 품에 매달려 자비와 용서를 구하십시오. 저는 그분의 천한 종입니다. 당신이 오셔서 두드리신다면, 저는 그분이 계시는 집의 문을 열어 드리겠습니다.

그녀는 이 편지를 무릎 위에 놓고 한참 동안 그대로 있었다. 이 사제가 말한 것은 어쩌면 진실일지도 모른다. 그러자 모든 종교적인 의혹이 그녀의 양심을 찢기 시작했다. 신이 인간처럼 복수와 질투심에 사로잡혀 행동할 수 있단 말인가? 그러나 만일 그분이 노여움이나 복수심을 품지 않는 존재라면, 아무도 두려워하지 않을 것이고 아무도 그분을 더 이상 경배하지 않을 것이다. 아마 그는 자신의 존재를 나타내고, 더욱 절대적으로 인간 위에 군림하기 위해 그러한 특성을 나타내는 것이 아닐까?

그러나 망설이는 자, 혼란스러운 자를 교회로 밀어 넣는 의혹이 그녀 마음속으로 스며 들어와, 그녀는 어느 날 저녁 땅거미가 내릴 무렵에 남 몰래 사제관까지 달려가서 깡마른 사제의 발치에 무릎을 꿇고 사죄(赦罪)를 간청했다.

사제는 그녀에게 반만의 용서를 약속하였다. 신은 남작과 같은 사람을 가려 주고 있는 집 위에 그의 모든 은총을 내릴 수는 없다는 것이었다.

"부인께서는 머지않아 신의 관용의 결과를 느끼게 될 것입니다."

사제는 자신 있게 말함으로써 잔을 위로했다.

그녀는 실제로 이틀 후에 아들의 편지를 받았다. 그녀는 미칠 것 같은 고통 속에 있었기 때문에, 그것이 신부가 약속한 그 증거임을 의심하지 않았다.

사랑하는 어머니, 염려하지 마세요. 저는 런던에 몸 건강히 잘 있습니다. 그러나 돈이 많이 필요합니다. 저는 지금 몹시 곤경에 빠져 어찌할 도리가 없습니다. 저와 동행한 여자, 제가 열렬히 사랑하고 있는 여자는 저와 헤어지지 않으려고 가지고 있던 돈을 모두 써 버렸습니다. 5000프랑이에요. 그러나 그녀의 돈을 갚아 주어야 하는 것이 도리라고 믿고 있습니다. 그러니 머지않아 성년이 되니까 아버지의 유산 가운데에서 1만 5000프랑을 제게 미리 주시면 고맙겠습니다. 그러면 곤경에서 벗어날 수가 있습니다.

안녕히 계세요, 사랑하는 어머니. 마음으로부터 키스를 보냅니다. 할아버지와 리종 이모할머니께도. 곧 다시 뵙게 되기를 바랍니다.

어머니의 아들, 자작 폴 드 라마르

그애가 자기에게 편지를 썼다! 그는 자기를 잊지 않고 있었던 것이다. 그가 돈을 요청했다는 것은 조금도 생각지 않았다. 그가 이제 더 이상 가진 것이 없다니 보내 주어야 할 것이다. 돈은 상관없다! 그애가 자기에게 편지를 쓴 것이다! 그녀는 울면서 이 편지를 가지고 남작에게 달려갔다. 리종 이모도 불렀다. 그리고 그에 관해서 씌어진 이 종이를 한 글자 한 글자 다시 읽었다. 그리고 몇 번이고 되풀이해 읽으면서 의견을 말했다. 완전한 절망에서 일종의 희망의 도취로 뛰어오른 잔은 폴을 옹호했다.

"그애는 반드시 집으로 돌아올 거예요. 편지를 쓴 이상 곧 돌아올 거예요."

남작은 사리 판단이 딸보다 냉정했다.

"어쨌든 그애는 그 상스러운 여자 때문에 우리 곁을 떠났어. 그러니 그애는 우리보다 그 여자를 더 사랑하고 있어. 설사 다시 돌아온다고 해도 곧 다시 떠날 거야."

급작스럽고 무서운 고통이 잔의 가슴을 뒤집어 놓았다. 그리고 곧 아들을 자기에게서 훔쳐 간 그 정부(情婦)에 대해 마음속에서 미칠 듯한 증오가 타올랐다. 달랠 길 없는 원시적인 증오요, 질투하는 어머니의 증오였다. 그때까지 그녀의 모든 생각은 폴에게만 집중되어 있었다. 아들이 이렇게 잘못된 원인이 어느 몹쓸 계집애 때문이라는 생각은 하지 못했다. 그런데 갑자기 남작의 말 한마디가 그 여자의 존재를 상기시켰고, 그의 치명적인 힘을 그녀에게 드러내 보여 주었다. 그래서 그녀는 그 여자와 자기 사이에 격렬한 싸움이 시작되었다는 것을 느꼈다. 그리고 그녀는 그러한 계집과 그애를 공유하기보다는 차라리 아들을 잃는 편이 낫겠다는 생각도 들었다.

이렇게 해서 잔의 모든 희망은 무너졌다. 그들은 1만 5000프랑을 보냈다. 그 후 다섯 달 동안이나 더 이상 소식은 없었다. 그러다가 대리인이 줄리앙의 상속 재산의 명세를 정리하기 위해서 나타났다. 잔과 남작은 어머니에게 돌아갈 상속조차 포기하고 모두 아들 폴에게 넘겼다. 그래서 폴은 모두 12만 프랑을 받았다.

그는 그때 여섯 달 동안에 네 통의 편지를 썼다. 자기의 일에 대해 알리는 내용으로 건조하고 간단했다. 그리고 항상 형식적인 애정의 글귀로 끝맺고 있었다.

저는 일을 하고 있습니다. 증권 거래소에 일자리를 얻었습니다. 조만간 레뢰플로 가서 사랑하는 가족들에게 키스하게 되기를 바라고 있습니다.

그는 자기의 정부에 대해서는 한마디도 언급하지 않았다. 그 완강한 침묵이 그 여자에 대해 네 장에 걸쳐 말하는 것보다 더 큰 의미를 나타내고 있었다. 아들을 지배하는 간교하고 횡포한 여자의 힘을 이보다 더 잘 나타내고 있는 것은 없었다. 식구들의 영원한 적인 그 계집애가.

고독한 세 사람은 폴을 구원해 내기 위하여 무엇을 할 수 있는가에 대해 토론하였다. 그러나 그들은 아무것도 생각해 내지 못했다. 파리로 여행을 간다? 그래 봤자 무슨 소용이 있단 말인가? 남작이 말했다.

"그애의 정열이 저절로 식을 때까지 내버려두어야 한다. 그렇게 되면 그애는 혼자 우리에게 돌아올 거야."

그들의 생활은 스산하고 적막했다. 잔과 리종은 남작에게는 비밀로 하고 함께 교회에 나갔다. 아주 오랜 시간이 소식도 없이 흘러갔다. 그러다가 어느 날 아침, 절망적인 한 통의 편지가 그들을 두려움에 떨게 했다.

사랑하는 어머니, 저는 파멸했습니다. 만일 어머니가 저를 구제하러 오시지 않는다면 저는 스스로 목숨을 끊을 수밖에는 없습니다. 저로서는 성공의 기회처럼 보였던 투기에 실패하였습니다. 그래서 8만 5000프랑의 빚을 지고 말았습니다. 제가 만일 지불하지 못하면, 그건 불명예일 뿐 아니라 제 생의 파멸입니다. 앞으로 아무것도 할 수 없게 되고 맙니다. 저는 이제 마지막입니다. 거듭 말씀드립니다만, 그 치욕을 당하느니 차라리 권총으로 자살을 하겠습니다. 한 여자의 격려가 없었다면 저는 벌써 그렇게 했을지도 모릅니다. 한 번도 말씀드리지 않았습니다만, 그 여자는 저의 구세주입니다.

마음 깊숙이 키스를 보냅니다. 사랑하는 어머니, 이것이 어쩌면 마지막이 될지도 모릅니다. 안녕히 계세요.

폴

이 편지에 첨부된 서류 뭉치가 파산에 대하여 자상한 설명을 해주었다. 남작은 즉시 생각해 보고 결정을 내리겠다는 답을 보냈다. 그러고 나서 그는 조회를 해보려고 르아브르로 출발하였다. 그리고 그는 폴에게 보낼 돈을 마련하기 위해 토지를 저당 잡혔다.

젊은이는 뜨거운 감사와 열렬한 애정의 편지를 세 통이나 보냈으며, 곧 사랑하는 가족들을 포옹하기 위해 가겠노라고 알려 왔다.

그러나 그는 오지 않았다. 그렇게 한 해가 지나갔다.

잔과 남작은 그를 만나 마지막 노력을 해보려고 파리로 떠나려고 하는데, 그가 다시 런던에 있다는 것을 짧은 한 통의 편지로 알게 되었다. '폴 드 라마르 상사(商社)' 라는 회사명으로 선박 회사를 설립하려 한다는 내용이었다. 그는 이렇게 편지를 썼다.

제가 지금 하고자 하는 것은 전망이 아주 밝아 머지않아 저는 한밑천 잡을 수 있을 것 같습니다. 위험한 것은 아무것도 없습니다. 여기에서 모든 성공을 보시게 될 겁니다. 다시 뵈올 때, 저는 사회적으로 상당한 위치에 올라 있을 겁니다. 오늘의 곤경에서 벗어나려면 사업밖에는 없습니다.

석 달 후에 선박 회사는 파산하였고, 그 회사의 대표는 거래 문서에 부정이 있다고 해서 기소되었다. 잔은 그만 혼수 상태와 히스테리 발작을 일으키며 자리에 눕고 말았다.

남작은 또다시 르아브르로 출발했다. 정보를 모으고 문의하고 변호사, 대리인, 소송대리인, 집행관들을 만나 보고, '드 라마르' 회사의 결손은 23만 5000프랑이라는 것을 확인하고, 그는 다시 자신의 재산을 저당 잡혔다. 레푀플의 성관과 두 개의 농장은 막대한 금액으로 저당 잡혀 있어 무거운 부담을 짊어지게 되었다.

어느 날 저녁, 남작은 대리인의 사무실에서 마지막 수속에 결말을 짓다가 졸도하여 마룻바닥에 쓰러졌다.

잔은 말을 탄 사람에게서 기별을 받았다. 그녀가 도착했을 때, 남작은 이미 숨을 거둔 뒤였다. 그녀는 그를 레푀플로 모셔 왔으나, 너무도 심한 충격 때문에 그녀의 고통은 절망이라기보다는 오히려 마비 상태였다.

톨비악 신부는 두 여자가 미칠 듯이 애원하는데도 불구하고, 유해가 교회에 들어오는 것을 거절하였다. 남작은 아무런 종교적 의식(儀式)도 없이 해질 무렵에 매장되었다.

폴은 자신의 파산을 청산하는 대리인 중의 한 사람에게서 이 일을 들어 알게 되었다. 그는 여전히 영국에 숨어 있었다. 그는 이 불행을 너무 늦게 알았기 때문에 올 수 없었다는 것을 변명하기 위한 편지를 썼다.

어쨌든, 지금 어머니께서 저를 곤경에서 구해 주셨으니 사랑하는 어머니, 프랑스로 곧 돌아가서 뵙겠습니다.

잔은 편지를 받고도 여느 때와는 달리 아들을 만날 날을 조바심하며 기다리지 않았다. 잇따른 불행에 감각이 마비된 듯했다.

그 겨울이 끝날 무렵, 리종 이모는 예순여덟 살이었는데 기관지염이 악화되어 폐렴이 되었고 "가엾은 잔, 하나님께 너를 긍휼히 여겨 주십사고 부탁드릴게." 하고 중얼거리면서 조용히 숨을 거두었다.

잔은 묘지까지 이모를 따라가서 관 위에 흙이 덮이는 것을 보았다. 그녀가 마음속으로 자기도 역시 죽고 싶고 더 이상 고생도 하지 않고 더 이상 생각도 하지 않았으면 하고 주저앉았을 때, 어떤 건장한 시골 여자가 그녀를 두 팔로 안다시피 하여 내려왔다.

성관으로 돌아오자, 노처녀 이모의 머리맡에서 다섯 밤을 보낸 잔은 다정하면서도 권위 있게 자기를 다루는 이 알지 못하는 시골 여자에 의해 버티지도 못하고 침대에 눕혀졌다. 그러고는 피곤과 고통에 짓눌려 기진맥진해서 잠에 떨어졌다.

그녀는 한밤중에 잠이 깨었다. 등불이 벽난로 위에 켜져 있었다. 한 여자가 안락의자에서 자고 있었다. 이 여자는 누구일까? 모르는 여자였다. 그래서 그녀는 침대가에서 몸을 구부리고, 부엌용 컵 속의 기름 위에 떠 있는 심지의 흔들리는 불빛에 그녀의 얼굴 모습을 알아보려고 애를 썼다.

그런데 이 얼굴을 본 것 같기도 했다. 언제였던가? 어디서였던가? 그 여자는 머리를 어깨 위로 숙이고, 모자는 바닥에 떨어뜨린 채 세상 모르게 잠들어 있었다. 마흔이나 마흔다섯 살 정도로 보였다. 얼굴은 햇빛에 그을려 혈색이 좋았으며, 어깨가 떡 벌어진 데다가 힘이 세었다. 그녀의 넓적한 두 손은 의자의 손잡이 아래로 늘어뜨려져 있었다. 머리털은 반백이었다. 잔은 큰 불행에 뒤따라온, 열에 들뜬 수면에서 깨어나 혼란스러운 정신으로 그 여자를 집요하게 바라보았다.

확실히 이 얼굴은 본 일이 있다! 예전에 봤을까? 최근에 봤을까? 그녀는 전혀 알 수 없었으나, 그 강박 관념이 그녀의 마음을 동요시켰고 그녀를 안타깝게 만들었다. 그녀는 자는 여자를 더 가까이에서 보려고 살그머니 일어나 발끝으로 다가갔다. 그 여자는 묘지에서 자기를 일으켰고 그리고 자기를 데리고 온 바로 그 여자였다. 그녀는 어렴풋이 그 상황이 떠올랐다.

그러나 다른 곳에서, 자기 생애의 어떤 다른 시기에 그녀를 만난 적이 있었을까? 아니면 어제 하루의 막연한 기억 속에서 다만 그녀를 알고 있는 듯이 생각되는 것일까? 그런데 이 여자는 어떻게 여기에, 자기 방에 있는 것일까? 왜?

그 여자가 눈을 뜨고 잔을 알아보더니 갑자기 몸을 일으켰다. 두 여자는 가슴이 서로 닿을 정도로 가까이 마주 대하고 있었다. 그 알지 못하는 여자가 투덜거렸다.

"아니 가만히 누워 계시지 않고, 이런 시간에, 감기 걸리시겠어요. 다시 누우세요!"

잔이 물었다.

"누구시지요?"

그러자 그 여자는 두 팔을 벌려 잔을 잡더니 다시 그녀를 안아 올려 남자 같은 힘으로 침대로 데리고 갔다. 그리고 그녀를 다시 살포시 내려놓고, 몸을 숙이고, 거의 잔 위에 눕다시피 하면서, 뺨에, 머리칼에, 눈에 미칠 듯이 키스를 하면서 울기 시작하였다. 그녀는 눈물로 잔의 얼굴을 적시면서 이렇게 중얼거렸다.

"가엾은 마님, 잔 아가씨, 가엾은 마님. 저를 몰라보시다니요."

그러자 잔이 소리쳤다.

"로잘리로구나, 애야."

그러고는 두 팔로 그녀의 목을 끌어안고 키스를 하면서 포옹을 하였다. 두 여자는 꽉 껴안고, 서로의 눈물에 뒤범벅이 되어서 팔을 풀지 못하고 흐느껴 울기만 했다. 흥분과 감격의 흐느낌에서 먼저 진정한 것은 로잘리였다.

"자, 조심하세요. 감기에 걸리시면 안 돼요."

그녀는 그렇게 말하면서 이불을 끌어당기고, 침대를 매만지고, 옛 주인의 머리 밑에 베개를 다시 놓아주었다. 옛 주인은 마음속에 떠오르는 옛추억에 부들부들 떨면서 다시금 흐느껴 울었다. 그녀는 마침내 이렇게 묻고 말았다.

"어떻게 여길 올 수 있었니, 애야?"

로잘리가 대답했다.

"아무렴, 이제는 이렇게 혼자 계시는 마님을 그냥 내버려둘 수 있겠어요?"

잔이 말을 이었다.

"네 얼굴이 보고 싶구나."

그래서 불을 머리맡 탁자에 가져다 놓자, 두 사람은 한참 동안 한마디 말도 없이 서로를 물끄러미 쳐다보았다. 그러고는 잔이 늙은 하녀에게 손을 내밀며 중얼거렸다.

"난 너를 전혀 알아보지 못했어. 얘야, 너도 많이 변했구나. 그렇지만 나처럼 늙진 않았어."

그러자 로잘리는 자기가 떠날 때는 젊고 아름답고 생기가 있던 이 부인이 야위고, 시들고, 늙어 버린 모습을 보면서 이렇게 대답했다.

"정말이지 많이 변하셨군요, 잔 마님. 너무도 많이. 하지만 우리가 서로 보지 못한 것도 24년이나 되었다는 것을 생각해 보세요."

그녀들은 입을 다물고 다시 곰곰이 생각하였다. 마침내 잔이 중얼거렸다.

"넌 그동안 잘 지냈니?"

로잘리는 너무도 고통스러운 어떤 상처를 건드리게 될까 봐 두려워하면서 더듬거리며 말했다.

"그저…… 네…… 네…… 마님. 그다지 나쁜 일은 없었지요. 마님보다는 행복했었지요…… 확실히. 언제나 제 마음을 아프게 하는 것이 한 가지 있었다면, 그것은 이 집에 그대로 남아 있지 못하게 된 것이랍니다……."

그러고 나서 그녀는 무심히 그 일을 건드린 것에 놀라 갑자기 입을 다물어 버렸다. 그러나 잔은 다정하게 말을 이었다.

"어쩌겠니, 얘야. 뭐든지 언제나 바라는 대로 이루어지는 것은 아니지. 너 역시 혼자 몸이니?"

그러자 어떤 괴로움이 그녀의 목소리를 떨리게 했으나, 말을 계속 이었다.

"다른…… 다른 애들도 있니?"

"없어요, 마님."

"그럼 그애는? 네…… 네 아들은 어떻게 되었니? 넌 그애에게 만족하고 있니?"

"네, 마님. 착실하고 일도 잘하는 좋은 아이지요. 6개월 전에 결혼했어요. 제 농장을 돌보고 있죠. 그러니까 이렇게 마님께 돌아올 수 있었던 거예요."

잔은 감동으로 떨며 중얼거렸다.

"그럼 너는 이제 내 곁을 떠나지 않으려는 거니, 애야?"

그러자 로잘리가 퉁명스러운 말투로 대답했다.

"물론이지요, 마님. 그러려고 뒷일을 다 정리해 놓고 왔다니까요."

그리고 두 여자는 잠시 말이 없었다.

잔은 자기도 모르게 서로의 생애를 비교해 보기 시작하였다. 그러나 이제는 운명의 부당한 잔인성에 체념하고 있어서 마음속에 어떠한 분노도 억울함도 느끼지 못했다. 그녀가 말했다.

"네 남편은 너한테 어떤 사람이었니?"

"아아! 그이는 성실한 사람이었지요, 마님. 게으름뱅이는 아니었어요. 재산도 모을 줄 알았지요. 나중에 폐병으로 죽었어요."

그러자 잔은 로잘리에 대한 궁금증과 호기심으로 침상 위에 일어나 앉았다.

"자, 죄다 이야기해 봐, 애야. 네 생활을 모두. 그러면 나도 용기가 생길 것 같아."

로잘리는 의자를 가까이 당겨 앉아서 자기 자신에 관한 것, 집안에 관한 것 등 지내 온 일들을 자세히 말하기 시작하였다. 시골 사람들의 정다운 세세한 생활에까지 들어가서 자기 마당을 그려 보이기도 하고, 지나간 좋은 순간들을 생각나게 하는 옛일에 대해 가끔 웃기도 하였으며, 명령을 해본 습관이 밴 농가의 여주인답게 차츰 목소리를 높이면서 말했다. 그러곤 약간 자랑스러운 어조로 끝을 맺었다.

"아아! 요즘엔 농장도 있고 해서 살기엔 아무 걱정이 없습니다."

그러고는 다시 당황해하면서 보다 낮은 소리로 말을 계속했다.

"어쨌든 제가 이렇게 된 것은 마님 덕이지요. 그러니까 제가 급료를 바라지 않는다는 것도 또한 알아주셨으면 합니다. 아아! 그럴 리가 있느냐구요? 아아! 천만의 말씀이지요! 그리고 만일 마님께서 원하지 않으신다면 저는 가겠습니다."

잔이 말을 이었다.

"그렇지만 아무것도 안 받고 내 일을 봐 줄 작정은 아니겠지?"

"아이! 별말씀을요, 마님. 돈이라니요! 마님이 제게 돈을 주시다니요! 말씀드리자면, 저도 돈이라면 마님만큼은 가지고 있습니다. 저당에다 차용 그리고 갚지 못해 기한마다 불어나는 이자들 때문에 마님께 남아 있는 것이 얼마나 되는지 아세요? 알고 계세요? 모르실 거예요. 그렇죠? 미리 말씀드립니다만, 마님은 이제 연 수입이 1만 리블밖에는 안 돼요. 1만 리블도 못 될 거라는 사실을 아셔야 해요. 그러니 제가 그 모든 것을 해결해 드릴게요. 걱정 마세요."

로잘리는 흥분해서 다시 높은 소리로 이야기를 시작했는데, 이자가 이자를 낳아 파산이 될 것 같은 절박함에 분개하였다. 그리고 여주인의 얼굴에 민망한 미소가 희미하게 스쳐 지나가는 것을 보자, 그녀는 대들 듯이 소리쳤다.

"그렇게 웃어 버릴 일이 아니에요, 마님. 돈이 없으면 이젠 사람 구실을 못하는 세상이에요."

잔은 그녀의 손을 다시 잡아 자기 손안에 쥐고 있었다. 그러고 나서 그녀는 언제나 머릿속에서 맴돌던 탄식을 내뱉었다.

"아아! 나는 운이 좋지 않았어. 내게는 모든 것이 나쁘게만 돌아왔어. 불행은 내 생을 악착스럽게 따라다닌 거야."

그러나 로잘리는 강하게 부인했다.

"그렇게 말씀하시면 안 돼요, 마님. 그렇게 말씀하지 마세요. 불행한 결혼을 하신 것뿐이지요. 그뿐이에요. 약혼자를 잘 모르고 결혼했다고 해서 누구나 마님의 처지처럼 되는 건 아닙니다."

두 여자는 늙은 친구들이 그렇듯 자신들에 관한 이야기를 계속하였다. 그녀들이 아직도 이야기를 하고 있는 동안 태양이 떠올랐다.

12

로잘리는 일주일 만에 성관에 있는 사람들과 일에 대해 절대적인 지배력을 갖게 되었다. 잔은 그녀에게 모든 것을 맡겨 버리고 수동적으로 따라갔다. 쇠약해지고 예전의 어머니처럼 다리를 끌면서 그녀는 하녀의 팔에 의지하여 외출을 하곤 했다. 하녀는 잔을 느릿느릿 산책을 시켰고, 설교를 늘어놓기도 했으며, 퉁명스럽고도 정다운 말로 용기를 돋우어 주기도 하며, 때로는 어린애 다루듯 그녀를 다루었다.

그들은 언제나 옛날 이야기를 하였다. 잔은 지난날을 떠올릴 때마다 울먹였으나, 로잘리는 무감동한 농부들의 침착한 어조로 이야기를 했다. 늙은 하녀는 여주인의 재정 상황과 물어 나가야 할 이자에 대해 캐물었으며, 모든 일에 어두운 잔이 자기 자식에 대한 부끄러움으로 감추고 있는 서류를 자기에게 넘겨 달라고 강력히 요구했다.

그러자 일주일 동안, 로잘리는 자기가 알고 있는 어느 공증인에게 사건을 설명 듣기 위해 페캉으로 매일 나들이를 하여 일의 전모를 알아내었다. 그리고 나서 어느 날 밤, 여주인을 침대에 눕힌 후, 그녀는 침대머리에 앉아 차근차근 말을 꺼냈다.

"이제 누우셨으니, 우리 이야기 좀 하지요."

그리고 그녀는 상황을 설명하였다.

모든 것을 정리하면 연 수입은 약 7000~8000프랑이 남는다는 것이었다. 그 이상은 아무것도 없었다.

잔이 대답했다.

"어쩌란 말이니? 난 오래 살지도 못할 텐데, 그러니 죽을 때까지 그것으로 충분할 거야."

그러자 로잘리는 화를 냈다.

"마님은 그래도 되겠지요. 하지만 폴 도련님에게는 아무것도 남겨 놓으시지 않을 거예요?"

잔은 몸을 떨었다.

"제발 그애에 대한 이야기는 하지 말아다오. 생각만 해도 괴로워 죽을 것 같구나."

"저는 이 기회에 분명히 말씀을 드리고 싶습니다. 왜냐하면 마님은 아시다시피 용기가 없으시니까요. 잔 마님, 그분은 아직도 정신을 못 차리고 계십니다. 그러나 언제까지 그러시지는 않을 겁니다. 그리고 언젠가는 결혼도 하실 겁니다. 아이들도 생기시겠지요. 그 아이들을 키우자면 돈이 필요할 겁니다. 제 말을 잘 들어주세요. 마님은 레푀플을 파셔야 합니다!"

잔은 놀라 펄쩍 뛰어 침대에 일어나 앉았다.

"레푀플을 팔다니! 어떻게 그런 생각을 할 수 있니? 아아! 절대로, 그럴 수는 없다!"

그러나 로잘리는 완강하게 고집했다.

"아녜요, 파셔야 합니다. 마님, 그럴 수밖에 없기 때문이에요."

그리고 그녀는 자기의 계산과 계획, 추론(推論)에 대해 설명하였다. 일단 레푀플과 곁에 있는 두 농장은 자기가 찾아 놓은 입찰자에게 팔아 버리고, 생레오나르에 위치한 네 개의 농장만을 가지고 있어도 연간 8300프랑의 수입은 된다는 것이었다. 연간 1300프랑은 부동산의 수리나 유지비로 따로 떼어놓는다. 그러면 7000프랑이 남는데, 거기에서 5000 프랑은 연간 생활비로 하고 2000프랑은 비상금을 만들기 위해서 저축을 한다는 것이었다. 그녀는 덧붙였다.

"나머지는 다 먹었습니다. 이젠 마지막이에요. 그리고 제가 열쇠를 관리하겠습니다. 그런 줄 아세요. 그리고 폴 도련님에 관해서는 이젠 더 이상 한푼도 드리지 않겠습니다. 한푼도. 그러지 않으면 마님 것은 단 1수도 남지 못하게 됩니다."

잔은 울면서 시름없이 중얼거렸다.

"하지만 그애가 먹을 것이 없다면?"

"먹을 것이 없다면 집에 오셔서 잡수시면 되지요. 언제나 그분을 위한 침대와 식사는 있을 테니까요. 만일 처음부터 한푼도 드리지 않았다면, 그분이 그런 갖가지 어리석은 짓을 저지르고 다니시진 않으셨을 겁니다."

"그렇지만 그애는 빚이 있었어. 그걸 못 갚으면 크게 화를 입을 지경 이었다니까"

"마님이 아무것도 가진 것이 없게 된다면 그분이 과연 그런 짓을 하지 않게 될까요? 마님이 지금까지 뒤를 대주신 건 좋아요. 그러나 이제부터 는 지불하셔서는 안 됩니다. 저는 그것을 간곡히 말씀드리는 겁니다. 이젠 주무세요, 마님."

그리고 그녀는 물러갔다.

잔은 레푀플을 팔고, 자기의 온 생애의 추억이 얽혀 있는 이 집을 떠나 다른 곳으로 가야 한다는 생각 때문에 기가 막혀 한숨도 자지 못했다.

이튿날, 로잘리가 자기 방으로 들어오는 것을 보고 그녀가 말했다.

"로잘리, 난 도무지 여길 떠날 수 있을 것 같지 않구나."

그러자 하녀는 화를 냈다.

"그렇지만 그렇게 해야 할 일이라면 해야만 합니다. 마님, 조금 후에 공중인이 이 성관을 살 사람과 함께 올 겁니다. 그렇게 하지 않으면, 4년 후 마님은 한푼도 없게 될 거예요."

잔은 단지 절망적인 탄식만 되풀이했다.

"난 그럴 수 없어, 절대로 그럴 수 없어."

한 시간 후에 우체부가 또 1만 프랑을 요구하는 폴의 편지를 가져다주 었다. 어떻게 해야 하는가? 그만 완전히 기가 꺾인 그녀는 로잘리에게 상의했지만, 그녀는 두손들었다.

"제가 뭐라고 했어요, 마님? 아아! 제가 돌아오지 않았더라면, 두 분은

모두 빈털터리가 되었을 겁니다!'

그래서 잔은 하녀에게 모든 것을 맡기고 아들에게 답장을 냈다.

사랑하는 아들아, 나는 이제 너를 위해서 아무것도 해줄 수가 없게 되었다. 너는 나를 파산시켰다. 그래서 레푀플마저 팔지 않으면 안 되게 되었다. 하지만 네가 그렇게도 고생시킨 이 늙은 어미 곁으로 피신처를 구하러 올 생각이 있다면, 넌 언제나 네 몸을 의지할 곳이 마련되어 있다는 것만은 잊지 말아라.

공증인이 옛날 제당업자였던 조프랑 씨와 함께 도착했을 때, 그녀는 몸소 그들을 맞아들였고 자세하게 모든 것을 둘러보라고 했다.

한 달 후에 그녀는 매도계약서에 서명을 했고, 동시에 고데르빌 근처 몽티빌리에 공도(公道)에 접한 바트빌 시골 마을의 보잘것없는 조그만 집 한 채를 샀다.

그러고 나서 그날은 저녁때까지 혼자 어머니의 가로수 길을 산책하였다. 가슴은 온통 찢어질 듯했고 마음은 슬픔에 젖어 수평선에, 나무들에, 플라타너스 아래에 있는 벌레 먹은 벤치에, 눈 속이나 마음속에 들어 있는 것처럼 너무도 낯익은 그 모든 것들에, 작은 숲에, 줄리앙이 죽던 그 끔찍한 날 드 푸르빌 백작이 바다를 향해 달려가는 것을 보았으며 그녀가 그렇게도 자주 앉아 있었던 광야를 내려다보는 비탈에, 자주 거기에 기대었던 꼭대기가 잘려진 늙은 느릅나무에, 언제까지나 지워지지 않을 이 모든 것에 작별을 고했다.

로잘리가 와서 팔로 그녀를 붙잡아 억지로 들어가게 하였다.

스물다섯 살 가량의 어떤 키 큰 농부가 문 앞에서 기다리고 있었다. 그는 오래전부터 그녀를 알고 있기라도 한 듯이 친절하고 다정스럽게 인사를 하였다.

"안녕하세요, 잔 마님. 별고 없으시죠? 어머니가 이사하는 데 오라고 하셔서요. 무엇을 가져가시는지 알고 싶군요. 밭일을 하는 틈틈이 시간을 내어 도와 드리겠습니다."

그는 하녀의 아들, 줄리앙의 아들, 폴의 형제였다. 그녀의 심장은 멎어 버리는 것 같았다. 그러면서도 그녀는 그 청년에게 키스를 해주고 싶었다.

남편을 닮았는가, 자기 아들을 닮았는가 뜯어보면서 그녀는 청년을 바라보았다. 그는 혈색이 좋고 기운찼으며, 자기 어머니의 금발 머리와 파란 눈을 가지고 있었다. 그러면서도 어딘지 모르게 줄리앙과 비슷했다. 무엇이 그럴까? 무엇 때문에 그럴까? 잘은 모르겠지만, 전체적인 얼굴 모습에서 그는 줄리앙의 그 무엇을 지니고 있었다.

젊은이가 말을 이었다.

"어떤 것들을 나르시려는지 지금 일러 주셨으면 하는데요."

그러나 그녀는 이사가야 할 집이 너무 작아서 무엇을 가지고 가야 할지 아직도 결정을 내리지 못했다. 그래서 그녀는 주말에 다시 오라고 부탁했다. 그러자 이사한다는 사실이 구체적으로 실감났으며, 그것은 그녀의 침울하고 기대할 것 없는 생활에 어떤 서글픈 기분 전환이 되었다.

그녀는 이 방 저 방으로 가서 갖가지 사건들을 생각나게 하는 가구들을 찾아보았다. 이미 그녀의 생애 속에 끼어들어 흔적도 없이 용해되어 삶 그 자체가 되어 버린 그 정다운 가구들, 어렸을 적부터 알았고 또 거기에는 기쁨과 슬픔의 추억이 깃들어 있고, 우리들의 역사의 날짜가 결부되어 있었다. 그것들은 그녀가 즐겁거나 우울했을 때 말없는 반려가 되어 주었고, 그녀 곁에서 낡고 해졌으며, 천은 여기저기 구멍이 뚫려 있었고, 안은 찢어졌으며, 이음 장치는 흔들거렸고 색은 바래 있었다.

그녀는 그것들을 하나하나 골랐다. 중요한 결정을 하기 전에 항상 그렇듯이 마음이 흔들려서 몇 번이나 주저하며 결정하고 다시 번복하기를 되풀이했으며, 안락의자 두 개의 가치를 비교해 보거나 혹은 어떤 낡은 책상과 구식 작업대를 견주어 보기도 했다.

그녀는 그 서랍들을 열고 갖가지 사건들을 생각나게 하는 것을 찾아보았다. 그러고 나서 그녀가 '그래, 이것을 가지고 가야겠다.' 하는 생각이 들면 그 물건을 식당으로 내려보냈다.

그녀는 자기 방의 모든 집기, 침대, 장식 융단, 좌종(坐鐘) 같은 것을 모두 가져가고 싶었다. 거실의 의자 몇 개도 골랐다. 그것은 어렸을 적부터 그녀가 좋아했던 것들이었다. 여우와 황새, 여우와 까마귀, 매미와 개미, 그리고 우울한 왜가리 등의 그림이 있는 것이었다.

어느 날, 그녀는 아주 떠나야 할 이 집의 구석구석을 돌아보다가 고미다락방으로 올라갔다. 그러곤 깜짝 놀라 그대로 서 있었다. 물건들이 아주 제멋대로 뒤죽박죽되어 있었던 것이다. 낡고, 부서지고, 어떤 것들은 그저 더러워졌을 뿐이고, 어떤 것들은 별 까닭도 없이 거기에 올려다 놓은 것도 있었다. 왜냐하면 그것들을 마음에 들지 않는다든지 하여 다른 것으로 바꾸었기 때문이었다.

그녀는 옛날에 사용했던 수많은 자질구레한 실내 장식품들을 알아보았다. 어느 사이엔가 갑자기 주변에서 보이지 않게 된 자기가 쓰던 사소한 물건들, 15년이나 자기 곁에 가지고 다녔던 대수롭지 않은 그 낡은 물건들, 매일 보면서도 눈에 띄지 않던 것들이었다. 그런데 그것이 갑자기 여기 이 다락방 속에서 발견되었는데, 그 곁에는 그녀가 여기에 살기 시작했던 초기에 놓여 있었던 오래된 물건도 있었다. 그것들은 갑자기 오랫동안 잊어버리고 있었던 중인, 다시 만난 친구처럼 중요성을 띠고 다가오는 것이었다. 그것들은 서로 자기를 드러내지 않고 오랫동안 교제하던 사람들이 갑자기 어느 날 밤, 아무것도 아닌 것에 대해서 끝없이 수다를 떨고 짐작이 가지 않던 그들의 모든 마음에 대해서 이야기를 하기 시작한 것 같은 강한 인상을 주었다.

그녀는 설레는 가슴으로 하나하나 둘러보면서 혼자 중얼거렸다.

"저런, 이건 결혼하기 며칠 전 어느 날 밤에 내가 깨뜨린 중국 찻잔이로구나. 아아! 이건 어머니의 작은 램프고, 아버지가 비를 맞아 불은 나무 문을 여시다가 부러뜨린 지팡이로구나."

또 거기에는 그녀가 알지 못하는 것들도 많이 있었다. 그녀의 조부모의 것인지, 아니면 증조부모의 것인지 전혀 생각나지 않는 것들이었다. 그것들은 이제는 자기들의 시대가 아닌 과거 속으로 밀려나 먼지 속에 내팽개쳐져 있는 것이다. 그리고 그것들은 버림받은 것을 슬퍼하는 것 같았고, 아무도 그 내력과 운명을 알지 못했고, 아무도 그것들을 선택하고 사고 가지고 있고 사랑하던 사람들을 보지 못했으며, 그것들을 정답게 만지던 손과 기쁘게 바라보던 눈을 아는 사람이 아무도 없었다.

잔은 쌓인 먼지 속에 손가락 자국을 내면서 그것들을 만져 보고 돌려 보았다. 그녀는 거기 고물들 한가운데에 지붕에 박아 넣은 몇 개의 작은 유리창으로 들어오는 흐릿한 햇빛 아래 그대로 서 있었다.

그녀는 생각나는 것이 없나 하며, 다리가 셋 달린 의자를 세심하게 조사해 보기도 하고, 구리로 만든 화로, 낯이 익은 것 같은 밑 빠진 발 난로, 사용할 수 없는 한 무더기의 살림 도구들을 살펴보았다.

그러고 나서 그녀는 가져가고 싶은 물건을 한 무더기 만들어 놓고, 아래로 내려가서 로잘리에게 그것을 갖고 내려오도록 했다. 하녀는 화를 내면서 '이런 쓸데없는 것들' 을 가져가는 것을 거절하였다. 그러나 이제는 아무런 결정권도 갖지 못하는 잔이었지만, 이번만은 양보하지 않았다.

어느 날 아침 그 젊은 농부, 줄리앙의 아들인 드니 르코크가 첫 번째 짐을 나르기 위해 짐수레를 가지고 왔다. 로잘리는 짐 부리는 일에 주의를 시켰고, 새집의 정리를 위해서 따라갔다.

혼자 남게 되자, 잔은 극심한 슬픔과 절망감으로 미친 듯 성관의 방들을 누비고 다녔다. 자기와 함께 가지고 갈 수 없는 모든 것, 거실의 장식 융단의 큰 백조며 오래된 촛대, 그녀가 만나는 모든 것에 끓어오르는 애정의 충동으로 키스를 했다. 눈물을 흘리면서 그녀는 미친 듯이 이 방 저 방으로 갔다. 그러고 나서는 바다와 '작별을 하려고' 밖으로 나갔다.

때는 9월 말경이어서 잿빛의 낮은 하늘은 무섭게 드리워져 있고 누르스름한 슬픈 물결은 끝없이 펼쳐져 있었다. 잔은 가슴에 찢어지는 듯한 비애와 꼬리를 잇고 떠오르는 가지가지 상념들을 펼치며 벼랑에 섰다. 그러다가 날이 어두워졌기 때문에 집으로 돌아왔다. 그날은 가장 큰 슬픔 속에 있었던 만큼 마음이 몹시 괴로웠다.

로잘리는 돌아와서 기다리고 있었다. 그녀는 외진 곳에 있는 이 멋없는 큰 성관보다 새집이 훨씬 아늑하며 마음에 든다고 말하면서 주인을 위로했다.

잔은 밤새도록 울었다. 성관이 팔렸다는 것을 알고부터는 소작인들은 그녀에게 필요 이상의 경의를 표하지 않았고, 뚜렷한 근거도 모르면서 그녀를 '실성한 여자'라고 불렀다. 그것은 아마 그들의 동물적인 본능으로, 그녀의 심해 가는 극심한 감상벽, 과대 망상, 불행으로 충격을 받은 가련한 영혼의 모든 혼란 같은 것을 알아차렸기 때문이었는지도 모른다.

떠나기 전날, 그녀는 우연히 마구간으로 들어갔다. 어떤 으르렁거리는 소리에 그녀는 움찔했다. 그것은 마사크르였는데, 그녀는 그 개를 몇 달 동안이나 거의 생각해 본 적이 없었다. 이미 늙을 대로 늙어 버려 눈이 멀고 행동이 부자연스러운 그 개는 아직도 짚자리 위에서 살고 있었다. 그를 잊어버리지 않은 뤼디빈이 잘 돌보아 주었던 것이다. 그녀는 개를 품에 안고 키스를 했으며, 집안으로 데리고 들어왔다. 큰 통처럼 뚱뚱한 그 개는 크게 벌어진 뻣뻣한 다리로 간신히 기었고, 아이들에게 주는 장난감 나무 개처럼 짖었다.

마침내 마지막 날이 밝았다. 자기 방은 가구를 치웠기 때문에 잔은 줄리앙의 옛날 방에서 잤다. 눈을 좀 붙였음에도 잔은 완전히 녹초가 되어 잠자리에서 힘들게 일어났다.

트렁크와 나머지 가구를 실을 마차에는 벌써 짐이 실려 있었다. 바퀴가 둘 달린 다른 작은 마차에는 말이 매여 있었는데, 그것은 여주인과 하녀를 태우고 가게 되어 있었다.

시몽 영감과 뤼디빈만은 새 주인이 도착할 때까지 남아 있기로 했다. 그리고 나서 그들은 친척 집으로 돌아갈 것이다. 그들은 이제 쓸모 없고 수다스러운 아주 늙은 하인들이었다. 잔은 그들에게 적은 연금을 마련해 주었다. 게다가 그들은 저축한 것도 있었다. 마리우스는 장가를 들어 오래전에 이 집을 떠났다.

오전 8시경부터 비가 내리기 시작했다. 바다의 가벼운 미풍에 실려 불어오는 차디찬 보슬비였다. 짐수레를 포장으로 씌워야만 했다. 벌써 나뭇잎들이 나무에서 날아올랐다.

부엌 식탁 위에는 밀크 커피들이 김을 내고 있었다. 잔은 자기 잔 앞에 앉아서 한 모금씩 마신 다음 일어서서 "가자!" 하고 말했다. 그녀는 모자를 쓰고 숄을 둘렀으며, 로잘리가 고무 덧신을 신겨 주는 동안 슬픔이 복받쳐 말했다.

"생각나니, 얘야? 우리가 여기로 오려고 루앙을 떠나던 때도 비가 얼마나 많이 퍼부었니……."

그녀는 경련이 일어나서 두 손을 가슴에 대고 쓰러져 의식을 잃었다. 한 시간 이상이나 그녀는 죽은 듯이 그렇게 있었다. 그러다가 깨어났으나 다시 경련을 일으키더니 뒤이어 눈물을 흘렸다. 조금 진정되자, 그녀는 자신이 일어날 수 없을 만큼 허약해졌음을 느꼈다.

그러나 로잘리는 출발을 지체하면 다른 발작이 일어날까 두려워서 자기 아들을 찾으러 갔다. 그들은 완전히 무력해진 잔을 안아 올려 마차 안의 방수 처리한 가죽 장식이 있는 나무 의자 위에 내려놓았다. 늙은 하녀는 잔 곁에 올라타 잔의 다리를 싸 주고 어깨는 커다란 망토로 덮어 주었다. 그러고 나서 머리 위로 우산을 펴 들고는 이렇게 소리쳤다.

"드니야, 빨리 가자."

그 젊은이는 자기 어머니 곁으로 기어 올라와, 자리가 없었기 때문에 엉덩이만 붙이고 앉았다. 젊은이는 곧 채찍을 휘둘러 말을 몰았다. 급히 달리는 바람에 마차 안의 두 여인은 이리저리 흔들렸다.

마을 모퉁이를 돌아가자, 누군가가 도로를 왔다갔다하는 것이 보였다. 이 출발의 길목을 지키고 있는 듯싶은 톨비악 신부였다. 그는 마차를 지나가게 하기 위해서 비켜섰다. 길바닥의 물이 튈까 싶어서 한 손으로 자기의 옷자락을 걷어 올렸다. 검은 양말을 신은 볼품없이 마른 정강이 아래로 진흙투성이의 큼지막한 구두가 신겨져 있었다.

잔은 그의 눈길과 마주치지 않으려고 고개를 숙이고 있었으나 로잘리는 그가 행한 모든 것을 다 알고 있어서 미친 듯이 화를 냈다. 그녀는 "못된 인간, 못된 인간!" 하고 중얼거리다가 아들의 손을 잡고 말했다. "채찍을 한 번 후려쳐라."

그러나 젊은이는 사제 곁으로 지나가려는 순간, 별안간 전속력으로 달렸기 때문에 성직자의 발끝부터 머리끝까지 흙탕물이 튀었다.

그래서 기분이 좋아진 로잘리는 뒤를 돌아보면서 그에게 주먹을 휘둘렀다. 그러는 동안 사제는 그의 커다란 손수건으로 흙탕물을 닦고 있었다. 그들이 오 분쯤 갔을 때, 잔이 갑자기 부르짖었다.

"마사크르를 잊었어!"

멈추지 않으면 안 되었다. 그리고 드니가 내려서 개를 찾으러 달려간 동안 로잘리는 고삐를 잡고 있었다.

마침내 젊은이가 품안에 보기 흉하게 털이 빠진 큰 개를 안고 다시 나타났고, 그 개를 두 여자의 치맛자락 사이에 놓았다.

13

두 시간 후에 마차는 어떤 작은 벽돌집 앞에서 멈추었는데, 그 집은 큰 길가에 방추형으로 다듬은 배나무들이 있는 과수원 한가운데 세워져 있었다.

인동덩굴과 참으아리로 뒤덮인 격자(格子)로 된 네 개의 정자가 이 뜰의 네 귀퉁이를 꾸미고 있었다. 뜰에는 네모진 작은 채소밭이 있고 그 사이로 가장자리에 과일 나무를 심은 좁은 길이 나 있었다.

아주 높은 생울타리가 사방으로 이 땅을 둘러싸고 있고, 이웃 농장과의 사이에 밭이 하나 있었다. 길에서 백 보쯤 되는 앞에 대장간이 있었으며 가장 가까운 인가만 해도 1킬로미터 떨어진 곳에 있었다.

주위의 전망은 코오 지방의 평야에까지 펼쳐져 있었고, 사과나무를 심은 마당에 커다란 나무들이 두 줄로 늘어선 농가들처럼 점점이 흩어져 있었다.

잔은 도착하자마자 쉬고 싶었지만, 로잘리는 그녀가 다시 부질없는 공상에 잠길까 두려워 허락하지 않았다.

고데르빌의 목수가 이사를 도와 주러 거기에 와 있었다. 마지막 짐마차가 오기를 기다리는 동안 이미 실어다 놓은 가구들을 배치하기 시작했다. 그것은 생활하는 데 중요한 일로서 오랜 숙고와 많은 의논을 필요로 하였다.

그러고 나서 한 시간쯤 후에 짐수레가 울타리에 모습을 나타냈다. 빗속에서 짐을 부려야 했다. 어두워지자 집은 완전히 뒤죽박죽이 되었고 아무렇게나 쌓아 놓은 물건들로 가득했다. 피곤한 잔은 침대에 눕자 곧 잠이 들어 버렸다.

그 후 며칠은 그녀가 감상에 빠질 시간이 없을 만큼 할 일에 짓눌려 있었다. 그녀는 새집을 아름답게 꾸미는 일에 어떤 기쁨조차 느꼈고, 아들이 돌아오리라는 생각이 줄곧 머릿속에서 떠나지 않았다. 예전에 자기 방에 있던 장식 융단은 식당에 걸었고, 식당은 동시에 거실로도 사용하기로 했다. 그리고 그녀는 2층의 두 방 중 하나를 특별히 정성 들여 꾸몄는데, 마음속으로 거기에 '폴레의 방' 이라는 이름을 붙였다. 또 하나의 방은 자기 것으로 잡아 두었고, 로잘리는 그 위 창고 옆에서 기거하기로 했다.

정성을 들여 정돈한 작은 집은 아주 아담했다. 잔으로서는 알 수 없는 그 무엇이 부족하기는 했지만, 처음에는 그럭저럭 이 집이 마음에 들었다.

어느 날 아침, 페캉의 공증인 서기가 3600프랑을 가져왔다. 그것은 레 푀플에 남겨 놓은 가구들의 값으로, 어떤 가구상이 평가한 것이었다. 그녀는 이 돈을 받으면서 기쁨으로 몸이 떨리는 것을 느꼈다. 그 남자가 떠나자마자, 그녀는 부랴부랴 모자를 썼다. 이 생각지 않은 돈을 폴에게 보내 주기 위해 최대한 빨리 고데르빌로 가고 싶었던 것이다.

그러나 그녀가 큰길에 급히 나섰을 때, 시장에서 돌아오는 로잘리와 마주쳤다. 하녀는 금방 진상을 눈치채지 못했으나 왠지 수상하다고 생각했다. 그러다가 그것을 알아차렸을 때 잔은 이제 아무것도 감출 수가 없었기 때문에 그녀는 땅바닥에 바구니를 내려놓고 몹시 화를 냈다.

로잘리는 허리에다 주먹을 대고 소리질렀다. 그리고 나서는 오른팔로는 주인을 부축하고, 왼팔에는 바구니를 들고 여전히 화를 내며 집을 향해 걸어가기 시작하였다.

집으로 들어오자마자, 하녀는 돈을 내놓을 것을 요구했다. 잔은 600프랑은 가지고 있고 나머지를 내주었으나, 하녀는 그녀의 속임수를 금방 알아챘기 때문에 그녀는 그것마저도 다 넘겨주어야만 했다. 그러면서도 로잘리는 그 돈을 젊은이에게 보내는 것에 동의하였다.

며칠 후 그는 사례 편지를 보내 왔다.

보내 주신 돈은 제게 큰 도움이 되었습니다. 사랑하는 어머니, 마침 저희는 심각한 곤궁에 처해 있었거든요.

그러나 잔은 바트빌에 그다지 익숙해지지 않았다. 그녀는 이제 전처

럼 숨을 쉴 수 없을 것 같았고, 또 전보다 더 고독한 것 같았으며, 더 버림
받고 내팽개쳐진 것 같은 생각이 줄곧 떠나질 않았다.

그녀는 한바퀴 돌기 위해서 집을 나섰다. 그리고 베르뇌유의 작은 마
을까지 갔다가 트르와 마르로 해서 돌아왔는데, 일단 집에 돌아와서도
가고 싶었던 곳, 산책을 하고 싶었던 바로 그곳에 가는 것을 잊기라도 한
것처럼 다시 나가고 싶은 욕망에 사로잡혀 또 일어서곤 하는 것이었다.

그리고 매일, 그녀는 이 이상한 욕구의 원인을 알지 못한 채 산책을 다
시 시작하는 것이었다. 그런데 어느 날 저녁, 무심코 중얼거린 한마디가
그녀의 불안한 마음의 비밀을 드러내 주었다. 그녀는 저녁을 먹으려고
앉으면서 무심코 이렇게 말했던 것이다.

"아아! 바다가 보고 싶다!"

그녀에게 그렇게도 부족했던 것, 그것은 바다였다. 25년 전부터 그녀
의 커다란 이웃, 소금기 섞인 바람과 분노, 포효하는 목소리, 강력한 숨
결을 가진 바다, 매일 아침 레푀플의 창에서 바라보던 바다, 그녀가 밤낮
으로 들이마시던 바다, 그녀 가까이에서 친근하게 느꼈던 바다, 자기도
모르는 사이에 한 사람을 사랑하듯 사랑하기 시작했던 바다.

마사크르 역시 극도의 불안 속에서 지내고 있었다. 도착한 날 저녁부
터 부엌 찬장 밑에 자리잡고 꼼짝하지 않았다. 하루 종일 거의 꼼짝도 하
지 않고, 이따금 희미하게 신음 소리를 내며 몸을 뒤척였다.

그러나 밤이 되면 곧 자리에서 일어나 벽에 부딪히면서 정원의 문 쪽
으로 기어가는 것이었다. 그리고는 밖에서 몇 분 동안 필요한 시간을 보
내고, 다시 들어와 아직도 따스한 난로 앞에 엉덩방아를 찧듯 앉아서 두

주인이 자러 가기가 무섭게 짖어 대곤 하였다.

개는 처량하고도 애절한 소리로 온 밤을 그렇게 짖어 대었다. 이따금 한 시간쯤 쉬었다가는 더욱 애처로운 소리를 내었다. 그래서 집 앞에 있는 빈 통에다 매어 놓았다. 그랬더니 창문 밑에서 짖어 대었다. 결국 얼마 안 가서 개가 지쳐서 죽을 것 같아 다시 부엌에 들여놓았다.

늙은 개는 자기 집에 있는 것이 아니라는 것을 알고 이 새집에서 자기가 있는 곳을 알려고 애쓰면서, 쉴새없이 끙끙거리고 긁어대었기 때문에 잔은 이 소리가 귀에 거슬려서 도저히 잠을 이룰 수가 없었다. 무엇으로도 그 개를 진정시킬 수가 없었다. 사람들이 모두 살아서 움직이고 있을 때는 그의 흐릿한 눈과 신체가 불편하다는 의식이 움직이는 것을 막기라도 하는 것처럼 낮에는 졸고 있다가, 해가 떨어지면 모든 생물을 보이지 않게 만드는 어둠 속에서만 살아 움직인다는 듯이 쉴새없이 방황하기 시작하는 것이었다.

어느 날 아침에 보니 개는 죽어 있었다. 사람들은 짐을 벗어 버린 느낌이었다.

겨울이 다가오고 있었다. 잔은 이겨 낼 수 없는 절망감에 사로잡히는 것 같은 느낌이 들었다. 그것은 영혼을 쥐어뜯는 듯한 그런 날카로운 고통이 아니라, 침울하고 비통한 슬픔이었다. 어떠한 기분 전환도 그녀의 마음을 풀어 줄 수 없었다. 아무도 그녀를 상관하지 않았다. 문 앞에 이륜마차가 빠른 속도로 지나가곤 했는데, 달리는 바람에 작업복이 파란 풍선처럼 부풀어오른, 붉은 얼굴을 한 남자가 몰고 있었다. 가끔은 짐수레가 느릿느릿 지나가기도 했고, 멀리서 두 농부가 오는 것도 보였다. 한 사람은 남자이고 또 한 사람은 여자였는데, 지평선에서는 아주 작게 보이다가 점점 커지다가 집 앞을 지나가면 다시 작아져서, 저 멀리 시선이 닿는 데까지 있는 흰 선의 맨 끝에 가서는 두 마리의 벌레처럼 아주 작은 크기가 되어서, 땅의 부드러운 기복에 따라 오르락내리락하였다.

풀이 다시 돋아나기 시작하면, 매일 아침 짧은 치마를 입은 소녀가 길가의 도랑을 따라 풀을 뜯어먹는 두 마리의 마른 소를 데리고 울타리 앞을 지나갔다. 그 소녀는 저녁때 돌아왔는데, 졸린 듯한 똑같은 걸음걸이로 소 뒤에서 십 분마다 한걸음씩 떼어놓으며 뒤따라왔다.

잔은 밤마다 자기가 아직도 레푀플에 살고 있는 꿈을 꾸었다. 그녀는 전처럼 아버지와 어머니와 함께, 때로는 리종 이모도 함께 거기에 있었다. 그녀는 잊혀지고 끝나 버린 일들을 다시 되풀이하며 가로수 길을 거니는 아델라이드 부인을 부축하고 있는 상상도 하였다. 그리고 잠에서 깨어날 적마다 눈물을 흘렸다. 그녀는 언제나 폴을 생각하고, 이렇게 스스로 물어 보았다.

'그애는 지금 무엇을 하고 있을까? 지금 어떻게 지내고 있을까? 가끔 내 생각을 할까?

그녀는 농장과 농장 사이에 나 있는, 움푹 파인 길을 느린 걸음으로 산책하면서 자신을 괴롭히는 이런 모든 생각들을 전개시켜 나갔다. 그러나 무엇보다도 자기에게서 아들을 빼앗아 간 그 미지의 여자에 대한 달랠 길 없는 질투심으로 괴로워하였다. 이 증오만이 그녀를 붙들고, 그녀가 행동하는 것을, 아들을 찾으러 가는 것을, 그애의 집으로 들어가는 것을 방해하였다. 문 앞에 서서 '여기에 왜 오셨나요, 부인?' 하고 묻는 그

정부가 보이는 것 같았다.

  어머니로서의 자부심이 그런 해후(邂逅)의 가능성에 반항을 했다. 그리고 과실도 없고 오점도 없는, 여전히 순수한 여자로서의 품위 있는 자만심이 마음조차 비굴해진 관능적인 사랑의 더러운 행위로 인하여 노예가 되어 버린 남자의 모든 비열한 행동에 대해서 점점 더 그녀를 분노케 하였다. 관능의 모든 외설스러운 비밀, 인간을 타락시키는 애무, 파기할 수 없는 결합에서 예측되는 모든 신비를 생각할 때 인간이라는 것이 그녀에게는 불결한 것으로 보였다.

  봄과 여름이 또 지나갔다. 그러나 지루한 비와 잿빛 하늘, 어두운 구름과 함께 가을이 다시 왔을 때 그녀는 폴을 다시 자기 것으로 만들기 위해 모든 노력을 다 기울여 보아야겠다는 결심이 설 정도로 이러한 삶에 대해 권태를 느꼈다. 젊은이의 정열도 지금쯤은 식었을 것이다. 그녀는 아들에게 눈물겨운 편지를 썼다.

  내 사랑하는 아들아, 제발 내 곁으로 돌아와 다오. 나는 늙고 병들고, 하녀 하나만 의지하면서 일년 내내 혼자 지내고 있다는 것을 생각해 다오. 나는 지금 길가의 작은 집에서 살고 있단다. 몹시 슬픈 일이지. 그러나 너만 여기에 있다면, 내게는 모든 것이 달라지련만……. 나는 이 세상에서 오직 너밖에 없다. 그런데 7년 동안이나 보지를 못했구나! 너는 내가 얼마나 불행했으며, 또 얼마나 네게 마음을 의지했었는지 결코 알지 못할 것이다. 너는 내 생의 전부였고 꿈이었으며, 유일한 희망이요, 유일한 사랑이었다. 그런데도 너는 나를 돌보지 않았고, 나를 버리고 말았구나.

아아! 돌아와 다오, 내 귀여운 폴레야. 돌아와 내게 키스해 다오. 절망적인 손을 네게 내미는 너의 늙은 어미 곁으로 돌아와 다오.

폴은 며칠 후에 답장을 보내 왔다.

사랑하는 어머니, 어머니를 뵈러 갈 수만 있다면 얼마나 좋겠습니까. 그러나 저는 지금 1수도 없습니다. 돈을 얼마간 보내 주신다면 돌아가겠습니다. 그러잖아도 어머니께서 제게 바라시는 소망을 풀어 드릴 수 있는 어떤 계획을 말씀드리기 위해서 조만간 찾아 뵈러 갈 작정이었습니다.

제가 처해 있는 역경 속에서도 저의 반려인 이 여자의 욕심 없는 애정은 저에 대해 끝이 없습니다. 그녀의 사랑과 그렇게도 충실한 헌신을 공개적으로 인정하지 않고 그냥 이대로 살아간다는 것은 불가능한 일입니다. 게다가 그 여자는 어머님이 인정하실 만큼 아주 예의가 바릅니다. 그리고 그녀는 매우 교양이 있고, 책도 많이 읽고 있습니다. 어쨌든 어머님은 그녀가 항상 저에 대해서 소중한 그 무엇이라는 것을 생각조차 하실 수 없을 것입니다.

만일 제가 그녀에게 감사의 뜻을 표하지 않는다면, 저는 짐승이나 다름이 없습니다. 그래서 저는 그녀와 결혼하는 것을 어머님께 허락 받기 위해 가겠습니다. 제가 집을 몰래 빠져나간 것을 용서하신다면, 우리는 어머님의 새집에서 모두 함께 살게 될 것입니다.

만약 어머님이 그녀를 아시기만 하면 당장 승낙해 주실 것입니다. 저는 그녀가 나무랄 데 없고 매우 품위가 있다는 것을 단언합니다. 어머님은 그녀를 사랑하시게 될 것이 확실합니다. 저로서는 그녀 없이는 살 수가 없습니다.

사랑하는 어머니, 저는 어머니의 답장을 학수고대하겠습니다. 그리고 우리는 진심으로 어머님께 키스를 보냅니다.

어머님의 아들, 자작 폴 드 라마르

잔은 실망하였다. 그녀는 편지를 무릎에 놓은 채 꼼짝하지 않았다. 자기 아들을 끊임없이 붙들고 있는 그 여자, 한 번도 그애를 집에 가게 내버려두지 않는 그 여자. 자신의 시간이 오기를, 절망에 빠진 노모가 자기 아들을 껴안고 싶은 욕망을 더 이상 참을 수 없을 때까지, 마음이 약해져 모든 것을 허락할 그때를 기다리고 있는 그 여자의 계략을 눈치챘던 것이다.

그리고 그 상스러운 여자에 대한 폴의 그런 집요한 편애가 보여 주는 엄청난 고통이 잔의 가슴을 갈가리 찢어 놓았다. 그녀는 이 말만 되풀이했다.

"그애는 나를 사랑하지 않는다. 그애는 나를 사랑하지 않아."

로잘리가 들어왔다. 잔은 더듬거리며 말했다.

"이제는 그 여자와 결혼하고 싶다는구나."

하녀는 펄쩍 뛰었다.

"오오! 마님, 허락하셔서는 안 됩니다. 폴 도련님이 그런 매춘부를 끌어들이게 해서는 안 됩니다."

그러자 잔은 주눅이 들어 있다가 화를 내며 대답했다.

"그건 절대로 안 돼. 그애가 오지 않겠다면 내가 만나러 가겠어, 내가. 그리고 우리 둘 중 누가 그애를 차지하나 보여 주겠어."

그녀는 당장에 폴에게 편지를 써서 자기가 가겠다는 것과 그 매춘부가 살고 있는 집이 아닌 다른 곳에서 만나자는 것을 알렸다.

그리고 답장을 기다리면서 그녀는 떠날 채비를 하였다. 로잘리는 주인의 속옷과 옷가지들을 낡은 가방 속에 넣기 시작하였다. 로잘리는 낡은 외출복을 챙기다가 소리쳤다.

"입을 만한 옷들이 하나도 없군요. 이렇게 하고 가서는 안 되겠어요. 사람들이 흉볼 거예요. 그리고 파리의 귀부인들이 마님을 하녀로 볼 거예요."

잔은 로잘리가 하는 대로 내버려두었다. 두 여자는 함께 고데르빌에 가서 녹색 바둑판 무늬의 옷감을 골라 읍(邑)에 있는 양재사에게 맡겼다. 그리고 나서 그들은 매년 2주일씩 파리 여행을 하는 공중인 루셀 씨에게서 참고될 만한 것을 얻기 위해 그의 사무실로 들어갔다. 잔은 28년이나 파리를 보지 못했기 때문이다.

그는 마차를 피하는 법이라든지, 도둑을 맞지 않는 방법에 대해서 갖가지 주의를 주었다. 그리고 돈은 옷의 안에다 넣어 꿰매고 꼭 필요한 것만 주머니 속에 넣으라는 충고도 해주었다. 그는 값이 보통인 식당에 대해서 길게 이야기를 했는데, 그중에서 여자들이 잘 다니는 두세 군데의 식당을 지정해 주기도 했다. 그리고 자신이 묵곤 하는 기차역 옆에 있는 오텔드 노르망디를 가르쳐 주었다. 그곳은 자기 소개로 왔다고 하면 된다는 것이었다.

6년 전부터 여기저기서 화제가 되고 있는 그 철도는 파리와 르아브르 사이를 왕래하고 있었다. 그러나 잔은 슬픔이 떠날 날이 없어서 모든 지방에 혁명을 일으킨 그 증기차(蒸氣車)를 아직 한 번도 본 적이 없었다.

폴은 답장을 보내지 않았다.

그녀는 일주일을 기다렸고 다시 2주일을 기다렸다. 그리고 매일 아침 큰길로 나가 우체부 앞으로 다가가 떨면서 물었다.

"제게 온 것은 아무것도 없나요, 말랑댕 영감님?"

그러면 그 사람은 항상 불순한 기후에 시달린 목소리로 언제나 이렇게 대답하는 것이었다.

"이번에는 아무것도 없는데요, 마님."

폴이 답장을 하지 못하도록 방해하는 것은 틀림없이 그 여자다! 그래서 잔은 당장 떠나기로 결심했다. 로잘리를 데리고 가고 싶었지만, 하녀는 여행 비용이 많이 들까 봐 따라가는 것을 거절하였다. 게다가 로잘리는 주인이 300프랑 이상 가져가는 것을 허락하지 않았다.

"돈이 더 필요하시면, 제게 편지를 내세요. 그러면 공증인에게 가서 부쳐 드리도록 할게요. 만약 마님께 돈을 더 드린다면, 폴 도련님이 그걸 가로채실 겁니다."

12월의 어느 날 아침, 두 여자는 그들을 역까지 데려다 주기 위해 찾아온 드니 르코크의 마차에 올랐다. 로잘리가 정거장까지 주인을 전송하였다.

그들은 우선 찻삯을 알아보고 나서 모든 일을 처리하고 가방도 부친 후에 철로 앞에서 기다렸다. 이것이 어떻게 움직이는가를 알려고 애쓰고 그 신기함에 너무 정신이 팔려서, 여행의 슬픈 목적 따위는 이제 잊어버릴 정도였다.

마침내 멀리서 울리는 기적 소리에 그들은 고개를 돌렸다. 그들은 점점 크게 다가오는 시커먼 기계를 알아보았다. 그것은 무서운 소리를 내며 왔고, 굴러가는 작은 집들을 연결하는 긴 사슬을 끌면서 그들 앞으로 지나치면서 서서히 멈추었다. 역무원이 문을 열었고, 잔은 눈물을 지으면서 로잘리를 포옹하고 나서 그 열차 안으로 올라갔다.

로잘리는 마음이 벅차 소리쳤다.

"안녕히 다녀오세요, 마님. 좋은 여행 되시고요. 또 뵙지요!"

"안녕, 로잘리."

기적이 한 번 울리자 다시 출발했다. 염주처럼 생긴 모든 차바퀴가 처음에는 조용히, 다음에는 보다 빨리, 그 다음에는 무서운 속도로 굴러가기 시작하였다.

잔이 있는 찻간에는 두 명의 남자가 양쪽 구석에 등을 기대고 자고 있었다. 그녀는 들판과 나무, 농장, 마을들이 지나가는 것을 바라보았고 이 무서운 속도에 놀라서 새로운 삶 속으로 접어드는 것 같은, 이제는 자신의 세계가 아닌, 자신의 평온한 소녀 시절이나 단조로운 생활이 아닌 다른 세상으로 실려 가는 것 같은 느낌이 들었다.

기차가 파리로 들어갔을 때는 해질 무렵이었다.

어떤 심부름꾼이 잔의 가방을 빼앗아 들었다. 당황한 그녀는 그 남자를 놓칠까 봐 두려워서 그의 뒤를 거의 뛰다시피 따라갔는데, 혼잡한 군중 속을 지나는 데 익숙지 않아 이리저리 밀리면서 그를 간신히 쫓아갔다.

호텔 사무실에 이르자, 그녀는 재빨리 말했다.

"루셀 씨의 소개로 왔는데요."

여주인은 거대한 몸집의 무뚝뚝한 여자였는데, 사무실에 앉아서 이렇게 물었다.

"그 사람이 누구지요, 루셀 씨가?"

잔은 당황하여 말을 이었다.

"고데르빌의 공증인인데, 해마다 여기에서 묵으신다는데요."

뚱뚱한 여자가 말했다.

"그럴 수도 있겠지요. 저는 그분을 잘 모릅니다. 어쨌든 당신은 방을 원하시지요?"

"네, 부인."

그러자 한 소년이 그녀의 짐을 들고 앞장서서 계단을 올라갔다. 그녀는 가슴이 죄어드는 것 같았다. 그녀는 호텔 방의 작은 탁자 앞에 앉아 병아리 날갯죽지로 만든 수프를 올려다 달라고 부탁했다. 그녀는 새벽부터 아무것도 먹지 못했던 것이다.

촛불 아래서 서글픈 마음으로 식사를 하면서, 신혼 여행에서 돌아오는 길에 바로 이 도시를 지나갔다는 것, 줄리앙의 성격이 이 파리에 체류할 때 처음으로 드러났다는 것을 회상하면서 여러 가지 생각이 떠올랐다. 그러나 그때는 젊었었고 자신에 가득 차 있었으며 꿋꿋했었다. 그러나 지금은 자신이 늙고, 어쩔 줄 몰라하고, 겁먹으며, 연약하고, 아무것도 아닌 것에도 마음이 혼란해지는 것 같은 느낌이 들었다.

식사를 끝내자 그녀는 창가로 가서 사람들로 가득 찬 거리를 내려다 보기 시작하였다. 밖에 나가 보고 싶었으나 감히 그러지 못했다. 꼭 길을 잃어버릴 것 같은 생각이 들었기 때문이다. 그녀는 자리에 누워 불을 껐다.

그러나 소음과 미지의 도시에 대한 느낌, 여행에 대한 불안이 그녀를 잠들지 못하게 하였다. 그렇게 시간이 흘러갔다. 밖에서 와자지껄 떠드는 소리는 점점 가라앉았으나 대도시의 반 휴식 상태에 신경이 쓰여서 잠을 이룰 수가 없었다.

그녀는 사람, 동물, 식물 같은 모든 것을 마비시키는 전원의 그 고요함과 깊은 수면에 길들어 있었다. 그래서 그녀는 지금 자기 주위에서 알 수 없는 어떤 동요를 느꼈다. 거의 알아들을 수 없는 목소리들이 마치 호텔의 벽 속으로 미끄러지듯 들어온 것처럼 그녀에게 들려 왔다. 이따금 마룻바닥이 삐걱거리는 소리를 내고, 문이 닫히고, 초인종이 울렸다.

새벽 2시경에 그녀가 잠이 들기 시작했을 때, 갑자기 어떤 여자가 옆방에서 비명을 질렀다. 잔은 놀라서 후닥닥 침대에서 일어나 앉았다. 그러자 이번에는 남자의 웃음소리가 들리는 것 같았다.

날이 밝아 옴에 따라 폴에 대한 생각이 더욱 간절해졌다. 희미하게 동이 트자 그녀는 옷을 주워 입었다.

폴은 시테의 소바즈 가(街)에 살고 있었다. 그녀는 로잘리의 절약하라는 충고에 따르려고 걸어서 가려고 했다. 화창한 날씨였으나 냉랭한 공기가 피부를 꿰뚫었다. 사람들은 바쁘게 보도 위를 달려가고 있었다. 그녀는 안내 표지판을 따라 최대의 속도로 걸어갔다. 그 길의 끝에서 그녀는 오른쪽으로 돌기도 했고 또 왼쪽으로 돌기도 했다. 그러다가 어떤 광장에 닿으면 그녀는 다시 방향을 알아보아야 했다. 그 광장을 찾지 못해서 어떤 빵 장수에게 물어 보았더니, 그는 다른 방향을 가르쳐 주었다. 그녀는 다시 떠났고, 길을 잃었고, 방황했으며, 다른 사람의 충고대로 따랐다가 완전히 길을 잃어버리고 말았다.

그녀는 이제 미친 듯이 그저 무턱대고 걸어갔다. 마차꾼을 불러야겠다는 결심을 했을 때 센 강이 보였다. 그래서 그 강변을 따라서 걸었다. 약 한 시간 후에 소바즈 가로 들어섰는데, 그곳은 아주 어두운 일종의 샛길 같은 동네였다. 그녀는 어느 문 앞에서 걸음을 멈추었다. 너무도 마음이 벅차 한 발짝도 더 이상 떼어놓을 수가 없었다.

'그애가 여기, 이 집에 있다. 폴레가.'

그녀는 무릎과 손이 떨리는 것을 느꼈으나 잠시 후 마침내 집안으로 들어가 복도를 따라 걷다가 수위실이 보여 은화 한 닢을 내밀면서 물어 보았다.

"폴 드 라마르 씨에게 어떤 노부인이, 그의 어머니의 친구가 아래에서 기다리고 있다는 것을 올라가서서 전해 주실 수 있겠습니까?"

수위가 대답했다.

"그분은 지금 여기에 살고 있지 않습니다, 부인."

그녀는 심한 전율을 느꼈다. 그리고 더듬거리며 물었다.

"아아! 어디에…… 지금은 어디에서 살고 있는지요?"

"모르겠는데요."

그녀는 쓰러질 것 같은 현기증을 느껴 잠시 동안 아무 말도 못하고 그대로 서 있었다. 마침내 있는 힘을 다해서 정신을 가다듬고 중얼거렸다.

"떠난 지 얼마나 되었나요?"

그 남자는 많은 것을 가르쳐 주었다.

"보름쯤 됩니다. 그들은 어느 날 밤에 그렇게 나가서 돌아오지 않더군요. 그들은 이 구역의 여기저기에 빚을 많이 졌거든요. 그래서 주소도 안 가르쳐 주고 떠난 거겠죠."

잔은 눈앞에서 총알을 한 방 맞은 것처럼 커다란 불꽃이 번쩍 튀는 것을 보았다. 그러나 어떤 확고한 생각이 그녀를 버티게 했으며, 겉으로는 침착하고 사려 깊게 서 있게 하였다. 그녀는 폴에 대한 일을 알고 싶었고, 또다시 찾고 싶었던 것이다.

"그럼 그는 가면서 아무 말도 안 했나요?"

"네, 전혀 없었어요. 아시다시피 빚을 갚지 않으려고 도망친걸요."

"하지만 누군가를 시켜서 편지를 찾아오라고 보냈을 텐데요."

"별로 편지가 많지 않았습니다. 일년에 열 통도 안 되었으니까요. 그러나 그들이 없어지기 이틀 전에 한 통 올려다 드렸지요."

그것은 틀림없이 자신의 편지였을 것이다. 그녀가 황급히 말했다.

"이보세요, 나는 그애 어미랍니다. 그애를 만나러 왔지요. 여기 10프랑 드리겠습니다. 만일 당신이 그애에 대한 어떤 소식이나 전갈을 얻게 되시면, 르아브르 가의 노르망디 호텔로 알려 주세요. 사례는 충분히 하겠습니다."

"알겠습니다, 부인."

그녀는 그곳을 도망치듯 나왔다. 그녀는 자기가 어디로 가고 있는지 생각하지 않고 걷기 시작했다. 그녀는 중요한 용무를 보러 가느라고 바쁜 것처럼 급히 걸어갔다. 짐을 든 사람들에게 부딪히면서 그녀는 담을 따라 걸어갔다. 마차가 오는 것을 보지도 않고 거리를 건너다가 마부들에게 욕을 먹기도 했다. 전혀 주의를 하지 않았기 때문에 보도의 턱에 걸려 비틀거리기도 하였다. 그녀는 정신없이 앞으로 달려갔다.

어느새 그녀는 어떤 공원으로 들어와 있었다. 이내 피곤함을 느껴 벤치 위에 털썩 주저앉았다. 그녀는 분명 거기에 아주 오랫동안, 자신도 깨닫지 못한 채 울고 있었다. 지나가던 사람들이 그녀를 쳐다보려고 걸음을 멈추었을 정도로. 한참 지난 후 몹시 춥다는 것을 느꼈다. 그녀는 일어나 다시 걸었다. 다리가 간신히 그녀의 몸을 버티고 있을 정도로 지치고 피로했다.

그녀는 식당에 들어가서 수프를 먹고 싶었지만, 자신도 뚜렷이 느끼고 있는 자신의 슬픔에 대해서 일종의 수치심과 두려움과 자기 비애에 사로잡혀 감히 그곳으로 들어갈 수가 없었다. 그녀는 잠시 그 문 앞에 걸음을 멈추고 그 안을 들여다보았으며 식탁에 앉아 음식을 먹고 있는 사람들을 보자 겁을 내며 도망치면서 "다음 집에 들어가지." 하고 중얼거리는 것이었다. 그러나 그녀는 다른 식당에도 들어가지 못했다.

마침내 그녀는 빵 가게에서 초승달 모양의 작은 빵 한 개를 사서, 걸어가면서 우적우적 뜯어먹기 시작하였다. 몹시 목이 말랐지만, 어디 가서 물을 마셔야 할지 몰라서 그냥 걸어가기만 했다.

아치형 건물을 지나 회랑으로 둘러싸인 다른 공원이 나왔다. 그제야 그녀는 그곳이 팔레 르아이얄이라는 것을 알았다. 햇볕을 받고 걸어서 몸이 좀 따뜻해졌기 때문에, 그녀는 또 한두 시간을 벤치에 앉아 있었다.

한 무리의 사람들이 들어왔다. 우아한 자태의 사람들이 이야기하고, 미소 짓고, 인사를 하였다. 여자들은 아름답고 남자들은 부유해 보이는 이 행복한 사람들은 오직 사치와 쾌락을 위해서만 사는 것 같았다.

잔은 이런 기쁨으로 빛나는 군중 속에 있다는 것에 당황하여 일어나서 달아나려고 했다. 그런데 갑자기 이곳에서 혹시 폴을 만날 수 있을지도 모른다는 생각이 떠올라서 쉴새없이 오가는 사람들의 얼굴을 살피면서 공원의 이 끝에서 저 끝으로, 비굴하고도 재빠른 걸음으로 헤매기 시작하였다.

사람들은 몸을 돌려 그녀를 쳐다보았으며, 또 어떤 사람들은 웃으면서 그녀를 손가락질했다. 그녀는 그것을 깨닫고는 도망쳐 나왔다. 사람들이 아마 자기의 모습과, 로잘리가 골라 주고 고데르빌의 양재사에게 지시를 해서 만든 자기의 녹색 체크 무늬 옷을 보고 웃는 것이라고 생각했다. 그녀는 이제 지나가는 사람들에게 길을 물어 볼 용기조차 나지 않았다. 그러나 간신히 용기를 내어 물어 보고, 마침내 호텔에 다다랐다.

그날의 나머지 시간은 침대 발치에 있는 의자에 앉아 꼼짝도 않고 지냈다. 그러고 나서 전날처럼 진한 수프와 약간의 고기로 저녁을 때운 후 자리에 누웠다. 그 하나하나의 행동을 습관에 의해 기계적으로 완수했다.

다음날은 아들을 찾아봐 달라고 부탁하기 위해 경찰서로 갔다. 아무것도 그녀에게 약속할 수는 없으나, 노력은 해보겠노라고 대답했다. 그래서 그녀는 여전히 그를 만날까 하는 희망으로 거리를 헤매었다. 그녀는 이 움직이는 군중 속에서 황량한 전원의 한가운데에 있는 것보다 더한 고독을 느꼈고 더욱 고립되어 있는 것 같았으며 더욱 비참한 것같이 느껴졌다.

저녁때 호텔로 돌아오니, 폴 씨로부터 왔다는 어떤 남자가 찾아와서 내일 다시 오겠다는 말을 했다는 전갈을 받았다. 피가 가슴에서 용솟음쳐 그날 밤은 눈을 붙이지 못했다. 만일 그 사람이 그애였다면? 자기에게 이야기해 준 것으로는 상세한 것을 알 수 없었지만, 그 사람은 틀림없이 그애였을 것이다.

아침 9시경에 누군가 문을 두드렸다. 그녀는 팔을 벌리고 껴안을 준비를 하고 "들어오세요!" 하고 소리쳤다. 문이 열리고 어떤 모르는 사람이 나타났다. 그 사람은 방해해서 미안하다고 사과를 하고 나서 자신의 용건, 즉 폴의 부채를 청구하러 왔다는 것을 설명하는 동안, 그녀는 울고 싶었으나 그것을 보이고 싶지 않아서 눈가로 눈물이 흘러내릴 때마다 손가락 끝으로 그것을 찍어내었다.

그는 소바즈 가의 수위에게서 그녀의 도착 소식을 듣고 그 젊은이는 찾을 수가 없기 때문에 어머니에게 말하려고 한다는 것이었다. 그녀는 그가 내미는 서류를 아무 생각 없이 받았다. 90프랑이라는 숫자가 눈에 들어왔다. 그녀는 지갑에서 돈을 꺼내 지불했다.

그날은 외출하지 않았다.

그 이튿날 다른 채권자들이 나타났다. 그녀는 20프랑만을 남겨 두고,

나머지 돈을 모두 내주었다. 그러고는 로잘리에게 자신의 처지를 알리기 위해 편지를 썼다.

하녀의 편지를 기다리면서 그녀는 어떻게 해야 할지, 비통한 시간을, 길고 긴 시간들을 어디에서 보내야 할지를 몰라 며칠을 방황하며 지냈다. 아무도 그녀에게 상냥한 말 한마디 건네는 사람이 없었고, 아무도 자신의 비참함을 알아주는 사람도 없었다. 이제는 떠나고 싶고, 거기 인적이 드문 길가에 있는 자신의 작은 집으로 돌아가고 싶다는 생각으로 가슴 태우며 무턱대고 걸었다.

전에는 작은 집에서 며칠을 살 수 없을 만큼 슬픔이 그녀를 짓눌렀었다. 그러나 지금은 그와 반대로 자신의 침울한 습관들이 깊이 뿌리 박고 있는 그곳에서밖에는 살 수 없다는 것을 절실히 느꼈다.

마침내 어느 날 저녁, 한 통의 편지와 200프랑을 받았다. 로잘리는 이렇게 써서 보냈다.

잔 마님, 어서 빨리 돌아오세요. 더 이상은 아무것도 보내 드릴 수가 없기 때문이에요. 폴 도련님에 대해서는 소식이 있으면 제가 그분을 만나러 가겠습니다. 안녕히 계세요.

마님의 하녀, 로잘리

그래서 잔은 눈이 내리고 몹시 추운 어느 날 아침, 바트빌로 다시 떠났다.

14

그 후로 그녀는 이제 외출도 하지 않았고 꼼짝하지도 않았다. 그녀는 매일 아침 같은 시각에 일어나서 창문으로 날씨를 살피고 내려와, 거실의 불 옆에 앉는 것이었다. 그러고는 온종일 꼼짝도 하지 않고 불길만 뚫어져라 쳐다보면서, 비통한 생각에 잠겨 자기의 비참한 처지의 올이 풀리는 슬픔을 따라가며 그렇게 앉아 있었다. 어둠이 차츰 그 작은 공간에 스며들면 난로에 장작을 지피는 것 이외에 다른 동작은 하지 않았다. 그러면 로잘리가 램프를 가져오며 소리를 지르곤 하였다.

"자, 잔 마님, 움직이셔야 해요. 그렇지 않으면 또 오늘 저녁에 시장기를 느끼시지 못하게 될 거예요."

그녀는 가끔 자기 자신을 집요하게 사로잡는 고정 관념에 쫓기기도 하고, 무의미한 걱정으로 몹시 괴로워하기도 했으며, 사소한 일들이 그녀의 병적인 머릿속에서는 아주 큰 중요성을 지니기도 하였다.

그녀는 특히 과거 속에, 자기 생의 초기와 그 코르시카 섬에서의 신혼 여행 등을 회상하며 아득한 과거 속에서 다시 살고 있었다. 오래전에 잊고 있었던 그 섬의 풍경들이 갑자기 그녀 앞에 있는 벽난로의 깜부기불 속에 나타나는 것이었다. 그리고 세세한 모든 것들, 사소한 갖가지 일들, 거기에서 만난 모든 얼굴들이 떠올랐다. 안내인인 장 라볼리의 얼굴이 그녀를 따라다니기도 했으며, 가끔은 그의 목소리를 듣는 듯한 기분이 들기도 했다.

그러고 나서는 폴이 어렸을 때의 즐거웠던 몇 해를 생각했다. 그때 그 아인 자기에게 샐러드용 채소를 심게 해서, 리종 이모와 나란히 비옥한 땅에 무릎을 꿇고 두 사람 모두 그 아이의 마음에 들려고 정성을 다해 경쟁을 했었다. 누가 가장 능숙한 솜씨로 묘목의 뿌리를 내리게 하나, 누가 가장 잘 자라게 하는가를 겨루었었다. 그러자 아주 낮은 소리로, 마치 그에게 말하듯이 그녀의 입술이 들먹거렸다.

"풀레야, 내 귀여운 풀레야."

이 말에 그녀의 몽상은 멎어 버렸다. 그녀는 이따금 몇 시간이고 손가락을 펴서, 그애의 이름을 구성하고 있는 글자들을 허공에 써 보려고 애쓰기도 했다. 불 앞에 앉아 그 글자들이 보이는 듯한 착각에 빠져 천천히 그것을 그렸다. 그러다가 틀렸다고 생각하고, 피로에 떨리는 팔로 P자를 다시 쓰면서 그 이름을 끝까지 그리려고 애썼다. 그녀는 다 완성하고 나면 다시 되풀이하는 것이었다. 결국에 가서는 더 이상 할 수가 없어서 모든 것을 뭉개 버리고, 미칠 정도로 신경이 흥분되어 다른 글자를 쓰는 것이었다.

고독한 사람들이 갖는 모든 편집광적인 증세가 그녀를 사로잡았다. 사소한 물건이 조금만 위치가 바뀌어도 그녀는 신경질을 내었다. 로잘리는 자주 그녀를 강제로 걷게 하려고 길로 데리고 나갔다. 그러나 잔은 이십 분쯤 지나면 "더는 못 가겠어." 하고 말하고는 도랑가에 주저앉는 것이었다. 결국엔 이 모든 동작이 지겨워졌기 때문에 그녀는 가능한 한 늦게까지 침대에 누워 있었다.

그녀에게는 어렸을 적부터 끈질기게 변하지 않고 그대로 있는 한 가지 유일한 습관이 있었다. 그것은 밀크 커피를 마신 다음에는 자리에서 곧바로 일어나는 것이었다. 게다가 그녀는 이 밀크 커피에 지나칠 정도로 애착을 가지고 있었다. 그녀에게서 이 습관을 빼앗는다면 그녀는 다른 무엇보다도 큰 아픔을 느낄 것이다. 매일 아침 약간 관능적인 초조감으로 로잘리가 오기를 기다렸다. 밀크 커피가 가득한 찻잔이 머리맡 탁자에 놓이자마자, 자리에서 벌떡 일어나 앉아 약간 게걸스럽게 재빨리 들이마셨다. 그런 다음에는 이불을 걷어차고 옷을 입기 시작하는 것이었다.

그러나 날이 갈수록 점점 접시에다 찻잔을 내려놓은 다음에도 잠시 동안 부질없는 공상에 잠기는 버릇이 생겼다. 그리고 다시 침대에 들어가 누워 버렸다. 로잘리가 화를 내며 거의 강제로 옷을 입힐 때까지 그녀는 이 게으름을 매일매일 연장시켜 나갔다.

게다가 그녀는 이제 의지마저 잃어버린 듯 하녀가 그녀에게 어떤 조언을 청하거나, 질문을 던지거나, 의견을 알아보려고 할 때마다 이렇게 대답하곤 했다.

"너 하고 싶은 대로 하려무나, 애야."

그녀는 동양인처럼 숙명론자가 되어서, 자신에게는 어떤 집요한 불운 (不運)이 아주 직접적으로 따라다닌다고 생각하였다. 자신의 꿈이 사라지고 자신의 희망이 붕괴돼 버리는 것을 보는 것에 길이 든 습관이, 이제는 감히 새로운 일도 시도해 보지 못하게 했고, 아주 간단한 일을 시작하기 전에도 자신은 늘 잘못된 길로 접어들고 있어, 그것이 나쁜 방향으로 흐르리라는 생각으로 며칠 동안을 망설이게 만드는 것이었다.

그녀는 입버릇처럼 이렇게 말하곤 했다.

"난 인생에 있어서 참으로 운이 없었단다."

그러면 로잘리는 이렇게 큰 소리를 질렀다.

"그러면 만약 마님께서 빵을 얻기 위해 일을 하셔야 했고, 매일 아침 6시에 일어나 품팔이를 하러 가야만 했다면 무어라고 하셨겠습니까! 어쩔 수 없이 그렇게 해야만 하는 사람들도 많답니다. 그러다가 너무 늙어 버리면, 그 사람들은 비참하게 죽어 가는 거예요."

잔이 대답했다.

"나는 혼자이고, 아들까지 나를 버렸다는 것을 생각해 봐."

로잘리는 화를 내면서 말했다.

"그게 무슨 그리 큰 문제예요! 그럼 군대에 나가는 자식들은요! 아메리카로 이주해 가는 자식들은!"

아메리카란, 로잘리에게는 돈을 벌러 가기는 하나 결코 다시 돌아오지 못하는 막연한 나라와 같았던 것이다. 그녀가 말을 계속했다.

"사람들은 항상 헤어지지 않으면 안 될 때가 있는 거예요. 왜냐하면 늙은이와 젊은이들은 오래도록 함께 살아 남을 수 없는 것이 진리이니까요."

그리고 냉정한 어조로 결말을 지었다.

"그럼 만일 아드님이 돌아가시든지 하면 어떻게 하시겠어요?"

그러자 잔은 더 이상 아무 대꾸도 하지 않았다.

초봄에 날씨가 따뜻해지자 그녀는 약간의 원기를 회복했으나, 그녀는 이 회복된 활동력을 점점 우울한 상념에 빠지는 데에만 사용하였다.

어느 날 아침, 그녀가 어떤 물건을 찾으려고 창고에 올라갔을 때, 묵은 달력이 가득 든 상자 하나를 우연히 열어 보았다. 시골 사람들의 습관에 따라 그것들을 간직해 두었던 것이다.

그녀는 자기가 지내 온 과거의 세월 그 자체를 다시 찾아낸 듯한 느낌이 들어, 이 네모진 마분지의 퇴적 앞에 야릇하고도 혼란스런 감동에 사로잡혀 그대로 머물러 있었다.

그녀는 그것들을 아래층의 거실로 가져왔다. 큰 것, 작은 것, 가지가지 형태의 것들을 식탁 위에 연대순으로 정리하기 시작하였다. 갑자기 그녀는 맨 처음의 것을 발견했는데, 그것은 그녀가 레푀플로 가져왔던 바로 그것이었다.

수도원에서 나온 다음날, 루앙을 떠나던 그날 아침에 자신이 지웠던 날짜들이 있는 그 달력을 오랫동안 바라보았다. 그리고 그녀는 울었다. 식탁 위에 펼쳐진 자신의 비참한 지나간 생애를 마주한 늙은 여자의 가없은 눈물, 천천히 흘러내리는 애절한 느린 눈물이었다.

그리고 하나의 생각이 그녀를 사로잡았는데, 그것은 얼마 안 가서 끊임없는 맹렬한, 무서운 집념이 되었다. 자신이 하루하루 무엇을 했는가를 다시 찾아보고 싶었던 것이다.

그녀는 벽에다, 장식 융단 위에다 이 퇴색한 달력들을 하나하나 꽂아 놓고 시간을 보냈으며, 그중의 하나 앞에 서서는 '이 달에는 무슨 일이 일어났었지?' 하고 생각해 보는 것이었다.

그녀는 자기 생애의 기억할 만한 날짜에는 줄을 그어 표시를 해두었기 때문에, 어떤 중요한 사건을 전후로 한 사소한 모든 사건들을 서로 연결시키고 나누고, 하나하나 다시 새로 구성했으며, 어떤 때는 한 달 전부를 생각해 내기도 하였다.

그녀는 집요한 주의력과 기억하려는 노력, 의지의 집중으로 레뢰플에서의 처음 2년을 거의 완벽하게 그려 낼 수 있었다. 그녀 생애의 머나먼 추억이 이상하게도 쉽게 일종의 부조(浮彫)처럼 떠올랐다.

그러나 그 다음에 잇따른 해들은 서로 뒤섞이고, 겹쳐서 안개 속으로 사라져 버린 것 같았다. 그녀는 이따금 달력 위로 머리를 숙이고 '옛날' 속으로 빠져 들어가 어떠한 추억을 그 달력에서 찾을 수 있을까 하는 것조차 생각하지 못하고 한없이 그대로 머물러 있기도 했다.

그녀는 14처(處) 십자가의 길 판화처럼 이런 지나 버린 날들의 그림으로 둘러싸인 거실을 하나하나 둘러보았다. 그러다가 갑자기 그중의 하나 앞에 의자를 끌어당기고는 회상에 잠겨 밤이 될 때까지 꼼짝하지 않고 그것을 바라보고 있기도 하였다.

그러는 동안 어느덧 모든 수액이 태양의 열을 받아 잠에서 깨어나고,

농작물이 밭에서 싹트기 시작하고, 나무들이 푸르러지고, 뜰의 사과나무가 장밋빛 구슬 같은 꽃을 피우고, 벌판이 향기로워졌으므로 심한 동요가 그녀를 사로잡았다.

그녀는 이제 한곳에 머물러 있지 못했다. 하루에 스무 번쯤 집 안팎을 들락거리고 때로는 농장을 따라 멀리까지 나가 헤매기도 하면서 일종의 회한의 역정 속에서 흥분하는 것이었다.

수풀 속에 숨어 있는 한 송이 데이지 꽃, 나뭇잎들 사이로 미끄러져 들어오는 햇살, 푸른 하늘이 비치고 있는 바퀴 자국의 물웅덩이, 그런 것들을 보며 몽상에 잠겨 전원을 돌아다니던 그 처녀 시절 정서의 메아리처럼, 아득한 감동이 마음속에 다시 일어나면서 그녀의 마음을 뒤흔들고, 눈시울을 뜨겁게 하고, 혼란에 빠뜨리는 것이었다.

그녀가 미래를 기다리고 있던 때, 이와 똑같은 격동에 몸을 떨면서 달콤함과 포근했던 세월의 물결 같은 그 도취를 맛본 일이 있었다. 그녀는 미래가 닫혀진 지금 이 모든 것을 다시 찾은 것이다. 그녀는 마음속에서 그것을 다시 즐기면서도 동시에 고통을 느꼈다. 마치 깨어난 세계의 영원한 기쁨이 그녀의 마른 살결, 식은 피, 짓눌린 영혼 속에 스며 들어와도 그것은 단지 미약하고 고통에 찬 매력밖에는 던져 주지 못하는 것 같았다.

그녀에게는 자기 주위의 여기저기에 있는 것들이 조금 달라진 듯한 느낌이 들었다. 태양은 그녀가 젊었을 때보다 식은 듯했고, 하늘도 푸른 색이 옅어지고, 풀도 약간 덜 푸른 것 같았다. 그리고 꽃들은 빛깔이 더 창백하고 향기는 덜해서 이제는 전혀 사람들을 취하게 하지 못했다.

그러나 며칠 지나면 또다시 생의 안락함이 그녀에게 파고들어, 그녀는 다시 공상하고 희망을 갖고 기다리게 되었다. 운명이 철저하게 가혹하더라도, 화창한 날씨에는 여전히 희망을 갖지 않을 수 없기 때문일까? 그녀는 영혼의 흥분에 자극을 받은 것처럼 몇 시간이고 앞을 향해 걷고 또 걸었다.

그러다가 때로는 갑자기 걸음을 멈추고, 길가에 앉아 가슴 아픈 일들을 곰곰이 생각하곤 했다. 왜 자기는 다른 사람처럼 사랑받지 못했을까? 왜 자기는 평온한 생활의 그 소박한 행복마저 누리지 못했을까? 그리고 가끔 그녀는 또 한순간 자기가 늙었다는 것, 자기 앞에는 우울하고 고독한 몇 해밖에는 아무것도 남아 있지 않다는 것, 자기의 모든 인생 역정은 거의 끝에까지 왔다는 것을 잊어버리는 것이었다. 그래서 그녀는 예전의 열여섯 살 때처럼 마음속에 달콤한 계획을 세우고, 매혹적인 미래의 결말을 내렸다. 그러다가 현실의 냉혹한 감각이 그녀에게 달려들면 그녀는 허리를 끊어 놓을 듯한 무거운 것이 떨어진 것처럼 기진맥진해서 다시 힘겹게 일어섰다. 그리고 "아아! 미친 할멈! 미친 할멈!" 하고 중얼거리면서 집으로 가는 걸음을 더욱 천천히 하는 것이었다.

로잘리는 매순간마다 이렇게 되풀이하곤 하였다.

"좀 가만히 계세요, 마님. 왜 그렇게 안절부절못하시는 거예요?"

그러면 잔은 슬프게 대답했다.

"얘야, 내가 마치 죽기 전의 마사크르같이 되었구나."

로잘리가 어느 날 아침 여느 때보다 일찍 방으로 들어와 머리맡 탁자에다 밀크 커피를 내려놓았다.

"자, 빨리 마시세요. 드니가 문 앞에서 우리를 기다리고 있어요. 일이 있어서 레푀플에 가는 거예요."

잔은 너무도 흥분이 되어서 기절할 것만 같았다. 다정한 자기 집을 다시 본다는 생각에 두렵고 기력이 쇠진하여 감동으로 떨면서 옷을 입었다.

빛나는 하늘이 온 세계를 내려다보고 있었다. 조랑말도 즐거워서 이따금 질주하기도 했다. 잔은 에투방 마을로 들어서자, 가슴이 설레어서 힘껏 숨을 내쉬어야 할 정도였다. 울타리의 벽돌 기둥을 보았을 때, 그녀는 두세 번 자기도 모르게 마치 가슴을 놀라게 하는 어떤 것 앞에서 그러는 것처럼 "아아! 아아! 아아!" 하고 낮은 소리로 중얼거렸다.

쿠이야르네 집에다 마차를 매어 놓았다. 그리고 로잘리와 그의 아들이 일을 보러 간 사이, 소작인들이 잔에게 지금은 주인이 없으니까 성관을 한바퀴 돌아보라고 하면서 열쇠를 내주었다.

그녀는 혼자 떠났다. 바다 곁에 있는 오래된 집 앞에 오자 걸음을 멈추고 천천히 그것을 바라보았다. 겉으로는 아무것도 변한 것이 없었다. 웅장한 회색 건물은 이제 퇴색한 벽 위에 태양의 미소를 받고 있었다. 덧문은 모두 닫혀져 있었다.

죽은 나뭇가지의 작은 조각이 그녀의 옷에 떨어져 눈을 들어 보니 플라타너스 나무에서 떨어진 것이었다. 그녀는 매끈매끈하고 허여멀건 살갗을 가진 커다란 나무에게 다가가서 말에게 하듯 그것을 쓰다듬었다. 그녀의 발이 썩은 나무토막에 걸렸다. 그것은 그녀가 그렇게도 자주 자기 식구들과 함께 앉아 있었던 벤치, 줄리앙이 처음으로 방문하던 바로 그날 내놓았던 그 벤치의 마지막 남은 잔해였다.

현관의 이중문이 있는 데로 가서 녹이 슬어 말을 잘 듣지 않는 열쇠로 문을 열려고 애썼다. 마침내 자물쇠가 거칠게 용수철 긁는 소리를 내며 열렸다. 문짝은 약간 빡빡했으나 한 번 밀자 안으로 열렸다.

잔은 곧, 거의 달리다시피 자기 방이 있는 데까지 올라갔다. 밝은 벽지로 도배가 되어 있어서 그 방은 알아보지 못했지만 창문을 열고, 그녀는 멀리 움직이지 않는 듯한 갈색 돛이 점점이 뿌려져 있는 바다와 광야, 느릅나무, 작은 숲, 그토록 사랑했던 그 수평선 앞에서 뼛속까지 감동이 되어 그대로 서 있었다.

잔은 그 텅 빈 커다란 집을 돌아다니기 시작했다. 벽 위의 눈에 익은 얼룩들을 바라보았다. 회반죽으로 된 벽 속에 파인 한 작은 구멍 앞에서 걸음을 멈추었다. 그것은 남작이 자기의 젊은 시절을 추억하면서 이 장소 앞을 지날 적에 종종 벽을 상대로 지팡이로 검술을 하며 즐겼기 때문에 남은 흔적이었다.

어머니의 방에서 그녀는 침대 곁 어두운 구석의 문 뒤에 꽂혀 있는, 꼭대기가 금으로 된 가느다란 핀 하나를 찾아냈다. 그것은 전에 그녀가 거기에 꽂아 놓고(지금 그것이 생각났다), 그 후 몇 해 동안 찾았던 그것이다. 그러나 아무도 그것을 찾아내지 못했었다. 그녀는 소중한 유물처럼 그것을 빼내어 입을 맞추었다.

그녀는 여기저기 돌아다녔고 찾아내었으며, 벽지를 새로 붙이지 않아 조금도 달라지지 않은 방들에서 거의 눈에 띄지 않는 흔적들을 발견했다. 직물의 문양이라든가 대리석의 그림이라든가 세월의 때가 묻은 더러워진 천장에 종종 그려지는 그림자의 그 괴상한 형상을 다시 보았다.

그녀는 마치 묘지 사이를 걷고 있는 듯한 이 거대하고 조용한 성관을 혼자서 발소리를 내지 않고 걸어갔다. 그녀의 모든 생이 그 안에 묻혀 있었다.

그녀는 거실로 내려갔다. 덧문이 닫혀 있어서 어두컴컴하여 잠시 동안 아무것도 분간할 수가 없었다. 그러다가 이 어둠에 익숙해지자, 그녀는 새들이 날아다니고 있는 높다란 장식 융단이 조금씩 눈에 띄었다. 두 개의 안락의자는 방금 사람이 앉았다 간 듯이 벽난로 앞에 그대로 있었다. 그리고 바로 방의 그 냄새, 사람들이 자신만의 냄새를 갖고 있듯이 그 방이 언제나 지니고 있는 냄새, 희미하지만 잘 식별할 수 있는 냄새, 오래된 집의 어렴풋한 감미로운 냄새가 잔에게 스며들어 추억으로 에워싸고 그녀를 기억에 도취되게 했다.

그녀는 이 과거의 숨결을 들이마시면서, 두 의자 위에 시선을 고정시킨 채 가슴을 떨고 있었다. 그러자 갑자기 그녀의 고정 관념이 낳은 느닷없는 착각 속에서 그녀는 늘 보아 온 것처럼 난로에 발을 쬐고 있는 아버지와 어머니를 본 듯했다. 아니, 보았다.

그녀는 공포에 사로잡혀 뒷걸음질을 하다가 등이 문틀에 부딪히자, 쓰러지지 않으려고 거기에다 몸을 버티었다. 그러나 눈은 여전히 안락의자 위에 고정되어 있었다.

환영은 사라졌다. 잠시 멍하니 그대로 있었다. 잠시 후 그녀는 천천히 정신을 차리고, 미치게 될까 봐 겁이 나서 도망치려고 했다. 그러다 그녀의 시선이 우연히 자기가 기대었던 벽에 멎었다. 그녀는 폴레의 키 재기 눈금을 알아보았다.

갖가지 희미한 금들이 똑같지 않은 간격으로 페인트 위로 기어 올라가고 있었다. 칼로 그은 숫자들은 아들의 나이와 날짜와 성장을 가리키고 있었다. 가장 큰 것은 남작의 필적이었고, 그보다 작은 것은 자기의 것이고, 좀 떨리는 듯한 것은 리종 이모의 것이었다. 그러자 그녀는 옛날의 그 어린애가 거기, 자기 앞에, 금발 머리를 하고 키를 재어 달라고 벽에다 작은 이마를 바싹 갖다 대고 서 있는 듯한 착각이 들었다.

남작이 소리쳤다.

'잔아, 6주일 동안에 1센티미터가 컸구나.'

그녀는 격렬한 애정으로 그 벽에 입을 맞추기 시작하였다. 그때 밖에서 누가 그녀를 불렀다. 로잘리의 목소리였다.

"잔 마님, 잔 마님, 사람들이 점심을 들려고 마님을 기다리고 있습니다."

그녀는 정신없이 밖으로 나갔다. 그리고 자신에게 건네는 말들을 이제 아무것도 이해하지 못했다. 주는 것을 먹고 무슨 이야기인지도 모르고 말하는 것을 들었으며, 자신의 건강에 대해서 묻는 듯한 소작인들과 이야기를 했고 포옹하는 대로 가만히 있었으며, 그녀 자신도 자기에게 내미는 뺨들에 그녀 스스로 입맞추고 마차에 다시 올랐다.

나무들 사이로 성관의 높은 지붕이 점점 멀어져 가자 그녀는 가슴이 찢어지는 듯한 무서운 아픔을 느꼈다. 마음속으로 자기 집에 영원한 이별을 고한 듯한 느낌이 들었다.

바트빌로 돌아왔다.

그녀가 마차에서 내려 새집으로 들어가려는 순간 문 밑에서 하얀 그 무엇이 눈에 띄었다. 그것은 자신이 없는 사이에 우체부가 밀어 넣고 간 편지였다.

그녀는 곧 그것이 폴에게서 온 것이라는 것을 알았고, 번민으로 떨면서 뜯어보았다.

사랑하는 어머니, 좀더 일찍 편지를 내지 못한 것은 어머니께서 파리에 헛걸음하시게 해드리고 싶지 않았기 때문입니다. 제가 머지않아 어머니를 뵈러 갈 생각이 있었기 때문입니다.

저는 지금 엄청난 불행에 빠져 큰 어려움에 처해 있습니다. 제 아내는 사흘 전에 딸을 해산한 후에 죽어 가고 있습니다. 게다가 저는 한푼도 없습니다. 어린애를 어떻게 해야 할지 몰라 수위 아내가 자기가 할 수 있는 대로 우유로 키우고 있습니다만, 그 아이를 잃게 될까 겁이 납니다. 어머님께서 맡아 주실 수는 없을까요? 제가 전적으로 해야 한다는 것은 알고 있지만, 돈이 없어 유모에게도 맡기지 못하고 있습니다. 빨리 답장해 주세요.

어머님을 사랑하는 아들, 폴

잔은 간신히 로잘리를 부르고 의자에 주저앉았다. 하녀가 오자 두 사람은 함께 그 편지를 다시 읽은 다음, 둘이 마주보고 오랫동안 침묵을 지키며 그대로 있었다. 마침내 로잘리가 말했다.

"제가 그 어린애를 데리러 가겠어요, 마님. 그대로 뒀다간 아무래도 안 되겠어요."

잔이 대답했다.

"갔다 오려무나, 얘야."

두 사람은 또다시 잠자코 있었다. 그러다가 하녀가 말을 이었다.

"모자를 쓰세요, 마님. 그리고 고데르빌의 공증인 사무실로 가십시다. 만일 그 여자가 죽게 된다면, 폴 도련님은 훗날 어린애를 위해서라도 결혼을 하셔야 합니다."

잔은 한마디 대꾸도 없이 모자를 썼다. 고백하기 어려운 어떤 심오한 환희가 그녀의 가슴에 넘쳐흘렀다. 무슨 일이 있어도 숨기고 싶은 부도덕한 기쁨, 수치스럽기는 하지만 마음의 불가사의한 비밀 속에서는 열렬히 좋아하는 그런 가증스러운 기쁨 중의 하나였다. 아들의 정부가 죽어 가고 있는 것이다.

공증인은 하녀에게 상세한 지시를 해주었고, 그녀는 그것을 몇 번이고 반복해서 익히고 실수를 저지르지 않을 확신이 서자 이렇게 말했다.

"아무 염려 마세요. 이제는 제가 책임지겠습니다."

로잘리는 그날 밤 파리로 출발했다.

잔은 아무것도 생각할 수 없게 하는 어떤 상념의 혼란 속에서 이틀을 지냈다. 사흘째 되는 날 아침, 그녀는 저녁 기차로 돌아온다는 것을 알리는 로잘리의 짤막한 편지를 받았다.

오후 3시경에 그녀는 하녀를 마중하기 위해 뵈즈빌 역까지 그녀를 실어다 줄 이웃집 마차에 말을 매게 하였다. 그녀는 정거장에 서서, 멀리 지평선 끝에서 다가오면서 점점 멀어져 가는 레일의 곧은 선을 바라보고 있었다. 이따금 그녀는 시계를 쳐다보았다. 아직 십 분 남았다. 또 오 분, 또 이 분, 정각이다. 그러나 멀리 보이는 선로 위엔 아무것도 나타나지 않았다. 그러다가 갑자기 하얀 점과 연기가 보였다. 그러더니 그 아래에 검은 점이 커지면서 전속력으로 달려왔다. 마침내 커다란 기계가 속력을 늦추었고, 기적 소리를 내면서 열심히 승강구를 살피고 있는 잔 앞으로 지나갔다. 여러 문들이 열리고 사람들이 내렸다. 작업복을 입은 농부들, 광주리를 든 시골의 소작인들, 폭신한 모자를 쓴 소시민들……. 마침내 그녀는 무슨 헝겊 보따리 같은 것을 안은 로잘리를 알아보았다.

그녀는 로잘리가 있는 곳으로 가고 싶었지만 쓰러질까 걱정이 되어 그럴 수가 없었다. 그만큼 그녀의 다리는 쇠약해져 있었다. 하녀는 그녀를 보자 보통 때의 침착한 태도로 그녀에게로 와서 이렇게 말했다.

"안녕하세요, 마님. 돌아왔습니다. 그렇게 쉬운 일은 아니더군요."

잔이 더듬거리며 말했다.

"그래서?"

로잘리가 대답했다.

"그런데 그 여자는 간밤에 죽었어요. 죽기 전에 결혼식을 올렸지요. 이 어린애예요."

그리고 그녀는 포대기에 싸여 전혀 보이지 않는 어린애를 내밀었다. 잔은 기계적으로 아이를 받아 안았고, 둘은 역을 빠져나가 마차에 올랐다.

로잘리가 다시 말했다.

"폴 도련님은 장례식이 끝나는 대로 오실 겁니다. 내일 이 시각에. 말쏨대로라면."

잔은 "폴……." 하고 중얼거렸으나 더 이상 아무 말도 하지 않았다.

태양이 지평선으로 기울어지면서 여기저기 핀 유채꽃들의 황금빛으로, 또 개양귀비들의 핏빛으로 얼룩진 푸르른 평원을 밝은 빛으로 가득 채우고 있었다. 끝없는 적막감이 수액이 뻗어 나가는 조용한 대지 위에 감돌고 있었다. 마차는 매우 빨리 달렸고, 농부는 말을 자극시키려고 혀 차는 소리를 냈다.

잔은 자기 앞의 허공을 똑바로 쳐다보고 있었다. 제비들이 화전(火箭)처럼 구부리며 날면서 하늘을 가르고 있었다. 갑자기 부드러운 온기가, 생명의 열기가 그녀의 옷으로 스며들어 다리를 통해 살 속까지 파고들었다. 그것은 그녀의 무릎 위에서 자고 있는 작은 생명의 체온이었다.

그러자 무한한 감동이 넘쳐흘렀다. 그녀는 갑자기 자기가 아직도 보지 못한 어린애의 얼굴을 들추어보았다. 자기 아들의 딸. 여리디여린 그 피조물이 강한 빛을 받고 입을 오물거리며 파란 눈을 뜨자, 잔은 두 팔로 들어올려 미친 듯이 키스를 퍼붓기 시작하였다. 그러자 로잘리가 흡족한 듯이, 그러나 무뚝뚝하게 그러지 못하도록 막았다.

"자, 자, 잔 마님, 그만하세요. 아이를 울리시겠어요."

그러고 나서는 자신의 생각에 대답하듯이 이렇게 덧붙였다.

"따지고 보면 인생이란 사람들이 생각하는 것처럼 그렇게 행복한 것도 불행한 것도 아닌가 봅니다."

작가와 작품 해설

기 드 모파상의 생애와 작품 세계

앙리 르네 알베르 기 드 모파상이라는 다소 긴 본명을 가진 그는, 1850년 8월 5일 노르망디 지방의 항구 도시 디에프 근처의 미로메니르 성(城)에서 주식 중개인이었던 아버지 구스타브와, 플로베르와 친분이 있었고 문학적 소양을 갖춘 어머니 로르 사이에서 두 형제 중 장남으로 태어났다. 연구가에 따라서는 그의 출생지가 미로메니르 성이 아닌, 어항(漁港)인 페캉의 어느 민가라고 주장하기도 한다.

12세 되던 해에 부모가 별거에 들어가자, 모파상은 이모인 에르베와 함께 에트르타의 별장에서 살게 되었다. 이듬해 이브토 신학교의 기숙생이 된 모파상은 1867년 그의 나이 17세 때 불경스런 작문을 했다는 이유로 신학교에서 쫓겨났다. 이듬해 루앙 고등학교 2학년으로 들어갔는데, 일찍이 그의 문학적 재능을 간파한 어머니는 그에게 작가 루이 부이에와 『보바리 부인』을 쓴 플로베르로부터 문학 수업을 받을 수 있는 기회를 마련해 주었다. 그리하여 모파상은 루이 부이에로부터 시적 재능과 독창성을, 플로베르로부터는 문학 이론과 미학적 근거를 배울 수 있었다.

1870년 프로이센-프랑스 전쟁이 발발하자 파리 대학 법학부에 다니던 모파상은 군에 입대했다. 이때의 경험은 「비계 덩어리」 등 많은 작품의 소재가 되었다. 이듬해 군에서 제대한 모파상은 해군성, 문부성 등지에서 공무원 생활을 하며 플로베르의 소개로 에밀 졸라, 알퐁스 도데, 투르게네프 등과 폭넓은 교류를 가졌다.

1880년 모파상은 에밀 졸라를 중심으로 프로이센-프랑스 전쟁에 관한 단편을 모아 간행한 소설집 『메당의 야회』에 「비계 덩어리」를 발표하면서 화려하게 문단에 데뷔했다. 당시 「비계 덩어리」는 『메당의 야회』를 주관한 졸라의 작품을 능가한다는 평가를 받았으며, 그를 지도한 플로베르 역시 '후세에 남을 걸작'이라며 격찬을 했다.

이후 모파상은 《르 골루아》, 《질 블라스》 등 유력 일간지의 기고가가 되어, 공직에서도 물러난 채 거의 한 주에 한 편씩 단편 소설과 시사 평론을 기고했으며 『여자의 일생』, 『벨아미』 등의 장편 소설을 연재하기 시작하는 등 문단의 총아가 되었다. 그는 지칠 줄 모르는 창작 활동으로 1890년까지 10여 년 동안 장편 6편, 단편 300여 편 외에 시, 희곡 등 실로 놀라운 양의 작품을 써냈다.

그의 문체는 간결하면서도 정확했으며, 그는 평범해 보이는 일상적 소재를 중심으로 대개 노르망디 지방의 자연을 배경으로 한 농민이나 어부들의 이야기, 파리 및 근교의 풍경을 무대로 한 귀족들과 창녀들의 이야기, 전쟁으로 인해 상처받은 인간성과 잔인성을 묘사한 글들을 썼다. 이러한 작품 경향은 그가 자연주의 사조에 바탕을 두고 있었기 때문이다.

그렇지만 모파상은 동시대의 졸라처럼 문학을 과학적인 관찰의 기록으로 보지 않았으며, 플로베르처럼 문학이나 예술에 대한 지적인 불안감도 느끼지 않았다. 모파상은 자신이 창조한 인물들과 적당한 거리를 둠으로써, 자신의 일상 체험과 관찰을 직접적으로 독자들에게 제시하는 듯한 객관적인 시각을 보여 준다. 그러한 시각을 통한 인간의 탐구가 다른 자연주의 문학가들과 구분되는 독특한 문학 세계를 가능하게 했다.

그가 그리는 어느 특정한 시대의 풍속의 한 단면을 바라보면서 독자들은 모파상 자신의 체험을 충실히 읽어 낼 수 있으며, 인간 사회의 위선과 범속한 인간들의 실상을 가감 없이 바라볼 수 있게 된다.

모파상이 「비계 덩어리」 등의 작품으로 자연주의 문학 계열에서 일가(一家)를 이루었다면, 그의 문학적 천재는 『여자의 일생』을 통해 한껏 드날리게 되었다. 당대의 평론가들 중 일부는 사회의 밑바닥을 즐겨 폭로하는 자연주의 편향을 비꼬아 '저부폭로열(低部暴露熱)'이라는 이름으로 자연주의 문학을 폄하했으며, 모파상에게도 창부(娼婦) 문학에만 갇혀 자신의 재능을 왜곡시키고 있다는 비판을 가했다. 이에 모파상은 인간에 관한 모든 것에 관심을 가져 줄 것을 촉구하며, 자신에 대해 평자들이 갖고 있는 생각이 기우였음을 1883년 『여자의 일생』을 발표함으로써 입증했다.

왕성한 집필 활동 중에도 항상 병치레를 했던 모파상은 1891년 '정신 이상'이라는 진단을 받았다. 상태는 갈수록 악화되어 1892년 1월, 니스에 머물던 그가 자살을 기도했으나 실패하고, 급기야 파리 교외 파시에 있는 블랑쉬 박사의 병원으로 실려 갔다. 이듬해인 1893년까지 제정신으로 돌아오지 못한 모파상은, 7월 6일 43세의 젊은 나이로 세상을 떠났다.

유해는 몽파르나스 묘지에 안장되었고, 1897년 파리의 몽소 공원에 기념상이, 그리고 1900년 루앙 시에 그의 흉상이 제막되었다. 모파상은 평생 결혼을 하지 않았으며 후손도 남기지 않았다.

작품 줄거리 및 해설

기 드 모파상의 『여자의 일생』은 여성의 비극을 그린 문학 작품 중의 걸작으로, 프랑스의 소설로만 국한되지 않는 전세계적인 소설이라 할 수 있다. 특히 자연주의 경향이 있는 그의 문학 세계의 특징이 담긴 작품으로, 인간의 내면을 날카롭게 파헤친 심리적인 소설로도 평가되고 있다.

『여자의 일생』이 세계의 많은 독자들에게 감동을 줄 수 있었던 것은 무엇보다도 등장 인물 개개의 성격이 너무도 우리들의 모습과 닮아 있기 때문일 것이다. 순결한 처녀인 잔이 남편에게 배반당하고, 이어 다시 자식에게 배반당하는 어쩔 수 없는 운명에 부딪히는 여인의 생을 모파상은 아름다운 문체로 담담하게 그리고 있다.

이 소설은 잔이라는 한 순결한 여성이 줄리앙이라는 남자를 남편으로 맞이하면서 겪게 되는 불행으로부터 시작된다. 어릴 때부터 수녀원에서 생활했던 잔은, 미래는 아름답고 행복하며 또 막연한 희망으로 가득 찬 것이라고 생각했었다. 그러나 그녀의 첫 남편은 부도덕의 표본과도 같은 인물로서 하녀인 로잘리에게 아이를 낳게 만든다. 로잘리 또한 잔과 같은 처지라 할 수 있는데, 농부의 딸이란 이유 때문인지 꿋꿋하게만 살아간다. 로잘리와 잔의 이런 삶의 대비는 생을 어떻게 이끌어 가는가를 우리에게 잘 보여 주고 있다.

한편 줄리앙과의 사이에서 태어난 아들을 자신의 모든 인생을 걸면서까지 사랑하였지만, 결국은 아들의 방탕으로 마지막 희망까지 잃어버리고 만다. 아들에 대한 사랑 그리고 그 아들을 빼앗은 아들의 연인에 대한 질투와 괴로움으로 고통받던 잔은 아들의 연인이 여자 아기를 낳고 죽게 되었다는 전갈을 받는다. 잔은 아들이 낳은 생명을 안고서 고통스러운 눈물로 가득 찬 자신의 인생을 생각한다. 그러나 작은 생명의 온기가 그녀의 몸에 전해져 왔을 때는 삶의 기쁨을 맛볼 수 있었으며, 마지막 가려진 희망의 빛을 다시 한 번 찾으려는 의지를 보인다.

우리는 이 소설을 읽으면서 아름다운 문장들에 많은 감동을 받게 된다. 그리고 작품 속의 인물도 우리들에게 친근한 모습으로 다가온다. 또한 작품 속의 배경이 된 모파상의 고향인 노르망디의 풍경이 얼마나 선명하게 다가오는지를 느낄 수 있을 것이다.

그것은 그가 그만큼 고향에 대한 애정이 깊었기 때문일 것이며, 주인

공인 잔이 시골의 작은 집으로 이사했을 때의 감정 묘사에도 작가의 이러한 감정이 많이 개입되어 있다고 할 수 있다. 다분히 자전적인 요소가 담긴 이러한 배경 묘사는 염세적이고 비관적인 인물들의 이야기에 더해져 수채화와도 같은 인상을 심어 준다.

또한 모파상의 감정의 섬세함과 세심한 표현들은 잔이라는 순진한 처녀가 아내와 어머니로서 삶을 어떻게 살아가는가를 잘 보여 주기 때문에 아픔이 흐르는 가운데서도 진한 감동을 받는 것이다. 즉 잔의 인생 역정이 마치 슬픔이란 것으로 색이 칠해지듯, 작가의 문체가 작품에서 매우 큰 역할을 하고 있다.

잔의 일생은 어쩌면 모든 인간의 길일 수도 있다는 것을, 우리는 로잘리의 다음과 같은 말에서 감지하게 된다.

"따지고 보면 인생이란 사람들이 생각하는 것처럼 그렇게 행복한 것도 불행한 것도 아닌가 봅니다."

작가 연보

1850년   8월 5일, 프랑스 노르망디 지방 디에프 근처 미로메니르 성에서 아버지 알베르 구스타브 드 모파상과 어머니 르 푸아트랭 로르 마리 주느비예브의 장남으로 출생.

1862년(12세) 부모님 별거. 이모와 함께 에트르타의 별장에서 지냄.

1863년(13세) 이브토 신학교 입학. 17세(1867)에 퇴학.

1868년(18세) 루앙 고등학교 2학년으로 들어감. 루이 부이에 및 플로베르에게 문학 수업을 받음.

1870년(20세) 법학 공부중 프로이센—프랑스 전쟁이 발발하자 군 입대.

1872년(22세) 3월, 해군성에 임시직으로 취직. 플로베르에게 시작(詩作) 지도를 받음. 이듬해에 해군성에 정식으로 채용됨.

1874년(24세) 에밀 졸라를 만남. 알퐁스 도데, 투르게네프 등과 교류.

1875년(25세) 조제프 프뤼니에라는 필명으로 단편 「벗겨진 손」을 지방지《봉타 무송 연감》에 발표.

1876년(26세) 심장 질환이 시작됨. 평론 「구스타브 플로베르론」을 잡지에 발표. 졸라를 중심으로 자연주의 모임 조직.

1878년(28세) 《모자이크》지에 단편 「라레 중위의 결혼」 「야자 열매는 어떠시죠」 발표. 12월, 문부성으로 직장을 옮김.

1880년(30세) 「비계 덩어리」를 수록한 「메당의 야회」가 간행되면서 문단에 화려하게 데뷔. 안질 및 신경계 질환이 차츰 심해짐. 《질 블라스》《피가로》지의 기고가가 됨.

1881년(31세) 튀니지·알제리 등 북아프리카 여행.

1883년(33세) 2월 27일부터 4월 6일까지 장편 『여자의 일생』을 《질 블라스》지에 연재한 후 르아브르 서점에서 간행함. 단편집 「도요새의 이야기」 출간.

1884년(34세) 「달빛」「미스 해리엇」「태양 아래서」 출간.

1885년(35세) 「투안」「이베트」「낮과 밤의 이야기」『벨아미』 출간.

1886년(36세) 이탈리아·영국 여행. 「무슈파랑」「로크 아가씨」 출간.

1887년(37세) 아프리카 여행. 『몽토리올』「르 오를라」 출간.

1888년(38세) 「위송 부인의 장미관」「물위에서」 출간. 온천을 돌며 요양했으나 여전히 안질과 불면증 등에 시달림.

1889년(39세) 병세가 더욱 악화됨. 『죽음처럼 강하다』「왼손」 출간.

1890년(40세) 「무용의 미」「방랑 생활」 등 출간. 아프리카 여행.

1892년(42세) 1월 1일 밤, 니스에서 자살 기도.

1893년(43세) 7월 6일, 정신 병원에서 사망. 7월 8일, 몽파르나스 묘지에 묻힘.

1897년 파리 몽소 공원에 기념상 건립됨.

1900년 「행상인」 출간. 루앙 시에 흉상 건립됨.